U0528276

大鱼文化传媒　大鱼文字

图书在版编目（CIP）数据

香蜜沉沉烬如霜/电线著.--成都：四川文艺出版社，
2023.5
　　ISBN 978-7-5411-6617-4

　　Ⅰ.①香… Ⅱ.①电… Ⅲ.①长篇小说－中国－当代
Ⅳ.①I247.5

　　中国国家版本馆CIP数据核字(2023)第055601号

XIANG MI CHEN CHEN JIN RU SHUANG
香蜜沉沉烬如霜
电线 著

出 品 人	谭清洁
责任编辑	王梓画
特约编辑	伍　利
装帧设计	刘　艳
责任校对	段　敏
插　　画	桃可可
出版发行	四川文艺出版社（成都市锦江区三色路238号）
网　　址	www.scwys.com
电　　话	0731-89743446（发行部）　028-86361781（编辑部）
排　　版	长沙大鱼文化传媒有限公司
印　　刷	长沙鸿发印务实业有限公司
成品尺寸	165mm×235mm　　开　本　16开
印　　张	21　　字　数　370千字
版　　次	2023年6月第一版　　印　次　2023年6月第一次印刷
书　　号	ISBN 978-7-5411-6617-4
定　　价	52.80元

版权所有・侵权必究。如有质量问题，请与大鱼文化联系更换。0731-89743446

香蜜沉沉烬如霜

电线 著

四川文艺出版社

这水镜带着强力的结界，可阻挠外界之人入内，是先花神砌来佑护我们这些道行浅薄的精灵。

我低头认真地看他,恨他?爱他?若非恨他,我怎会亲手杀了他?可是,为什么杀了他以后我这样难过,难过到痛不欲生?

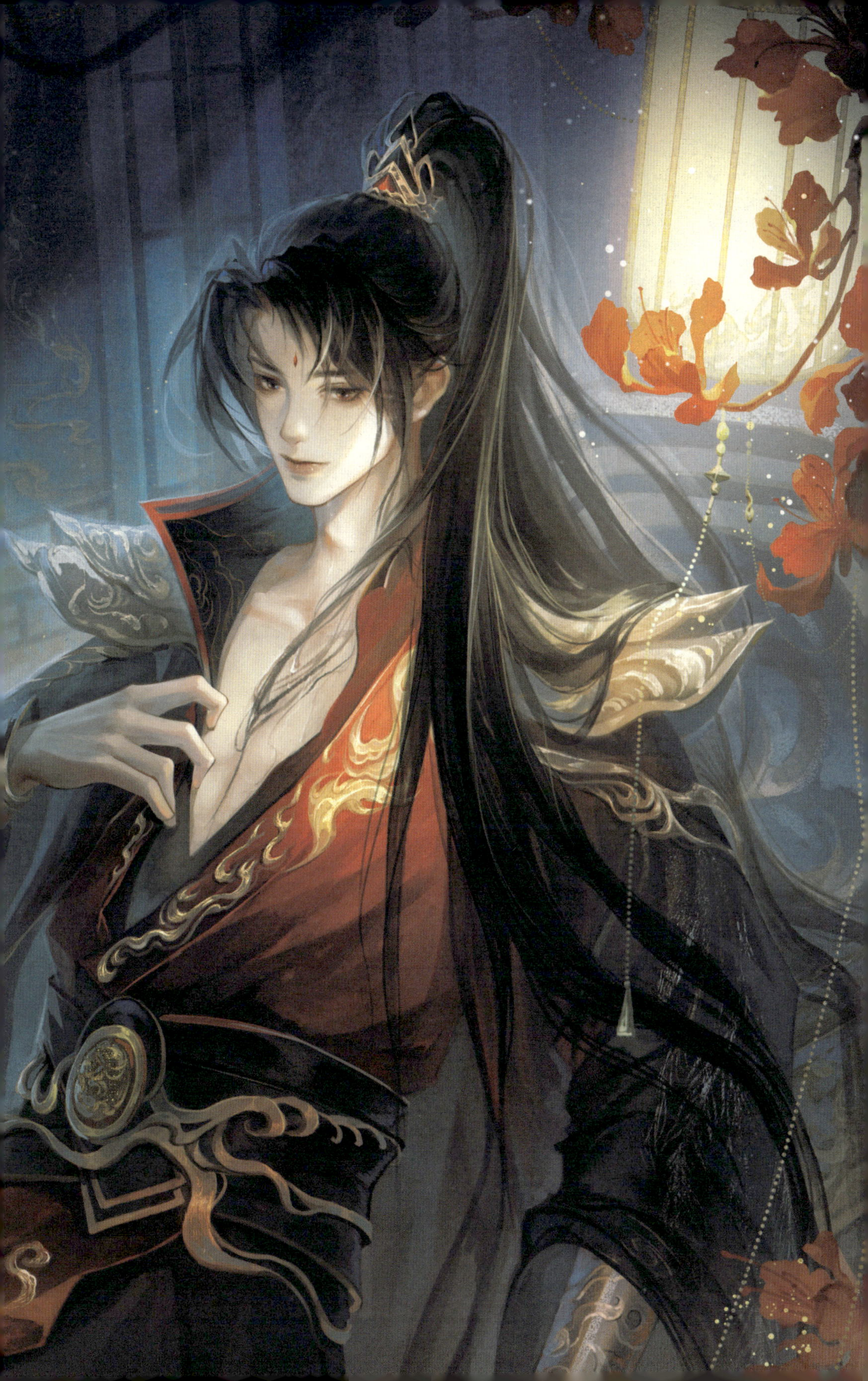

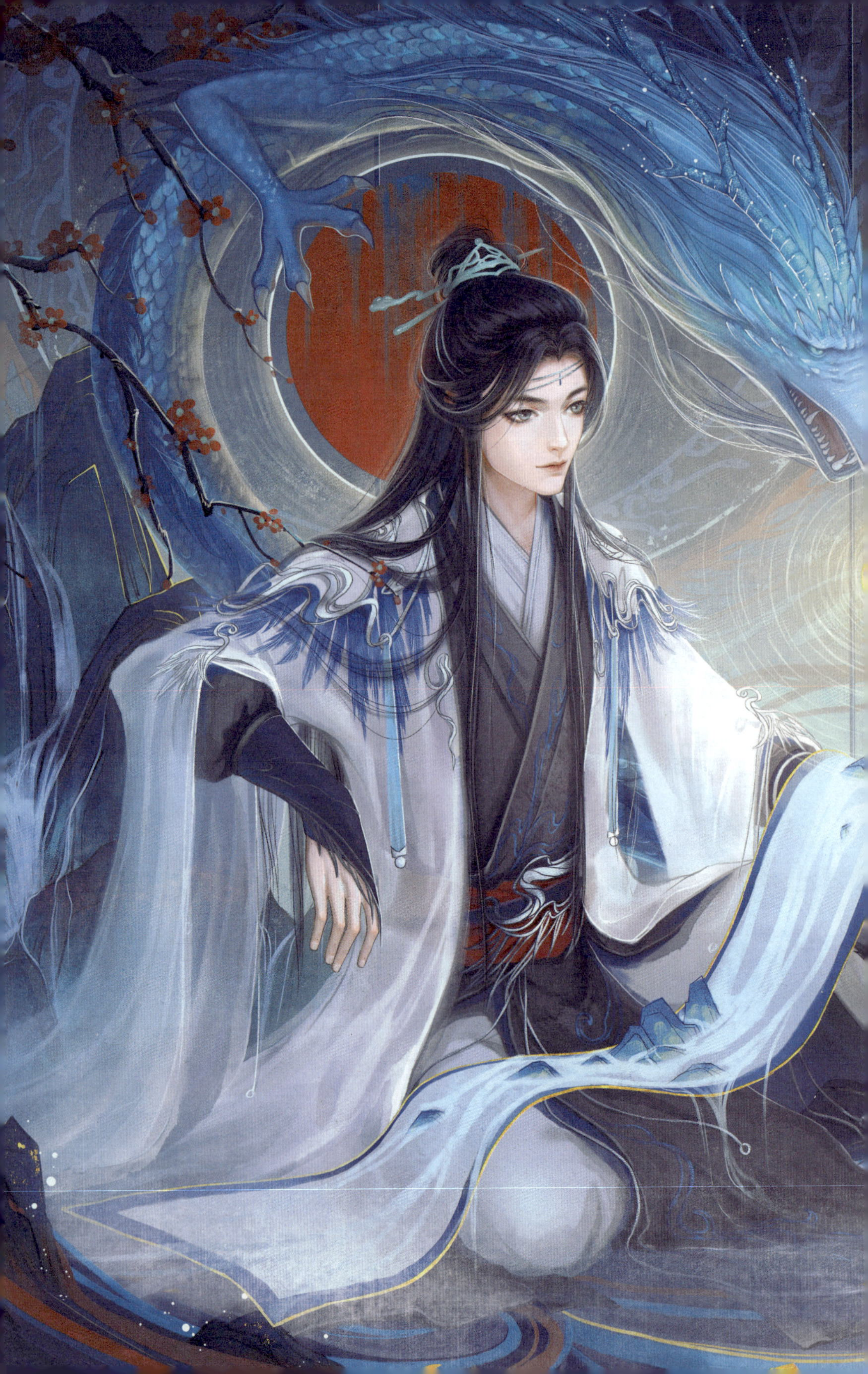

他微微仰着头,眼神落在远方,看那些流云,在喧闹交戈的铮铮兵器杀伐声中,安静地失神,寂寞地沉静在我所看不见的天地之中。

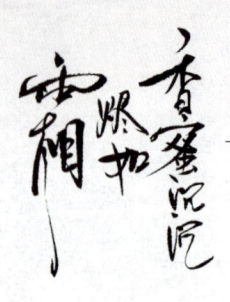

楔　子	/ 001
第一章	/ 004
第二章	/ 016
第三章	/ 031
第四章	/ 057
第五章	/ 075
第六章	/ 093
第七章	/ 108
第八章	/ 126
第九章	/ 144

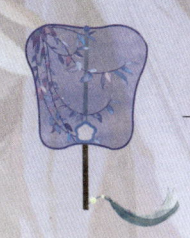

目录

第 十 章	/ 163
第十一章	/ 173
第十二章	/ 203
第十三章	/ 217
第十四章	/ 236
第十五章	/ 246
番外一·婚后	/ 257
番外二·流年	/ 265
番外三·书童	/ 268
番外四·红尘劫	/ 274
后　记	/ 323

花开了，窗亦开了，却为何看不见你
看得见你，听得见你，却不能够爱你
……
真的有来世吗
那么，吾愿为一只振翅的蝶
一滴透纸将散的墨
一粒风化远去的沙
……

楔　　子

霜降，寒月，更深露重。

百花宫中，二十四芳主次第跪伏在剔透琉璃铺就的大殿上，屏息凝神。一阵夜风过，殿外树影婆娑，将月色筛成一地零落的碎玉。殿中央，水色的纱帘轻轻摇摆，似帘内人起伏微弱的气息。

那人侧卧在云衾锦榻中，发簪墨梅，眼尾迤逦，半阖半张，面容清艳绝伦，虽是惨白羸弱却难掩眉宇间的风流仪态，堪堪让人难以逼视。白雾般的月光洒落在她微微蹙起的眉尖。

突然，她的呼吸急促起来，喘息间大殿中原先若有似无萦绕的香气随之渐浓渐郁，如万花齐放、百香汇集。越来越浓烈的香气让原本伏拜大殿中的二十四芳主不顾失却礼仪纷纷抬起头来，望向帘内的脸上隐忧难掩，却仍旧不敢出声。

玉兰、杏花、茉莉、桂子、芙蓉、山茶、莲花、蔷薇……纱幔内半空中各色花朵竞相绽放，又快速凋零，花瓣如雨瀑般倾泻而下，落英缤纷，瞬间将琉璃大殿淹没成一片花海，绮丽浩瀚却绝望无依。

水仙花落去后，象征冬季的最后一朵蜡梅傲然开放，刹那间，片片花瓣零落而下。当最后一瓣红梅恋恋不舍地没入花海中时，帘内人猛烈一震，咳出一口鲜血，眉宇间

有一朵霜花旋转而出，最后，凝成一滴晶莹翡紫的水滴。剔透的指尖轻拂而过，堪堪接住这滴坠落的水珠，纳入怀中，眨眼间这滴水花便成了一个粉嫩的婴孩。

"主上！"牡丹撩开纱帘，跪在榻前，伸手接过了那个闭眼沉睡的女婴，望着榻上人血色尽褪的脸，终是没忍住，泪落颊畔。

"得我令，从今往后，我儿身世随我而去，凡泄露者元神俱灭！"榻上人气息微弱，语调不高却自有一番威严肃穆。

"遵令！属下谨遵主上旨意！若有半分违逆，自毁元神！"二十四芳主包括怀抱婴孩的牡丹郑重伏身拜下。

榻上人望着一干起誓之人，眼中水光一敛，似乎有些欣慰。

"如此我便放心了。都起来吧。牡丹，你过来。"她抬起手无力地挥了挥，花瓣随着她的动作飘扬而落。

"主上！"牡丹抱着孩子挨近榻前。

"把这个给她吃了。"榻上人将一粒檀珠般的丹丸递入牡丹手中。

牡丹依言将其放入婴儿口中，用花露让孩子将珠子吞食入腹。

榻上人孱弱的脸上露出了一个安心的笑容，轻微得几乎难以捕捉："此乃陨丹，服此丹者灭情绝爱。"

"主上，您这是……"牡丹闻言气息一窒。

"无情则刚强，无爱则洒脱。这是我能给她最好的祝福。我的孩儿不能再似我这般……"像是隐忍着巨大的痛楚，榻上人刚刚平复下的眉尖又骤然蹙起，一只苍白荏弱的手抚上心口。

"主上！"

榻上人缓缓舒出一口气："不碍事。"再次睁开明目，"今日可是'霜降'？"

"正是。"榻尾的丁香回道。

榻上人眼神随之迷离，似是沉入苍茫的回忆之中，静默片刻后抚了抚婴孩花瓣一般美好的脸颊，幽幽开口："便唤'锦觅'吧。"

"是，属下恭贺少神锦觅临世！"二十四花主再次盈盈拜下。

"免了。没有什么少神，我元神灭逝后亦莫要立她为花神。"她摆了摆手，腕上玉镯相碰，似廊雨击青瓷，空灵剔透，低头凄然一笑道，"做个逍遥散仙便是极好。"

"请主上三思，我花界怎可一日无主？"殿下杏花焦急地抬起头来。

"我心意已决,待我去后,尔等二十四人二十四节气轮番司花,更替迭换,各主四季。"榻上人气息羸弱,言语间却有不容人置喙的决断。

听到"去"字自她口中吐出,殿中人再不忍看她,一个"是"字答得竟有几分哽咽隐忍。

"限锦觅居于水镜之中,万年之内不得踏出我花界半步。"适才凝神捻算,其万年之内恐遭劫难,虽是服了绝情丹,她终是不能放心。而水镜张有结界,若将锦觅万年均限于此间,应是可彻底绝了那让人撕心裂肺的情劫。思及此,她的嘴角绽出一朵清莲般的笑,一对星眸在这抹微笑中缓缓阖上……

天元二十万八千六百一十二年霜降,花神梓芬仙逝,百花凋零。当夜,天庭中却是一派喜庆和乐,诸仙赴宴共贺水神洛霖与风神临秀缔结百年好合。

花界为花神举丧,其后十年百花俱哀,敛蕊不开。十年间世上再无一朵花绽放,天地间颜色尽失。直到十年后,丧期结束,方恢复百花争妍。

年年陌上生秋草,日日楼中到夕阳。云渺水茫,一恍神间,四千年已过。

沧海变桑田,桑田变沧海,变来变去,倒也无甚新意。一干神仙日日上天庭应个卯,处理些日常琐事,闲暇之余斗诗品酒呼朋唤友,日子过得平铺直叙,不带曲折,好生没趣。

人人都盼着来一个惊天地泣鬼神的大波澜。

盼着盼着,果真不负众望地把天帝的爱子给盼丢了。

天元二十一万两千六百一十二年,天帝之子凤凰浴火涅槃,梧桐枝火焚烧七七四十九日方偃,火光熄灭后,火神凤凰不知所终,天帝震怒。

第一章

我捏了捏那淡水蓝的结界,一如既往地颇有弹性,比葡萄皮还要滑溜上几分,却任凭刀裁火烤也不破。听说是先花神布下的,我估摸着这结界要是做成件衣裳倒是美观又实用得紧。

"嚄,这不是小萄萄嘛,久违久违,许久不见可还安好?"老胡乍从地下钻出来,戳在我面前,那效果是说不上来的好。

我摸了摸胸口,心脏蹦了两蹦倒也颇稳妥地落回了原位。我拍了拍这小老儿亮闪闪的脑门儿,提醒他:"我们今日清晨方见过的。"

老胡小眼睛一闪,满脸褶子纠结着:"萄萄这是笑话我年纪大,记性不灵光了?"

"嗯。"我诚实地点了点头。

"萄萄还是一如既往地让人伤心啊,吾甚感欣慰,甚感欣慰。"小老儿摇头晃脑,"话说萄萄这是要上哪里去啊?"

"听闻长芳主近日得了闲暇,我拟了道奏请想递与她瞧瞧。"我捏了捏袖兜里拢着的一片帛纸,"听说花界外面很是有些意趣,我想去看看。"

"萄萄是想请长芳主放你出得这结界?"老胡一惊一乍。

我隔着结界眺望水镜外的一片花海,盼得有一两只路过的飞虫精怪可替我传了奏请给长芳主,一时觉得老胡十分聒噪。

"哎呀呀，小萄萄这是中了什么魔怔，外面哪里有意趣，危险得紧危险得紧。你我这样的果子精、果子仙本就稀少，没准一出去便要被吃了。"

老胡是一根修成仙的胡萝卜，明明是菜蔬，偏偏喜好把自己当成果子，十分引以为傲。据说这世上极少有成精修仙的果蔬，在这遍是美花仙的花界，似我们这般的实是异数。老胡好歹还修成了仙，我修了四千年却还只是个精灵，连个仙都没修成，不免很是惆怅。

水镜里除了我和老胡，还住着几个不长进的小花精。这水镜带着强力的结界，可阻挠外界之人入内，是先花神砌来佑护我们这些道行浅薄的精灵的。不过，我觉着很是不通，好比一扇门许拉不许推，或是许推不许拉，总有一面可以打开的，若拉也不开，推也不开，不就成了一堵墙？这结界如今便是这般，不但阻了外界的人，也阻了我们水镜里的这些精灵，怪异得很。长芳主每年过来水镜巡视一次，顺带检查我们的术业，每每看到我的仙术进展都不胜唏嘘，与我说等万年后我若修成了仙，有些自保之法才可出这水镜结界。

而我，着实没有耐性再等那六千年。

"你是没有经历过啊，外面那叫可怕。话说当年我还小的时候，碰见一只两眼血红的兔子，张了血盆大口龇出两颗獠牙便要咬我，若不是我挖的坑多，逃起来便当，早变成渣了，哪里还有今天。你看看，你看看，这里还留着那兔子啃的疤呢！"老胡一面说一面撩袖子让我看他的手腕。

我探头看了看，实在辨不清那些褐色的印记，哪个是老人斑哪个是疤痕，只好作罢。总归老胡的故事里，兔子是这世上顶顶恐怖凶猛的野兽。

"像你这样一个水灵灵的蜜桃，出去还不得立马一口被吃了。"老胡摸摸滚圆的肚子咂着嘴。

"我是葡萄，不是蜜桃。"虽然听得心不在焉，但是关于自己的种属这样原则性的问题，我还是要纠正他的。

"葡萄、蜜桃不都是'桃'吗？你这个小姑娘小小年纪就这样咬文嚼字可不好。"老胡撇了撇胡子，大抵是觉着面子上挂不住，脸色有些讪讪。

我等了半日不见有精灵路过，只好作罢，想想明日还可再来。

回去的时候日头已经落山了，厢房里传来一阵阵焦煳的味儿，打开门却是连翘捧了团黑漆漆的物什在我案前端看，见我回来很是兴奋。

"萄萄，你回来啦。你看我在你后院拾到了什么！"话还没说完，她便将那团东西往我面前一举。

那焦煳味呛得我连退了好几大步才喘过气来，勉强侧了眼睛瞧了瞧，赞道："黑！真是黑得很哪！"

连翘却不乐意了："我是问你这是个什么物件，你倒与我说颜色作甚？"

连翘是个修仙未遂的花精，平素里喜欢到处捡东西，但凡捡了点什么便往我这里扔。今日这物什算不得最大，却定算她捡过的最臭的东西。

"不过一只将死的乌鸦，埋了做花肥便是。"我依稀瞧得那黑漆漆的东西是一团羽毛，估摸着应是一只乌鸦。

"乌鸦？"连翘拔高了嗓音，"萄萄，你是说这是一只鸟？一只鸟啊！我这辈子总算见过一只鸟了！"说罢便激动得团团转着，不知怎么办才好。

也怨不得她激动，这水镜里除了些小花小草小虫子，倒是从来不曾有鸟儿能飞进来，我是因了在老胡的《六界物种大全》里翻见过，故而有些印象。

"将死？那就是还未死咯？能不能救活呢？救活了，我们养着它好不好？"连翘扯了我的袖口央求道。

我看了看连翘黑乎乎的巴掌，再看了看自己的袖子，颇有些庆幸自己穿了件绛紫的衣裳，浆洗浆洗这衣裳还是能勉强穿穿的，便耐了性子与她道："生又何尝生，死又何曾死。生死皆机缘，万物自有轮回。它若有命，便将它放在园子里不食不眠也自会活返，若无命，便是我施救于它亦回天乏力。"

"萄萄一说那些空灵灵的话我又糊涂了，我只知佛曰慈悲为怀。萄萄怎可见死不救呢？"

"你怎知我救了它便是慈悲？凡夫耽恋于生，孰知佛乃以死为度，彼岸往生。生何其苦，死方极乐。"

连翘张了张口，复张了张口，最后甚是迷惑道："你且容我想想。"便一路思索着我的话出了门去。

我乐呵呵地拎了那乌鸦上了后院。前年我在后院栽了棵芭蕉，却不想长得不甚好，想是那土不够肥，若将这乌鸦埋了做花肥，今年夏天应是能开枝散叶遮遮阴。

三两下便埋好了，我洗漱洗漱便回房就寝。

睡至夜半却突然想起这乌鸦是怎么闯入这水镜结界的？疑惑半晌，复起身至后院将那乌鸦给挖了出来。

随手拈了片葡萄叶引来一群萤火虫，拢起一盏萤灯，就着那光我翻了翻它的翅膀，在翅根处看见一层淡金色的镀光。果然不是一只普通的乌鸦，想来是只得了仙道的乌鸦，埋了做花肥就可惜了，不如将它炖了分与水镜中一干精灵吃了，倒是能长些灵力，免去苦修数年。

思及此，我顿觉得自己的决断十分之英明。只是它如今已渐无吐纳，眼见便要僵了，若炖起来功效委实要折上一折，吸收灵力最是讲究生猛活鲜。只好先渡给它一口气，别让它僵了才是。

我想了想，咬牙忍痛从床下拖出自己炼了五百年得的一罐蜜，舀了一滴蜜酿滴入它的鸟喙之中，再渡了口气与它。一气做完后，那乌鸦的翅膀倒是立马软热了些，我十分满意地拍了拍手，转头便去灶房取锅子。

却不想待我取来砂锅后，原先被我拢起的一盏萤灯不知受了什么惊吓，散乱开来，满屋乱飞。

我一看，倒也不是什么大事，这些小虫儿真是没有见过世面。

不过是那得道的乌鸦因得了我的蜜酿现了人形，正软软地半躺于条案之上。

我端着锅子绕着他转了一圈，有些愁苦，他这样化作了人形，我这两掌大的锅子如何装得下，装不下自然便炖不了。

思索片刻，我方忆起但凡仙家、神怪都有一颗内丹精元，平生所有灵力道行都凝聚其内，只要得了这内丹精元便得了所有。适才是我傻了，竟巴巴地要将这寒鸦整只齐炖。

只是不知这寒鸦将他的内丹精元藏于何处，我费力地将他拖到榻上，把他身上破破烂烂的黑衣裳搜了个遍，顺道感慨了一遍乌鸦的审美观很是超出六界，不在轮回，竟喜欢这样浑身是洞的打扮。许久也没找出个像丹丸的东西，想来是藏在他体内了。

我又颇是费力地将他黑漆漆、洞晃晃的衣裳给除了下来，摸了半晌，有个颇为欣喜的发现。

这乌鸦小腹以下有团很是怪异的东西，我捏了捏，时软时硬。我回忆了一下自己的身体构造，倒着实没有这团物什，想来那内丹精元定是藏在里面了。我果然聪明。

捻了段葡萄藤变作一把锋利的小刀，用自己的两根头发试了试刀刃，吹毛利刃，我甚是满意。

举了小刀，我背对着坐上那乌鸦的小腹，抓起那团物什正准备落刀，忽听得背后平地惊雷一声怒叱："大胆！"

这样一个夜阑人静的曼妙夜晚炸出这样一个不甚和谐之音，着实惊悚。

我被震得跌落地上，手上的小刀险些割破手。

只见那乌鸦赤条条地从我的榻上坐起身来，一双吊梢眼儿精光迸射睨着我。这样被人俯视，顿时让我觉着十分没有气魄，于是收了小刀站起身来，方堪堪能够与他平视，心里不禁慨叹：不愧是只得了仙道的乌鸦，连个子都长得堪比老胡庭院里的甘蔗。

不免又思及自己修了四千年道行却无甚长进，到如今还是个人界十岁孩童的模样，比只有一千年道行的连翘看起来还要稚嫩许多。彼时我尚且不知自己并非普通的葡萄精。

我这厢为自己的身量深以为耻，那厢乌鸦却已凌厉地将我上上下下打量了个透，开口便叱问："下立何方小妖？"

虽是寸缕未着，那威严架势却颇是压人一头，我方第一次意识到气势和衣裳是没有半分关系的。

不过我虽道行浅薄，却好歹是个以修仙为崇高奋斗目标的堂堂正正的精灵，被一只乌鸦唤作"小妖"着实让我悲愤了一把。

转念一想这乌鸦方才几近死亡，得了我一滴蜜酿便恢复得完好如初，对自己酿的蜜功效如何我尚有自知之明，足见这乌鸦道行匪浅，我若与他斗法定是惨败。更莫提及我方才欲取他内丹精元，若让他知晓，只怕今日便是我化作春泥更护花之时。

酝酿一番，我摆了个和善谦恭的表情道："道友唤我'恩公'即可，行善不留名乃我水镜精灵之优良传统。"

此番话一来与他说明我乃他的救命恩人，呃……虽然我本意是为了救他后将他吃了，不过，殊途同归，殊途同归嘛，总归是救了他的，他自然不能将恩人给灭了。二来是提点提点他，我乃精灵一族，实非他口中的小妖。

"恩公？"那乌鸦似笑非笑地凉凉看我一眼。

看得我心惊胆战，以为败露，不过仍是强装作一副坦然样子道："可不就是。道友今日坠在我园中，负伤甚重，为延得道友性命，我便将自家秘制之花酿整坛倾与道友，又与道友渡得气来，道友方醒转。"苍天可鉴，除了"整坛"二字，字字属实。

那乌鸦却突然粲然一笑，虽然绚烂堪比满园桃花盛放，此时看来却颇有些触目惊心之意，幽幽开得口来："道友适才挥刀莫非亦是为了救我性命？"

我郑重思忖了一下，怜悯地掀了条丝被覆在他身上："我看道友衣衫褴褛，原想替你更换衣裳，却不想瞧见道友小腹下长了个瘤子。虽说身残志坚未必不是好事，然终究与常人有异，我既救了道友，自然好事做到底，故而想替道友将那瘤子剜下。"

话毕，那乌鸦脸色一阵古怪，青白转换，好不奇怪，上上下下又将我打量了一番，问道："你是女身？"继而又说，"既是女身，难道不晓得男女有别？如此放肆成何体统！"颇有些怒意。

这下我倒不知如何应对了，我只晓得有个花、草、树、木、人、鱼、鸟、兽之分，倒从未听闻有个什么男女之别，很是疑惑。之后有一日，老胡听我说了这事之后很是悲愤，眼泪汪汪地控诉："我便是男子身，小葡萄怎可说从未见过男子！"我不甚在意地安抚他："我以为但凡胡萝卜便长得你这个样子。"老胡捶胸顿足。

就在我迷糊震撼地四千年来第一次知晓自己是个女子，而世上还有另一个种属叫作"男子"时，那只号称自己是男子身的乌鸦捏了捏我头上的发髻，道："看在你年纪尚小，又生在这天界蛮荒之外，且不与你计较。"

我愤愤然正待辩驳，那乌鸦却念了个诀将我现了原形，我一个没站稳在床沿滴溜溜滚了一滚，那天煞的乌鸦却兴味盎然地用指尖将我夹了起来："我道是什么，原来是个小葡萄精。"

看他两片薄唇在我面前一张一合，我突然想起老胡的话："你我这样的果子精、果子仙本就稀少，没准一出去便要被吃了。"我颤颤巍巍地闭上眼睛，老胡啊老胡，出师未捷身先死，我如今尚未出得水镜便要被只乌鸦给填了肚子，且容我先行一步。

闭眼睛的后果就是，闭着闭着一不小心就给睡过去了。

待我酣畅淋漓睡醒过来，却见得眼前一片漆黑。怎的还没天亮？又觉得一阵泰山压顶，心道：莫不是已入了那乌鸦的五脏庙内？我若此时变回人身，不知会不会将他的肚子给撑开。

说变就变。

化作人身后眼前顿时一片豁然开朗，却不是我将那乌鸦的肚子给撑开了。原来是那乌鸦不知何时又变作鸟的样子，张了翅膀睡在我床上，适才正是他的羽翅将我压住了。

原来，乌鸦是不吃葡萄的。我甚是宽慰。

想起昨日尚未将奏请递与长芳主，我便预备再往结界去。

将将走到门边，听得背后一个流水溅玉的声音道："你且与我备了早膳来。"却是那乌鸦醒转过来化了人身，慵懒地倚在榻旁。听他那口气想是使唤人使唤得十分习惯了，可惜我却从来没有使唤人这样的不良习惯。

但是，最讨厌的便是这个"但是"。他法力比我高强，昨夜随便念个诀就将我现了形，开罪了他大抵于我是没有好处的。

于是，只有含泪饮恨出了门去，背后还听得一声："速去速回。"

但是，又见但是。当我将那好不容易寻来的吃食递与那乌鸦时，那乌鸦脸色又如昨日一般青白交错变换了一番，嫌恶地一推："你自己吃吧。"

我低头看了看那一整碟爬来扭去的蚯蚓，觉得无甚不妥之处："乌鸦不都是吃虫子的吗？"枉费我将后院整整刨了一遍才找出这几只蚯蚓，勉强凑得一盘。

这回乌鸦的脸色更丰富了，赤橙黄绿青蓝紫轮番交替过后，总算开得口来："你这小妖，谁与你说我是乌鸦的！"

我目瞪口呆看了他半晌，讷讷道："难不成……难不成是只喜鹊？"

那鸟儿脸色铁青地扫了我一眼，便不再搭理我。我私以为这便是默认了，心里盘算，我将他当乌鸦，他将我当妖怪，倒也十分和谐地平衡了。

他长臂舒展，照空一拂站起身来，身上已多了一件赤金色的锦袍，耀眼夺目堪比初升旭日。我端详一番，觉得他除了眉毛比我浓些，眼尾比我上挑些，鼻子比我挺拔些，身量比我高些，还有就是身上多了个不明之物，倒真没看出个所谓的"男女之别"别在何处。

"可有泉水？"锐目一扫，最后居高临下停在我的脸上。

"道友且随我来。"纵然这鸟儿脾气不是很好，但是我们做果子的自然不能和一只鸟一般见识，从善如流乃正道。

我庭中有一方清泉，终年氤氲缭绕，老胡常赞："萄萄这里倒实是堪比天宫仙境。"虽然我以为老胡未必上过天宫，却对自己这泉池亦是十分满意。

那喜鹊见了清泉，脸色方好些，伸手一招，手上便多了个白玉耳杯，舀了半杯泉水，品茶一般望闻问切一番方入口，良久道："这泉水尚且甘洌，勉强入得口。"

我没仔细听他说些什么，只是看他这样随手一变便可变出这样精美的杯子，十分艳羡。我虽懂变换之术，却终需凭借个草啊叶啊什么的，凭空是变不出来的。老胡也不行,长芳主倒是可以的。足见这喜鹊不但是个仙,还是个品阶颇高的仙。委实可叹我当时动作不够迅速,不然趁其昏迷之际取了他的内丹精元,说不定此时我已位列仙班了。如今,偷鸡不成反蚀把米,还得委屈自己伺候于他,一嗟三叹哪!

忽觉头上有异,抬眼一看却是那喜鹊捏了我的发髻把玩。我的发髻就如此好玩吗?难道这就是传说中的"恋物癖"?

"你这小妖,叹的什么气?"

这喜鹊看来记性比老胡还要不如许多,张口闭口唤我小妖。

我兀自坐在泉边,除了鞋袜,将脚泡入泉水之中,沁凉舒爽十分惬意。踢水踢得正是欢畅,却见那喜鹊黑了半边脸:"这泉水是作甚用的?"

我十分纳罕:"泉水自然是洗足沐浴浣衣用的。"

"你!"那喜鹊脸色又由黑变红,捂着嘴便开始干呕,半晌后怒气冲天冲我道,"蛮荒小妖,龌龊不堪!"

我不解,方才说"甘冽"的是他,如今说"龌龊"的亦是他,喜鹊真是喜怒无常啊,着实令人不屑。

那喜鹊以手抚额,捏了捏额角,道:"罢了。"继而环视了一下四周,问,"此处可是花界?"

"正是。"

至此,我大体概括得:喜鹊是一种脾气古怪、记性差、恋物、喜怒无常且反应迟钝的鸟儿。

他瞥了我一眼,伸手招来一朵七彩祥云,眼看便要踏云而去,我方反应过来他这便是要离开花界了,忙抓了他的袖口甚是委屈道:"道友还未报答我的救命之恩呢。"

他似笑非笑抱了手问我:"哦?不知恩公想要我如何报答?"

我绞着手指想了想:"你若带我出得这结界去天宫,这恩情便当是一笔勾销了。"

话音刚落,我便又被他现了原形,正待愤慨,那喜鹊却将我放在掌心掂了掂,道:"如此带着倒也不碍事。"便将我于袖袋中一搁,腾云飞去。

不知他飞了多远的路,我只知自己在他袖袋中从左滚到右,又从右滚到左,从上滚到下,又从下滚到上,滚得晕头转向好不难受。

刚停下,便听得一个惊喜的声音道:"二殿下回来了!二殿下回来了!快快通报天帝陛下!"

紧接着一阵五味杂陈的花粉香扑来，几个声音齐齐道："凤君这是去哪里了？可真真急煞奴家了！"

"不过去外界转了一两日，叫美人们受惊了。"喜鹊的声音我是识得的。

一个绵软嗔怪的声音接道："凤君真坏，可吓坏奴家了。"

又听得一个苍老的声音："恭贺二殿下涅槃重生。老仙等护法不力，请殿下责罚！"

涅槃？我虽被禁在水镜之中见识不多，但典籍还是读得颇多，故倒还晓得只有凤凰才有"浴火涅槃"这一说，不免有些震撼，如此说来那鸟儿竟是只凤凰神鸟！

原来，羽毛乌黑的不一定是只乌鸦，它还有可能是只烧焦的凤凰。

一阵静默，花粉之味渐渐散去，方听得那凤凰幽幽应道："此事原怨不得燎原君诸仙，只有百年做贼的，没听得百年防贼的。凡人这句话我以为甚是有理。"

"殿下是说……"

还未听出个所以然来，我一个打滑，骨碌碌从那袖袋之中掉了出来，化作人形一屁股坐在了地上，疼得眼泪汪汪地抬起头来，却见一个花白胡子的老神仙看着我一愣一愣，好半天道："这……这是哪里来的小童？"

那凤凰鸟儿却不甚在意地瞟了我一眼："不过个要报恩的小妖。"

老神仙捋了捋下巴上的长须："殿下仁善，己方解难，仍不忘兼济天下。"

我愤愤地剜了那鸟儿一眼，怎的不说清主谓宾定状补，倒叫这老儿误以为是我要报恩于他。我正要开口辩解，门口飞来一个仙官，拖了长音一板一眼宣道："天帝陛下宣火神速速觐见。"

"旭凤领旨。"焦凤凰虚虚俯身抱了抱拳，转身与那老神仙道："燎原君且随我同去吧。"又与那仙官道，"惠行者且前面带路。"

一行人三两下走得空空散散，只余我一个坐在这偌大的厅中央，与那厅首匾额"栖梧"二字相看两厌。

我拍拍衣裳站起身来，出了门外左右瞧瞧，难不成这便是天宫？左右看着也没甚稀奇，只是多了层缭绕不散的雾气而已，将那地面遮掩得若隐若现，反倒叫人看不清路，深一脚浅一脚，走得好生艰辛。

彼时，我尚不知但凡神仙出门从来都是用飞的，走路委实乃落魄之举。

话说这凤凰的园子实在大得很，只是花草却单调乏味，数来数去，统共三种花：凤仙花、凤凰花、玉凤花。乏善可陈。

我绕了一圈，在火红如荼的凤凰花落英之中看见一团隆起之物一起一伏，远看并不真切，于是近前去将那层层花瓣剥离，却见得一只毛皮火红的小兽，蜷作一团呼呼睡在其中，露了半只尖尖的小耳朵和一只毛茸茸的爪子在外，甚是有趣。

我伸手捏了捏那爪子，中间有个软绵绵的小肉垫。

嗯，看起来很好吃的样子。

于是，我又捏了捏。

就听见"砰"的一声巨响，那红毛小兽夯了毛弹起身来，定睛一看，原来是团红毛小狐狸。尚未来得及数清它身后拖着的尾巴数，又是"砰"的一声，眼见得手中那毛茸茸软绵绵的小爪瞬间变作一只修长的手。

沿着那手向上看去，就见面前立了一个十五六岁模样的少年，着一身品红纱衣，唇红齿白，眉眼弯弯，盯着我的手看了半晌，逸出轻烟一叹："唉，老夫活了这许多年也总算被人非礼过一回了，甚感慰足，甚感慰足。"继而，泪汪汪地抬头反执起我的手，"不知汝是哪家仙童？姓甚名谁？"

我想了想，虽然他说什么"非礼"我听不大明白，但"仙童"我还是不敢妄自冒充的，但在天界仙家面前承认自己是个精灵大抵有些丢脸，于是我清了清嗓子与他道："唤我锦觅便可，仙童不敢当，不过……呃……不过是个半仙罢了。"修仙修了一半，可不就是半仙嘛，对自己发明的这个词，我颇为自得。

"半仙？看来我这个午觉睡得委实长了，天界竟又多了个仙阶。"他携了我的手抬眼环顾四周，"这不是旭凤的园子嘛！如此说来，你便是旭凤的仙童了，我就说旭凤这娃儿虽然脾气不好，眼光却是极好的，瞧挑的这仙童水灵灵的小模样。"说罢，还捏了捏我的脸颊。

我闪了闪，没有躲过，有些愤愤："我不是那焦凤凰的仙童，我是他的恩公。"

"恩公？"那人两眼迸光，拉了我的手席地坐下，"来来来，小锦觅，与我说说，我最喜欢听故事了。"

我挣来挣去愣是挣不开这个狐狸仙的手，只好与他说那来龙去脉："那凤凰烧焦了，落入花界……"

"啧啧，落难公子。"狐狸摇头晃脑打断我。

"我碰见了……"

"啧啧，灵秀小童。"狐狸摇头晃脑打断我。

"与他渡气……"

"啧啧,肌肤之亲。"狐狸摇头晃脑打断我。

"他醒转过来……"我转头瞧了瞧狐狸,见他眼汪汪地托腮瞅着我,我巴巴地回瞅他,瞅来瞅去,他终于按捺不住:"怎的不住下说了呢?"

"我在等着你的'啧啧'。"我坦然应道。

他了悟似的"啧啧"了一声,我便继续往下:"后来,焦凤凰为报恩于我,便将我带至天界。"

"啧啧,情爱便是这样发芽的。"狐狸仙一脸高深状摇头晃脑,忽地拊掌笑赞,"经典桥段,甚得我心。"

趁他拊掌之际,我迅捷地收回自己被他握住的手,放在鼻下嗅了嗅。

呃……怎么没有传说中的狐臭?

那厢,狐狸仙将我上下打量了一番,道:"可叹是个男童,我家旭凤眼看着便要断袖了。"

我又糊涂了,且不说"断袖"是个什么东西,单他说我是男童我就不明白了,怎的那焦凤凰又说我是女身?后来我才知晓,彼时因我着了男童的衣裳,那狐狸仙才将我认错。

我正糊涂着,那狐狸仙却一脸玄机地对我招手:"小锦觅且附耳过来。"

我凑上前去,他在我耳边郑重道:"其实,'报恩'这词原是我起意拟出来的,不知怎的传着传着就把其中一个字给传错了,枉费了我一番初衷。"

转眼间,狐狸仙变了枝小树丫在手,在满地花瓣零落中一笔一画写下一个大大的"抱"字,道:"此乃正字。'抱'恩'抱'恩,无抱怎还恩!"

言毕,甚是洒脱地一甩红袖,将那小树丫一抛,笑吟吟地看了看我,从袖中抽出一根锃光发亮的红丝线,甚是慷慨的样子道:"看在侬是天上地下第一个非礼本仙的人,派侬一根红线,将它系在旭凤的脚踝上便可情路平坦,逢凶化吉。"

我正要接那狐狸仙口中神奇的红线,空中闪过一道七彩光芒,绚丽堪比霓虹,晃眼得很。定睛一看,却是那焦凤凰不知何时飞了回来,现下正睨了双吊梢眼儿立在一旁:"月下仙人如今是越发慷慨了。"言毕,略撩起锦袍下摆,脚踝上赫然系了五、六、七、八、九、十根红丝线。

凤凰一把将它们扯下放在狐狸仙手上:"想来月下仙人红线十分富足,然则能否不要再将其赠予旭凤府中仙子侍婢,也算是美事一桩了。"

狐狸仙捏着那一把红彤彤的线,揪了揪衣襟,长吁短叹:"凤娃如今大了,侄大不由叔啊!想当年,你还是只绒毛未褪的小鸟儿时,最爱的便是在我府中的红线团里打滚。现如今,连称呼都如此生分,老夫怅然得很,怅然得很哪!"

凤凰的脸抽了抽,我顿了顿。

沉吟片刻,顿觉得"凤娃"二字妙不可言。

"叔父言重了。"凤凰抱了手作揖做得很有些勉强。

我立在一旁,没有说话,主要是因为我内心活动比较丰富。我看看狐狸仙十五六岁少年稚气未脱的模样,再看看高出他足足一个头的凤凰,十七八岁傲然挺拔的模样,竟然是叔侄。果然仙不可貌相。

狐狸仙一团和气地执了凤凰的手,亲切道:"我侄甚乖、甚乖,如此称呼方显一家和乐。"又道,"锦觅这小仙童,我看着甚好,不如你便收了房吧。"

"锦觅?何人?"纵然周身祥云笼罩,凤凰的脸色却不好。

我咳了咳,示意他我便是那个"锦觅"。凤凰冷眼看了看我。

狐狸仙又来执了我的手道:"不知锦蜜仙童名讳中的蜜可是'蜜糖'的'蜜'?"

我说:"非也非也。"

"那是哪个蜜呢?"狐狸仙问得恳切。

我正待回复,凤凰却不甚耐烦,插道:"想是'寻觅'的'觅'吧。"

"非也,乃'觅食'的'觅'。"我郑重其事地纠正他,虽然同字,但意义才是重点。

"妙!妙得很!"狐狸仙赞叹。

能领悟到我名字的内涵十分不易,我一时十分感动,遂将狐狸仙视为知己,便无视了一边表情不甚好的凤凰。

"不知锦觅半仙年方几何?生辰八字多少?何方人氏?家中人丁几许……"

凤凰皱眉咳了一声,将言语恳切的狐狸仙打断:"旭凤适才从紫方云宫来,听闻天后新近得了一根针眼大的神针,叔父眼神不好,又喜夜里穿红线,想来若得了这神针应大有裨益。"

那狐狸仙闻言,一时喜上眉梢,勉力踮起足尖伸手拍了拍凤凰的肩膀:"还是凤娃乖觉,比润玉那娃儿不知好上多少。待老夫给你许配个好人家,哈哈哈!"

乐呵呵的狐狸仙临走之际仍不忘携了我的手道:"其实,断袖也无甚不妥。"

第二章

时间过得张牙舞爪，光阴逃得死去活来。

满算算，我已滋润自如地在月下仙人的姻缘府中住满了两轮月圆月缺。

那日，月下仙人走后，我与那倨傲的凤凰怎么看怎么觉着相看两厌，便辞了他，出了园门，一路逛去。却不想这天界实在是大得很，我又不屑于腾云驾雾，走了许久，直到天边霞光泛起、月宫点灯，也没看到个称心如意的景或是遇到个有趣解乏的人。正怏怏抱了团云彩发狠啃着，就觉眼角一片红彤彤的颜色晃过，抬头一看，却是在凤凰园子里遇见的狐狸仙正喜滋滋举着根绣花针，哼着小曲儿从我面前踏云飘过。

"月下仙人且慢行。"我抛了手里那团被嚼得零落的云彩，出声唤他。

狐狸仙非但没停，还径直往前飘了一里又半，眼见着就剩下个红点了，却突然折返回来，弯了一双溪水般的眼蔼声问我："适才可是仙友唤我？"

我抹了抹额角："正是在下。"

狐狸仙望着我，咬了咬红艳艳的唇，似是在拼命回忆什么，最后面上一片雾云散去，豁然开朗道："嚼！这不是摘星馆的留月仙使吗？几十年不见，越发青春年少了啊！"

我晕了晕。

狐狸仙见我面色迷惘，觉得不大对，突然哈哈一笑执了我的手："看我这眼神，分明是银河宫的铜雀使者嘛！使者莫怪，见了织女还替我捎句问好，有劳有劳。"

此刻，只觉着一群野驴在我的脑子里奔跑呼啸踩踏而过，然后，我镇定地明白了一个事情，这狐狸仙的记性恐怕有些不牢靠，比之老胡怕是有过之而无不及。

"呃，我与狐狸仙晌午时分方见过，在下名唤锦觅。"

狐狸仙歪着脑袋瞅了我半晌，皱眉咬唇，天人交战一番，终于大彻大悟："哦！旭凤的园子里……半仙……断袖……锦觅！"

实在不易，我赞许一笑。

狐狸仙显然十分高兴，热络地问我吃是没吃，住在哪家府邸。

我从善如流地与他道我今日方从花界上来，尚未觅得个好的食宿之所。狐狸仙听说如此，万分热情喜悦地邀我前去他的府邸。

我便顺理成章地在月下仙人红彤彤的姻缘府里住到了现在。

撇去热情的狐狸仙和姻缘府里来来往往喜欢摸我脸蛋的仙姑们不说，这天界确是个奇奇怪怪的所在，首先一项，便要数花草绝迹这一事。

我虽不是个正统的花仙，但好歹是个修炼中的葡萄精，除去修炼这头等大事，剩下的便是采花酿蜜以备受个伤什么的好有蜜酿可疗，哪知那日我挎了篮子在狐狸仙的园子里转了半晌也没有摘到半片叶子。

且莫要看那园子里芳草萋萋、百花怒放的好景致，但凡我伸手掐下一朵来，那花儿便眨眼化作一缕云烟飘散而去，甚是离奇。

是夜，询问月下仙人。

他摇头晃脑唏嘘感慨半晌，方深沉与我道："春去不复来，花谢不再开。此事缘由不便道明，乃系一段旷世情仇。"又连叹三声，"情之一字啊……"

呃，"情"是个什么物件？罢了，但凡和提升仙力无关的事情，我大半都没有兴趣。

在狐狸仙颠倒简略的叙述中，我大体晓得几千年前，如今的天帝与先花神结下了个了不得的大梁子，先花神一怒之下施法毁了天界所有的花草，从此，天界寸草不生。但长长久久这样秃下去也不是个事儿，于是，天帝便用云彩化出万千花草遍布天界，总算让天界又恢复了颜色。只是这花草诚然并非真实，但凡摘下便露出原貌，化作云烟了。

我也总算明白了一件事——在天界我是不要妄想酿蜜了。

故而，我日日除了打坐练法，甚是悠闲。对比起来，狐狸仙倒是繁忙得紧。

每日寅卯交界之时，便有一个小仙倌背着一只沉沉的布袋子上门，袋子里装满了各式各样的条子，姻缘府的仙使们忙碌地将这些条子分门别类登记成册后，按卷交到狐狸仙手中，狐狸仙便坐在一团团一簇簇的红丝线中开始一面翻册子，一面穿针引线。

不知练的是个什么奇怪的法术。我也曾好奇地看过那袋子里的字条，无非写着"小女子·柳烟，杭州柳家长女，年方二八，求请月老大人为小女子觅得佳婿，愿郎貌比潘安，才胜李杜，情比金坚……"之类，林林总总。

这条子上的字我个个看得明白，但组在一起我又不甚清楚，只知是要求狐狸仙办个什么事。请教狐狸仙，他神色肃穆地看了我半晌："锦觅年纪尚幼，不晓得情事乃情理之中，不过既然日后要与我那二侄子断袖，还是早些通晓的好。"

第二日清晨，我睡眼蒙眬地推开门，看到门口乌压压一片，以为天还没亮，刚要转身回去继续睡，却被突然钻出的月下仙人吓了一跳。

"小锦觅，这便是我多年珍藏的情爱书册春宫秘图，先借你瞅瞅，开窍要从理论开始哦。"狐狸仙笑眯眯地掸了掸额前发丝，扬手指挥一边的仙侍，"快快快，且都搬进来吧。"

我让在一边，看着仙侍们进进出出将门口那乌压压几人高的书册卷轴逐次转移到我屋内，如火如荼、叹为观止。

仙侍们撤走后，我转身一看，狐狸仙正趴在书牍中不知翻找什么，一边翻一边念念有词："人人恋，不好，没有特色。"一本书册被抛在一边，"仙仙恋，不行，太缥缈了。"又一本抛出，"人兽恋，算了，口味太重。"又一本抛出，"仙凡恋，董勇、七仙女，太俗气了。"

最后，站在一片七零八落中，狐狸仙满意地捧了本书朝我招招手。

我过去，只见那封面一列行书写得张牙舞爪——千年等一回。

"今天，我们便从人妖恋开始讲起。"

整整一个时辰，狐狸仙时而慷慨、时而凄婉、时而泪下地翻着那书，给我说了个蛇妖和小书生的故事。

末了，狐狸仙郑重地合上书页，唏嘘感慨总结道："这，便是让人怦然心动、潸然泪下的情爱。"

我扶了扶额角，原来，这，便是让人昏昏欲睡、莫名其妙的情爱。

不过碍于狐狸仙这样恳切，我不忍拂了他的好意，便热烈附和道："果然心动，心动得很哪！"

狐狸仙受了鼓励，此后日日必来我院中给我说个所谓的情爱故事，不时还翻些春宫秘图与我看看。我看了以后，没忍住，点评道："姿态甚丑。"狐狸仙用朽木不可雕也的眼神鄙视了一下我。

不过，看了几日春宫秘图后，我倒是彻底明白了男女到底别在哪里，也知晓了这双修的一个好处，据狐狸仙说，可以采阴滋阳、取阳补阴，甚好。我思忖着，若哪天我灵力实在提不上来了，倒不妨找个人修一修。

只是狐狸仙口中的"情爱"，依我之见却全然不是个好物件，那些故事里的人多半为着这物什神魂颠倒、舍命忘生却还甘之如饴，匪夷所思至极。不过鉴于狐狸仙每日做的事情便是为这些所谓的痴男怨女牵线搭桥，而他本人也甚乐在其中，我便将想法如数咽入腹中。

原来那小仙倌每日送上门的便是凡人在庙中对月下仙人许下的求祷，月下仙人每天夜里只要将红线连在两人的小尾指上，这两人就算相隔万里、远隔千山抑或两家世代为仇为敌，也能凭着这根红线走到一起结为连理，奥妙得很。

月下仙人，掌管姻缘，却管人管妖不管仙，诸仙姻缘皆不在他的算计之中。但是，这并不妨碍每日里仙姑仙使们来来往往、门庭若市地向月老求根红线沾喜气。

我住在姻缘府上，人来人往总是不可避免地被他们瞧见，总有仙姑喜欢摸摸我的脸蛋与狐狸仙道："上仙府上这小童生得煞是讨喜啊，若是大个万儿八千岁，不知要迷了这天上多少仙姑去呢。"

又有仙姑道："我看这般长下去，怕不是连两位殿下也要比下去。"

狐狸仙必然喜滋滋地将我望上一望，如亲娘看亲儿一般慈爱，再喜滋滋地添上一句："可不就是，将来旭凤便是与之断了袖，我也是放心的。"

然后，就见着仙姑们乌云照面，眼神仿佛不甚爽利地看着我，全然不见摸我脸蛋时的开怀。

佛祖爷爷说过："一念贪欲起，百万障门开。"人生必得二十难，其首便是贪。然则，我只是个修仙未遂的精灵，道行不高，境界自然高不了多少，此番出花界为的便是贪寻个提升灵力的便捷方子。我在狐狸仙这里住得颇老神在在，除去偶尔被狐狸仙拎着一道品品春宫评评情爱，余下的时间便是琢磨这个事情。

可叹狐狸仙天生便是个仙根，对修炼之法完全无须研习，无甚可以传授与我。然，天界里高人众多，宝物丰盈，聪明如我自然不出两日便想出了个法子。

姻缘府里或许找不到仙丹法器，却盛产红线。

丝坊里一群白白胖胖的天蚕整天吃饱喝足晒着同样白白胖胖的月亮便喜欢吐丝玩儿，这天蚕丝在红尘之中浸染过后就成了一根根锃光发亮的红丝线。但并不是每根红丝线都做得成月下仙人手中的红线，需是粘得牢扯不断禁得起折腾的方可派上用场，余下的，仙侍们便扫尘除垢一般清理出府，偶尔落下那么一两团坠入凡间，被没见识的凡人拾了去做做"天蚕软甲"什么的抵抵刀枪剑雨。

我闲来无事，偶尔拈了一团红丝线编了几朵花，不慎掉到了云彩里，不想，这些花竟能一朵两朵落地生根，枝繁叶茂起来，被府上的仙侍们瞧见了，啧啧称奇，言是千八百年没见过如此逼真还能有香味的花来，人人都来问我讨。

来而不往，非礼也。

为了不让这些问我讨花的仙侍仙姑觉着亏欠于我，我只好勉为其难地收了他们送给我的东西。两月下来，倒也丰足，我统了统，列了个单子：可以隐身的树叶五枚、文昌仙人用过的狼毫一支、司命星君的许愿灯一盏、元始天尊题字的限量道书一册、夜神篦发时落下的青丝一缕、火神旭凤的尾羽一根……匪夷所思。

然则，百废之中定有一宝。

此宝便是火神栖梧殿中小仙侍了听送来的两枚朱雀卵。

前日，了听得了我一捧香花后，伸手入怀别别扭扭地掏啊掏掏了半晌，我看他那痛苦扭曲的神情，着实吓了一跳，以为他要掏心挖肺，刚想说区区两朵小花仙侍尽管拿去，却不料他掏出两枚红艳艳剥了壳的煮鸡蛋，郑重地放在桌上。

两枚鸡蛋在桌上滚了一滚，淳朴憨实地泛着红光，我干干笑了两声："呵呵，恭喜了听仙侍喜得仙童。"

了听愣了愣，面色"噌噌噌"一下烧得比那桌上的喜蛋还要喜庆："锦觅半……半……半仙……了听……了听仙龄尚小，还未有……未有……未有仙姑……婚配……"

未有婚配便发喜蛋？这难道就是狐狸仙前几日所言令他痛心疾首的未婚先孕？奥妙啊！

"这喜蛋……"我张了张口，了听仙侍闻言噎了口气，方才还喜庆的脸此刻倒有些紫气了。

我端了口水与他，好不容易顺过气来，他便扯了我的袖口痛心疾首道："此乃火神殿下宫中灵鸟朱雀之卵，八百年才得一回啊！"

我摸了摸红彤彤的朱雀卵，心里乐开了花。了听说："食之，一枚可涨百年灵力，两枚便可涨三百年灵力。"

今日早起，见日头正好，鸟语花香，我翻了翻皇历，用那文昌仙人的狼毫蘸饱墨添上一笔：吉日，宜烹饪。

一枚文火小炖，一枚大火煎炒。朱雀卵滋味果然不一般，些许鸡蛋的稚嫩中透着一股鸭蛋的芬芳，入口后又泛起一缕鹌鹑蛋的青涩，甚合我意，于是多添了两碗饭。

食毕少顷，便有一股腾腾热气自百会穴生出，奔往通体各个脉络，我大喜，凝神打坐。

熟料，这股蒸腾之气片刻后似火焰熊熊升起，片刻后，直觉着浑身如置柴薪烈炙中，炽热难当，又如滚油煎沸，五内俱焚。

我跌跌撞撞扑出院门，正遇上前来寻我的狐狸仙，见我如此大惊失色，将我扶入屋内。我忍着剧痛与他道了因果。

狐狸仙一脸肃穆给我把了脉，俯首思忖半晌，洋洋洒洒写了张方子递与底下的仙侍，吩咐将药速速煎来。

我虽身上疼痛，神志倒还清明，只见得周身水雾缭绕，迷迷蒙蒙，勉强扯了扯嘴角与狐狸仙说话："不想月下仙人还精通药石之理。"

狐狸仙弯了弯亮亮的眼谦虚道："略懂。"

半个时辰后，姻缘府来了一群人，清一色披甲戴刀，面容肃穆，身板笔直，跨步走路不自觉地透着股腾腾杀气。

这群人入了小院，二话不说将我放上担架，抬了便跑。

狐狸仙跟跟跄跄跟在后面追，哭得撕心裂肺："汝等丧尽天良之徒，这是要将我家觅儿劫到何处去？"

我抬头望了望蓝得一脸无辜的天空，忍痛。

狐狸仙嘶哑着嗓子捶胸顿足："觅儿啊，爹爹对不住你！眼见着贼人掳了你去抵债也没奈何……"

"叔父再唱下去，怕是这小妖不出一个时辰便可灰飞烟灭了。"自始至终在一旁冷眼看着的凤凰淡淡道了一句。

狐狸仙立刻抹了把泪站直身体，笑眯眯道："我老早便想演一回恶霸抢女、生离死别了。"

抬担架的天兵手上抖了抖。我咬了咬牙，继续忍痛。

事实证明，狐狸仙对医术果然只是"略"懂，他那一剂药下来，我身上的灼热非但不减，反增数倍。解铃还须系铃人，我所服食的朱雀卵是火神宫中所出之物，狐狸仙便燃了炷传音香，十万火急地把火神旭凤招来。

那凤凰正在校场操练天兵天将，想是不知他叔父出了什么了不得的大事，带着天兵眨眼便降在了姻缘府中。

狐狸仙与他侄儿道了缘由，那焦凤凰挑了挑两道倨傲的眉，斜斜睨我一眼，便命天兵将我抬到栖梧宫中诊治。

临出姻缘府前，狐狸仙挥了挥丝帕，咬了唇红着眼道："觅儿，此去栖梧宫可要乖巧伶俐些，服侍好旭凤大官人。"

凤凰眼角跳了跳。我终于如愿以偿地晕了过去。

再次醒来，睁眼便看见朱雀卵一般又圆又红的天穹顶，上面飘着一团团朱雀卵一般喜庆红艳的火烧云。

唉，不过吃了两枚朱雀卵，怎的天地就变成这副模样了。

转转脖子，乍看见一个不像朱雀卵的物什，着实吓了我一跳。但见雾气缭绕中一个少年盘腿坐在我身侧，面色清冷，长眼微阖，半披的墨发有如被春风滋润萃取过，带着风的形态。

正疑惑着，那双眼兀地打开，宝剑出鞘般锐光四射。怎的是凤凰这厮，这般散着发，我还以为补过头，入了幽冥司见着拘魂鬼了。

他伸过手，指尖搭在我的脉上。我低头看了看那手，白皙修长，指尖莹且直，真真是讨厌的人，连手指都生得这般傲慢。

"屏气，内运十二周天。"凤凰命令。

我如实照做，方发现原先的疼痛之感已全无，只是灵力似乎比原来还要弱上许多，一时大恸。

凤凰哼了一下："你这小妖，本生得体质阴寒，只宜水养，竟不自量力食下我灵鸟朱雀之卵。朱雀性至火，若非叔父相求，你早便沸作一缕烟了。"

我默默含泪："人家是葡萄，人家长在土里，人家不是水养的，人家以为朱雀是猪的亲戚,哪里知道是火的亲戚,人家的灵力没了一半……"

"罢了,你莫要饶舌绕得我头晕,就容你先在栖梧宫中住着养伤。"凤凰拂了拂衣摆站起身来,招来一个小仙侍吩咐,"你且收拾间厢房将这小妖安置安置。"

我擦了擦还没来得及滚到腮帮子上的水珠,随了那小仙侍去。

"那个……锦觅半仙,怎的殿下唤你'小妖'?"

奈何天下竟有这般不识趣的人,我幽幽望了望一边愣头愣脑的小仙侍,不是别人,正是给了我朱雀卵的了听。

"了听,我如今元气大伤,要补上一补。"我在厢房里找了张花梨椅靠上去。

"啊?哦。"了听愣愣地摸了摸后脑,"不知锦觅要什么药材呢?"

我压低了声音阴恻恻地在他耳边道:"我们做妖精的自然是只吃童男童女,仙童便更好了。"

了听惨白了张脸,夺命奔去。

昂日星官刚将热辣辣的日头泡入海中,暮色便如倾巢而出的蝙蝠,刹那间,铺天盖地。

我仰面躺在一株海棠树丫上,闭目养神,树下是一片和月影缠绵的漾漾碧水。这潭堪堪望不到边的碧水唤作"留梓池",算得栖梧宫中景致最好之处。

似睡非睡间,听得隐约叮咚水声,我应声向下望去,但见碧水那端隐约有个人,正往身上撩水沐浴。

借着月色我凝神观了观,呃,是凤凰。

仙姑仙娥们私底下都喜欢议论他,据她们说,这六界之中凤凰算得万儿八千年里长得最好看的男神仙,从前没细看过,今日我将他露在水面上的都仔细瞧了瞧,没看出有什么特别的。正想施了法术瞧瞧浸在水里的一半是不是有什么特别,就觉身子一轻,被人现了原形落入池水中。

待我从水中站起来,就见凤凰已披了件青色袍子,头发用一支碧玉簪子绾着,抱了手站在岸边居高临下地瞧我。

"你不去修炼,在那树梢上作甚?"

"悟禅。"我念诀去了身上的水,不慌不忙地应道。

"今日教你的梵天咒可是记全了?"凤凰照例捏了捏我头上的发髻,我照例没能闪过,不情不愿应了声"记全了"。

"背来与我听听。"凤凰负着手，踏了朵低低的云彩飘在前面，我亦不甚娴熟地踩了团云彩，不稳当地跟在后面，磕磕绊绊地背着那七七四十九条梵天咒。

眼看着将将要到洗尘殿门口，总算是背完了，凤凰兀地转过身来，我差点撞了上去。他却倏忽一笑，嘴角笑窝浅浅一旋，荡漾开来："短短一篇梵天咒叫你背得这样颠倒坎坷，四十九条只对了五条，倒也实属不易。"

我干笑着看了看脚尖。

"回去同无相心经一并记熟了，明日卯时过来再背。"

我恭敬地看着他转身，然后抬脚踹了踹他身后被月色拖下的影子。

自从月余前食了那朱雀卵，灵力哗啦啦地失了一大半后，我便住在凤凰的栖梧宫中养伤，平日里和小仙娥们闲磕牙时听说凤凰虽仙龄才一万五千岁，却已掌着五方天将，是历代火神中灵力最强的。

我心念一动，觍了脸找那凤凰想求他渡些灵力与我，他不允。

狐狸仙说过，对付男子第一大秘诀便是切勿强攻，只可弱取，示弱乃以退为进。

我蓄着泪在凤凰面前装了两日乖巧，再时不时澄澈着眼幽怨地将他望上一望。果然十分奏效，第三日那凤凰便放宽了口气，虽仍旧不肯将灵力渡与我，却答应教我些修炼的窍法。

我欢欢喜喜日日上他跟前报到，却不见他传授我丁点儿秘诀，只是埋首在累牍书案中处理些公文，时不时使唤我添添墨泡杯茶，上校场也唤我跟着他，常常站在一边看他操练天兵，一看便是四五个时辰。

三日下来，我估摸着这"示弱"好像示得太弱了，我们做果子的也是有原则的，酝酿了一下，正要找他理论，他却写了两页轻飘飘的纸给我："这是刹娑诀，回去记下，有不明白的明日过来我再教你。"

触了我的死穴。我自打有记性开始，顶顶厌烦的便是记诵，但凡一提到背书，我便开始心浮气躁。

我捏着那两张纸，颇是愁苦地蹙了蹙眉。

凤凰手不释卷，头也不抬地与我道："我观你资质尚可，之所以灵力不高，定是没有打好基础。修炼没有章法，如今便要从这理论开始。"

"嗯，月下仙人倒也是这么说的。"我想起狐狸仙也说过类似的话。

"哦？叔父也这么说？"凤凰抬了抬浓长的眉。

"嗯，月下仙人说情爱开窍要从理论开始。"我诚实应道。

凤凰脸黑了黑。

我勉为其难地揣了纸回去记诵，第二日到洗尘殿，凤凰照例埋首公务使唤我添墨泡茶，见我愤愤然便坦然道："修炼切忌心浮气躁，平心静气乃根本。这样两日你便受不住了，如何修入上仙。"

公报私仇说的便是这样吧，我想了想。大约因着我原来要取他的内丹精元让他记恨了，虽然看了几日春宫秘图后我终于晓得那不是内丹精元，不过狐狸仙说对男子来说那也和内丹精元差不多重要，若是丢了是了不得的大事。

念在他昨日给我的刹娑诀还有些用处，我又理亏在前，且不与他计较。

于是，我便日日与凤凰对坐洗尘殿中，除去被他监视着记诵些经、诀、颂、咒，就是被他心情愉悦地使唤着。月余下来，我觉着我俨然比了听、飞絮两个仙侍更像他的书童。

诚然，做凤凰的书童也并不是个意趣全无的差事，隔三岔五总有人送上门来与我解闷开怀。

嗯，全是因了凤凰那据说六界冠首的皮相，迷惑了岂止千千万。

凤凰在洗尘殿处理公文时，总会有仙姑仙娥或者得道的女妖趁得我出洗尘殿休整透气的空儿，递上透着香黏着粉的信笺托我代为转交。

不吃亏如我，代为转交前自然代为浏览了。传闻中的情书果然包罗万象、文笔细腻，堪称婉约派与新鸳鸯蝴蝶派完美结合的登峰造极之作，让我大大长了见识。

凤凰举凡见着粉嫩颜色的信笺，必是眉头一皱，然后抽出信帛，用观瓜果蔬菜的眼光那么观上一观，便弃在一旁。

若是凤凰出了洗尘殿，踏云在天街飘上一飘，则必定飘不上三四步，便有那么一两个弱不胜力的美人踩不稳云头，险险将要倒过来。

凤凰定然礼数周全地将美人扶稳，顺带风流一笑，体贴关怀道："今日风大，美人可要当心脚下，莫要让云头被风卷了去。"

仙子们必用锦帕掩了嘴咻咻一笑，娇娇回上一句："有劳二殿下，风甚大，二殿下怎的穿得这样单薄，小仙织了件锦袍，不若明日便送到栖梧宫中？"

凤凰必定再那么莞尔一笑："仙子费心了。"

我望了望纹丝不动的云彩和咧嘴傻笑的日头，颤上一颤，嗯，风果然是大了些。

烟火凡世，昆曲小戏子用水磨调细细婉转："流光容易把人抛，红了樱桃，绿了芭蕉……"

观尘镜一侧，狐狸仙抱了团水滑光亮的尾巴，眯着眼睛咿咿呀呀跟着哼，我趴在观尘镜另一侧，支着下巴，兴致勃勃地打着瞌睡。

这百年里为了修灵力，跟着凤凰这厮做小书童实在费些气力，似这般得了空闲、老神在在的机会确属不多，是以，我这个瞌睡打得十分欢畅。

欢畅之余不免生出些梦境来。梦中，我足蹬祥云，顶翔仙鹤，终于功德圆满地飞升做了上仙，天上诸位仙僚皆来道贺，连灌口的二郎真君也牵了天狗来捧场面。胖墩墩的天狗又是作揖又是流哈喇子，惹得一众神仙欢笑不止，我一时高兴便也将自己的宠物祭了出来——一只通体黑漆的大乌鸦。

扯了扯它的尾巴，我命道："小凤，唱支小曲给上仙们听听。"小凤刨刨爪子，趾高气扬地瞥上我一眼，沉默，沉默。

我对着诸仙干干一笑："这鸟儿刚烤过，怕是嗓子被烤干了。"

话音未落，小凤扑棱着翅膀飞起来，将利爪搁在我的发髻上，寒着调子念咒："墨磨好了吗？茶泡好了吗？太阴经背好了吗？灵力不想要了吗？"

我一个激灵，睁开眼来，对上一双忽闪忽闪的眼，又是一个激灵。

我往后一靠，险些打翻观尘镜，拉开了距离方看清那双大眼的主人，一个红着脸的小仙姑怯怯站在我面前，眼神不住地往我脸上瞟啊瞟的。我莫名。

这番动作自然惊了听戏的狐狸仙，狐狸仙熄了观尘镜，镜里的小曲被掐了嗓子般戛然而止。

"呵呵，紫炁星使好啊，今日怎的得空来看老生？"狐狸仙热情万分地凑了上来。

小仙姑又怯怯将脸红上一红，绞了绞手上锦帕，脆生生道："见过月下仙人，小仙是月孛，紫炁是小仙的姐姐，小仙……小仙……小仙……"

呃，这小仙姑怎的说话还有回音？

狐狸仙一拍掌，乐颠颠道："月孛星使可是来讨红线的？"

小仙姑噌地又刷了一层红，点头点得几乎看不见，随后又将我瞧上一眼："正是，不知这位上仙如何称呼？"

天上地下，竟头一回有人称我作"上仙"，我一时万分感动，正要开口，却被贯来热情的狐狸仙抢了先："哦呵呵呵，这是锦觅，我家旭凤拉扯大的娃娃，标致水灵吧?"

我认命地叹了口气,见怪不怪。

狐狸仙逢人便介绍我是凤凰拉扯大的,我不过在栖梧宫住了短短一百年,承那凤凰授了些修炼法子,灵力和身量一并长上许多,怎的就成了他拉扯大的……

小仙姑又微微点了点头,这下后彻底没再把头抬起来。

狐狸仙取了根红丝线就要给她,我思忖这小仙姑好歹是第一个有眼力见称我为"上仙"的人,实是无以为报,便将那红线截过来编了朵花,再递给她,嘱咐:"月孛星使只需将这花放入云头里,便可落地生根。"

小仙姑这下总算把头抬起来,接过花朵,眼角眉梢俱是甜蜜喜悦,临去前还不忘将我望上一望。

第二日,天色尚且暧昧地在亮与不亮间脚踩两只船,我便起身上栖梧宫后头的花园里打坐。凤凰说:"寅时,日夜交替之际,天地之气交融之时,可通百穴,修炼绝佳。"于是,这百年我便再没能尝过赖床的滋味,不知天界能有几个神仙似我这般起得比昴日星君还早。

就在我远看像打坐,近看像打坐,实则在打瞌睡的时候,小仙侍飞絮急惊风一样颠到我面前:"锦觅,门外九曜星宫的仙娥姐姐托我将这信给你。"话音未落,人已经又急惊风地窜出数步了。

我拾起差点丢到我脑门上的信笺,慨叹,飞絮何时才能似我这般稳重些?凤凰何时才能低调不招桃花些?

卯时,我将粉嫩粉嫩的情书递到凤凰手中,凤凰例行公事地打开,此番却不似往常审阅菜蔬一般,而是眯了眯眼,一脸兴致盎然状,末了,还回味无穷地"哧"地一笑。

我不禁十分后悔没事先看看这封奥妙的情书。看来近百年来仙子们的文字功底又是百尺竿头更进一步了。

正懊恼着,凤凰却眯了双细长的眼,掂量果脯一般将我在眼中抛上一抛,招手道:"你过来。"

待我近前,他竟将那扑了香粉的绢纸递与我:"你看看。"

呵呵,甚得我心。

我捏了小笺细细品了一番,凤凰问:"何如?"

我酝酿了一下，认真评道："行文流畅，言辞恳切，字迹秀美，唯一美中不足之处，乃句读标点使用太多，建议删减。"

凤凰显然对我不失公允又一针见血的评判不感兴趣，轻飘飘地将手指戳在抬头几个字上："念念。"

"锦觅上仙，见字如晤。"

呔，这情书竟是写给我的！冷静理智如我，冷静理智如我，便默默收藏之。

"现如今仙姑的眼光越发不济了。"凤凰扼腕地将我看上一看。

晌午时分，酒足饭饱，飞絮匆匆来报："锦觅，外头有人找。"

我揣了一兜瞌睡虫子去前门，就见一个含羞带怯的娇弱小仙姑立在门外，见到我面上"唰唰"一红赛过老胡。喏，这番一红，我想起来了，是昨日在姻缘府见过的月孛星使。

是那个唤我"上仙"的月孛星使哦！

我颠颠上前，热络道："星使安好啊！"

"锦觅……锦觅……上仙……安好，那个……那个……不知允否？"

这般一问倒问住我了，什么东西"允否"？

见我如此，小仙姑脸红得快要滴出血来了，嗫嚅道："就是那个……信……今日……早晨……"

天边打了道闪子，噢，早上的信原来是这月孛星使写给我的，我忘了看落款了。

我琢磨着，狐狸仙说男子与男子便是断袖，倘若是女子与女子又唤作什么呢？困惑啊。

一阵忽忽悠悠小风过，那月孛星使忽然晃晃悠悠往我这边倾来，我一避，她倒似失了准头，没能砸在我身上，不过那朱唇却贴着我的脸颊一侧拂了过去。

三道天雷哐啷啷。

冷静理智如我，冷静理智如我，看着小仙姑红了脸奔出去，抬手将脸上的印子拭去，转身回去睡午觉了。

又过上一日，我正诵书诵到头疼，了听对着凤凰报有人求见。从他闪闪烁烁的小眼睛里，我俨然嗅到了八卦的味道，于是正襟危坐捧了书打算看戏。

岂料，凤凰还未开口宣见，便有一个壮硕的仙君虎虎生风地跨入洗尘殿，后面跟着一溜儿仙侍抬着大大小小的箱笼。

壮硕仙君一个抱拳颇有气势地开口："九曜星宫计都参见二殿下！"

凤凰漫不经心搁了笔，应了一句，眼光却还停在公文上半分未移。

那仙君清了清嗓子，直愣愣飙出一句："计都是个粗人，不会绕弯子，今日前来是向二殿下提亲的。"

整个洗尘殿顿时落发可闻。了听的眼珠子眼看着就要蹦跶出来了。我不免有些感慨，天界果然神奇得很，昨日我被个小仙姑亲了去，今日又来个莽汉要娶凤凰，好，甚好。

再看凤凰，那厮只是抚了抚额角，不愧是百花丛中过的高手，仍旧面不改色，仅仅将眼睛抬起来而已。

此时，计都星君后面的一个小仙侍重重咳了一声，着急地抢白："二殿下莫怪，我家星君不是那个意思。星君是替我家月孛星使来向二殿下求亲的。"

另一个小仙侍扯了扯他的衣角，皱眉道："错了错了，又错了！是星君替月孛星使来向二殿下高足锦觅上仙求亲的。"

这个弯绕得何其之大，洗尘殿中诸人片刻后终于明白了计都星君此番阵仗不是来抢他们二殿下，先是领悟放心地重重"哦"了一声，回味须臾后，又"嗯"一声将调子抬了上去，最后所有的目光都落在了我身上。

计都星君憨憨一笑："正是，正是，是来向锦觅上仙求亲的。"

冷静理智如我，冷静理智如我，书册"啪嗒"一声落在地上。

计都星君这下倒不憨了，顺着众人的视线找到了我，上来就乐呵呵地拍了拍我的肩膀。那熊掌一落下来，我肩上火辣辣一片疼，他却自说自话地乐："看这般俏傥容貌想来便是锦觅上仙吧！听说昨日我家月孛在栖梧宫外轻薄了你，我们九曜星宫素来敢作敢当，这是聘礼，我看也莫要挑什么良辰吉日了，今日你便随我回去娶了月孛那小丫头片子吧！"

凤凰这下总算提了兴致，跨过殿心走到我这里，不着痕迹地将我肩上的熊掌给拎开，勾了双眉眼凌厉地将我望上一望，顺带用他惯常寒意的调子来了句："轻薄？嗯？"

我"嘿嘿"摸了摸脸："不过亲了一下，无妨无妨。"

凤凰抬头望天，抚了抚额际，而后与那计都星君道："怕是要让星君失望了，这锦觅断然娶不得月孛星使。"

计都星君像颗爆竹般炸开来:"为何娶不得?莫不是嫌弃我家月孛?"

凤凰按了按他的手:"星君且莫急,实在是因为锦觅便是有这心也无这力。自古鸳、鸯相配,霓、虹为伴,锦觅亦是个女子,自然娶不得月孛星使。"

殿中诸仙随着凤凰的话眼珠子又狠狠地蹦跶了一回。

计都星君反应倒快,上上下下将我一番打量,眼中疑窦甚重:"真的?"

凤凰叹了口气,伸手将我头上的发簪抽出,长发奔泻而下。

"这样星君可信了?"

许是我瞬间变化的模样将他们惊着了,一个两个将将要倒下的模样。

"这……这……这……"

"先前被这锁灵簪压着,星君和月孛星使错认倒也不怪。"咦?凤凰怎知这是"锁灵簪"?我都不知道。这簪子是千把年前长芳主牡丹给我的,与我说可以提高灵力,我便乐呵呵地一直簪着。灵力没发现有提多少,倒是近百年来我身量渐长,发现但凡我取下簪子后面貌身段便会变化,十分神奇。

半晌后,那莽撞星君总算回了魂,面上"噌噌噌"一顺儿红,别过脸竟有些扭捏道:"锦觅仙子,多有得罪,多有得罪。"

九曜星宫一溜儿箱笼、仙侍跟着,颠巴颠巴回去了。

不出两日,街知巷闻。

"知道吗?跟着二殿下的那个书童,喏,就那个唇红齿白的小白脸儿,竟是个俏生生的小姑娘。"

"是啊!听说那小书童不但勾引了二殿下,还轻薄了计都星君呢。"

冷静理智如我,冷静理智如我……

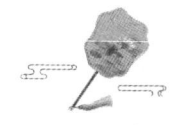

第 三 章

近来几日,凤凰似乎心情不大爽利,特别是见着我的时候,那眼神分明书着"厌烦"两个大字,还是闷骚的楷体。是以,我揣摩了一下,多半是嫉妒了。

凤凰那皮相冠盖六界冠了这万把年,大约十分习惯了千人仰慕万人倾倒,现如今竟有个月孛星使漏网没被他迷了去,反而看上我,自然让他心里不舒坦得很。

我想了想,本着做一个低调而又有境界的果子,便决定将那"锁灵簪"给收了,别了段葡萄藤变换的簪子,现出真身,莫叫人再错认成男神仙,免得再撞上个把像月孛这样的小仙姑迷上我,少不得凤凰的自尊心再受一次捶打。

我别着葡萄藤日日进出栖梧宫,凤凰那厮面色却越发不悦,连带着栖梧宫的仙娥姐姐们面色也不好起来,只有小仙侍们见着我总红润着脸,显出几分朱雀卵般的喜庆。

今日来洗尘殿扫尘的仙娥姐姐端详了我半晌,郑重其事道:"锦觅,你果然长得招蜂引蝶。"

哎?这话听着有些奇怪,我们做花草果蔬的自然要招蜂引蝶,不然这花粉没个蜂儿蝶儿授上一授,怎结得出果子?没有果子,又哪里来的葡萄?

是以,我便坦然应道:"呵呵,这是我的本分,应该的,应该的。"

仙娥姐姐愣在那里,边上飞絮狠狠地咳了一下:"锦觅,缺心眼不是你的错,只是缺心眼又长得这般模样，实是愧对你这副好皮囊。"

正待开口，却听身后有人轻轻一笑。仙娥姐姐和飞絮突然站了起来，规规矩矩立在一旁。我回头一看，原来是凤凰不知道什么时候回来了，正在我身后站着。

我瞧了瞧，这厮今日面色倒还好，嘴角笑窝浅浅隐匿。他亦睨了我一眼，云淡风轻地拂了拂袖道："都下去吧。"

"是。"飞絮和仙娥姐姐躬身退下。

我便也跟着往外走，凤凰却拦了我："你走了，却叫哪个来磨墨？"

我撇了撇嘴，取了香墨兑上水磨墨，一边凤凰执了笔"唰唰唰"便开始埋头写公文，突然头也不抬与我道："还是将那锁灵簪别上吧。"

"哎？"这又是唱的哪出？

他却眉间一蹙，勾起长长的眼尾望向我："怎的？不愿意？"

这厮压人一头的气势果然有些骇人，我赶忙道："我真的不是故意要长得比你好看，全然巧合，巧合。"

凤凰一愣，旋即哑然失笑，抬手在我额际弹了一下："你啊……没心没肺……"

果然是喜怒无常的鸟儿。

"这是叔父托我给你的拜帖。"他从袖袋中抽出张红艳艳的帖子递与我。

我接过帖子看了看，是狐狸仙约我明日巳时去姻缘府喝茶听戏的拜帖。

诚然，此番计都星君上门提亲这样的事情忽忽悠悠恨不得传遍每个犄角旮旯，狐狸仙这样爱凑热闹的性子想必一早便知晓了，忍到今日才有所动作，我以为已然十分不易。只是平日里狐狸仙但凡遇着点什么乐事总是直接扑上洗尘殿来寻我，或是直接让小仙侍传个话让我过姻缘府，怎的今日这般讲究起来？

想问凤凰，奈何那厮已然一副忙碌样子，便也不好去讨没趣，罢了。

第二日，我揣了块洗尘殿的一品碧黛香墨做手信前去姻缘府，天边刚淋过一场淅沥小雨，栖梧宫外悬挂起一道七彩斑斓的虹桥，所谓天色正好。

我本就不喜腾云驾雾，此番见着如此光景，心情不禁欢快起来，便徒步踱上那彩虹，顺道看看风景。却忘了但凡好看的物什多半只可远远观观，近前去多半不靠谱。譬如此番这虹桥，远看着七彩迷离煞是好看，踱上去才发现滑溜得很，一个没有站稳，我便刺溜刺溜从这头滑到了那头。

虹桥尽头，我几分狼狈站起身来，尚未来得及整饬好衣摆就被眼前景致所惑。

寂寂无声中，一片墨绿得几近发黑的茂盛林子裹着一潭汤药般泛着苦涩深褐的湖水，微微起澜。潭边一群梅花鹿或坐或卧，姿态闲暇。其中一只机敏的小鹿想是听见了响声，耳朵动了动，两只圆溜溜的眼睛转向我，大抵觉着我面色和善、无甚歹意，便又转了回去。

它这一转动的间隙，我瞅见了一条鱼尾巴，一条岸上的鱼尾巴。呃，怎的现今鱼儿都被逼得上岸了？这是一个怎样令人痛心疾首的环境恶化现象啊。

我近前去探头一看，却瞧见一尾鱼，差矣，是瞧见一个人，似乎也不太对。是一个下半身是条月华粼粼的鱼尾，上半身却是人形的白衣少年，阖眼枕着一只梅花鹿的腹部香甜入梦。

不过一眼，那人却已醒转，一双眼睛迷迷瞪瞪将我一望。

我指了指他的鱼尾，兴奋道："真是一条无与伦比的尾巴啊！"

那人亦看了看自己的尾巴，道："一般，一般。"态度谦和。

四周的梅花鹿见他醒转，立刻乖巧地停了动作一头两头靠过来。如此光景，我晓得了，这人多半是个放鹿的仙倌。

眨眼间，那条银白珠光的大鱼尾却不知何时化作了两条腿，但见放鹿的仙倌慵懒地整了整衣襟站起身来。适才躺着倒没观出来，这番一站我发现这仙倌竟和凤凰差不多高。

我仰头与他道："仙倌这鹿放得甚好，膘肥体壮。只是不知都送往哪家仙宫的膳房？"

那仙倌定了定："放鹿？膳房？"神色间颇为郁结。

我一惊，莫不是触到他的痛处了？天界的神仙品阶森严，有颇多讲究，放牧的小鱼仙倌想来是个不高的阶位，此番被我直接呼出来，想是面上无光。譬如凡间做官的，上至宰相下至九品，相互间见着都必定要拱拱手，谦虚唤对方一句"某某大人"，不分高低，好叫品阶低的小官也不至尴尬。

此番是我大意了，赶忙补救道："呵呵，上仙这职务甚是有前途，遥想当年齐天大圣孙悟空便是从弼马温这样的畜牧行当中脱颖而出，后来西天取经何其风光，听说佛祖还封了'斗战胜佛'。嗯，还有八仙张果老儿，好像成仙前也放过驴的，如今不也体面光耀得紧。是以，锦觅料想上仙前途不可限量！"

那仙倌低头沉思片刻，旋即粲然一笑："仙子一番推衍，委实令在下茅塞顿开、豁然开朗。多谢多谢。"

我慨然一拱手，潇洒回道："上仙客气了。"

"小仙表字润玉，不知仙子如何称呼？"小鱼仙倌笑意盎然。

"在下锦觅。"我一扬手，袖袋里的碧黛香墨一个不留神滑了出来，我一拍脑门，方记起狐狸仙的邀约，此番一耽搁，莫要误了时辰才好。

我急急拾起香墨与小鱼仙倌道别，战战兢兢过了那滑溜的虹桥，踏云往姻缘府去。

叩开姻缘府的朱漆大门，看门小仙侍见着我愣了愣，红着脸扭扭捏捏道："这位仙子可是寻我家仙人来的？不巧我家仙人今日有客，不若仙子改天再来？"

呃，我进出这姻缘府好歹也有百年，均是这小仙侍把的门，今日怎的倒像不认得我了？难道……我甚是怜悯将他一望，原来狐狸仙的健忘也是会传染的。

"我是锦觅。月下仙人既约了别人，我明日再来吧。"

看门小仙侍张大了嘴，木头桩子一样戳在那里。

我转身待走，"木头桩子"却直挺挺伸出一只手来欲拦我，似乎突然又觉不大妥当，将手缩了回去，着急道："锦……锦……锦觅？"

我怜悯地点点头。

他亦怜悯喃喃："果然男变女，男变女，男变女，世风日下……"

就在我们互相怜悯的当口，狐狸仙却人未到声已至："可是锦觅来了？"

我还未来得及应声，狐狸仙已驾了朵火烧云飘至门口，见着我亦是面上一愣，继而细细一番打量："啧啧啧！我家旭凤拉扯大的女娃娃啊！灵的灵的！"

我忽觉不对，一摸头上，原来我早上别的锁灵簪不知怎的不见了，难怪一个两个都不认得我了。这簪子许是路上驾云驾得急了些给落下了，也罢，不过是支簪子。

我呵呵一笑，看门仙侍倒吸一口气直接背过身去了。狐狸仙上来恳切道："进来进来，我们里面说话。"

我见狐狸仙此番倒似清减许多，两袖飘飘，尾巴也没有原先蓬松水滑，便恭喜道："月下仙人近日减重甚有功效，可喜可贺。"

狐狸仙委委屈屈停下脚步，将我一瞅："难道人家原来很胖吗？"不待我讲话继续道，"都怨那鸟族，近些日子送来的鸡倒比鸽子还要小巧几分，瘦得叫人心惊胆战的，我日日吃不饱，夜里都要饿醒，前几日饿昏了头，竟把你的大事给错过了。"

难怪今日才唤我上门。

"呃，难道是鸡瘟？"我好奇。

"非也，此事说来话长。听说是鸟族的一只乌鸦百年前掳了个花界的精灵，花界长芳主牡丹前去讨人，鸟族首领便将天上飞到蛋里没孵出来的乌鸦挨个拷问了一遍，都说没做过这事。长芳主却一口咬定有小花精亲眼见着此事，鸟族首领想是有些羞愤，便顶撞了几句，长芳主盛怒，言鸟族首领孔雀包庇下属，这下两厢生了嫌隙。过往，鸟族除了小虫儿最主要的吃食便是花草谷物种子，近日里长芳主大笔一挥断了鸟族吃食，放言若鸟族一日不将那花精交出来，花界便一日不供给吃食。

"鸡仔亦属鸟族，是以，断粮少食，如今能长成鸽子般大小已经很是争气努力了。"

"曲折得紧啊。"我慨叹了一下，长芳主素来是个火暴脾性，这鸟族首领千不该万不该，实在不该顶撞她老人家。

"嗯，花鸟相争，殃及狐狸，老夫委实冤屈。"狐狸仙掷地有声地表达了自己的不满，忽然话锋一转，"走走走，我们听戏去吧。"

今日听的一出戏唤作"武松打虎"，刚听得观尘镜中那打虎男子喝道："大虫，哪里逃！"门外便有一团橘红色影子砸进来，看门小仙侍跟在后面着急喊："哎，你这仙家怎的这般无礼硬闯！与你说了我家仙人如今有客……"

那团橘红进了门后直接将门闩上，末了，还鬼鬼祟祟向外一探，似是确认无人跟着后，方放心一喘，将那圆滚滚的身子团团转了过来。

"老胡！"

"老胡！"

我和狐狸仙异口同声。

老胡上来端起茶水一通灌，解渴后拍拍胸脯道："红红啊，吓死我了！你晓得我刚才瞧见谁了吗？"

"莫不是广寒宫的玉兔？"狐狸仙虽然一脸"肯定如此"，却仍十分配合地支了下巴做兴致盎然状。

"可不就是！"老胡惨白了张脸，"这兔子千把年不见，又膘肥了许多，可不知糟蹋了多少萝卜哟，嫦娥仙子也不管管。幸亏我跑得快，幸亏幸亏。"

"却不知今日刮的什么风，将你老兄给刮来我这里历这番劫难？"狐狸仙拍拍老胡的肚子。

老胡唏嘘："唉，老夫此番狼狈得紧，是被长芳主给赶出水镜的，想来想去还是投奔你这里好。"

我不过离开花界区区一百年，怎的就生出这许多事情来？长芳主，呃，忒是铁腕了些。便问老胡："长芳主作甚将你赶出来？"

"这位仙子是……"又是一个不认得我的……

"锦觅。"

"我侄媳妇儿。"

我和狐狸仙又异口同声了一把。

老胡揪揪胡子："锦觅？何人？"

我望望天道："我是萄萄。"

闻言，老胡肚上的三层肉剧烈地抖了三抖："小萄萄？"

我点点头。

"哎哟喂，我的小祖宗哟！你可害惨我了！怎的说不见就不见，二十四位芳主可是差点剐了我这层老萝卜皮！如今盖了个看护不力的罪名在我头上，遣我出来寻你，说是若寻不着便将我给丢进兔子窝里，我容易吗我……"老胡老泪纵横。

呵呵，原来我还是有一点点分量的，不禁有些受宠若惊。

老胡二话不说将我的手臂携了塞在腋下："走走走，你这便与我回去。我这条老命可算保住了。"

狐狸仙却不乐意了："呔！你这老糊涂要将我二侄媳妇儿给带到哪里去？"

"二侄媳妇儿？"老胡诧异将我一望，继而痛心疾首道，"小萄萄哎，你莫不是被这眼神不济的老狐狸给搭错红线了吧？他家二侄子长得那副桃花相啃，将来怕不是十来房至少也得有七八房姬妾，我们这就去找太上老君借把剑来将这红线斩断了。"

"哎？"我听得糊涂得紧，"我是跟着凤凰学艺来着。"

老胡脚下一顿："果真？"见我点头，面上褶子总算稍稍摊开些，"呵呵，那便去辞了他随我回花界去。"

别看老胡平日里圆滚滚地挪来挪去，此番腿脚却利落得很，"嗖嗖嗖"腾着云便带着我往栖梧宫去，狐狸仙跟在后面边追边喊。

进了栖梧宫，却正是用膳时分，凤凰平素里慢条斯理惯了的人也不免被我们这般阵仗给惊着了，举着双银箸抬头顿在那里。

岂料老胡入殿后，却放开我的手，直接奔着那膳台去，搂了盘菜就开始号啕："菜菜哎，我苦命的菜菜，怎的两日不见，你就遭了毒手！这些黑心短命的天神哟！作孽啊……"

呃……我冲四周嘿嘿一笑，蹲在老胡边上问他："菜菜又是哪个？"

"就是水镜隔壁田畦里那个韭菜妹妹的情郎鸡毛菜啊！你小时候他还夸过你有灵气的那棵鸡毛菜。"老胡眼泪汪汪地控诉。

我看了看那碟炒得碧绿油汪的青菜，郑重道："如此说来，倒有几分眼熟。不过，你是怎的认出来的呢？"

"菜菜长得叶儿绿绿、梗子白白、菜头圆圆、菜心嫩嫩，便是这般！"老胡一口咬定。

"鸡毛菜难道有不是这样长的吗？"了听在边上怯怯问了句。

"敢问这位仙者是……"凤凰面色带有几分不耐，开口打断。

跟在后面的狐狸仙抬袖抹了把汗，气喘吁吁插进来："就是那根过去总被你放玉兔撑着满天宫团团转的胡萝卜仙，老胡啊！"

凤凰低头轻轻一咳，老胡悲催愤怒地将凤凰一望，搂着盘子里菜菜的尸首道："我就知道，歹竹出不了好笋，你们天家没一个良善之辈。你爹如此，你娘如此，你亦如此，想来你那只有夜里出来的兄长也是如此。"

"旭凤当年年幼不知事，许是得罪过仙者，这里且向仙者赔罪则个。只是天帝天后乃六界至尊，尚容不得仙者此般妄评。"凤凰眯了眯眼，眼风凌厉地扫过老胡。

老胡面上一白，却仍旧挺了挺背，瞪着凤凰。

"莫急莫急，大家和和气气，好好说话。"狐狸仙夹在中间左右不是。

我看了一会儿，觉得无甚趣味，便在飞絮身边拾了个位置坐下来，正拣了块芙蓉酥准备入口，老胡却突然收了与凤凰"脉脉含情"对视的目光，过来拉我："葡葡，他家的东西可吃不得，快，辞了他，与我回花界向二十四芳主复命去。"

凤凰眼风随着扫至我面上，趁我将芙蓉酥放下拍去手上碎屑的工夫，缓缓道："近来听闻花界为了个精灵不惜与鸟族翻脸，此番干戈莫不为的竟是锦觅？"

我圆了圆眼，谦逊道："这个……想是不大可能。"

虽然狐狸仙说的那出乌鸦掳花精之事确然有几分耳熟，却实在与我不相干。

老胡抖了抖胡须道："是又怎样？不是又怎样？"

凤凰利剑样的眼上上下下将我一划，转头对老胡悠悠道："花界几千年不与天界往来，不想现如今二十四位芳主连丢个小花精也这般事必躬亲，想来平时定是繁忙得紧。"

"此乃我花界之事，不劳你们天家费心。"老胡抻了抻脖颈，诚然，这实在是个自曝其短的动作，我不甚厚道地盯着老胡圆短圆短的颈子看了一会儿。

"你此番可是要回去？"凤凰半垂眼帘，轻轻地抚了抚袖上云纹。

我想了想，这话应是和我说的，便答道："正是。"

凤凰抬眼将我淡淡一瞥，泰然自若道："如此也甚好。近日里妖魔界出了些乱子，天帝遣我去巡查巡查，明日便走，此去必定经年，若你在天界住着，无人授你修习之法，倒也浪费时日，不若回去。"

呃，妖魔界。

我低着头竖了竖耳朵。

狐狸仙在一旁泪盈于睫地喃喃着："怎么可以走，怎么可以走……"

"喏，小萄萄，你既辞了他，便随我回水镜吧。"老胡迫不及待，团团转了身，带头往殿外走。

我乖乖巧巧跟在后面，堪堪行了四五步，一拍脑门恍然醒悟道："哎呀，包裹可还没有收拾呢！"

老胡一边走一边托着圆乎乎的肚子扭头："你一个小姑娘家家，怎的比我还要糊涂，又不是凡人，哪里要什么包裹。不过拈手变幻一下，要什么衣裳没有？"

"呃，不是为的衣裳，说的是经卷。"

老胡听了我的辩解，总算停下脚步，瞪了双眼，张大了嘴，讶然道："经卷？"

我诚恳地颔了颔首："这百年里我读得不少修习心法，有几册经咒却参悟得不甚透，想来带回去还可以请教请教长芳主。"继而回头，好学恳切地将殿首的凤凰一望，问道，"我若从省经阁中理几卷书册带走，不知可否？"

凤凰沉吟片刻，勾了勾嘴角，云淡风轻道："难得你一心向学，我自是欣慰得很，省经阁里的书卷便由你挑几册去吧。"

"老天可算开眼了，小萄萄总算除了玩还晓得要长进些！"老胡揪着衣襟，老泪纵横，大有不必死不瞑目之宽慰，"如此，便明日再走。萄萄好生收拾收拾，莫要怕重，多拾掇几卷天书，老夫帮你扛。"

夜里，老胡宿在狐狸仙的姻缘府。我在省经阁里拢了盏萤灯，正儿八经地一气翻找，最后捏了两本薄薄的小册子，谢过看守省经阁的小仙倌，出了门过了石廊，便将小册给弃在留梓池畔，奔着凤凰夜寝的厢房去了。

诚然，花界我住过四千年，天界我待过一百年，却不知魔界又是怎样风景。

如何才能不被凤凰察觉地跟着他去魔界？我站在空无一人的厢房里踌躇了一下，便毅然决然地化了真身，藏入飞絮为凤凰浆洗后折叠好置在床头的一件锦袍的袖兜里。

这番藏得正是时候，我将将入了袖兜，便听得房门一声响，想是凤凰那厮从洗尘殿回来了。

我敛了气息，一动不动，凤凰法力高强，莫要叫他察觉才好。

胆战心惊候了半晌，除了燃灯翻书页的声音，全然不见有半点异动。呵呵，原来凤凰这厮也有大意的时候。

我便安然在袖兜里找了个绵软舒适的角落会周公去了。正睡到酣畅处，却忽然觉得一阵泰山压顶，身上似压了个什么物什，我万分不情愿地醒转过来，嗅了嗅，咳，一股子陈年老书的霉味。

凤凰这厮竟摞了沓书在这床头锦袍上！不偏不倚正好压在我藏身的袖兜处。

呔！睡前读书真真不是个好习惯。为了不弄出响动，我只好忍辱负重，一夜不得动弹。

好不容易盼得雄鸡打鸣，了听、飞絮进来伺候凤凰起床，不知谁将我头顶的老霉书给搬了开，我正感激着，就听飞絮道："哎呀，这袍子怎的沾了灰？"

了听道："想是这书册陈旧了些，没揸干净给沾上的吧。"

飞絮又道："殿下，不若给您换件锦袍吧。"

凤凰轻飘飘"嗯"了一声。

哐啷啷，五雷轰顶！竹篮打水，一场空。我运了运一股轰上脑门子的气，要冷静，冷静……

"这件金色的殿下以为何如？"

"亮堂了些。"

"嗯，这件紫色的殿下可喜欢？"

"太暗沉了。"

"不若这件绛红的，殿下以为怎样？"

"轻佻了些。"

听得飞絮、了听两个那里翻箱倒柜,我闭眼运气,内运一个小周天,再运一个大周天。

最后听得一个悠然自在的声音道:"还是这件吧,有点灰也无甚大碍。"

了听抖开锦袍,与那厮披上身。

我在袖兜里晃了晃。

冷静理智如我,冷静理智如我。

此番凤凰飞得还算稳健,没让我在袖兜里滚来滚去,只是路途俨然遥远了些,我趴在兜里睡了两觉醒来,方觉着耳边呼呼风声停下,想是到了。

"这位公子可要摆渡?"忽闻一个苍老沙哑的声音响起。

"正是,麻烦老人家了。"一个晃悠,想是凤凰踏上了船。原来去魔界竟是要渡河的。

"公子站牢了,袖兜里的仙子也抓稳了,老夫这就开船咯!"老汉一声吆喝。

"嗯,袖兜里的仙子也抓稳了?"凤凰悠悠然重复了一遍。

怎的一个两个都发现了?

我滑出袖兜化了人形,抬头一看,一拍手道:"哎呀!昨天夜里怎的睡错地方了。实在不巧得很,不巧得很。"

凤凰勾了勾嘴角,将手背到身后去便不再睬我。

我嘿嘿一笑,四下看了看,一叶小舟晃晃悠悠向前行,舟下滴水全无,更莫要说是河,两岸之间深不见底,虽不见水,在小舟中却可听到水拍船底的"碎碎"声,也能感觉到水波摇晃之感,煞是奇异。

我刚伸出手去,想掬一捧这莫须有的水,却不知被什么打了一下手,吓了一跳缩回来,却原来是根凤羽敲在我手上。

"这是忘川河。"凤凰收回凤羽,"你若不想喂了河下幽魂野鬼便站稳了。"

我矜持地敛了敛手,抬头看见撑船的老爷爷盯着我瞧,便乐呵呵地朝他笑了笑。

凤凰轻轻咳了一声,蹙了蹙眉头:"锁灵簪呢?"

"丢了。"我如实回答,见他面色一沉,赶忙补了句,"昨日去姻缘府驾云驾得急,想是落在云头里了。"

凤凰正待说话,撑船爷爷却开口插道:"老夫守这忘川河十来万年,第二次见着如姑娘此般绝色。"

呃,这爷爷生意忒冷清了些,十来万年统共才见过两个姑娘。

"犹记两万年前曾来过个女子,问老夫讨一捧忘川水。那女子生得容颜倾国,行路间步步生花,面容诚然绝美却神情凄苦,不若姑娘你这般明媚无邪。"

"后来呢?"我兴致勃勃地问,想来若是个有趣的故事,回去转述与狐狸仙听听,他定然欢喜得不得了。

"后来?后来岸边追来了个锦衣公子,急急将那姑娘手上的水打翻入地,两人一番争执后,那姑娘竟纵身一跃要跳入忘川。那锦衣公子着了急,发了疯般将那姑娘拦回来,之后两人便齐齐消失没了踪影。"

"忘川,忘川,相忘回首已成川。"爷爷摇头叹了一句。

原来是个虎头蛇尾的故事,我不免扫兴。凤凰却一脸若有所思将我一望,做深沉状。

言语间已行至对岸,凤凰拿了颗老君的灵丹与撑船爷爷做船资,率先下了船。我下船时抬头乍见魔界光景,一脚踏在船沿上没有站稳,向前扑去,幸而凤凰那厮回身及时,正好接住我。

我摸了摸撞疼的鼻梁,从他怀里抬起头来,他却身子一顿,兀地放开托着我的手,突然头也不回向前走。喜怒无常啊喜怒无常,我稳了稳差点再次跌倒的步子追在后面。

魔界的天空血一样嚣张而鲜艳,绿幽幽的冥火在四周飞来飞去,鬼影憧憧。我抖了抖,细着嗓子道:"那个……凤凰,你等等我……我……我怕鬼。"

前面的凤凰总算停了脚步,回过头来,嘴角笑窝一旋,哭笑不得道:"你一个妖精怕的什么鬼。"

我想了想,也对哦。再想想,也不对,我是精灵,不是妖。幸而凤凰总算不再撇下我,我便不与他计较,拾了路随他一道走。

中途,凤凰使了幻术将我们两个都变换了模样,身上的袍子也都变成了灰扑扑的颜色,与我道:"你要随着我也行,只是今日起在魔界你便是我的贴身侍女,随侍左右,我便保你不被鬼怪捉去。"

我想了想,我已做他的书童做了一百年,贴身侍女也无甚区别,便诺了。

魔界里面热闹得紧,街上走来走去的妖怪虽都有个大致人形,但总归身上要多出点什么,或拖条尾巴,或顶对犄角,或龇对獠牙,看得我目不暇接、不亦乐乎。

迎面来了个只到我腰际的小妖怪，托了个大大的托盘，谄媚地凑上来对凤凰道："这位魔爷，买条尾巴吧。都是新鲜货，装上准保叫人瞧不出真身！"

凤凰摇了摇头，眼睛都不愿瞥上一瞥。我兴致勃勃地瞅了瞅，真是好大一盘尾巴啊，上面摆着一条条牛尾、羊尾、兔尾、鱼尾、鸟尾，我伸手翻了翻，软软热热，果然新鲜逼真得很。便问那小妖："这尾巴倒是不错，不知有没有耳朵呢？"

小妖连声道："有的，有的。"忙不迭地从兜里掏出好几对耳朵，我一眼便瞧见了一对长长的白兔耳朵。呃，若有这么一对耳朵，想来下次老胡再来擒我的时候便可装上将他吓回去。

小妖啧啧："妖娘好眼光，这兔耳朵可是照着那广寒宫玉兔的耳朵变换的。"

我摸了摸那兔耳朵，喜滋滋揣进怀里，凤凰在一边嗤道："不过障眼小术。"

正待要走，小妖却着急唤道："妖娘可还没付钱呢？"

"钱是什么？"我疑惑回头。

小妖瞪圆了眼，顿足。边上却突然插进一双手，抛给那小妖一个银晃晃的东西："我替这妖娘付了。"

我转身，就见一个着了身玄色衣袍的妖怪牵了只鹿冲我微微一笑。呵呵，真是魔界处处有温情。

凤凰却冷了冷脸，掏出一锭赤金色的东西丢给那小妖，将适才那妖怪抛的银锭拿回来还至他手中。

"我的侍女买东西自然是我来付，怎可烦劳大殿？"

那妖怪一脸不以为然将银锭给收了，道："既是一家人，何来'烦劳'之说。"

一家人？天家果然神奇，这凤凰先是有个狐狸做叔父，现如今竟还有个妖怪与他攀亲戚。我瞧了瞧那妖怪，有些面熟。

凤凰淡淡一笑："许久不见，大殿今日怎的起了兴致到这魔界一游？"

"听闻凤弟请命亲下魔界，为兄难免好奇，不知是桩如何了不得的公案，竟要火神亲自出面。"妖怪声音甚是和煦。

凤凰捋了捋袖摆，不甚在意道："妖兽穷奇与恶鬼诸犍相争，造妖火、放瘟疫，累及无辜，尸横遍野。可算得大事一桩？"

"如此说来，为兄倒也应一并同行，助上一把绵力。"那妖怪突然转向我，"锦觅仙子别来无恙。"言毕，伸手温和地摸了摸身旁小鹿的脖颈。

我将那小鹿细细一瞧，想起来了："小鱼仙倌啊？"

小鱼仙倌暖洋洋地笑了开："正是人生何处不相逢。"

"小鱼仙倌？"凤凰面无表情地重复了一遍，"不想二位竟见过面。"

"是啊，昨日小鱼仙倌放鹿的时候恰巧遇见的。"我与他道。

"放鹿？鱼？不知夜神大殿何时竟连龙也不做，倒要做一条鱼了？"

小鱼仙倌低头一笑："火神既做得乌鸦，我做条鱼倒也无伤大雅。"

这般一问一答，我终于晓得了这小鱼仙倌竟是凤凰的兄长真龙夜神。原来有鳞尾的不一定是鱼，他还有可能是条低调的龙。

此后，小鱼仙倌便随着我们一路同行，凤凰面色越发清冷，真真不晓得他这样冷清的人怎的做上火神的。

夜里宿店，凤凰要了个套间，命我住在外间，理所当然道："你是我的贴身侍女，自然要伺候起居。"小鱼仙倌便宿在了隔壁。

睡至半夜，凤凰说口渴，使唤我给他端水，我迷迷瞪瞪下了楼，想寻看店的小鬼要壶茶，不想却瞧见小鱼仙倌的小鹿缩在木梯口巴巴将我一望，怪可怜见的，想是也怕鬼，我端了水便一并将它牵回客房。

第二日清晨，我在客栈后院寻了把草要喂那鹿，它却犟了脖子不肯吃。身后有人轻轻一笑，回身却见小鱼仙倌站在那里，道："锦觅仙子且莫要为难它，我这鹿唤作'魇兽'，只食梦，却吃不得草。夜里只需将它放出，它自会寻人梦魇将其食之。"

我拍了拍小鹿啧啧赞道："果然天家宝贝，有趣得紧。"那鹿却突然打了个嗝儿，我摸摸它圆滚滚的肚子，想来昨夜不知吃了多少梦魇，现下撑住了。

"两位客官，早饭备好了，店里那位魔爷想是饿慌了，面色不善得很，还请二位客官进去用餐。"小鬼在院门外探了探头。

我与小鱼仙倌道："不若你们先吃，我看这小鹿吃撑了，我牵它在这院子里转转消消食。"

小鱼仙倌笑笑："也好。"

待他走后，我将那魇兽的肚皮左捏右捏："你能吃梦，可能吐梦？吐个梦与我看看？"

它左右闪躲，我却缠着它不放，将它的肚皮揉来揉去。

想是这魇兽果然吃撑了，最后真真吐了个夜明珠大小的东西出来，我喜滋滋要伸手去捏那珠子，那珠子却突然消失，化入土中。

刹那间，地上浮起一层薄光影像，我蹲在一旁饶有兴味地观赏。影像中的景致却有几分熟悉，我回忆了一下，似是昨日忘川渡口的下船处。就见虚无忘川边，一个毓秀挺拔的男子正揽了个女子站着，光影慢慢转换，待扫至那男子面上，我仔细瞧了瞧，竟是凤凰那厮。

那女子趴在凤凰胸口，模样看不甚清，只瞧得她慢慢将头抬了起来，凤凰慢慢将头低了下去，两人脉脉一望，呃，亲了下去。

如此说来，这多半是狐狸仙说过的"春梦"了。

这魇兽昨日睡在我和凤凰的厢房，我甚少做梦，想来这春梦便是凤凰的了。

我兴致甚好地看着这光影里凤凰与那女子亲啊亲，亲啊亲，亲到后来那女子娇娇一喘，凤凰可算将她放了开，却仍缠绵地搂了她的腰。那女子一副弱柳扶风的样子倚靠在他胸口，将绯红的脸转了过来。

甚是面熟。

我借着院子里一洼小水潭子照了照脸，比对一番。最后得出了个结论，光影里的女子确实长得与我分毫不差。

"哼！"

头顶散发出一个妖媚难缠的声音，我蹲在水洼边抬头，但见一个薄裳女子挑了把剑指着梦影中的两人，咬牙切齿道："说！这女人是谁？"

看她这般不共戴天红了眼的模样，我下意识地捂了捂脸，继而想起凤凰在我脸上施过幻术，非本人是瞧不出真实面孔的，便放下手坦然应道："不晓得哎。"

那女子狐疑地将我细细打量一番，大体觉着我长得天地和平，便转而怒视地上光影，挥剑照着那梦中女子的脑袋"咔嚓"一劈。

阿弥陀佛，我摸了摸后颈，眼看着地上的梦境被这一剑下去烟消云散，忽觉这女子不甚厚道，扰了我看春梦的兴致。

"你是夜神的随从吧？说！火神可是在此？"杏眼圆睁，气势汹汹。

看这般架势……我揣摩了一下，应是凤凰的仇家，便殷勤答道："正是。"还顺手给她指了条明道，"左拐，左拐，再左拐，直走往右进门，就在那厅堂里。"

那女子不负我望，提了剑便奔向左。

我拍了拍手直接往右，走进厅堂，但见凤凰和小鱼仙倌二人面对面地坐在一张四方桃花桌前，各执了杯清茶细品，桌上小菜半点未动。

看戏最是讲究好的位次，此番这出戏凤凰唱的主，自然是坐在他对面看来得畅快些，是以，我毫不犹豫择了小鱼仙倌身旁的位置。

甫一坐下，凤凰便抬眼清清冷冷将我一看，命令道："你过来。"

话音未落，就听见门帘子"吧嗒"一声响，开戏了。我便无视了凤凰，端了杯茶默默坐好。那薄裳女子被我诓了一圈，可算找了进来，凤凰大敌临头尚不自知，只管拧了眉瞪着我。

就见那女子提了剑直奔过来，望着我们先是一愣神，继而剑花一挽盈盈拜下："鎏英见过火神二殿、夜神大殿。"

呃……原来不是报仇来的……我不免大为扫兴。

小鱼仙倌对她点了点头，但笑不语，凤凰那厮总算将冰刃一样的眼光从我脸上移开，瞥了眼来人。那女子的脸色顺着凤凰的眼光所过处"噌噌噌"一顺儿红。

凤凰浅浅一笑："原来是卞城公主，许久不见，尚且安好？"

我随了凤凰一百年，算是通晓他的一个脾性，举凡当面见着女子，他必然将那一副谦和文雅的表面功夫做到足，再配上那张脸，天界的仙姑仙娥便一个个心甘情愿地扑通通栽了下去。

此番这公主看来也是个逃不过的，眼见着她的眼神随着凤凰的风流一笑狠狠荡漾了一把，整个人便瘫软了几分，挨着凤凰身旁的空位小鸟依人地坐了下来，全然不见院里挥剑的气势："鎏英不好得很，二殿下到魔界来也不叫小鬼们通报一下，与大殿下住在这简陋的客栈里，倒叫人以为我们父女招待不周全。"

"事出有因，此番至魔界并非为了游赏，乃为了桩公案，故而不好到府上叨扰。"凤凰不着痕迹往一边避了避。

"二殿下莫不是有了心仪之人，我等魔女之流便再入不了二殿下之眼？"那公主红了红眼，带了几分泫然欲泣，"适才鎏英在院中见那魔兽吞吐梦境，梦中女子与二殿下举止亲昵，莫不就是二殿下心尖上的人？"

"咳咳咳……"我一口茶水呛在喉中，咳个不止，小鱼仙倌伸手帮我拍背顺气。

"梦中女子？"凤凰面色一沉，"大殿的魔兽如今窃梦造诣越发高强，连上神的梦都能盗得，就不怕逆了天条，被贬谪入轮回？"

"上神就寝素有结界，我这魔兽便有通天本领也入不得结界，火神莫非不知晓？"

小鱼仙倌气定神闲地一下一下轻抚我的背。

我暗道糟糕，怕是昨夜我将那魔兽带回房中，误闯入凤凰结界，它才误食了凤凰的春梦。看凤凰那铅云样的面色，我抖了抖，咳嗽就更止不住了。

凤凰长眉微微一挑，眯眼看了看小鱼仙倌放在我背上给我顺气的手，对我命道："你且过来，夜神大殿婚约在身，若被你这小仙婢带累坏了名声，叫我栖梧宫如何担当得起。"

见他眼色不善、气势压人，我便垂了头，强压下咳嗽站至他身后，方让他面色稍稍和缓。

那公主许也被他的气势给骇住了，再没敢往下追问那春梦，我便也无从得知凤凰心尖上到底是个什么人。

"久闻天帝为夜神大殿订立了一门婚约，却不知这天地六界之中哪家姑娘有此殊荣？"片刻沉默后，卞城公主转了个话头。

小鱼仙倌闻言，眼睫半垂下一片淡淡的影子，嘴角勾了勾，幽幽道："水神之长女。"

"水神长女……水神与风神不是至今尚无所出吗？"那卞城公主话音一落便后悔了，尴尬地僵在那里。

显然这个话头转得十分之不圆润，换言之，小鱼仙倌的正宫天妃现下还没生出来，这般一提，自然叫他惆怅得很。

我心中一叹，送子观音娘娘此番试是不给天家脸面了。

小鱼仙倌却无甚所谓地打了个哈欠道："这青天白日，正是好眠时，你们且聊着，我去睡上一觉。"说话间移形换步便没了踪迹，想是回屋去了。我才忆起小鱼仙倌既是夜神，自然是夜里当值，白日里才补眠，难怪之前老胡说他只有夜里才出来。

这厢卞城公主劝说凤凰上门小住无果，便满腔痴情地在客栈里觅了间隔壁屋子住了下来。这卞城公主不是别个，正是十殿阎罗之六卞城王的掌上明珠。她这一番动静下来，整个魔界都晓得天界双殿联手上魔界除害来了，而他们的六公主正在一个小客栈里小心翼翼地陪侍左右。是以，这小小的客栈日日门庭若市，痴女怨妖走马灯一般轮番登门。

我总结了下心得：天上地下若论招桃花这件本事，果然无人能出凤凰其右。

再说这妖兽穷奇与恶鬼诸犍，本来你放一把妖火，我造一个瘟疫，斗得你侬我侬，正是酣畅淋漓,却不想竟上达天庭,被火神和夜神来一双捉一对,颇有几分冤屈。

然则,纵有百般冤屈,现下也无处诉了,两个妖怪被凤凰分别装在两只葫芦罐里,加封了火印,只待过些时日处个灰飞烟灭的刑罚。

凤凰和小鱼仙倌有些不义气,两人捉妖时施了个定身法将我独自撇在客栈里,如是,我便生生错过了精彩的打斗场面。那穷奇和诸犍是圆是扁我都没能瞅见,就见凤凰拿了两只黄澄澄的小葫芦独自回来,小鱼仙倌也因有些着紧的公务临时起意回了天界。

凤凰本就对我不甚热络,近日里在魔界也不知是不是中了什么魔怔,对我态度越发怪异起来。明明一副看我眉毛不是眉毛、鼻子不是鼻子的神情,却偏偏将我限在他身边,除却今日捉妖,他都用仙障锁了我的行踪,让我左右随行,踱不出他百步以外。

"常言道"才是硬道理。常言道:梦境都是相反的。故而,我思忖将那日魔兽意外捕获的凤凰春梦反过来看看,想必才是他的真实心意。

纵然我此番身份只是个微不足道的二殿下贴身侍女,那卞城公主却左右看我碍眼得很,总变着法儿想支开我,与那凤凰独处。其实我亦很想成全她,奈何凤凰却不愿成全我的善解人意,我法术不及他,只有无可奈何地继续承接那卞城公主和一干妖魔女子的横眉瞪眼。

了听常有慨叹,不知世间哪个女子能得到二殿下的心。我却暗自嗟叹,不知世间哪个仙魔能摘得凤凰的内丹精元。

当然,摘不到凤凰的内丹,摘个把妖魔的内丹也是不错的,如今就有两个现成的。月黑风高夜,万物好眠时,趁今日他没用仙障锁我,且他刚与妖怪斗法回来,正在屋内打坐休养生息,我便将那封妖的小葫芦顺了一只来。

喃喃念得一个咒,我隔着葫芦壳瞧了瞧里面的光景,但见一只灰扑扑的东西趴在葫芦底,模样有些像是凡间的耗子,紧闭双目,光有出气却无进气,眼见着气息越来越弱了。我估摸了一下它这般残次灵力远远敌不过我,便放心大胆地揭了葫芦上的火印,将它取了出来。

"趴下!"忽闻得身后一声疾喊,就见那小耗子双目"唰唰"一睁,似有银针万千射出,我尚来不及有所动作,便被一个颀长温热的身躯扑压而下。

"噗"的一声锐器入体的声音从头顶传来,有人闷闷哼了一下。辨得似乎是凤凰的声音。

"快走！"但闻压着我的一方胸膛传来凌厉一喝，瞬间，身上负压感随之移去，我即刻手脚并用爬了起来。

但见凤凰一身素袍背对着拦在我面前，一个面皮白净之人在十步开外倚撑着一支方天画戟，嘴角血迹丝缕分明，看颜色尚且新鲜得很。我暗道不好，转身便欲默默遁逃。

刚念了个遁地咒，地上便"嘣嘣"生出一排钢针直戳脚心，幸得我闪躲及时才避过。遁地不成，我便使了个穿墙术，岂料那墙也应咒而起，打出一面钢针。穿墙穿不得，遁地遁不成，我只得回转身来。

凤凰见状一扬手，手心一枚红光迎风而起，细看却是一簇渐燃渐炽的火焰，冥烧摇曳似一朵热烈绽放的红莲。一片红光中，凤凰身姿傲然挺立，袍带猎猎飞扬。

那执戟之人在红光之中却脸色越发惨白，似见死神在前，瞳孔放大、步步后退，四壁钢针纷纷坠落，似松针枯败。原来是个惧火的妖怪。

不过，却为何我亦有一股焚烧沸燃之感自百会、后顶、风府、天柱穴行遍周身，一道淡淡的水雾自印堂中徐徐逸出，神志渐渐失迷，竟有些肖似那日误食朱雀卵之痛。

凤凰眼光一闪，眉心微微起澜，兀地将手收了回来，那红光倏忽熄灭，我也随之一个激灵醒转过来。

执戟之人松下一口气，眼风随着凤凰的动作在我俩之间来回一逡巡："哈哈哈！怎的？火神殿下作甚不使那红莲业火对付我？莫非为的是这惧火的小仙子？火神既要怜香惜玉，就莫怪我手下不留情面了！"

那妖怪双目一凝，万千光针飞射而出，凤凰反手放出一个仙障将我笼罩其内，转身抽出一柄利器便与他缠斗起来。

那利器似剑非剑，肖刀非刀，快比闪电却泛七彩霞光，被凤凰舞得出神入化，生生将那光针尽数挡出。却不想是个调虎离山的计策，那妖怪趁着凤凰全力挡针的空当，举起方天画戟勉力向我戳刺而来。

凤凰眸色一动，一个疾行紧随那妖怪身后欲将其拦下，不想那妖怪却突然转身，直举画戟近身向凤凰胸膛而去，狡猾至极。

善哉善哉，我闭了闭眼。

听得妖怪一声呼喝，睁眼一看，但见凤凰一个灵巧侧身避开攻势，向后轻轻一仰，抬脚一踢，脚尖四两拨千斤正中妖怪手腕处。妖怪一个脱力，画戟坠地，凤凰后仰翻腾之后纵身向前一跃，手中利器便稳稳当当架在了妖怪的脖颈上。

妖怪双目圆睁，凝神放针，仍欲殊死一搏，凤凰手指一捻，将一枚火印弹贴至他的印堂上，那妖怪"吱"一声叫唤便现了原形，又缩成我初见时闭眼小耗子的模样。

再看那满地落针，小风一过，轻轻飘起，竟原是这小耗子身上的银灰耗子毛。凤凰哼了一声收回利器，此番细细一看，却哪里是什么利器，原来是一根凤凰的七彩凤翎。

乖乖，原来他们打斗的武器都是从自己身上随手顺下来的，天长日久这么拔毛拔下去可不就成秃子了？烤焦的凤凰我见过，却不知秃了的凤凰又是什么模样，我蹲在墙角默默想象了一番。

幸而我们做葡萄的不长毛。

凤凰将那耗子重新封进葫芦里，放开我身上的仙障，抬眼睨了睨我。我乖乖巧巧地垂下头，避开那生生劈划而过的眼风，继而抬眼钦佩地将凤凰一望："二殿下这耗子拿得妙，甚妙！锦觅此番可是长了见识。"

"你！"凤凰一副气血不太顺畅的样子，少顷一甩袖摆，"罢了，你且与我说清楚，此番私纵穷奇妖兽为的是哪般？"

我垂目看了看脚尖，嗫嚅道："为了取他的内丹精元。"

凤凰抬手抚了抚额："内丹精元？你没被他反制了去已是万幸，若不是我来看你……"话讲得一半，他却兀地闭了口，面上腾起一片诡异的淡粉色。

我有些愤然地盯着他，我虽打不过那穷奇，但还不至于弱到被他拿了内丹精元，呃，顶多……顶多不过被打回原形……

凤凰见我盯着他，面上粉色一径儿泛滥至脖颈处。奇怪得很，平日里锐利似剑的眼神，此刻却泛起一层粼粼异光，闪烁了一下躲避开来，拢手轻轻一咳后，复板起张面孔，伸手来触我的印堂。

我吓了一跳闪躲开，想那穷奇被他弹了下印堂就现出原形妖力尽失，我万万不可重蹈覆辙。奈何凤凰力道大得很，硬是握了我的肩膀，来抚我的印堂。

我颤颤巍巍闭了眼，却觉他指尖春风化雨般在我印堂间柔柔一触："可有不适？我适才一时心急，忘了你性本属水。"

我明明是土里长出来的，这凤凰！我睁开眼正待辩驳，却见眼前凤凰的手心点点血迹，纵横斑驳。

"你的手……"

凤凰这才顺着我的视线翻过自己的手心看了看，眉峰略略一拢："想是那穷奇的瘟针所伤。"

我才忆起小耗子睁眼之初凤凰将我压趴下时，确听得锐器入体的声音，原来是凤凰用手替我挡了小耗子的钢针。

此时，门上传来一阵细细叩门之声。

"二殿下可在屋内？"声音娇且媚，应该是那卞城公主。

凤凰还未答话，我靠近门边就顺手将门打开了。

"鎏英适才听得打斗声……哎呀！"那卞城公主甫一进门便惊呼出声，我琢磨着应是被那满屋耗子毛给吓着了。

"莫不是那穷奇妖兽逃了出来？火神殿下可有伤着哪里？"卞城公主满面关切凑上前来。

凤凰稍稍一避让，道："无甚大碍。"

"不过手上扎了一些针眼，公主可有纱布？"想那凤凰好歹是替我挨的针，我自然需给他包扎包扎，便顺手问那公主讨要些纱布。

岂料那公主闻言，脸色"哐当"掉了下来："二殿下中了穷奇的瘟针？"

见她这副模样，莫非这瘟针有什么说法？我不禁有些许疑惑。

"鎏英这就去花界为二殿下求取灵芝圣草，定在七七四十九个时辰内返还。"那卞城公主对凤凰弯腰行得一个礼，便火急火燎闪身没了踪影。

"卞城公主且慢……"凤凰出言相阻却已然来不及。

"被瘟针扎了会怎样？"我仰头问凤凰。

"穷奇乃魔界瘟疫之妖兽，浑身针刺灰毛均携百变瘟病，若入体内，则疫生瘟横，七七四十九个时辰内嗜灭灵力。"凤凰淡淡与我道来。

"灵芝圣草可是能祛此病疫？"看那公主一番形容应是如此。

"正是。"凤凰额角已慢慢渗出点点汗渍，倚着一方椅子缓缓坐下，"但，花界与天界宿怨颇深，想来长芳主断然不会允那圣草。"

老胡说过，但凡脸蛋生得好的人，养分全都花到脸上去了，脑子多半不甚灵光。我如今深以为然，凤凰便是如此。

长芳主平日里杂事冗繁，为了把区区小草就去叨扰她老人家，着实不长眼色，自然要惹她生气，一生气自然不肯给。和两界宿怨诚然并不搭界。

况且，不过是把草，左右随手变幻一下，怎需如此大费周折。凤凰此番不知愁的是哪个。

我从怀里摸出根红线，在凤凰眼前一摊："我若能种出灵芝圣草，你却拿什么谢我？"

凤凰诧异将我一望，继而淡淡一觑，最后索性闭眼运气，不再睬我。

鄙视！这便是活生生的鄙视！

我独自拈了红线在一旁冥想灵芝的模样，心念稍动，手中红线不消多时便成了个菌孢，落地生根，半盏茶的工夫就开出了一株褐红色的灵芝。

我喜滋滋将那仙草举至凤凰面前，凤凰睁眼甫一看，惊惑非常，接过灵芝细细端详，面色阴晴不定，末了颇有几分哭笑不得，评道："嗯，你种的这香菇入菜尚可。"

我瞪圆了眼，嘿嘿干笑两声，将那香菇一把夺了回来："我再试试，这回保管不出差池。"

这诚然怨不得我，好比八哥和乌鸦长得一式一样，灵芝、香菇、黑木耳它们菌菇一家在我看来也是活脱脱一个模子印出来的，并无甚分别，混淆一块儿也无可厚非。

凤凰单手支了脸颊，垂目看着我蹲在地上如火如荼地香菇、木耳、蘑菇、草菇、茶树菇……挨个种过去，面色虽然越发白皙，兴致却越发好起来，嘴角笑窝时隐时现："你若能种出灵芝圣草，我便渡你两百年修为，何如？"

我晓得他揶揄我，但是我们做果子的不能和一只鸟儿一般见识，便大度地伸出三根手指比画了一下："三百年修为吧。"

"好。就允你三百年修为。"凤凰笑靥浅浅一绽。

山重水复疑无路，柳暗花明又一村。在我继十几种菌菇又种出一串匪夷所思的荔枝后，一株饱满挺拔灵气十足的灵芝圣草终于争气地开在了凤凰面前。

岂料凤凰面色一沉，一个伸手掐住我的手腕，眼中寒光一闪逼近，寒瘆瘆地在我耳旁道："说！你究竟是何人？"

不厚道啊不厚道，大晚上的吓唬人。我用空着的手摸了摸他的额头："呔，这耗子毛蹿得忒快了，莫不是已经入了脑子？"

触手处，凤凰额头烫得一片骇人，眼中却寒光更甚："花界的灵芝圣草岂是一个小小花精说种便能随手种出来的！说，你和已故花神是何牵连？"

这瘟针威力果然彪悍了些，凤凰已然病入膏肓、语无伦次了。先花神据说神力仅逊天帝，凌驾诸神之上，我但凡能与她攀上点关系，何必为了区区三百年修为与他锱铢必较。

凤凰咄咄逼人，手上力道不因病痛减退丝毫，还擒住了我另一只手。若不及时施救于他，怕是不消一会儿火神殿下便要魂归离恨天，我的三百年修为也莫要指望了，眼下将他劈晕敷药才是紧要。

但他禁锢了我的双手，叫我半点无法动作。

看着他近在咫尺的面孔，我心生一计，劈晕不行，吓晕也是一样的。

我顺势向前一仰，贴上他的面孔，张口衔住他的两片薄唇轻轻舔了一圈。

再看凤凰，霜打雷劈一般睁圆了眼，直愣愣戳在那里。呵呵，果然奏效，被吓到了。我轻松抽回双手，揽过他的脖子，一个手刀劈上他的后颈，凤凰终是顺利地花钿委地。

我念了个诀将他搬回他的屋内放至床上，用葡萄藤变幻了药杵将那灵芝圣草一半给捣碎敷上他的伤口，另一半熬了汁水灌进他口中。

为防止凤凰醒过来后赖账不予我那三百年灵力，我便坐在床沿守着他。守了约莫两盏茶的工夫，见他睡得酣畅，我难免生出些嫉妒来，便也倚着床柱阖眼打起了盹儿。

不晓得睡了多少时光，只觉前额有些痒，像是蚜虫缓缓蠕过，我不免一惊，我们葡萄除了蛇外，最惧的便是那白白的小蚜虫，一旦染上可是了不得。

我佯装熟睡，猛地一伸手欲捏死那小蚜虫，睁眼却见凤凰半撑着身子距我约莫两掌处，面色泛红，眼中一分惊、两分疑、三分波光，还有四分晦奥难懂的神色，而我手中捏着的也非蚜虫，而是凤凰莹润的指尖。

这却是个什么状况？

我不明就里望着他，他亦回望着我。

"你们这是在做什么？"

就在我们两两莫名相望的当口，一个颇含威严的声音生生劈进来。

我回头，满室云蒸霞蔚中，长芳主一如既往的华服盛装，发髻盘得一丝不苟，双手交叠而立，身后裙摆逶迤，左右各立花侍一名恭顺垂目，手持花杖。不远处还站着那卞城公主。

我与长芳主百年不见，今日却在魔界相遇，真真是他乡遇故知，多少生出些欢喜来，便朝她展颜一笑。她却似乎全然没有一丁点儿喜悦，面色阴沉，眼光肃杀地落在我的左手上，凌厉一剜。

我顺着她的视线看去，呃，凤凰正握着我的左手，依稀记得适才明明是我用左手捏了他的手指的，怎的现下却反过来了，这何时反过来的我却全然没有印象。

凤凰悠悠然将我的手一放，朝长芳主抱手作了个揖："长芳主大驾光临，旭凤染恙在身，有失远迎。"

长芳主哼了一声，目不斜视："火神相迎，小仙如何敢当？"转而对我道，"锦觅，你过来！"

长芳主脾性素来火暴，与她针尖对麦芒实是不智之举，我这般聪明伶俐，自然顺从地站到她身边。

"你私出水镜，妄入天界，坏我花规，可知罪否？"

哎？一串名目砸得我眼冒金星，怎的我出个花界还有这许多说法？

"此事原怨不得锦觅仙子，乃小神涅槃误入花界，一番巧遇方结伴而行。"凤凰整了整衣襟，从榻上站起身来。

"我花界之内务尚且容不得外人插手。另还请火神自重收敛些言行，别的仙姑小仙还管不上，只我花界精灵仙子，火神殿下魅力弗边也休想染指半分！"呃，长芳主燃烧了。

凤凰脸色沉了沉："小神自省从无言行不端之处，还请长芳主莫要听信流言。至于锦觅仙子……"他转向我，眼中流光一闪，"确乃小神心之所系。"

"你！"长芳主面上"啷啷"一绿，卞城公主转瞬换上一副泫然欲泣的神情，边上两个小仙侍也瞪大了眼。

我还没回味过来这个"心之所系"是个什么意思，手腕便被长芳主用花蔓系了个结结实实。

"小仙这就将锦觅带回，火神还是休要妄想了！从此别过，后会无期！"沸了，长芳主沸了。

"长芳主还是莫要将话说得这般绝对，小神改天定登门拜访。正好可趁此机会改善我两界关系也未可知。"

长芳主无视凤凰，携了我转身便要走。

须臾间，我突然忆起凤凰尚欠着我三百年修为，下次见着他可还得问他讨要回来，便转身问他："'改天'却是哪一天呢？"

闻言，凤凰眉梢微挑，眸中波光摇漾春如线，笑窝似一场突如其来的阵雨过浅塘，涟漪泛泛："改天便是后天。"

长芳主容不得我再有言语，转瞬间便擒着我驾了朵菡萏飞回花界。不过此番回的却不是水镜，收起菡萏花，长芳主将我丢在一片芳草萋萋之中，我勉力爬了起来，但见面前一垄芳冢孤零零地立在一片艾草连天之中。

"跪下！"

长芳主眨眼间已变着一身素色纱裙，脸色铁青地对我下令："跪下！"

我望了望四周，先花神她老人家的墓冢仍旧秉承着一如既往的低调，我离开花界这百年，怎的也不见这坟头上多开朵小花装点装点门面。早前四千年，我住在水镜之中，年年最喜盼望的便是"霜降"这个节气，因着这日是先花神的忌日，每年一到霜降，长芳主便会将水镜打开，放我们一干小仙小精出得结界，让我们去先花神她老人家的芳冢前祭奠祭奠，尽尽做小辈的孝道。虽然从水镜到芳冢不过飞上一炷香的工夫，然则对我这样常年被幽禁在水镜之中的精灵来说，其珍贵程度绝不啻于凡人过大年，虽然表面要陪着二十四位芳主做沉痛扼腕悼念状，内心却诚然欢欣雀跃得很。

不过，我跪在坟前掐指一算，如今夏至都还没到，离霜降未免忒远了，清明节也似乎早就过去了……

"先主离魂天外有知，今日芳冢前，我问你答，不得半句虚言！"长芳主居高临下地沉声开口。

觑了觑长芳主的面色，我规规矩矩地双手合十对着芳冢拜上三拜，做满面虔诚状。

"你头上的簪子呢？"

"弄丢了。"怎的一个两个都这样关心这锁灵簪？

"除却火神，还有多少人见过你的面貌？"

"还有月下仙人、了听、飞絮、夜神、老胡、计都星君……"我正掰着手指头尽力回忆，那厢长芳主眼中一派杀气刹那腾腾烧起，将我灼得抖了抖，没敢继续往下说。

"可是火神将你带出水镜？"长芳主眼神似鞭答紧随不舍。

"正是。"我怯怯应道。

"你出走水镜百年均住在天界栖梧宫内？"

"正是。"

"那火神中了瘟针之毒，可是你种得灵芝圣草救他性命？"

"正是。"

"最后，我问你……"长芳主咬了咬牙根，似下了番决心开得口来，"你可是对火神生了男女之情意？"

"正是。"实在前面答得顺口了，我想也没想便脱口而出。

"造孽啊！这都是孽！"长芳主心神俱裂，双目一闭，"先主，牡丹不才，愧对您的重托！今日愿自毁半壁仙元谢罪！"说话间，对着芳冢"扑通"一个郑重下跪，举手拿指便要戳入印堂。

哎？

"不是，不是，一点都不是！"我忙不迭改口，作甚听闻我与凤凰有点关联便一个两个激动如斯。老胡如是，长芳主此番更是如此。半壁仙元哪！长芳主下手也忒是阔绰浪费了。

长芳主收了手指，一个转身，目光如炬地盯牢我："据实答我，此话当真？"

见她如此计较答案，我不免也当真掂量了一番。只是怎样才算得是对凤凰生了男女情意呢？

我回忆了一下狐狸仙给我说过的那些个情爱话本子，归拢归拢，大致不过"颠鸾倒凤、寻死觅活"八个大字。凤凰虽有授我些修炼方子，倒不曾与我修炼过那双修之术，因此"颠鸾倒凤"可以撇了去。至于让我为了凤凰那厮去"寻死觅活"便更超出我的想象范围。

是以，我对着长芳主点了点头，道："当真。"

长芳主细细在我面上逡巡一番："那你却为何救他性命？临行前言辞对他似有邀约之态？"

有吗？我眨了眨眼："他答应用三百年修为换我一株灵芝圣草，如今还赊着呢。"

长芳主一个趔趄，闭眼平静了半晌，开口道："只是为了修为？"继而欣慰地长出一口气，喃喃自言自语，"罢了，是我一时糊涂高估了你……"

看她老人家这癔症总算过去了，我便揉了揉膝盖准备站起来，哪知她却忽地睁眼严厉将我一望，生生阻了我的动作："你需记牢，天界与我花界有不共戴天之仇！今日芳冢前，当着先主的面，你且立个誓，从此再不与天界有半分瓜葛！"

我乖乖巧巧竖了右手，两个指头贴在印堂处："我锦觅在此立誓，此生再不与天界之人有分毫瓜葛！如违此誓，则灵力尽毁，一辈子入不了仙道，下辈子贬下界做个凡人，再下辈子做根被兔子啃的胡萝卜……"

"好了，好了，今日便这样吧。"大体长芳主觉着我表现得尚且可圈可点，誓言也立得够狠毒，总算满意地亲自伸手将我扶起来。

我矜持地窃喜了一下，老人家果然容易糊弄。"天界之人天界之人"，既是天界又哪里来的人？

此番排场俨然大了些，长芳主亲自将我押回水镜后，其余二十三位芳主又轮番登门将我探望了一回，水镜里的精灵们也欢天喜地挤在我门前看了回热闹。除却连翘据说因误报了个什么事被长芳主责罚在隔壁水畦里挑肥种菜，还有就是老胡嗷嗷闭了门说是被我欺骗伤了心再不见我了。

不过，天界到底怎么花界了？以至于芳主们一谈起天界便是一脸鄙夷、满目仇恨的样子，挨个儿语重心长将我叮嘱一番莫要与天家关联，却又不肯与我说那因由，任由我那好奇心忽忽悠悠将我一番抓肝挠心。

芳主们走后，长芳主在我门上"咔嚓嚓"上了三道灵符，叫我好生闭门思过。

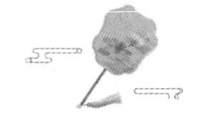

第 四 章

  凤凰虽然平日里对我算不得亲厚，然则还算是个守信的神仙，前日里他既心情愉悦地应承了我会来花界，今日想来必定会来。凤凰的神力我素来十分看好，门上这三道符对他来说应和揭副对联无甚分别。

  是以，我早早起了床，洗漱过后，便盼着凤凰来揭那符咒，将我放出去。我踏着葡萄架子，攀上墙头望了三回门后，总算盼来天边一朵祥云、两朵祥云、三朵祥云……数到第二十四朵，我缩了缩脖子，准备从哪里上来再从哪里下去。那哪里是什么祥云，分明是二十四芳主娉娉袅袅踏花前来。

  我正准备原路返回，眼角却扫过一阵粼粼七彩霞光，绚烂非常，定睛一看，正是凤凰那厮不晓得自哪里凭空冒出，从天而降落在了我的院门前。他今日着了件绯色宽袖袍，晃金凤纹镶边，衣摆拖地，这般扎眼地往我门前一戳，整个水镜都被照得亮堂了几分。

  然则，二十四位芳主被他这金光一晃，面色却暗沉了许多，纷纷掐了足下花驾，落在凤凰面前。

  凤凰施施然一抱手："小神旭凤见过诸位芳主。"

  长芳主用眼尾扫了扫他："火神千里迢迢一番两番擅闯我花界禁地，不知是个什么说法？"

"小神此番登门自是为了锦觅仙子。"凤凰眉梢带了丝笑，颇有些直言不讳的意思，"旭凤答应锦觅今日前来，言出必行，况是小神心仪之人，便是刀山火海也须赴得，还请诸位芳主通融。"

心仪之人？若按照狐狸仙的说法却是怎么说来着？嗯，对了，狐狸仙必定要说："心仪二字老夫以为很是销魂曼妙哪。"如此说来，凤凰竟盘算过与我修炼那双修之术？

我托着下巴思忖了一下，嗯，其实也不是不可以，只要可以增长灵力。

"荒唐！"丁香小芳主咬牙切齿截过话头，气得浑身发颤，"真真作孽！天地之大，女子又岂止千千万，你天家作甚总是不放过我花界？况且锦觅，火神就莫要肖想了！"

"况且锦觅？"凤凰挑了挑眉，嘴角携一丝玩味琢磨，"小神只知锦觅是个修了几千年的果子精，听丁香芳主如此说法，倒要讨教讨教锦觅却是如何个'况且'法？"

丁香小芳主言语一顿，有些凝噎懊恼之态。

长芳主抬眼淡淡将趴在墙头上的我瞥了瞥："天下故事，并非样样缘由都是火神可追究的。今日小仙诚心奉劝二殿下一句，莫为锦觅皮相所惑，到头来黄粱梦破、心碎神伤终是汝。"

凤凰一抬手，摇了摇头，道："小神又岂是那以貌取人的肤浅之辈。旭凤心仪锦觅，自是喜欢她泉水样的性子，诚然与她的样貌无半分关联。"

丁香小芳主一声嗤笑："天家之人皆薄幸，你可知几万年前一个神仙与你说过同样的话？结果又是如何？所谓'一往情深'，梦醒不过是个弥天大谎。"

凤凰敛了敛眉："小神不知两界因着什么旧事结下这万千年的宿怨，只是无论怎样的过往，皆是前尘往事，若世世代代影响下去未免不智，望请二十四位芳主将这因由告知小神一二，许是误会也未可知。"

"火神有这般工夫闯我花界，不若去问问那高高在上的天帝陛下。"玉兰芳主冷言插将进来。

长芳主抬手阻止了玉兰芳主："我等话尽于此，只一句，天下女子皆可，只锦觅万万不可！"

"只锦觅万万不可？"凤凰闻言低头沉思片刻，刹那间面色惊变，颇有些风起云涌、幡然梦碎的态势，"天帝……先花神……锦觅莫不是……"

"多说无益，老胡，送客！"长芳主拂袖转身。

蹲在院门拐角处听了半晌壁角的老胡被长芳主点名捉了个正着，摸了下头嘿嘿干笑着，将圆滚滚的身子挪出来，转头一脸肃穆地对凤凰一伸手："火神殿下请！"

"哎！"我扒着墙头听他们猜哑谜对暗号般你一言我一语将我弄得一头雾水，这下怎的说走就走？我这厢还被关着呢。是以，赶忙出声唤凤凰，岂知他压根听不着一般失魂落魄地转过身子。我方注意到长芳主在我门外施了障眼法，除却施术人，其余人瞧不着我。

长芳主大概听着我叫唤，飞来一个眼刀，"啪嚓"扫得我乖乖闭上嘴。

我见过骄傲的凤凰、冷情的凤凰、风流的凤凰、别扭的凤凰，似现下这般三魂六魄丢了一半的凤凰，却是第一次见，不免好奇多望了两眼。但见他步履几分凌乱，缓缓向水镜外走去，连云彩也不晓得驾，直至走出水镜终是没再回头。

至此，我算是参悟通透件事。其实灵力高不高并不紧要，若是嘴皮子利落，照样可以打败敌人。长芳主此番对阵凤凰便是个好例子，我对她老人家的崇拜不免又增加了两分。

只是凤凰被长芳主说晕了，我却找哪个来解我门上三道符？过去我尚且可以在水镜里活络活络筋骨，现如今却只能在我这小宅子里横踱百步纵踱百步，郁结得很。

又过上两日，长芳主照例来水镜将我巡视一番，待她走后，我看了看桌上的更漏，才不过亥时，百无聊赖间便捻了片葡萄叶儿招来一群萤火虫，挨个儿将它们拔去翅膀玩着解闷。

正拔得欢实，就见天际一道长尾巴光划过，想来不知今日哪位星君下界耍玩。

听闻凡人有个习俗，但凡见着陨星，若趁着这亮光尚未坠地前许个愿，必然灵验。我虽然以为凡人没甚见识，但这习俗着实有些意趣，便亦对着那扫帚星在心底默念了个愿想，祈得早早得个自由身。

我默默将眼光随着那流星走了一回，怎么看这路线似乎都不大对，不过片刻，院中一片荧光大起。呔，果真不出我所料砸在了我院子里，可莫要将我种的芭蕉给砸坏了。

我"噔噔"跑去后院，一片灼灼仙光消散后，却哪里有什么骑扫帚的小星君，月光如水下，小鱼仙倌牵了只梅花魇兽，静静立在院中对我盈盈一笑，青瓷绣纹雅致地匍匐在他周身白绢衣袍上，随着夜风起起伏伏。

"小神未下拜帖，唐突前来，还请锦觅仙子莫要怪罪。"小鱼仙倌诚然是个礼数颇周全的神仙。

"哪里哪里,这两日闲散得慌,夜神殿下正巧可来与我解解闷,锦觅欢喜得紧。"我赶忙客气了两句。

小鱼仙倌看了看我的手,唇边泛起一片笑纹。

我顺着他的视线,见自己手上尚且捏了只小萤虫的翅膀,那小虫儿被掐着双翼,正扭啊扭啊动得欢实,我赶忙丢了它,搓搓手干笑了两声。

小鱼仙倌收回眼光,淡淡掩了笑:"锦觅仙子想来果然是有些闷坏了,小神不知可有荣幸请得锦觅仙子出这水镜散散心?"小鱼仙倌诚然是个善解人意的好神仙。

我做了副勉为其难的样子道:"也好。"

我跨上魔兽的背,小鱼仙倌牵了绳,轻轻巧巧携着我们飞出长芳主设的结界,眼前一片豁然开朗。我越发觉着这小鱼仙倌诚然还是个仙术不错的好神仙。

可见凡人有时也有些凡人的见识,这对星许愿之说果然灵验得紧。

数不清的碎裂星光汇聚天际便成了天河,小鱼仙倌牵着梅花魔兽踏入河中逆流而上,一片熠熠星光约莫没到脚踝处,悄悄流淌无声无息。四下里连平日聒噪的小虫儿都偃旗息鼓会周公去了,静谧一片。

我骑在魔兽背上,顺了顺它水润润的毛,转头对小鱼仙倌道:"夜神殿下这个职务,论品阶尚且不错,若论意趣,锦觅以为不若昂日星君来得好。"

"哦?愿闻锦觅仙子高见。"小鱼仙倌停下脚步,回头将我一望。

"昂日星君白日里当值,鸡犬相闻多少热闹。似这般夜里个个都睡去了,冷冷清清,只有这小哑巴魔兽做伴,连个说话的人都没有,你这神仙做得未免孤寂了些。"

小鱼仙倌低头看着足下闪烁流动的天河,轻轻对着自己的倒影笑了笑:"只有热闹过的人才晓得什么是寂寞吧,我本是个万年孤独的命理,日日年年一个人用膳、一个人修炼、一个人看书、一个人就寝,从未热闹过又如何晓得什么是孤寂?"

我偏头与他道:"我夜里倒睡得迟,你若闲得慌可以来寻我,或者我去寻你,两个人一起闷着也好有个伴。只是不知夜神殿下神邸何处?"

小鱼仙倌抬起头来,眼中映着碎裂的星星,琉璃一样透明:"彩虹尽头,暗林之中便是我的住处璇玑宫。那日锦觅仙子巧遇小神正是在暗林外。"

我点了点头,从袖子里掏了一颗种子递与他:"这是晚香玉的种子,这花喜欢在夜里开,白日里倒敛着花瓣休眠,和夜神殿下的习性颇有几分相仿,正可与你做伴。"

小鱼仙倌接过种子妥帖纳入怀中，对我笑了笑："多谢锦觅仙子。"

"哪里哪里！"我拍拍座下小魔兽假意客气了一番，"只是……只是夜神殿下可否莫要将我送回水镜？锦觅若在大殿下的璇玑宫中叨扰几日不知妥否？"

小鱼仙倌一个失笑："今日既然将锦觅仙子从水镜之中请出，自然不会再将锦觅仙子送回去。锦觅仙子不嫌弃我的璇玑宫已是荣幸之至，又谈何叨扰？只是，二十四位芳主若察觉锦觅仙子走失，有上番前车之鉴则必定寻至天界，是以，若锦觅仙子想得个长久些的自由身，润玉以为天界并非首选。"

"甚是有理。"我连连颔首，还是小鱼仙倌想得周全，"只是锦觅六界不通，还要烦请夜神殿下指个明道。"

小鱼仙倌温和笑笑并不答言，只是牵了魔兽一路逆流而上，行至天河尽头后，跨上岸道："以此星河为界，上为天，下为地，跨过天河向下便是凡界，凡间世俗百态杂味交混，要于众生纷纭中寻得锦觅仙子的气息想来便不是那么容易了。"

"夜神殿下果然乃天界不可多得的栋梁之材，锦觅我甚是看好你。"我欢天喜地语重心长地冲小鱼仙倌道。

小鱼仙倌携了我纵身跃下，滚滚红尘扑面而来。

他在凡间寻了处尚且看得过眼的宅子将我安顿下，将将把我变换成个男儿身貌，我尚且来不及揽镜照上一照，那风水土地便像得了腥的猫儿，一路嗅着那仙气闯进门来。

"呃……"那风水土地抬头，眼睛倒像是长到我脖子上似的盯了半晌。我疑惑回头，原来我那束发的缎带太长了，适才没注意倒叫带子末梢顺着我的后颈滑进了我的后背衣裳里，小鱼仙倌心细，正伸手替我将发带拿出垂在我的衣裳外，免得那发带搔得我颈子痒。

将发带妥帖置好后，小鱼仙倌转头对那风水土地谦和道："此番借土地仙宝地一用，未有知会，还请见谅。"

那风水小土地总算收了神，作揖躬身恭谨道："夜神大殿光临敝地，真真叫这方圆千里蓬荜生辉、大放异彩啊！小仙有生之年得以一窥大殿倜傥风姿，真真是三生有幸、福祉无边哪！小仙……"

"此乃小神近日结交的好友陵光公子，因遇了些烦心事，借贵宝地住上些时日，还请土地仙多多照拂。"小鱼仙倌一抬手将我介绍了一番。"陵光"这个化名，我以为尚且不错，便默许了。

那风水土地一番慷慨激昂、洋洋洒洒的开场白被小鱼仙倌在高潮处掐了个断，倒也不恼，机灵转身又对我作了个揖："小仙见过陵光公子。"继而豪气万千地拍了拍胸脯与小鱼仙倌保证道，"此山是我开！此路是我造！此地我做主！如若有人要伤得陵光公子分毫，必先从小仙的尸身上踏过！"

呃，此话听着颇有几分气派。

小鱼仙倌在我耳旁轻声道："这土地飞升成仙前是个拦路抢劫的山匪。"

我了悟地点了点头。

"如此，便有劳土地仙了。"小鱼仙倌满意地朝那小土地客气了一番。

"那个……"小土地一双机灵眼在我和小鱼仙倌之间一个逡巡，循规蹈矩地端了个板正面貌与小鱼仙倌道，"其实，小仙眼神不济得很，夜里便更是不济，两掌开外便只能约莫瞧个模模糊糊的影儿了。夜神大殿且莫要顾虑小仙，尽管继续……继续……小仙这就告退了。"

我瞧着那据说眼神不甚灵光的小土地手脚利落地替我们悉心将门掩上，在浓浓夜色中一路奔着，灵巧地绕过假山池塘脚下生风退了去，不免纳闷儿。继续什么东西啊？莫不是小鱼仙倌有甚要紧事要办？是以，我便从善如流回头对他道："小鱼仙倌尽管继续！"

小鱼仙倌啼笑皆非地捏了捏额角。

"人生在世，无非'吃、喝、嫖、赌'四大乐事。"土地仙赤红了张脸，大着舌头，一手揽了酒杯一手攥着我的袖子，一副推心置腹的模样诚恳地与我道，"不过若说起杯中之物，人间的那点小酒和陵光公子这仙家秘酿一比，那就是……那就是什么来着，哦，就是兑了水的猫儿尿，完全端不上台面！"

我甚是宽容大度地任由他扯着我的袖口，笑吟吟地谦虚请教："且不说那吃与喝，不知赌和嫖却是怎样的乐事？陵光初来乍到，还要烦请土地仙指点一二。"

"嘿嘿！"土地仙暧昧一笑，"不是我瞎编，天上什么都好，就是未免寡淡清冷了些，阳春白雪自是好，但又怎比这俗世的乐子来得痛快直接。承蒙陵光公子不弃到小仙敝处做客，小仙自当一尽地主之谊。"说话间携了我的手，豪迈道，"走走走，小仙这就带你找乐子去！"

"有劳了。"我拱了拱手，整整发冠，一派潇洒地跟着土地仙出门去。

我来凡间这小半月，小鱼仙倌夜里当值，白日里除却小睡片刻，大部分时间倒陪着我下棋操琴谈诗论经，照顾得十分妥帖周全。然则，太过于周全亦有太过于周全的坏处，日日不出这一方庭院倒叫我生出仍被幽禁在水镜之中的错觉，只不过是挪了个地方而已。

小鱼仙倌温言与我道："凡尘之中多秽物，若玷染了锦觅仙子清净仙元，润玉万死也难辞其咎。"

玷染我吧！且玷染我吧！只要能出去耍玩耍玩。任凭心中一派呐喊，在小鱼仙倌清水样诚恳的目光下终是化作一句——"夜神殿下说得是。"

近几日，小鱼仙倌却不知得了什么公差繁忙得紧，白日里也不得空闲来陪我下盘棋，只好托那风水小土地来照拂我。土地仙恭恭敬敬领了大殿的旨意，日日拎了土特产上门孝敬我，什么鸭头颈、酱板鸭、桂花鸭、盐水鸭……我诚然讲究吃食，然则和那鸟族的鸭子无甚大仇，便劝那小土地换些东西，小土地却一脸不能苟同的样子："陵光公子不知，下酒菜中的极品便是鸭子，品上一口小黄酒，嚼上两口桂花鸭，人生足矣足矣！"

这小土地嗜酒，酒量却不甚好，每每喝不过十来坛子，舌头便大了起来，偏生那话不减反多，竹筒倒豆子一般，荤段子一个接一个。

我亦尝了尝那小黄酒，难喝得紧，不知这小土地怎生喝得这般乐。实在看不过他如此作践自己，我特地用院中桂花酿了些酒给他，盘算着顺便将他放倒。只是这小土地才喝上不过一壶桂花酿便开始两眼涣散，有问必答，可叹可叹。我若喝上二十几坛子灵台也未必见得有半点混沌，过去水镜里的精灵最怵与我喝酒，以至于我若想喝个酒都寻不着伴，所谓高处不胜寒。

今日本想将小土地放倒后，我好出去见识见识，岂知他一派热情要亲自带我去，我以为甚好。

且说这土地仙趁着酒劲带着我七拐八弯绕到了一个小铺面跟前，这铺面左右看着不过是个卖布匹的小店，入得店后，土地仙开口冲那掌柜问道："不知这里可有新鲜的鱼儿卖？"

那掌柜被一口酒气醺得七荤八素，好不容易稳住心神将我们两个上上下下仔细打量一番，道："两位公子且随我来。"

我莫名其妙，随着进了这小店后院又下了几层阶梯，入了个地下室，方发现别有洞天。这地下室中灯火通明，齐齐摆了不下二十张四方桌子，每张台子上坐了四个人，面前码着一溜儿小豆腐块做冥思苦想状，边上亦有三两观战之人。

"筹码大、高手多，要赌便需到这地下赌肆方尽兴。"土地仙在我耳旁道，之后向那掌柜要了副麻将，就是那豆腐块，将规则大致与我顺了一遍后，便拉了两个凡人凑上一桌正式开局。

两个时辰后，我与土地仙被那赌肆的护院给轰回了大街上。

"这位公子，我们做的是小本买卖，招架不起您这样的高人折腾，还请您莫要再来砸场子了。"末了，那掌柜还朝我拜了三拜。

身旁的小土地仙满目崇拜将我一望："陵光公子好手气！好赌技！陵光公子真身莫不竟是财神关二爷？"

我仔细回忆了一下那脸红得堪比枣子的关二爷，再比照比照自己这面白无须的模样，着实打不着边。麻将这个东西，无趣得紧，所谓对垒要有赢有输才凑趣，好比和小鱼仙倌对弈，他吃我三五子，我吞他五六子，轮番输赢计较才有意趣。哪似这麻将，我听什么牌便能摸得什么牌，场场都和，除了赢些沉甸甸的黄白之物，确实无甚意趣，罢了罢了。

我拍了拍衣摆，意兴阑珊地走在前头，小土地用个布褡裢扛了我赢的那些个黄白物什晃晃悠悠跟在后面。

既试过了"赌"，便不妨再将土地仙说的那人生四大乐事最后一项也顺道体会体会。

土地仙领我上了个唤作"万春楼"的所在，迎面便是一股子骇人的脂粉味直冲天灵盖，将将晕了片刻，一个上了些年岁抹得花红柳绿的女子已然一手一个挽住了我和土地仙："哟，瞧瞧这二位俊俏公子，快请进快请进！不知二位可有相熟的姑娘？"

土地仙尚且晕着酒，又走了不少路，呼哧喘着将那布褡裢随手往桌上一撂，灌了口茶水道："且把你们这儿的头牌叫来。"

那女子眼光在那布褡裢敞着的一角顺了一遭，立马直了，尖细了个嗓门往楼上喊道："牡丹！月桂！有贵客！"

一个大闪子直劈天灵盖，我直了直眼，牡丹长芳主？

我拽了小土地夺门而出，一气狂奔，不晓得跑了多远，没见着有人驾着花朵来拿我方喘着气停了下来。

多亏我反应灵敏！若给长芳主再擒回去可不知要怎生责罚我，万幸万幸！

"陵光公子这是作甚？"小土地不明就里，愣头愣脑地问我，不待我开口，他却一拍后脑勺，恍然大悟道，"小仙疏忽，小仙疏忽，小仙竟忘了陵光公子的喜好，理当自罚！"

哎？我有甚喜好？

小土地不由分说领了我拍门入了个叫作"南楼小馆"的地方，门口小园栽菊种桃，尚且雅致，越往里走便越觉着有些不对，却又说不上不对在什么地方。直到土地仙甚豪迈地掷了几个黄澄澄的东西，一左一右两个衣着花哨的白嫩男子向我偎来，我方觉察出这不对处究竟不对在哪里。

原来是个断袖集中双修之处。

"这两个小倌，陵光公子看看可还满意？"土地仙乐呵呵眯缝了眼，倚在一旁的太师椅上吃茶，听那舌头打结的音，显是还醉着。

我干干咽了口唾沫，道："很满意。"

既来之，则安之。

定了定神，我却不知接下来该怎么办，若叫人小瞧笑我没见过世面可不甚好。我转头朝隔壁帘子里瞧了瞧，但见一个肉墩子模样的男人执了把收拢的折扇，一把挑起怀里人儿的下巴。

晓得了！

只是，我手边没有折扇这却如何是好？若凭空变把扇子怕是要吓坏一干凡人，是以，我顺手取了面前案几上的一双筷子，将右手边攀着我臂膀的小倌下巴轻轻一抬，扯了个笑颜，运了气正准备说一番现学现卖的词，岂知身旁小倌弱弱一抬头，眼光却直愣愣往我身后瞟了去，且羡且慕且惊且艳。

"锦觅？"

我回头，但见凤凰站在门口，青衣皂靴，面上表情超出六界不在轮回，很是奥妙。

我朝他笑了笑："甚巧，二殿下也来找乐子？"

"找乐子？"凤凰水波不兴地将我的话重复了一遍，一股小凉风飕飕刮过我的后颈，"我是来找你的。"

大厅中一干凡人不知中了什么邪术，个个目瞪口呆地望着凤凰，几分痴呆相，隔壁帘子里的肉墩子吸了口唾沫道:"极品啊极品!惊为天人!"

哎?我一惊,没想到如今这凡尘市井之中亦有高人深藏不露,一眼就能看出凤凰是"天人",之前倒小瞧了这肉墩子。

我现下半扭着脖颈与凤凰说话,有些吃力,正准备换个姿势,却见凤凰双目阴沉地盯着我的左手。我顺着他的视线看过去,呃,难怪我说怎的手酸得紧,原来是举筷子挑那小倌的下巴挑的。

凤凰眸色一变,筷子随之"啪啦"一声落在地上,瞬间起火,片刻间灰飞烟灭。那原本挨近我的两个小倌衣摆也突地起了火,吓得二人一跃而起,许是想找杯水灭火,措手不及间却错端了案几上的水酒,一杯下去火势更旺。

纱帘、木椅、竹桌……但凡可燃之物片刻之间陆续凭空噼里啪啦起火,大厅中一干凡人这才反应过来:"走水了!起火啦!快,快逃命!"

在一片火海之中,隔了抱头鼠窜大呼小叫的人群,凤凰盯着我,眼中一片跳跃的火焰,倒叫人分辨不出是这灼灼烈焰映入了凤凰的眼瞳,还是凤凰的眼瞳点燃了这一片炽热火海。

除却凤凰,这厅中只余我和土地仙没有动弹。我不动,是因着这火不过是把普通的火尚且伤不着我,何况凤凰那眼神正摄着我叫我不敢动弹;土地仙不动,是俨然会周公去了,不过,我以为他这般半眯了眼装睡实在装得不甚地道。

那火蹿得倒快,顷刻间,整座小楼便被蔓延的火苗吞噬其中。凤凰总算有所动作,飞身将我擒出火海,后面土地仙跟着边追边喊:"二殿下且慢些飞,且慢些!"

"妖怪!有妖怪!"两个凡人抱了头瑟瑟发抖。

凤凰将将把我在一片竹林外放下,就见头顶骤然乌云密布,轰隆隆滚过一阵闷雷后,瓢泼大雨倾盆而下,不远处的小倌在一阵及时雨的滋润下,火势渐灭。

一位仙人足尖踏了片竹叶悠悠然自天而降,墨发半披,衣着淡雅,眉宇间一片安详之态,仙龄难辨。

"今日若非小神日游偶至此处,火神莫非竟欲纵火烧了那小楼之中百余条生灵?"虽无凤凰的身量,这仙人审视责备的目光却颇有几分威严,"上苍有好生之德,蝼蚁尚且偷生,修行根本乃为救苍生于水火之中,火神这般违背仙道下狠手,这万余年的道行算是白修了!"

凤凰垂目,发梢一滴没被屏去的雨滴顺势而下,滑落在地上,溅起一朵水花:

"水神教训得是，旭凤知错。"

我追随了凤凰百余年，何曾见过他这般魂不守舍低头认错，不免纳罕。然则，瞧凤凰适才在南楼小馆之中那恨不得将我扒皮抽骨的神情，想来他此番怒火应是冲着我来的。

是以，我拢手对那水神作了个揖，自觉道："小仙这厢有礼。火神适才本预备将在下给焚了，不想却失了准头，将火苗子点错了地方。因此，也不全怨二殿下。"

虽然我不甚清楚凤凰为何生气，然则他从来喜怒无常，发火自然也无须缘由，也怨我这靶子当时没站个好位置乖乖让他点火，这才连累了其他人，我锦觅仙术虽不高，仙品还是不错的。再则，听说如今欠债的才是主子，我那三百年修行可还没到手，千万要哄得他开心才是。

凤凰抬头，眼中一番神色挣扎，道："焚你？倒不若焚了我自己……"一副凄凄然的模样，倒像适才被烧的是他一般。

水神看向我，眼带几分意外，片刻后便一派宁静转移了目光，仍旧对着凤凰，道："今日之事，望火神引以为戒，下不为例。幸得此番无伤亡，否则犯下天条，自有天谴！"

正说话间，小鱼仙倌踏了片星光降在林中，往日甚是淡泊从容的人，不知怎的今日眼中却有一些着紧之色，触到我的目光后方悠悠然似落叶安静坠地。

"润玉见过水神仙上。"小鱼仙倌朝水神作了个揖，神态恭敬肃穆。

我方记起，这位样貌十足神仙、言语十足神仙、神情十足神仙的水神正是小鱼仙倌的未来泰山，真真是分量十足的长辈，这便难怪小鱼仙倌要尊他一句"仙上"了。

岂料，大殿下的这座泰山只轻飘飘"嗯"了一个音意思意思，眼神空灵得很。我们三个戳在他面前，好似在他眼中和适才那小馆之中一干凡人也无甚区别，真真是个架势也十成十的神仙。

小鱼仙倌站直了身子，倒是习以为常的模样。

水神朝凤凰和润玉仙倌颔了颔首，仍旧拾了片竹叶踏着杳然飞远了。

小土地一脸满足地叹了口气："今日得见三位至尊天神聚首，此生足矣，足矣！"他这番一出声，引了小鱼仙倌的注意，回头温和将他一望。

那小土地想是酒醒了，没甚出息地打了个哆嗦，悄悄遁了。

"我道是哪个。"凤凰挑眉眯眼，"原来是大殿做的手脚，怨不得旭凤遍寻不着。不知大殿费尽心机将锦觅的气息掩于市井之中意欲何为？"

小鱼仙倌笑了笑："锦觅乃润玉的友人，身陷囹圄，润玉自当竭尽全力相助。"

小鱼仙倌委实仗义，我赞叹地将他一望，他亦回望我，道："倒是不知二殿下此番心急火燎寻个小花精却是为何？"

凤凰眼中小火苗子"噼啪"一闪："人道大殿深居简出，两耳不闻窗外事，不想天上地下消息却通透灵光得很，连旭凤的一举一动都知悉得清清楚楚。"

"你我本是兄弟，相互关爱自是应该，怎生说得如此生分？"小鱼仙倌不以为忤。

"哦？如此说来，花界二十四位芳主误以为是旭凤劫持锦觅，几欲闹上天界，想来大殿也是清楚得很，弟弟我替大殿平白担的这罪名却如何说？"凤凰的声音冰碴子一般呼呼过，继续道，"大殿对锦觅这个友人倒也照拂得细致，竟照拂到这污秽不堪的小倌楼之中！"

啊呀呀，二十四芳主又来寻我了，可莫让凤凰将我给供出去才好。

我热络上前，插道："听闻吃喝嫖赌乃人生四大乐事，我酿了些桂花酒，不若二殿下一道尝尝？"

月黑风高夜，灌醉了才好行事。

"吃、喝、嫖、赌……"凤凰咬牙切齿，"哪个教你的？"

今日的月亮长得十分白胖圆满，照得一方庭园中小桥流水、假山凉亭十分圆满，我与凤凰、小鱼仙倌三人坐在八仙桌前对饮，我以为亦十分和谐圆满。

除却土地仙，背上背了把半人高的笤帚跪在地上，时不时拿袖子擦擦额角的汗滴，貌似不太圆满的样子。

"小仙向二位仙上负荆请罪来了！"土地仙此番舌头捋得倒直，总算不再打结，显是酒醒了。

"你可知错在哪里？"小鱼仙倌和风细雨、循循善诱。

"小仙千错万错，实在不该贪那杯中之物！小仙千错万错，实在不该私自将陵光公子带出院子！小仙千错万错，实在不该教陵光公子赌钱！"土地仙将自己数落得十分利落诚恳。

"嗯？就这些？"小鱼仙倌对土地仙笑了笑，再温和不过。

土地仙抖了抖："小仙罪不可恕罪大恶极罪该万死，最不该将陵光公子领去那烟花腌臜之地！"随即伏下身子趴在地上做认罪状。

"还有呢?"凤凰凉飕飕地问道。

"哎?"土地仙直起身子眨了眨眼,悲催道,"没了,真没了!"

凤凰晃了晃杯中的桂花酒,轻轻抿上一口,悠悠道:"听说凡间有个刑罚唤作'连坐',离此处千里开外有座寨子,里面貌似住了一窝子山匪,本神难得下凡一次,不若便替天行道顺手将它端了?"

土地仙挥泪:"那寨子里的一干小匪是小仙凡俗兄弟的曾孙的子弟的第三十六代子嗣,万望二殿下高抬贵手!"正是皇帝也有两门穷亲戚,神仙亦有三门凡俗亲。

"嗯?"凤凰眼风斜斜扫了小土地一把,拉了个长长的尾音,"本神孤陋寡闻,听闻有个什么'人生四大乐事',却不知是什么?"

小土地打了个摆子,突然转向我郑重道:"陵光公子,小仙白日里喝酒喝糊涂了,其实人生四大乐事乃'琴、棋、书、画'。"末了还呵呵干笑两声,"口误,纯粹口误!"

哎?这个口误误得远了些。我正踌躇着莫衷一是,凤凰却伸了手来探我的印堂:"幸得仙根尚稳,没被那浊气染了。"

土地仙大大松了口气,却听凤凰接着道:"自明日起,你便去老君的丹房中做个起炉烧火的仙侍吧。"

土地仙哭丧了个脸,道:"二殿下,老君那丹房蒸笼子一般,小仙惧热,若进了去怕是那丹丸还没熟,小仙便已然被蒸熟了。可否换个惩戒?"

事实证明,与凤凰这面冷心狠的神仙讨价还价实在是个不明智的举动,但见凤凰略一沉吟道:"倒是还有个差使缺着,听闻阿鼻地狱里少个捉魂的鬼差,不若你先去顶上些时日?"

"谢二殿下恩典,小仙祈愿甘愿以及自愿去老君府上烧火。"土地仙抹了把辛酸纵横泪,被小鱼仙倌屏退了下去。

"锦觅仙子这酿酒手艺甚好。"小鱼仙倌细细品了品手中的桂花酿,赞道。

"哪里哪里。"我假意客气了一句,"如若夜神殿下喜欢,锦觅自当将这酿酒配方倾囊相授。"

"如此便说定了,待他日晚香玉花开之夜,润玉定当扫阶以待,恭候锦觅仙子上门赐教。"小鱼仙倌笑得如沐春风。

我自是干干脆脆应承了下来。

凤凰在一旁自斟自酌,一脸漠然。

我殷勤地端了酒壶替他斟酒，他亦不言语，任由我替他满上。习惯了他时不时地冷冷哼上一句，现如今他这般安静倒颇有几分诡异。

接下来，我俨然成了他们两个的酒童，二人你一杯我一杯，酒水不停，言语倒是没有半句，连眼神也不曾交会片刻，就这般约莫喝了五坛子下去，小鱼仙倌单手撑着额头对着我笑了笑，眼神迷离了刹那便闭上了。我放下酒壶，唤了他两句也不见他有甚反应。

"他醉了。"凤凰瞥了小鱼仙倌一眼，下了个定论。

脚边有些痒痒，却是那梅花魔兽在蹭我的袍子。这小兽不会说话，灵性倒是很通，我念了个诀将小鱼仙倌搬至它背上，它便驼了小鱼仙倌在茫茫夜色中往天界飞去，想是回璇玑宫去了。

凤凰神色甚复杂地望了我一眼，看那架势应该还没醉，怎的该醉的没醉，不该醉的倒醉了。我继续端了酒壶给他斟酒，饮到第十五坛，我干脆弃了酒壶直接搂了酒坛子帮他倒酒，饮到第二十坛，我惊了，不想凤凰竟是个酒中高手，莫不是和我一般是个千杯不醉？只是这酒已然喝光了，接下来该怎生是好？

我在凤凰边上拣了条石凳子坐下，酝酿了一番，开口道："那个……那个……你还欠着我三百年修为，不若趁着今夜这良辰吉日渡与我吧。"

半晌没见他有个回应，莫非反悔了？我抬头看向他，却见他纹丝不动地坐着，适才远看不觉，近看才发现他颊上不知何时已飞了两抹再淡不过的粉色，吊梢凤眼蒙了层润润的水烟，越发显得那瞳仁黑到极致。

这般干干坐着却算怎么回事？我又重复了两遍，他仍旧对我不理不睬。

我急了拿手轻轻戳他，岂知，他晃了晃竟顺势倚倒在了我肩上，桂花酒香迎面扑来，我这才知晓其实他早就醉了。

寻常人醉了酒，有话多的，譬如土地仙，有爱笑的，譬如小鱼仙倌，听说还有手舞足蹈的。然则像凤凰这般不言不语安安静静，而且还立个架子唬人的我以为实在不多。

我想念个诀将他搬回厢房，但碍于他靠得这般近而且还有顺着我的肩膀往地上滑的趋势，我只好腾出一只手来揽住他，另一只臂膀被他压着动弹不得，更莫说施术了。

如此，我便半拖半扶将他弄回厢房，这家伙沉是沉了些，但还算乖觉，没有乱动增加我的负担。

我费尽气力将他在床上摆好，却见他手上仍攥紧了那空酒杯子，唇色红润微微噘起，眼睛闭着，敛了平日里的锐利，两扇睫毛在眼下投下两片乖乖巧巧的影子，这般看着倒像个稚气未脱的孩子。

孩子嘛，就是用来欺负的！

我伸出两只手扯了他的两颊一番搓圆揉扁，不亦乐乎。

正在兴头上，他竟倏地睁开了眼，凌厉将我一望，开口道："何方小妖？"

我愣愣地看着他劈头盖脸叱了一句后又心满意足地阖上眼帘，不免心中有些悲愤，凤凰这厮便是梦中也不忘将我贬上一回。

不过转念一想，这句话怕不是他的口头禅。譬如孙大圣，举凡见着人，不管男女老幼，上来定是一句："妖怪！哪里逃！"再譬如俗世凡人，但凡见着面，无论早中午晚，定要问上一句："吃过了吗？"

是以，我便大度地释然了。

我凑在床沿，在他耳边细声细气地问道："凤凰，你可还记着欠了我六百年修为这桩紧要之事？"

凤凰呼吸绵长，双目紧闭，神态静谧。

"你既不反对便是默认了哦？"我又认真且慎重地与他确认了一遍。

凤凰呼吸绵长，双目紧闭，神态静谧。

"欠债还钱，天经地义。如此，我便自行来取了，也免去你许多麻烦。"现如今像我这般体贴且周全的债主我以为实在不多。

我伸出右手食指与中指，并拢于嘴边喃喃念了个"破门咒"，眼见着指缝中徐徐生出一缕冉冉金光，便快速将两指置于凤凰的印堂上，岂料这金光非但不如我意想中一般渗入凤凰额间，反倒被一道七彩结界雷厉反弹而出。若非我反应敏捷手腕一转疾疾收回手指，怕是这两只手指便要被生生废了。

呔，太邪恶了！我委屈地捏了被烫得泛红的手指放在口边连连哈气，这结界之温堪比红莲业火，再晚上一步，想是已然熟了。

这番动静自是惊动了凤凰，但见他忽忽悠悠睁开眼，神色带着些许迷惘懵懂，转了转雾腾腾的点漆瞳仁将周遭打量一番，最后目光落在了某处，一动不动。

我顺着他的目光看去，呃，床榻对面的墙上挂了幅写意墨彩画儿，正中绘了串鲜灵灵、水当当的紫玉葡萄，周遭大片的留白越发显得那葡萄活灵活现，倒似伸手可摘。

再看凤凰，目光纠结在那葡萄串上，一副惆怅且温柔、甜蜜且忧伤的神情。

据他这模样，我做了一番推衍，得出个论断：定是饿了！

思及此，我不免抖上一抖。莫不是凤凰这鸟儿醉酒后性情大变，想要换换口味吃葡萄了？不是我自夸，我的真身比那画中的葡萄还要紫上三分、圆上五分、润上八分，不大不小，刚好可顺着凤凰的鸟喙一口滑入腹中，权且垫个底。阿弥陀佛，阿弥陀佛。

我蹑了手脚转身正预备往外撤，忽听得身后一声唤："锦觅？"

我一收袖，慨然回身道："正是。我去给你寻些膳食来解解酒可好？"

"不好。"凤凰干干脆脆地将我给否了，撑了身子半靠在雕花床柱上，道，"我不饿。"

我观了观他的神色，不似撒谎，便放心大胆坐了回去："你既醒了，不若顺手将赊着我的修为渡与我？"

凤凰伸手捏了捏眉心："修为？多少年？"

我揣摩着他现下半醉半醒，灵台尚且不甚清明，便眨了眨眼，诚恳将他一望，道："六百年。"

"好。"他这般爽快，我镇定地意外了一下，"你过来，我渡给你。"

待我在床沿坐定，他伸出手缓缓将我额前的刘海拂开，我配合地闭上眼。但觉一股绵延灵力顺着印堂徐徐而入，流经百穴，在体内与我的元神一番交汇后彻底浸入，一股通透之气直逼灵台，刹那间一片豁然开朗意。

甚好！火神精纯的修为果然不一般！

夜凉如水，凤凰的手倒是温润得很，我不免寻着暖意靠近了几分。他手上一顿迟迟没有动作，我睁眼一看，却见他全神贯注将眸光纠结在我脸上，满目映着的皆是我那被小鱼仙馆幻化的男子模样，颊上淡粉顺着面孔向着修长的脖颈蔓延泛滥而去。

我得了他六百年精纯灵力，心情甚好，忽地忆起凤凰这厮似乎有个想与我双修的念想，不若趁着今日便一道修了。

只是，我从未修过，不知从何修起才好。

我先化回自己的本来面貌，再回忆了一番在那南楼小馆之中的所见所闻。是了，但凡双修前，似乎总要有句开场白，归总起来，大体不过三种句式——"某某，让爷好好疼疼你"，或是"某某，你就乖乖从了我吧"，抑或"你叫吧！就是叫破喉咙也没人会来救你的"。

我思忖了一下，开首一句似乎直白了些，临末一句不免刚猛了些，是以，便折了个中。

单手挑起凤凰的下巴，我偎上前去，朝他展颜一笑，中气十足地温文尔雅道："凤郎，今日你便乖乖从了我吧。"

凤凰酒未醒，一脸懵懂无知霹雳天真状。

我伸出空着的那手一派斯文地揽了凤凰的肩，凤凰身量本颀长，下巴被我挑起后面孔便离我更远了些，我勉力抻直了脖子才稍稍与他平齐些许，我大义凛然对准他唇上贴了过去。

这般一动不动大眼对小眼贴了半晌，只觉着我们两个都快要僵了，看来双修这件事委实耗体力。

我正预备撤回来活动活动颈项，好继续下一步去剥凤凰的衣襟，凤凰却伸手揽了我的腰，俯下面孔反噙住我的唇，一番炙热灼人地碾磨吮吸，桂花醇香沁鼻入肺长驱直入。

我愣了一愣，凤凰不愧是做过春梦的人，经验确实比我丰富许多。

我探出舌尖预备舔舔嘴角降降温，却被凤凰精准地倒勾了我的舌尖席卷而来。刹那间，铺天盖地，五感尽失，天地间仿若只剩下凤凰勾魂摄魄的两片薄唇和握在我腰间那双有力的手。

天旋地转间，我琢磨了一下，狐狸仙诚不诓我，这交颈双修的滋味倒有些别样曼妙，趁着此番机会须好生记牢步骤，未雨绸缪，以备下次与他人双修也好照着这甲乙丙丁、子丑寅卯循序渐进、按部就班一番。

我正盘算铭记着，凤凰却戛然而止，突兀地握了我的双肩将我生生推出半尺远，眸中一派痛苦纠结，道："错了！乱了！全错了！"

哎？我一惊，枉费我努力腾出一缕清明神志记了这半晌步骤，临了他却说错了，真真误人子弟、枉为人师啊！

我眨了眨眼，谦虚问道："为什么？"

凤凰亦道："为什么？"随即凄凄然煞白了张脸，"我知你对我情根已种，我

亦对你生了情意，怎奈……造化弄人，天道不公……纲常伦理实难容，若你我执意相伴，必遭天谴，灰飞烟灭……"

我越听越混沌，凤凰这番醉话不知是要表达什么主题。只是折腾了这一日，我实在有些累了，便打了个哈欠，附和敷衍道："灰飞便灰飞，烟灭便烟灭吧。"

凤凰热烈执了我的手，痛苦道："我自己倒无妨，只是，怎忍见你受天谴。"

我睡意蒙眬间挥了挥手道："无妨无妨……"浓浓倦怠袭来，我实在有些撑不牢，遂躺倒床上会周公去了。

半梦半醒间，但见周公长了副凤凰的模样，做忍痛割爱状抚着我的脸颊叹道："我如何舍得你……"

我抖了抖，裹紧身上的锦被。

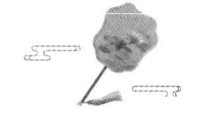

第 五 章

再次睁开眼，又是鸟鸣花香、晨光正好。我揉了揉眼翻身坐起，一线七彩泛金的光芒顺着我的动作悠悠自被中飘落地面。我探头一看，呃，是根凤翎，在一片背光阴影中仍旧嚣张地流光溢彩、金芒四绽。连根羽毛的排场都如此之大，凤凰真真是只傲慢得不知低调为何物的鸟儿。

只是，我环顾了一周，凤凰这只瑞气灼灼的鸟儿却不见了。我甚是满意地松了口气，如此便不必为那多取的三百年修为费神费脑编派借口了。

轻松愉悦地起身洗漱，将头发绾起后，我便信手拾了地上那根凤翎做簪子别入发间。一派清爽推门而出，抬头但见园中小鱼仙倌一手香茗、一手棋子，回首对我温润一笑："锦觅仙子昨夜可好眠？"

我回他一笑，道："甚好。只是不知昨夜那桂花酿可叫夜神殿下上头了？"

"锦觅仙子的佳酿醇而不烈，正是上品，只可惜润玉素来酒量低浅，倒叫锦觅仙子笑话了。"小鱼仙倌托着茶壶将对面一只空盏斟上八分，道，"锦觅仙子起得正是时候，润玉恰将上回你我未尽残局摆好，不若趁此间晨光正好将其一了？"

我不客气地端了小鱼仙倌替我满上的茶水，执了一颗白子坐下来。

"对了……"我不甚确定地张望了一下，向小鱼仙倌确认，"夜神殿下可有瞧见火神？"

"今日天后寿辰。润玉寅时下职便瞧见火神匆忙出此园，想是回天界赶赴紫方云宫拜谒天后去了。"小鱼仙倌淡淡道，一派和煦眸光微微抬起，不经意拂过我发顶时却怔了片刻神，手中黑子"吧嗒"一声下在棋盘一角甚是古怪处，"锦觅仙子这发簪倒别致。"

我思索着这步棋莫不是个什么新的路数，脱口回道："不过是随手拾来的，若小鱼仙倌喜欢便只管拿去。"

小鱼仙倌从棋盒中取了颗黑子闲闲夹在两指间，雾开云散道："这凤翎耀眼了些，润玉以为倒不如锦觅仙子往日里别的葡萄藤风雅。"

真真知己！我亦觉得葡萄藤十分好看，古朴典雅，低调中透着股华丽。是以，便欢欢喜喜赠了段葡萄藤与小鱼仙倌。小鱼仙倌十分赏脸，当下便拆了头上的白玉簪子，将我那藤条别上。

不消一盏茶的工夫，这残局便走完了，我险险胜得两子，不免有些风和日丽，对小鱼仙倌道："今日我做席面，请夜神殿下去那市井小店用早膳可好？昨日里我赌赢的那些黄白之物听闻在凡间很是好用，吃穿用度皆可买，官爵之位亦可买，便是老婆孩子据说也是可以买的。只是夜神殿下已然定了亲，不然倒可买个凡人老婆请请你。可惜了，可惜了！"我啧啧一叹。

小鱼仙倌正端着香榧木棋笥收纳棋子，闻言，手上一歪，已归整好的棋子生生倒出一大半。

看看这激动的！

"咳……"小鱼仙倌放下棋笥镇定地看了看我，"早膳就很好，老婆便算了……"

我看着那满桌散棋，忽然心生一念，不知昨日凤凰渡我的那六百年修为可有用处，不如趁此机会试上一试，便将两手食指并拢嘴前，全神贯注盯了那白玉棋子，喃喃念道："变包子，变包子，变包子！"

小鱼仙倌见我动作，十分配合地不去拾那棋子，满面兴趣地袖了手看着我。

噼里啪啦一阵响！果然灵验！

定睛一看，哎？那棋子"噌噌"一阵变幻，最后却变成了个个拳头大的冰雹子，在石桌上滚了滚，噼里啪啦落在地上，被日头一照，化出一摊子水渍……

对面有人倒吸了口凉气，我抬头，但见土地仙一双眼瞪得堪比广目天王，正愣愣瞅着我。

"完全被我的仙术震撼了！"我半掩了嘴，凑在小鱼仙倌身边，小声与他道。

小鱼仙倌叹了口气，往前跨了半步，将我挡在身后："土地仙可有事？"

只听得那小土地回魂呛了口气，一阵咳嗽连连后，道："小仙见过夜神大殿。小仙今日要去老君府上复命，临行前特来向大殿下、二殿下和陵光公子辞别。"小土地探了探脖子欲看向小鱼仙倌身后，却被小鱼仙倌一拂袖将他的目光在半道上生生地给招断了。

"嘿嘿……"土地仙摸了摸头，继续道，"不巧却不见二殿下与陵光公子，不知这位仙姑如何称呼？"

我方忆起我自昨夜恢复了样貌便忘了变幻回来，难怪土地不认得。正待开口回复他，却听小鱼仙倌道："今日天后寿筵，诸神朝拜。土地仙若是现在赶去，许还能赶上天后宴前大赦。"

土地仙闻言激动得满面红光起，连连搓手，照着小鱼仙倌拜了三拜："谢大殿下指点！大殿下果如传言，是一位顶顶仁善的仙上。"

小鱼仙倌一摆手："不必谢我。"和风细雨道，"至于仙姑……想来今晨这日头大了些，莫非土地仙晃花眼瞧错了？"

小土地心领神会一个激灵，忙道："小仙老眼昏花，什么都没瞧见，什么都没瞧见。小仙这就告退了。"

小鱼仙倌满意地点了点头看着小土地一溜烟退了去。

我一拍脑门，恍悟道："既是天后寿筵，小鱼仙倌怎生还在这凡间待着？不若与那土地同去，也好搭个伴儿。"

"不急，寿筵入夜才开席。况且，天上地下东西南北八方神仙岂止百千，少了我一个也并不是什么大事。"小鱼仙倌看着地上逐一化开的冰雹若有所思。

"只是，凤凰不是一早便去拜谒天后了吗？夜神殿下不用去吗？天后她老人家不会生气吗？"我又糊涂了。

小鱼仙倌指腹扣着棋笥缓缓摩挲，低头轻轻一笑，道："我与火神不同。想来若我一早便去拜谒，天后倒要平添些肝火。"

"哎？"这却是什么说法？

小鱼仙倌挥手去了地上水渍，道："润玉并非天后嫡出。"

"哦。不知夜神殿下生母是哪位天妃？"我第一次听闻，难免好奇。

小鱼仙倌眼中淡起云雾："润玉生母亦未封妃，不过凌波太湖中一得道精灵，再平凡不过。"蓦地，凄然一笑，"便是再平凡不过，也一如这凡尘之中碌碌众生，难逃一死。"

有点禅味，听不大明白，只知小鱼仙倌的生母大概过去了。

"不知锦觅仙子的父母是何方仙圣？"小鱼仙倌话题一转。

"父母？"我愣了愣，倒是从来不曾琢磨过，我转了转眼珠道，"不晓得哎，想来是株很老很老的葡萄藤吧。"

既然变不出包子，我自然说话算话，请小鱼仙倌去那凡间小铺吃早点。

且说我二人变幻了模样、收敛了仙气，在那市集中寻了个尚且过得眼的铺子入内，将将拾了张干净条凳坐下，就听隔壁桌有人唤道："小二，来四两包子。"

"来嘞！"一个小伙计将条白布巾往后背一搭，手脚利落地端了个热气腾腾的蒸笼应声而来。

有样学样，只是这"小二"已然被隔壁使唤去了，照着这排序法，我大马金刀一拍桌，唤道："小三，上菜谱！"

登时，整个店堂鸦雀无声，右边一桌挂了竹帘子处"嗖嗖嗖"射来几道毒辣辣的目光。我回头，但见那帘子里坐了三两女眷，个个正怨毒愤恨地瞅着我。

店堂一角有人"扑哧"一声。

呃……我转身凑近小鱼仙倌，低声问道："莫不是我抢了她们的先？"

小鱼仙倌咽了口茶，亦凑近我，低声回道："这'小三'在凡间市井里是骂人的词。"

正说话间，那本来正在柜面前拨弄算盘珠的老儿满脸着紧拿了本菜谱递上前来，朝我拱手哀怨道："这位爷，隔壁那桌可都是镇上有头有脸几位钱庄财爷的三姨娘，今日在我这小店茶聚。您要什么只管吱声，只是莫要这般砸我店门，求您了。"

凡人真真怪癖，怎的这"小二"唤得，"小三"便唤不得，迂腐得紧！

且不与他们计较，我翻开菜谱，入眼第一道菜便十分惊心动魄，唤作"煎饼馃子"，生生让我这做果子的小心肝在滚油里蹦了一遭，连连摇头："太残忍了！太残忍了！"

小鱼仙倌探头来看，抿唇一笑抚慰道："此馃子并非彼果子，乃油条，油煎的面团而已，莫怕莫怕。"

话虽如此，然则这血淋淋的菜名仍叫我心下犯怵，是以，再往下看，下面一道小点唤作"蟹粉灌汤包"，包子我十分喜欢，遂点了这道菜，再要了两碗豆浆。

不消一会儿工夫，那个叫"小二"的伙计便端来了一大笼热气滚滚的蒸包，我伸手捏了只在手上，吹了吹，兴致勃勃地一口啃下去。

事实证明，凡人着实是个不靠谱的物种。

煎饼馃子里没有果子，岂知这蟹粉灌汤包里却有汤，还是不少的汤，一口汤汁"刺溜"溅出，精准地淌了小鱼仙倌一袍子。

店堂一角有人又"扑哧"了一声。

我拿了袖口亡羊补牢要去拭小鱼仙倌的袍子，他却摆了摆手，道："无妨无妨。"挥袖不着痕迹地拂过袍子，登时，整件袍子便又恢复了簇新整洁。

小鱼仙倌真真是个大度又温和的神仙，非但不怨我，还细心夹了只汤包蘸好醋料放在我的碟子里。如此，我便心安理得地将这剩余的早餐欢畅用毕。

用过早膳，小鱼仙倌带着我绕着那市集转了一圈，眼见着天色渐黑，他便一路将我送回小院，赶赴寿筵去了。总而言之，这一天算是过得十分安逸平顺。

只是，小鱼仙倌千好万好，有一点却不好，赴寿筵便赴寿筵，作甚还画个结界将我圈在小屋里，十分不好啊。

我捏了捏那结界，将凤凰教我的般若波罗蜜多心经默默回忆了一遍，无上大明咒里似乎有破解结界的方法，只是以我如今的修为不知对付夜神的结界顶不顶用。我喃喃诵得经文，破金咒、破木咒、破火咒、破土咒，个个不见效，只剩最后一个破水咒了，看来亦无甚指望。残存两分侥幸，我默念了一遍破水咒，不想一阵光芒应声而起，"哗啦"一声，结界瞬间似破灭的水泡颓然消散，只余几缕水汽氤氲缭绕。

不错不错！多了六百年修为就是不一般！我跨出屋门，整了整衣裳，准备去天界凑凑热闹。正招了朵云彩在脚边，却突然想起没人带路，怕不是等我摸到天河边上，昴日星君已然上职了，不如拘个土灵地仙来指路。

经起咒落，一个大活人呼啦啦自天而降，险些正中我面门砸下，幸得我稳当向后退了两步。

"意外得紧，现如今土地都不钻土了吗？"我整整袖子，低头瞧见缎靴面上不知何时被溅了一摊水渍。

对面之人"扑哧"一声，这一声真是扑哧得又耳熟又亲切啊。

抬头一看，来人衣裳通体青翠，眉目间艳光四射，衣襟奔放地大敞着，正是早上店堂角落里的"扑哧"君。

我朝他拱拱手道:"原来扑哧君是位土地,幸会幸会!"

"扑哧!"此人甚配合,不辜负名号地又是一声。

他笑道:"扑哧君,嗯,这名字倒好!我喜欢!不过,我却不是什么土地,乃城外碧水溪里的一个水妖。不知这位'小二'仙拘我来所为何事?"

小二仙……我默了默,倒是可与扑哧君恰作个上下联。只是,我分明拘的是土地,怎的来了个水妖?莫不是我有吸引妖怪的气质?委实可叹……眼见着天色渐晚,时辰不多,现下只有将就将就了。

"此番将扑哧君请来,是要请教个事宜。不知扑哧君可知天界的路需从哪个方位走便捷些?烦请带个顺路。"

扑哧君广袖当风,抖了抖发梢的水珠子,慢吞吞道:"小二仙莫不是要赴天后寿筵?"

我道:"正是。"

扑哧君又问:"小二仙是预备走南天门还是北天门?"

我思忖北天门是天界正门,着实不符合我的风格,还是偏门南天门合衬些,便回道:"南天门。"

扑哧君又问:"小二仙是预备申时末到,还是酉时初到?"

我道:"自然是越快越好。"

扑哧君接着问:"小二仙是预备飞着去还是游着去?"

"飞着去。"我又不是鱼,游着去……

约莫半炷香详尽问答后,扑哧君却"喏"了下,怅然道:"天界的路我识得,只是在下适才洗浴刚刚过半,便被小二仙十万火急拘来,现下恐怕得先回去补个全。"

我晕了晕,正预备将他一脚踩死,他却慢腾腾接道:"不过,看在我与小二仙如此投缘的分上,我就勉为其难忍一忍,给你领个路。"

言毕,扑哧君聚了朵水雾,不紧不慢踩上去,不紧不慢飞在前方领路。

我磨了磨牙,镇定地踩上云彩跟在后面,二人一前一后越过天河到了南天门,一掐时辰,正是申时未过,酉时未到,这扑哧君时辰掐得倒准。

南天门外,左右两名虬髯天将手持画戟,虎虎生威把守着。我急急收了云头就要往里闯,扑哧君慢慢悠悠跟在我后头,岂料那天将却一伸画戟虚虚将我一拦:"二位道友可有请柬?"

我讷了讷:"没有哎,我乃月下仙人好友,烦请神将通融通融。"

"如此便对不住了,今日不比往日,天后寿辰,这南北天门如若无柬,一律不得放行。"居然将狐狸仙搬出来也不抵用,这天将真真是块板正的麻将牌,如此不通融!

扑哧君兀地伸手到我发髻上,轻轻一抽,道:"小二仙果然有趣。明明携了把尚方宝剑,非要与天将们磨嘴皮子。"

"小神多有得罪!"两名天将对着扑哧君手上的凤翎一个抱拳下跪。

拿着鸡毛当令箭。

耳听为虚眼见为实,我默了默,原来这话竟不是典故。不想凤凰原是只插满令牌的鸟儿,可悲可叹。

我不是凤凰,自然没有插着令牌到处跑的习惯,先前不晓得,如今既晓得了,自然不便再用那凤翎做发簪,是以,入了南天门后便换了段葡萄藤别头发,将凤翎纳入袖兜中。

天后寿筵排场果然不比寻常,放眼望去,各路神仙摩肩接踵、熙熙攘攘驾了云头皆往紫方云宫奔,饶是我脚下这不大的一团云也险些在殿门外被挤散,幸得扑哧君眼明手快扶了我一把,方得以安稳着陆。

满殿腾腾仙气中,我寻了个朴实的背光僻角处满意落座,不想扑哧君亦在我身旁拾了个蒲团,大大咧咧一个盘腿坐下。我朝他挥挥手,道:"扑哧君这路领得甚好,我满意得紧。现下,扑哧君可回去了。"

扑哧君眼中讶异一闪,旋即捧了心,凄婉非常道:"小二仙过河拆桥未免拆得生猛了些,叫人半点心理准备也无啊!"

"如此,扑哧君现下可准备准备。只是,不知扑哧君要准备多少时间?"我们做果子的素来慷慨随和与人为善。

扑哧君捧着心肝郑重思忖了片刻道:"在下脆弱得紧,怕是一时半会儿缓不过这口劲儿来。"

我抖了抖眉毛。

扑哧君笑嘻嘻接道:"在下上知天文下知地理,不但能领路,还能与小二仙做个话伴,打发打发这冗席间闲闷时光。"

我看了看四周相互攀谈拉家常的神仙,没有半只认得,也罢,留着这水妖权且做个伴。

正说话间，门外过了阵缥缈云烟，一个蠎首蛾眉的女神仙袅娜入殿。

"这是瑶姬，巫山神女，丰润婀娜，细数天界，啧啧……仙姑里最妩媚的便是她。不过，丰润归丰润，腰却有一尺八，未免少了几分纤细柔弱之感。"上知天文下知地理的扑哧君凑在我身旁道。

不消一会儿，又进来个袅袅婷婷的女神仙。

"喏，这是湘水的女英，虽然手大些，但柔柔弱弱最是惹人怜，男人嘛，最好这口了，你说是吧？"上知天文下知地理的扑哧君拍了拍我的肩欲寻求共鸣，眼见着那女英被左右两个仙娥搀着仍走得一派摇摇欲坠，我从善如流地点了点头，扑哧君却叹，"不过弱成块将散的豆腐也不大好，还是要有些英气。"

正说到英气，剑气一闪，门口跨来一个佩剑精悍的女仙，柳眉倒竖，眼光锐利。

"嗯，这便是填海的精卫。真真女中豪杰！一堆小石子砸得东海老龙王十分愁苦哀怨，听闻近日正与南海龙王商量借地搬家。"上知天文下知地理的扑哧君继续八卦，"不过，时时来段全武行，普天下怕是没几个男神仙受得住。"

又品评了八九个仙姑的长相优劣及爱好品性后，我不得不承认，其实这扑哧君原是个爱八卦的话痨，遂打断道："扑哧君知晓得倒周全。"

"那是！"艳丽的扑哧君一抖衣襟，得意之色眼见着满得都快要扑出来了，"想当年，那本风靡的《六界美人赏析宝典》可是我一手操刀编撰的，现如今已是孤本了。可惜如今美人势头渐衰，远不及当年，遥想当年花神梓芬，那才真真是个十全十美，可叹红颜命薄。"扑哧君摇头扼腕。

呃，花神她老人家，我想了想那个小坟头，确实命薄得紧。

"夜神大殿下驾到！火神二殿下驾到！"殿门外小仙侍拂尘一扫，高声唱报。

扑哧君正一派豪迈地揽了我的肩膀，唾沫横飞说到激动处："话说那花神……"

我忽觉头上一片乌云罩顶，抬头寻望去，呃，是凤凰那厮金灿灿在殿首落了座，正挑了眉毛，一双吊梢凤眼精准地直射我这犄角旮旯。呔，这厮眼神忒好了。只是，似乎不甚友善，想来东窗事发，酒醒记起我诓他三百年修为这事了。

是以，我便掩耳盗铃将头转了个方向，假装没瞧见他，任他那利剑样的目光在我头顶一派切割。

这一转头不打紧，一转便瞅见了小鱼仙倌，一双星眸似乎也瞟在我这角落里，面色带着几许古怪诧异，瞧着我，仿佛意料之外，又似乎尽在意料之中。我朝他笑了笑，难得他却不笑，似陷入一派沉思之中。

莫不是怨我破了他的结界私自跑来天界？

"水神驾到、风神驾到！"这小仙侍嗓门未免大了些，我正心虚着，被他这一吼，心脏险些蹦跶出来。

但见小鱼仙倌的泰山大人与一位端庄的仙姑一前一后飘飘然入殿来，两人一番谦逊地让座，约莫让了半盏茶工夫，那风神才勉为其难先坐了下来，真真是相敬如宾的一对神仙眷侣。

"一对怨偶啊怨偶！"扑哧君在我耳旁神神道道。

水神一如那日我瞅见的模样，神色安详淡然，神仙味道十足，一副万物入眼却万物皆无的天下大同相，十分有境界，叫我艳羡得紧。

小鱼仙倌向他二人颔了颔首，他二人亦回了个礼。

这一来一往间，又进来一队浩浩荡荡的神仙，为首的仙姑十分晃眼，身上覆的一件羽毛霞帔亦十分扎眼，左右莺莺燕燕的簇拥更显得气派十足。难得扑哧君未做任何品评，我琢磨着莫不就是今日的寿星——天后？

岂料这位"天后"径自分花拂柳走到殿首，向小鱼仙倌和凤凰一个款款下拜，道："鸟族穗禾见过二位殿下。"

呃……原来不是天后，竟是那被长芳主断过几十年吃食的鸟族首领孔雀，想来近日里又恢复了丰衣足食，生生地满面红光滋润色，身后一拨鸟儿仙子亦康健精神得很。

"除却花界仙灵，天后此次寿筵真真天上地下，一个女神仙也不落。"扑哧君沉吟道，"莫不是欲借此番机会将那火神的姻缘也一并了结了？"

哎？原来是给凤凰选媳妇儿。

边上一个神仙捋了捋下巴上的白胡子，高深道："这位道友说得有理有理，老朽亦作如此断定。"

一时，周遭的几个神仙纷纷回头附和，兴趣盎然状，你一言我一语，讨论得一派热烈。真真是天涯海角有穷时，八卦绵绵无绝期。

我不免受了感染，兴致勃勃地投入这八卦的洪流，听着扑哧君领着一干神仙将这济济一堂的仙姑、仙娥一番比对。我看了看站在凤凰身边正与他低声说话的孔雀仙，一时来了些许灵感。

"我赌两颗葡萄，孔雀仙胜。"我谨慎地在条几上押好赌资，溜溜圆的青葡萄滚了一滚，周遭几位神仙的眼珠子亦滚了滚，片刻后……

"我赌一杯琼露，瑶姬胜。"

"我赌一颗仙丹，精卫仙子胜。"

"我赌一缕剑穗，吉光女神胜。"

……

一时间，七嘴八舌，面前条几上铺得满满当当。呵呵，肯定最后全归我。我慈祥地望着殿首二人，凤凰配孔雀，两只花花绿绿的鸟儿，怎么看怎么合衬！

一个小仙童好不容易扒上条几的边缘，手里捏了根人参，满面犹豫该押哪个注："可是……可是二殿下好像喜欢男神仙哎，据说前一阵子栖梧宫里有个清秀书童甚得二殿下喜欢，与二殿下坐立相随，后来为了二殿下用法术化成了个女仙子，便被二殿下给弃了。"

呔，不想凤凰竟是只始乱终弃的鸟儿。

"嗯，说起此事，老朽亦有耳闻，不过听说是那小书童红杏出墙看上了计都星君，二殿下一时神伤，才将他逐出宫去。"那高深老神仙插道。

"错了，错了，听闻是这小书童不自量力，与二殿下一同看上了九曜星宫的月孛星使……"另一位神仙摇着扇子忍不住插话进来。

我思虑了片刻，拿了桌上那仙童放下的人参，庄重地与身旁揽着我肩膀，正目光灼灼吸收八卦的扑哧君道："人参很曲折，还有许多须。"

殿外大嗓门的小仙侍拂尘一甩，朗朗道："天帝驾到！天后驾到！"

话音未落，济济一堂神仙们皆停了高谈阔论，敛了不羁行止，齐刷刷站将起来，恭恭敬敬拢着双手垂首相迎。

我本欲探头瞧个新鲜，见众仙此番模样，便也不好嚣张地昂首东张西望做那出头鸟，只得半垂了头，一双眼尽可能地变换角度力图瞧得远些。

这一瞧不打紧，一双好端端的眼珠子险些被晃成青光眼，还未瞅见天帝天后，先瞅见一片冲天光芒四下绽放。定睛一看，却是两列娉婷有致的仙娥打头阵，个个手中皆托了朵琉璃空心盏，盏中各放了只刚成形的星星，星星虽然刚成形，那光却不减，透过琉璃晃得人头晕目眩，难怪众仙皆不敢抬头。眼睛一阵酸软，我亦终是没撑住，遂低了头。

"诸位仙友且免礼，都入席吧！"

阿弥陀佛，约莫过了三盏茶的工夫，才听得落发可闻的大殿中传来一句气派威严的赏座。

我们花界从没有这许多规矩，是以我此番垂头垂久了不免有些血脉不畅，将将要坐下却觉脚下步履一阵虚浮，底盘没掌稳，一歪歪进了身边手疾眼快的扑哧君臂弯里。待我坐正身子稳定身姿，一抬头，没瞧清天帝天后，倒是一眼正对上凤凰一双细长凤眼。

那眼神，啧啧，如何形容好呢？听过凡间有门功夫唤作"烈焰掌"，倒是没听过有什么"烈焰眼"，还听说凡间有门偏门功夫唤作"寒冰掌"，却没听过什么"寒冰眼"，可现下，我私以为凤凰那细长上挑的眼睛再配那副神情，真真半是烈焰，半是寒冰，轮番交替，扑朔迷离，十分具有观赏性。

这鸟儿果然小气，不过就是多取了他三百年灵力嘛。

我不屑地偏过头，将注意力转向那殿首主位上供着的两座大神。凤凰右上首端摆着的那位，穿着绲金绣百子缎袍，头上点翠满钿，累丝金凤的金珠颤颤垂在鬓角处，生生映得满身矜贵、气度不凡，一双细长凤眼微微上挑。嗯，这派头、这眉眼，凤凰倒是尽得真传。

"本神今日寿筵，难得诸仙得空赏脸，叫这紫方云宫蓬荜生辉，本神十分欢喜。"话虽如此说着，那满面傲气却彰显出另一番理所当然之意。

殿下一干神仙应和道：

"哪里哪里。"

"应该应该。"

"天后客气了。"

"开宴吧。"殿首另一尊大神开口。我将他细细看了一番，紫金冠、白玉带、四合如意云纹袍，面目倒不似那天后威严，晶灿的眼睛不自觉地弯起，嘴角噙了丝笑纹，倒有几分春风满溪桃花盛的模样，和那凡间小庙里摆放供奉的有些出入。

"说起男神仙里的表率，为首当数这天帝陛下，风流一笑弹指间，天下桃花尽网罗。听闻当年，饶是冷情避世的花神亦被他迷过几万年。"扑哧君拍了拍我的肩，望着天帝，满目钦佩，"我们做男神仙的若能做到天帝这境界、这段数便是顶级了。

小二仙可借此机会好生观摩观摩，以后若要摘取个把仙姑的芳心，也好有个参照。"继而，又道，"不过，现如今这火神我观着倒有青出于蓝而胜于蓝的资质。只是，你说火神作甚一入殿便直勾勾盯着我瞧？看来方才几位神仙说的倒不假，原来火神真真喜男风。"

扑哧君掸了掸额前一缕发，不胜唏嘘地喟叹："我一贯晓得自己有些倜傥风貌，不想除了女子，竟连男子也能吸引，可叹我只爱那温婉女子，倒要辜负火神此番一见钟情了，真是作孽啊作孽！小二仙你说是吧？"

呃……我愣了愣，干干应道："果然很作孽……"

"小神润玉恭祝天后福寿绵长。"听闻殿首传来一个熟悉的声音，抬头，但见小鱼仙倌举了只酒觞向天后祝寿。原来祝酒已经开始了，小鱼仙倌是大殿下，理应从他这里打头。

天后端起面前的酒樽稍稍一抿，细长了双眼，缓缓道："夜神如今越发朴素了，堂堂天界大殿下参加寿筵，只别根藤条作发簪，本神尚能体会夜神俭朴之意，只是，外人断不如本神这般知晓夜神的性子，怕不是要起些误会，以为夜神不赏本神脸面，届时，难免又要编派些你我母子不合的谣言。不知夜神以为是也不是呢？"

小鱼仙倌饮尽杯中酒，洒脱一笑，回复："如此，天后便误会了。白玉螭龙簪、花银鎏金簪、玳瑁翡翠簪，这些或许贵重，然则不过是些空物，于润玉而言断然比不过这根葡萄藤珍贵，此藤乃挚友所赠，意义非凡。今日天后大寿，润玉以为非此簪不配。"

呵呵，小鱼仙倌这话真真地道得很，我喜欢。

身旁扑哧君大刀阔斧揽了我的肩，道："喏，这夜神说的好友莫不是小二仙？我瞅着你头上这簪子倒与他一式一样。"

啧啧，这扑哧君忒没眼力了，好比世上没有两个一模一样的人，这葡萄藤也断然没有两根是重样的。

"那日市井茶点铺里与你做伴的莫不竟是这夜神的化身？你与夜神……"扑哧君连连摇头，"我就说天帝占尽风流，定然物极必反，如今果如我所言，不想两个儿子竟都是断的。"

我正做虚心状聆听着扑哧君的一番高论，却见凤凰面色"哐啷啷"飞落三千尺，一双利眼之中刀光剑影腾腾而起。

再看天后，面色高深，倒是一旁的天帝笑了笑，道："这藤倒有些闲趣，不知我儿挚友今日可在席间？"

凤凰收回眼神，挑了挑眼看向小鱼仙倌。小鱼仙倌面不改色心不跳，云淡风轻道："润玉友人非仙非神，乃一精灵尔，故不在今日邀约之列。"

"可惜了。想来是位方外淡泊高人，下次若有筵席，不妨亦下张拜帖。"天帝蔼声道。

"是。"小鱼仙倌作了个揖返回席间。

方外淡泊高人？我抚了抚下巴，这天帝眼力不错，凭根葡萄藤就能看出我的无上人品，点评得十分中肯。

凤凰淡淡蹙了蹙眉，正欲倾身与小鱼仙倌说些什么。我身旁扑哧君嘻嘻笑着拍打我的肩膀："原来小二仙是个精灵，如此说来倒与我品阶相当嘛！"

见状，凤凰止了话头，锐目一扫，停在我的肩头，嘴角不着痕迹一抿，指尖一弹，一团小得近似萤火的红光闪电般划过殿堂中央直愣愣往我这方向过来，速度甚快，我还没来得及闪躲，那红光已然越过我的肩头，不见踪迹。

幸得凤凰失了准头，不晓得是个什么厉害的法术要来对付我，我拍了拍胸口，还未来得及庆幸，只觉着身后有个什么冰凉凉的物什正贴着我。

我伸手一抓，一派水润滑溜触感，再捏捏，有点软软的哎。

细长、冰滑、柔软……莫不是……

后颈一排汗毛"唰唰"立起，我缓缓地回头。

"蛇！"

纵是冷静理智如我，纵是方外淡泊如我，也一下跳了起来。佛祖爷爷啊佛祖爷爷，一条通体青碧的竹叶青就这么大大咧咧地盘桓在我身后的蒲团上，我们葡萄的天敌啊天敌，我抖了抖牙根。

"嗯……"有人沉声开口，夹杂几许不悦，"这位仙友可有何事？"

我回头，但见满殿神仙坐得妥妥当当，俱疑惑地瞧着我这立得笔笔直的，天后勾了眼亦看向我，想来适才是她问我话。

这天后想来和凤凰一般是个脾性大的，多一事不如少一事，我细细颤了颤嗓子："没事，呵呵，没有事。"

我回身欲寻扑哧君换个座位，不想天后她老人家却眯眼瞧了瞧我，些许不满道：

"不知这位仙友是何方仙圣，参加本神寿筵竟还使了幻化术做个假身貌？可否一显真身相示？"

有人轻轻一咳。

我摸了摸脸："哎，出来得急，忘了变回去。"凤凰一生气就能变条蛇出来，这天后脾气比凤凰有过之而无不及，还是莫要开罪她的好。我善解人意地伸手从面上拂过。

"慢！"似是凤凰的声音。

我动作利索地化回本来面貌，疑惑去瞧凤凰，不知他要"慢"什么。

殿中诸仙，有举箸的，有举杯的，有附耳交谈的，现下齐刷刷冻在当场，似被施了定身术。

"嘶……"有人倒抽一口凉气。

"咝……"有蛇亦抽了口凉气。

片刻后，"哐啷"一声脆响，不知谁手上的酒杯跌在案几上，碎了。

"我来晚了，来晚了！"正当口，一个红扑扑的影子自门口闯将进来，看见冻成水晶肘子般的诸仙，遂顺着视线瞧向我，迷惑打量片刻，豁然开朗道，"喃！这不是百花宫的梓芬嘛！真真是个美人坯子，越长越水灵了。"

话音一落，诸仙惊了，手中但凡握了点筷子、扇子、杯子什么的皆噼里啪啦往桌上掉。

我定力甚好地晕了晕，颇有些同情这满殿的神仙，若是我瞅见个本该乖乖睡在坟头里的人欢快地在跟前活蹦乱跳，难免也要跌上一跌。狐狸仙这眼神、这记性越发高深莫测、无边无谱了。

我步出阴影，站到狐狸仙跟前，善心纠正道："月下仙人怕不是瞧花眼了，先花神她老人家仙去已经不是一年两年，总之颇有些年头了。"

狐狸仙弯了弯眼，恍然大悟地笑眯眯道："哎呀，原来是觅儿！方才你站在暗处，只瞧个朦胧剪影，老夫忘性大，只记着个梓芬能美得如此一塌糊涂，却忘了还有个觅儿。该罚该罚。"言语间亲亲热热携了我的手转过身正对殿首。

星星琉璃盏簇拥之中，天帝一派既莫名热烈又莫名惆怅的眼神在瞧见我的正脸后，入土为安，片刻后又死灰复燃成满面疑惑和惊诧。

再看天后她老人家，一脸惊惶无措，待在光亮处瞧清我的正脸后瞬时惊疑不定。

凤凰叹息地抚了抚鬓角，小鱼仙倌满面高深。

水神愣愣瞧着我，面前白玉耳杯跌碎成几瓣，十分辛酸地躺在一摊酒渍中，映得水神泉水般的眼中亦是一派心酸。一旁，端庄的风神揣着端庄的好奇亦打量着我。

看这芸芸众生相，我哀了哀，原来，我长得如此惊悚，怨不得长芳主要弄支簪子别住我。

"这位仙者是……"

"这位仙者是？"

天帝和水神异口同声，不愧是两位亲家公，默契得很。

我潇洒抖抖袖口，抱拳道："在下锦觅。见过天帝、水神。"说完后却记起自己已然不是男子貌，遂又扭捏敛手补了个女子的作揖。

闻言，有鸟族仙子交头接耳嘈嘈切切："锦觅？莫不就是那个让我族蒙冤的精灵？"

"不知锦觅仙子现下何处修仙？"天帝五分急切，五分惴惴。似有期望，又恐失望。

水神的神情与之保持得十分一致。

我正待答话，狐狸仙兴冲冲替我回道："大哥未免闭塞了些，觅儿可不就住在凤娃的栖梧宫中。说起来，倒也算是凤娃拉扯大的，还给凤娃做过一阵子小书童。"

我抬头望了望天，凤凰继续捏额角。天帝呆了呆，水神愣了愣，俱是十足出乎意料的模样。

有天界神仙交头接耳嘈嘈切切："书童？莫不就是那个诱惑了二殿下还与九曜星宫牵扯不清的小仙？"

天后冷着凤眼盯牢我却问凤凰："不知我儿却从何处觅得这般天姿国色的仙子？"

凤凰深深看了我一眼，眼神带几分担忧犹豫，似有千言万语在心却难启口。

我身旁的狐狸仙欢欢喜喜地抢答道："觅儿据说是旭凤拾回来的。"

"这月下仙人便弄反了，二殿下是我拾回来的。"我辩驳道，顺便在凤凰的爹娘面前邀了一回功，"说来惭愧，在下不才救过二殿下两回性命。"

"哦？"天帝那个意外难以置信的表情让我甚不满，"锦觅仙子竟搭救过旭凤？"

人外有人，天外有天，意外之外还有意外。

"正是。"难得凤凰今日竟十分坦诚。

"如此，本神倒要与天帝谢过锦觅仙子搭救旭凤之恩。"天后口中言谢，眼神却倨傲冷然。

"举手之劳，顺手顺便而已。"我亦意思意思客气了一下。被我顺手顺便的凤凰眯眼扫了扫我，似有几分不满。

"不知锦觅仙子于何处拾得……呃，巧遇火神？"水神执着看着我，似非要执着出个所以然来。

"呃，在水镜之中。"脱口而出后，我立刻便悔了，二十四位芳主正等着拘我回去呢，这大殿之上各路神仙皆在，此番一说踪迹全露。

"水镜！"水神声音一沉，手上攥紧袖口按在案几边，似有一颤，难得这无欲无求的神仙也能激动一回。不知小鱼仙倌这岳父与芳主们交情如何，可莫要卖了我才好。

"锦觅仙子莫非竟是花仙？"天帝身子向前一倾，面色切切。

这天帝不好，忒不好，一问便戳到了我的七寸，一则我不是朵花，二则我尚未修成个仙。

"非也。"我匀了匀面色，勉强应道，"在下是个果子精。"

天帝、天后、水神三人的神色随着我的话狠狠地跌宕起伏了一番。

"果子？"水神讶然。

我颔首："葡萄。"

"可否唐突一问，锦觅仙子仙龄几许？"天帝又问，天后嘴角一沉。

私以为，今日若再添块砰砰响的惊堂木，便是出完美的三堂会审了。天上地下算得这天帝老儿最大，他既问我，我自然要好好斟酌一番回他。往常总听闻千年方可坐化，如此一估摸，想来我成精前做颗葡萄应该也做过千把年，这么着一叠加，我慎重回道："少说也有五千了吧。"

闻言，三人脸上又各自波澜壮阔了一番。

"这站着说话怪累得慌。"狐狸仙往前凑了凑，低声与天帝天后道，"兄嫂替旭凤觅良妻的心情丹朱感同身受，只是人家小姑娘家面皮薄，问话要婉转，晓得吧？"

不顾天帝、天后两人奇奇怪怪的面色，狐狸仙热情地拉了我在凤凰和小鱼仙倌间寻了个位置坐下。

好不容易又可以坐着了，我甚欢喜，遂笑逐颜开坐稳妥，朝凤凰笑了笑，再对小鱼仙倌笑了笑。

此番笑毕，忽觉四周似乎不大对，除却天帝、天后、水神三人各怀心思凝视我，但见男神仙们俱心神荡漾做陶醉状瞧着我，女神仙们皆愤愤然看得我如芒刺在背。身旁凤凰冷冷哼了一声，袖口一拂，小鱼仙倌手中茶盏"嗒"的一声放在案上。

"众仙家莫要客气，今日备得薄酒小菜，还请大家尽情享用。"天后咳了一声，开口朗朗道，一时打破殿中魔魇。

有人施施然起身举杯在天后面前站定，道："姨母天寿大喜，穗禾携鸟族诸仙祝姨母寿与天齐！"

座中鸟儿仙子们皆举杯向天后，那孔雀首领一挥手，殿外飞来两只尾翼颇长的灿金瑞鸟，迤逦绕着殿顶飞了一圈，所过之雕梁画栋上的木头鸟儿逐一像喝了仙水般活泛过来，自殿梁中脱飞而出，随着那瑞鸟翩翩起舞。一时间，莺歌燕舞，满堂生辉。最后，两只瑞鸟展翅一舒，翩然滑翔至天帝天后跟前，口衔一物忽地落下，我一看，原是一副对联。

"八月称觞桂花投肴延八秩，千声奏乐萱草迎笑祝千秋。"那孔雀仙朗声念道。

"好，好，好。果然是个孝顺的好孩子！"天后连连点头，甚是满意的模样，转头与天帝道，"无怪地上凡人都说女儿贴心，本神以为十分有道理。若是旭凤能有穗禾一半，本神便也慰足了。"

天帝附和地颔了颔首，却有些心不在焉的样子。

天后又回头对孔雀仙道："穗禾，往后要多来天界走动走动，说来本是一族，莫要疏远了才好。"

孔雀仙子敛手称是，十分乖巧。

"想来你也有些时日没见过旭凤了吧。"天后看了看孔雀仙坐着的位置，"一家人坐得这么远，未免显得隔阂了些，不若你便去旭凤身旁坐着吧，如此本神与你说话也近些。"

"是。"孔雀仙饮了祝寿酒后便在凤凰身旁寻了个座儿袅娜落座，姿态甚优美，我隔着凤凰偏头欣赏了一番，不错不错。

此般折腾半晌，我不免腹中辘辘，是以，回头开始全心全意对付眼前吃食。

那孔雀仙倒不辜负天后的期盼，不知低头与凤凰切切说些什么，凤凰亦时不时应上两句。

"陛下，你看旭凤与穗禾这般坐着，可像我厢房悬挂的那画中之人？春雨霏霏，伞下俪影成双，我记得那画倒有个应景的名儿，唤作'珠联璧合'。"

我正吃得欢快，听闻殿首天后又有高见，遂停了下来。

孔雀仙面上一红，娇嗔道："姨母取笑穗禾了。"

一旁凤凰蹙了蹙眉，挺俏鼻梁上些许纹路起。

珠联璧合？唉，有些耳熟，我记得好像狐狸仙给我看过的春宫册子里依稀有幅图亦唤作"珠联璧合"。

再看这孔雀仙满面春情、红光泛滥的模样，莫非……我探头与她道："呃，原来孔雀仙也与火神殿下双修过啊？"

凤凰一呛，小鱼仙倌一顿，水神一惊，天帝一撼，天后一怒，孔雀仙一伤，狐狸仙一喜。

满殿皆静。

凭我的第一、二、三、四、五、六感，这是个凶兆。

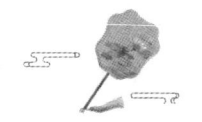

第六章

"你说什么？"天后眼中劈了两道闪子，厉声喝道。

好凶哎。我不过想与孔雀仙探讨探讨，天后她老人家作甚这么激动。我嗫了嗫嗓子，道："无他。在下只是想与孔雀仙互相切磋切磋这修炼的窍法，也好日后共同进步。"

"你……我没有……"孔雀仙满面赤红，堪比那枣子一样的关二爷，张口蹦了两个音，不知想要表达个什么思想。

凤凰亦是满面通红，不知呛得什么在口中，憋得两眼水汪汪，怪可怜见的。我善心端了条几上的茶水与他："二殿下喝口水润润嗓子吧。"

岂料话音一落，凤凰呛得更严重了。

"你这僻野精灵，大殿之上满口浑言！我天家脸面岂容你妄语相污！"天后一掌拍向桌面，勃然而起，"雷公！电母！"

一个黑得像个炭球样的男神仙和一个噼里啪啦闪着亮光的女神仙一个抱拳，自殿门外两列把守天兵中出列。

"将这小妖拖出去！"天后冷冷道，"诛了！"

我一惊，这天后忒恶毒了，好端端竟要叫这雷公电母将我雷死、电死！

"且慢！"

凤凰一个伸手挡在我面前，发出的却是五个重音。生死关头我分辨了一下，这五个重音分别自天帝、水神、小鱼仙倌、狐狸仙和凤凰口中所出。

"母神今日寿诞，普天同庆，轻易陨灭生灵恐不妥，望母神三思！"凤凰这下倒不呛了，十分利落地起身对天后一个躬身。难得他这样喜怒无常的人能为我说句话。

"我儿所言甚是，这锦觅仙子自花界来，想来并不甚通晓外间世事人情，不知者无罪。"天帝附和道。不想这老儿倒还善心。

"天有天规，地有地法。没有规矩怎成方圆，今日这小妖当着诸位仙家出言轻浮，玷污了天家尊严，岂能如此作罢！"天后鼻翼微微翕动，望着凤凰和天帝像是怒得不轻，却又敢怒不敢言，"便是死罪可逃，活罪怎能免！"

水神面色一番浮动，正待开口，小鱼仙倌却站了起来："天后若要责罚便责罚润玉，锦觅仙子原是润玉挚友，若非润玉偶然提及天后寿筵，想来锦觅仙子也不会一时起兴前来，润玉愿担全责。"

"哦……"天后凤目一划，扫过我的头顶，"这发簪倒是一对的，莫非这小妖就是方才夜神提及的赠藤之人？本神若无记错，适才夜神还说挚友并未前来，如今看来竟是扯谎不成？现下若再替这小妖揽了罪名，两罪并罚，夜神你可要撑牢了。"

小鱼仙倌俯身作揖，开口道："天后只管责罚，润玉定无半句怨言！"言辞间没有半点推脱犹豫。果然仗义！

那天后眼尾一吊，拔下头上金钗凌厉一划，一道白光携雷霆万钧之势直奔小鱼仙倌面门而来，天帝出手相拦却还是快不过那利光，再看小鱼仙倌，岿然不动闭眼相迎。这光速度之快，我尚且来不及有所反应，那光却突兀地在半道上峰回路转打了个弯，直接越过小鱼仙倌划过凤凰身侧直奔我来。

电光石火间，只见一缕金雾自我袖兜中弥散开，刹那间撑起一道光墙，替我阻了那白光的势头。

"寰谛凤翎？旭凤，你……"天后大惊失色。

一片混乱之中，我眼前一花，忽觉周围物什砰地骤然变大，不知是谁起咒将我缩回真身，刹那间天地一黑，似有一方掌心将我拢起。

待再见光明时，却见消失了一段时间的扑哧君捧了我踏着朵水雾疾速往前飞，身后天兵天将持刀举剑，有腾云有驾雾有乘风呼喝追赶。

扑哧君身法利落直接越过南天门，飞得越发急，两侧夜风呼啸而过，眼见着天兵天将顷刻间被甩得无影无踪，扑哧君攥着我飞过天河，潜入红尘凡世，一个扎猛子潜入了一条小溪之中。

沁凉之意兜头扑来，周身却滴水不沾，定睛一看，剔透晶莹的溪水中亭台楼宇、雕梁画栋样样不缺，想来比那东海龙宫也丝毫不逊半分颜色。

我自扑哧君手中滴溜溜滑下地变幻回人身，甩了甩衣袖，有闪闪亮的水泡自四周腾腾跃起，衣裳却未浸半点水渍，飘逸似沐风。我对扑哧君拱拱手："多谢扑哧君了，君此番救我于水火之中甚是及时，不想扑哧君身手竟如此利落，佩服佩服。"

扑哧君扇了扇衣襟："唉，许久不使这御雾瞬移大法，今日一用，不想竟又精进不少，这叫天兵天将们往后还怎么活！"继而痛心疾首道，"唉，我如今快得这般登峰造极，可真真是个高处不胜寒的境界，凄凉得紧啊！"

我顿了顿，劝他道："扑哧君莫悲莫悲，做人还是要低调谦虚些才好。"

扑哧君摇了摇头，甚是不以为然，将手往背后一负，语重心长道："谦虚使人发胖。"

呃……

一片流光溢彩的水泡之中，扑哧君抖了抖艳丽的眉眼："锦觅仙子以为我这羲皎水寨何如？"

"甚好，甚好。"我颔了颔首，"屋宇齐全得紧。"

闻言，扑哧君却一番嗟叹："奈何屋宇齐全，人却不齐全。"

"扑哧君莫不是缺些使唤的小侍？"看这扑哧君住处甚有排场，想来应十分喜欢人丁济济、前呼后拥的派头。

扑哧君扑闪了眼将我深深凝望了一番，生生望得我抖落一地小疙瘩。

"小侍倒不缺，独独缺个小娘子。"他又脉脉含情道，"不如锦觅仙子便给我做个压寨夫人吧！"

我关切地瞧了瞧扑哧君的面色，体贴问道："对了，方才我在蒲团后面瞧见一尾蛇，扑哧君怕不是吓坏脑子了吧？"

"那蛇便是我奢华的真身。"华丽的扑哧君志得意满地抖出一个惊悚的真相，"不想当时竟让锦觅仙子惊艳如斯，惭愧惭愧。"

我惊艳，呃，是惊恐地往后一跳，颤颤巍巍道："你……你不要过来！我又酸又涩还没熟，你不要吃我……"

扑哧君愣了愣，举步向我靠近，我抖了抖闭上眼。

扑哧君挑起我头上一缕垂落的散发放在鼻下嗅了嗅，心旷神怡道："放心，我彦佑素来劫色不劫命。何况……"他专注将我一望，"何况是锦觅仙子这般貌美的一颗葡萄，吃了未免可惜，还是留着生娃娃好。"

生娃娃？

嗯，这个我晓得，狐狸仙说男女双修后便会生娃娃。如此说来扑哧君是想与我双修咯，说得这般含蓄曲折，险些让我听不明白。

我端看了看扑哧君，利落道："我不要和你生娃娃。"

扑哧君一怔，继而，五官纠结，仿若心、肝、脾、肺、肾皆移了位置，泫然欲泣道："我脆弱的心肝哎……"

"双修就好了，作甚要生娃娃？"我不免疑惑，只听闻双修可增灵力，却没听过生个小娃娃可以增加灵力。

扑哧君顿了顿，心、肝、脾、肺、肾旋即又是一番乾坤大挪移，小小声问道："锦觅仙子的意思莫非是只要不生娃娃，便答应与我双修？"

我思忖了片刻，看扑哧君这般身手敏捷的模样，灵力应在我之上，与他修炼或多或少应该能长些灵力，便颔首道："正是。"

闻言，扑哧君激动地握住了我的手，豪言壮语道："如此，我们这就去双修吧！"

被条蛇握了手，我甚是难受，正待抽手，却听头顶传来个冰凉凉的声音："只道彦佑君做神仙做得不耐烦了方来凡间做妖精，不想如今连妖精亦不想做了，竟惦记着灰飞烟灭不成？"

凤凰就这么凭空出现，立在我们之间，颦蹙浓眉，淡淡扫了一眼扑哧君紧握着我的手，面无表情，头发丝里都渗着寒气。

凭着我近百年来的经验，这只喜怒无常的鸟儿又不高兴了。我立刻伶俐地做乖巧腼腆状朝他一笑，岂料却换来他冷眼一瞥。

扑哧君一边抓牢我的手，一边闲闲扇了扇半敞的衣襟道："彦佑如今非仙非妖，六界皆不属，无拘亦无束，却不知火神端的是个什么名目来将我灰飞烟灭？"

凤凰冷冷一笑，手中拈起一捧熠熠金光，不紧不慢道："私以为以我的灵力尚且无须支会什么名目，挫骨扬灰不过覆手工夫而已。"

话音未落，本来满溪漂荡的流光水泡刹那间应声破裂，水温骤然升高，滚滚然欲沸，周遭优哉游哉游弋的七彩小鱼一只两只挣扎着翻起了白肚皮。

扑哧君一颤，甚委屈地撇了撇嘴角："暴力啊暴力！天界代有小人出，卑鄙，你威胁我！"

凤凰托了手中金光，斜睨扑哧君道："就不知彦佑君接不接受我这威胁呢？"

扑哧君怅然喟叹一声，恋恋不舍地撒开我的手，做满面凄风惨雨状与我道："锦觅小娘子，真真天妒鸳鸯！想当年他们就是这样拆散牛郎和织女的，不想你我如今方情投，便要被活生生拆散。"继而又踌躇满志道，"你放心，等我再加紧修炼些年头，定将你夺回！一血今日之恨！"

凤凰蹙眉瞥了一眼正山盟海誓絮絮叨叨的扑哧君，手中金芒一闪，扑哧君立时闭了口，凤凰指尖一动，绕起一丝仙障将我锁在他身旁，方收了手中金光，念了声"起"。

脸颊旁一阵风过，却是凤凰携了我腾出溪面，耳旁还隐约听到扑哧君遥遥喊着："锦觅小娘子，若想我了只管使咒唤我来，彦佑定当随传随到，无怨无悔！"

凤凰眸色一沉，一缕仙障将我锁得动弹不得，伸手弹了团荧光入水，远远听得扑哧君号啕道："旭凤，你居然毁我屋顶！"

凤凰置若罔闻，铁青着面孔携了我腾云驾雾飞了段路，最后将我抖落在一个悬崖边上。我绊了绊，幸得手上扶住一棵老松树，才勉强站稳了脚。忽觉手心一片火辣辣地疼，松手一看，却是扶得急了些，手心被那老松树的褶子皮给划出几道细细的小口子，险些蹭去一层皮，疼得我连连甩手。

一旁凤凰兀自负手，冷眼看着我捧着手心又吹又甩，眸色中有刹那柔软波光泛过，指尖一动却又强硬地收了回去。

我举着手专注地看着一片红肿慢慢浮起，安静地在心里将凤凰腹诽了百八十遍，方识时务地低头酝酿了些水光在眼底，弱弱抬头可怜将他一望，用了伤的手怯怯牵了牵他的袖口，借机将淡淡血迹在上面蹭去，细声细气道："这回是我错了，下回一定注意些。你不要生气好不好？"

"下回？还有下回？"凤凰本来面色已然放缓，听得后半句却又倏地冻了起来。

"呃，没有没有，再没下回，你说什么便是什么，我都听你的好不好？"我甚是配合地连声附和他。凤凰不免悭吝了些，我不过多取了他三百年修为，难为竟把他气成这副模样，抛开筵席一路追到凡间来。嗯，说不定他是替天后来追捕我的，欲将我拿回天界咔嚓掉……

思及此，我轻轻一颤，打了个寒战。

"很疼吗？"手上一暖，却是凤凰托住了我的伤手，另一只手镊了根发丝般细的金针，替我将扎进手心的碎木刺一一挑出。

脚下幽幽山风掠过空谷，与林间森森古木痴缠成一缕缕缭绕的箜篌声。天边流雾云舒云卷，凤凰眉眼低垂，专注手中之事，垂落鬓边的一缕乌发被风一吹，轻轻飘荡而起，又轻轻滑翔而下，划过我的手心，带起丝丝痒意。

本来不过赠了几道口子，初时有些疼，现下并不那么难受了，我却糯糯答他："很疼很疼……"自己也不晓得为什么要这样骗他，就像我亦不晓得他为何不用法术，却非选了这般费事的方法为我除刺。

闻言，凤凰长眉微颦，眸色一紧抬头望向我，一眼撞入我莫名凝视他的目光之中，刹那间清且浅的凤眼之中仿佛有一尾斑斓的鱼款款游过。

握着我的手收了收，突然双目一闭将头偏向一边，面色一敛，喑哑道："是我下手重了些，本欲罚你，不想，终还是罚的我自己，罢了……"

哎？分明是我手中受伤，他一只鸟儿这般好端端站着却说什么罚的是他自己，不公道。

我怯怯问他："你不会把我捉去给天后问诛吧？"

凤凰看着袖口一丝血迹，道："寰谛凤翎上天入地只此一根，我将它留给你，你还不能明了吗？"继而惨淡了面色，几分颓然道，"纵使你我注定相望背驰，不得圆满……"

我捏了捏袖兜里的凤翎，不想竟是根如此金贵的毛儿，幸而没在随手整理被褥时将它丢了。

得了这样的宝贝，我十分满意，遂凑上前去嘬了嘬凤凰的唇。我如今瞧下来男神仙果然如狐狸仙说的一般都喜欢双修，凤凰送了我这般贵重的礼，我却没什么好回馈的不免说不过去，是以，便投其所好回赠个举手之劳的双修。

岂料，凤凰怔了怔，颊上粉色如晚霞喷薄而起，片刻后，神情却转作一派惆怅，又如上回般握住我的双肩将我生生推出一臂之遥，眉宇间甚是痛苦地转过身背对我，面向峭壁下空旷山谷，猎猎山风带得他袍裾飞扬，竟有些天地决绝之意味。

瞧他这番形容，我灵光一闪："我晓得了，你其实并不喜欢我……"

话音未落，凤凰却突兀转身，截道："我怎么可能不喜欢你！"生生将我那话的后半句"你其实并不喜欢我和你双修吧"从中间一刀裁断,可叹可叹。

哎?不过我将凤凰的话放在口中一番回味,他说他喜欢我哎,喜欢我!喜欢我?喜欢我……

我正兀自糊涂着,凤凰却凄然一摇头,道:"是,你说的是,我其实并不喜欢你……你便当我从未喜欢过你,你亦未喜欢过我……"

哎?怎的一下又不喜欢了?喜怒无常啊喜怒无常,不过据我观着,后面他说"不喜欢我"才是句大实话,是以,我便泰然舒心了,乖巧应道:"好。我自然听你的。"

闻言,凤凰面色一片凄凉,将我额前碎发拂了拂,轻声问道:"我给你的凤翎呢?"

我从袖兜中将那金贵的毛拿了出来,他伸手取过凤翎,将我头上的葡萄藤拆下,亲手别上凤翎,道:"你戴上这凤翎,让它替我佑你平安祥和。我今日便将你送回花界,从今往后,你我再莫相见!"

"火神殿下能做如是想便是再好不过。"山间雾气缥缈散开,送来一个威严的声音。

我立刻垂头专注看着自己的脚尖。

一双脚、两双脚、三双脚……二十四双脚。嗯,阵仗颇是大了些。

头顶凤凰轻轻笑了一声,莲心茶一般含了丝苦涩:"旭凤岂非不知事理之人。现下既通晓我和锦觅的关系,断不会连累于她。"

"此事原是桩陈年公案,不足与外人道,此番火神知晓便好,还望守秘……"长芳主话音未落,但见凤凰广袖一动,道:"恐怕迟了。"语气颇有几分无奈。

长芳主足尖一顿,向前一倾,凝重道:"火神何意?"

"今日母神寿诞,锦觅误入,无意间面貌真身全曝,父帝与诸神已然起疑。"凤凰眉间隐约含愁。

"锦觅,你!"长芳主按住额角,长叹一声,"罢了,你若能让人省心,怕是月老也能司文断案了。"

还未叹毕,天上一片浓云密布,顷刻之间电闪雷鸣,一道闪电将浓云劈开一畦沟壑,滚滚黑云于其间腾腾而来,杀机四伏。近前一看,却是那雷公电母携了天兵天将叱咤将至。

雷公将手中金跋铿锵一合,"哐啷啷"一阵霹雳声响:"小妖哪里去,快快受伏!"

嗓门忒大了!我被他震得一阵嗡嗡耳鸣,待回过神来,却见凤凰负手挡在我身前,

寒声威严道:"这是要做什么?"

雷公电母这才看清凤凰在此,领着一干天兵朝他拜跪而下:"启禀火神殿下,天后派我等捉拿锦觅小妖上天庭受刑,望二殿下莫要拦阻。"

凤凰面色一沉,尚未开口,就听长芳主冷声道:"我花界之人何时轮到天界来拿!况锦觅乃我水镜精灵,花界之灵岂容天界随意折辱,望云响雷公言辞注意些!"

雷公脸庞黑头发黑嘴唇黑,只一口白牙四平八稳忽闪:"长芳主有长芳主的道理,云响亦有云响的职责。今日天后命我前来,云响自当尽职而归。"

凤凰眉尖一坠:"天界三十六位天将,八百一十二万天兵,如果我没记错,没有一位隶属天后所辖,云响雷公和圣光电母莫不是忘了现下效命何人帐下?"

雷公尚且耿直憨厚着,那电母却灵光一闪,利落拽了拽雷公的衣摆,俯身道:"二殿下且息怒,属下皆效命于二殿下麾下,自当听从二殿下调用!"

"如此,我命你二将现下和诸天兵返回天庭。"凤凰拂了拂袖上雾气,"天后那里我自有道理。"

"是!"电母一抱拳。

雷公一口白牙张了张,尚且踌躇,但眼神一触到凤凰的面色,那仅有的一分踌躇便立刻偃旗息鼓了。

此时,却听见有个怯怯的声音道:"禀火神殿下,小仙非属二殿下所辖,乃夜神大殿麾下……"但见一干天兵末尾有员不识相的小兵怯怯举了举手,扭捏道。

"嗯?"凤凰眼刀一开,兵不血刃。

那小天兵颤了颤,最终却甚坚强地屹立不倒,想来是初生牛犊不怕虎,初当天兵还没有多少时日。以往我做凤凰的书童的时候,也常被他带到校场去,那个场面……啧啧……十分血腥!

我一时兴起,预备看这小天兵如何大战冷火神,却有人不疾不徐道:"既是我麾下,不知可否听我一句?"

小鱼仙倌怎的也来了?

那小天兵甚是崇拜地望着小鱼仙倌,恳切地点了点头:"但凭大殿下吩咐!"

"今日之事本是误会,你且回校场操练,天后若有质疑,责任皆由我担。"小鱼仙倌拍了拍那小天兵秀气的肩膀。

小天兵眨巴着亮晶晶的眼儿,俯身朗朗道:"是,属下听命!"

凤凰冷眼看着，不置一词。

来势汹汹的一干天兵天将就这么顷刻之间被凤凰和小鱼仙倌打发得鸣金收兵，鸟兽散去。我不免扼腕失望。

小鱼仙倌整了整袖口，朝二十四位芳主作了个揖："润玉见过诸位芳主。"

丁香小芳主细细打量了一下小鱼仙倌，突然伸手袭向小鱼仙倌面门，小鱼仙倌拢起仙障侧身一避，她收回手，道："这障隐术……原来那日竟是夜神大殿破了水镜的结界掳走锦觅！"

其余芳主闻言神情俱是一顿，意外且不友善地看着小鱼仙倌。

"天界两位尊神连番擅闯我花界，火神之由我等尚且知晓，却不知夜神举动是何意图？"长芳主紧皱双眉，锐目盯牢了小鱼仙倌。

小鱼仙倌和煦一笑，望了望我，道："锦觅仙子性喜新奇热闹，不比润玉清寡之人，二十四位芳主设结界将她拘束着，想来不甚妥当，润玉乃锦觅仙子友人，为其解缚乃分内之事。"

"友人？"丁香小芳主不屑一诘，"天界果然皆是些虚伪肤浅之辈，见过锦觅无双姿容，夜神此番'友人'一说怕不是有些此地无银？火神尚且直言不讳，夜神的心思何不直言？"

"丁香芳主大可质疑润玉之言，然，润玉所言所行坦荡荡，自省从无逾矩之处，于'友人'二字问心无愧。"小鱼仙倌对丁香小芳主的挑衅全然不甚在意。

我亦点点头，向小鱼仙倌靠近了半掌脚尖："丁香小芳主且莫要怪罪夜神殿下，夜神殿下是尾好龙，我甚喜欢他。"

四周之人刹那间皆屏息，身旁老松树抖了抖，掉落一地松针。

"你说什么？"凤凰声音沉沉坠地，一字一顿，琉璃眼瞳恰似件上好的瓷器经人小锥一敲，裂纹迸现。

"夜神殿下是尾好龙，我甚喜……"话音未落，那带了裂纹的琉璃轰然委地，破碎凌乱，吓得我生生将最后两个字咽回腹中。

小鱼仙倌眼眸之中几分意外一瞬而过，依稀有淡淡星光扑朔，待细看，却又恢复了安静温润之态，对我道："谢过锦觅仙子抬爱，润玉亦喜欢锦觅仙子。"

我欣然一笑。

周遭二十四位芳主面色惊怒不定，长芳主花蔓舒张，一个精准将我拉至身边，凌厉注视着我的双目。

"你和夜神！"山间野花树木皆被长芳主突如其来之戾气震得敛叶收花。

"锦觅……"凤凰口中喃喃，面色扑朔迷离、悬疑离奇、错综复杂，有神伤陨落之态，又似当头棒击，懵懂未回魂之状，"你二人所言可是真？"

这鸟儿不知又魔怔什么了，我颔首道："真，顶顶真，比这树上的松针还真。"

老松树又抖了抖，此番抖得厉害了些，除去松针，还砸了个松果下来。

凤凰指尖一片寒冰之白，双目一闭，山风骤然凛冽，凤凰发丝纷飞，似有件甚是珍贵的物什风化作一缕粉末，随风逝去，只余空洞洞一片面色，木然道："如此说来，我不过做了段过河的桥，成全了你二人的隔岸相望……"

小鱼仙倌看云看风，神态闲适。

长芳主花蔓越收越紧，勒得我生疼，厉声喝道："休想！只要我二十四人尚有一口气息，此事便断莫想成！"

玉兰芳主掩面长恸："造孽啊！都是业障！你二人之关系怎可生出情意来？"

说实话，我甚迷惘，怎的好端端欢欢喜喜的一干人便纠结得比那老松树的褶子皮还要褶子……

玉兰芳主一言却让凤凰面色一变，回过身对小鱼仙倌道："你可知锦觅是何人？你可知我栖梧宫中的留梓池？你可知父帝即位前居住何处？你可知先花神名讳何许？你可知锦觅能信手唤花？你可知锦觅性本属水？你可知先花神真身乃水莲一瓣？"最后凄然一笑，"你可知父帝对我承认过何事……你、我、锦觅三人……实是异母兄妹……"

小鱼仙倌闻言，惊异一动，转头将我一望，继而看向二十四位芳主。

二十四位芳主有愕然，有惊诧，有勃怒，有冷眼，只长芳主不惊不动，似是默认。

我一时惊，一时喜，一时愁。惊的是我这样一颗葡萄居然有这么些鸟兽亲戚，喜的是不管是真是假，日后应能凭此招摇撞骗些灵力仙丹来，愁的是摊上了天后这么个不好应对的后母。

总之，权衡利弊，我现下心境小小复杂了一把。

小鱼仙倌却不愧是小鱼仙倌，只惊诧了那么片刻，却突然回神，似有什么笃定在心中，波澜不惊道："既是兄妹也好，无妨……"

还未讲完，凤凰便如五雷轰顶一般："伦常逆天之行，受灰飞烟灭之天谴，大殿如欲将锦觅拖入此万劫不复之深渊，我便是拼尽全力也会阻止！"

小鱼仙倌道："二殿下怕不是有甚误解？"继而转身对我，"锦觅仙子除了喜欢我，不知可还喜欢火神？"

哎？我正在复杂犹豫着，小鱼仙倌问此作甚？

我想了想，勉强回道："喜欢。"

凤凰一惑，长芳主一趔趄。

小鱼仙倌又问："那月下仙人呢？"

我毫不犹豫地回道："喜欢。"

凤凰面色一跌，长芳主了然。

小鱼仙倌继续："不知彦佑君又何如？"

我颔首回道："喜欢。"

凤凰眉尾一挑，长芳主终是将捆我的花蔓松开了。

小鱼仙倌一笑："那栖梧宫中小侍了听、飞絮呢？"

"喜欢。"我仍旧答道。

此般一问一答毕，凤凰狭长的眼中烽火四起，勃然大怒，周遭花草树木猝然起火，顷刻之间我们所在的这处断崖便秃了。

我在心底悼念了一下那棵老松树。不想，听八卦原来是要付出生命的代价。

枯藤，老树，昏鸦，断肠人在天涯。

流云，柘水，扁舟，塞外仙在蓬莱。

若隐若现的烟雾中，有人自木筏上缓步而下，对我和蔼一笑："此番冒昧将锦觅仙子请至太虚幻境中，还望锦觅仙子莫要介意。"

我委婉道："天帝客气了。"

其实，我以为，无论是谁，若正睡得香甜，被人从梦中将魂魄请出，难免都要暴躁一下，然则若此人是天帝便另当别论了，我朝他福了福身："不知天帝深夜唤锦觅至此所为何事？"

许久，除了耳畔流云隐约天籁摩挲之音，却不闻天帝答我，抬头一看，但见他一双眼专注看着我，却又并非看着我，似透过我端详着另外一个人。

见我疑惑看他，方回神一笑，笑中几分凄、几分悔、几分盼，答非所问道："此处乃太虚境,蓬莱仙洲之中,仙家偶或魂游之地,偶有幻景现于凡间,凡人称为'海市蜃楼',以为海中天蟾吐纳之气所成幻象。我初听此说时难免一笑,以为凡人所言甚是有趣,然则,九万年前,我夜游至此,见柘水上一女子踏水而行,步步生莲,渐行渐远,隐然而去前,清雅卓然的身姿于雾气间无意回眸一瞬,我方知晓何为幻境,何为海市蜃楼……"

天帝神态沉迷,醉心望着水面的雾气,轻轻逸出一缕太息。

人老了果然都喜欢想当年,天帝自是又与寻常老儿不同,喜欢大半夜里想当年。虽然我与他不大熟悉,但照昨日凤凰所说,我有那么丁点可能与这老儿有点关系,我便勉为其难掐了瞌睡虫儿做兴致勃勃状专注聆听,不过这个"九万年前"着实让我悲了悲,想来这故事一时半会儿是说不完了。

我正心里颓着,天帝却停在此处不往下说了,我琢磨了一下,好比凡间唱戏的唱到某处精彩段必定要来个亮相,定上那么片刻,待听戏人叫好欢呼后再往下继续。天帝此番停顿必定是等我来接个话头才好继续,是以,我便朝他展颜一笑,道:"甚好,甚好。"

天帝眼中一怳,失神片刻后自嘲一笑,道:"真是像。在这朦胧雾气里,你与她乍一看几乎一模一样,细看了这面貌容颜却无一处相似,若说神韵相似,却又牵强,只这笑容便截然不同。她不爱笑,我与她相识了这九万年,见她展颜也不出十次,便是一笑也似那晨间露水淡淡一抹便转瞬即逝,不似你这般春光明媚、甜比枫糖。"

他忽地一顿,携了丝怅然道:"其实,也不尽然……后面五万年间我其实再未见她笑过。若非我……她这九万年断不止这丁点笑容,亦不会在寂寥之中终了此生……"

呃……我本以为这天帝老儿是来认亲的,正抖擞了精神预备与他演一出热血沸腾、潸然泪下的戏码,顺带得些灵力作见面礼,不想他说了半响却只绕着个已然"终了"的人。我不免扫兴,面上却虔诚配合道:"阎王老爷会保佑她的,天帝陛下节哀顺变。"

天帝愕然,继而一哂,将眼神移开,看着静谧的柘水:"自五万年前,天界同这太虚幻境便寸草不生,听闻锦觅仙子能信手栽花,不若种些青莲在此吧。"老人家的思维还能如此跳跃发散我以为不多,不愧是天帝,话题怎的突然就转向栽花了?

我看了看周遭,从地上捧起一抔土撒入柘水之中,喃喃念得咒来,刹那之间朵朵莲花自水中遥遥升起,倏忽绽开,一片淡雅靛青充斥满目。

天帝眼眸中惊喜交织，烁烁闪得一派水光："果然！"继而又问，"你可知我适才所言何人？"真真又跳跃又发散，幸得我聪慧。

"锦觅年幼，且常年居水镜，所识之人无非个把花果菜蔬之仙灵，着实没有深沉到万把年才笑一回的，一日笑十回的肤浅之辈倒不少。天帝故人想来锦觅不识得，自然不能知晓天帝所言何人。"我振振有词。

天帝殷殷望着我："此番所言非别人，正是花神梓芬。锦觅仙子仙龄五千余岁，梓芬四千年前仙逝，锦觅仙子莫不是连梓芬也不曾见过？"

"从来不曾。"我摇了摇头。天帝未免老眼昏花了些，我与花神如何会相像，果子和花朵本是两样东西，差得岂止八里十里。

闻言，天帝面上悲色泛滥，凄楚道："不想，梓芬竟恨我到此般境地！连自己的血脉也狠心不见……"言语忽地戛然而止，十分悬疑。

然则其未尽之言却不啻一记震天雷，轰得我耳鸣眼花，依他的意思我竟是花神与他所出！我回想了一下凤凰昨日所言，前后一核，严丝合缝。昨日凤凰火烧断崖，花草尽损，长芳主愤然，与二十四位芳主毅然将我带回水镜之中，走得急了些，我竟没有回味出凤凰话里的意思，今日听天帝一说，我总算明了过来。

不过，这期间怕不是有什么误解？其一，花神是瓣莲，我却是颗葡萄，不过不能排除天帝亦是颗葡萄；其二，花神灵力万人之上，我修了四千年却连仙道都没有入，不过不排除我大器晚成。

如此转念一想，我便释然了，笃定而泰然自若，面上却摆了副懵懂无知状，眨巴眨巴眼睛，细声细气道："天帝若是喜欢看花，锦觅自当尽力多栽种些，便是天帝让我去天界做个小花匠亦可。只是……只是……"我拧了眉毛，十分忧愁。

天帝见我面色犹豫，忙道："只是什么？锦觅仙子有何难处尽管直言。"

"只是，锦觅灵力不高，虽是勤勉修行了四千余年，也终还是个精灵，栽花种草的伎俩虽略通一二，却终须凭借外物方能变幻，让天帝见笑了。"我拢手欠了欠身。

天帝用天眼观了观我，道："想来是梓芬封了你的元灵，我现下授你些灵力，你且回去修行七七四十九日，四十九日后我再提你魂魄至此，届时，你真身……"天帝忽地一停。

我皱眉肃穆道："锦觅不过区区果子精，如何受得起天帝陛下的灵力，锦觅以为不甚妥当。"

天帝慈爱地端详我："好孩子，你与我本不必如此生分，我授你灵力乃天经地义之事。"

天帝既如此慷慨，我若再推托未免不给面子了些，是以便勉为其难生生受了："如此，便多谢天帝了。"

天帝伸出手，但见掌心一合一开，便起了一团幽幽荧光，他念了声"起"，那荧光便忽忽悠悠自他掌心飞离，我还未来得及看清楚，便没入了我眉宇之间，一股通彻透凉之意直达周身。

天帝语带一丝歉然道："恐你修为不深，我今日权且授你五千年灵力……"

五千年，权且。

这"权且"二字我十分喜欢，心潮澎湃之余便将天帝余下的后半句话权且忽略了。

临别之时，天帝道："今日叨扰了你休眠，若非我数万年前一念之差，恐二十四位芳主也不会与天界为敌，你我亦不必夜里才能魂魄相见，委屈你了。"天帝唇边含了丝苦笑。

"哪里哪里，天帝客气了。"我洒然回道。

"我有一言，锦觅仙子却需记牢。"本要将我放行了，天帝却又突然唤住我，"你与旭凤、润玉断然不可生出男女之情。"

我道是何事，原来是这琐碎小事，遂慷慨道："举手之劳，举手之劳。天帝且放宽心。"

天帝愣神的工夫，我已元魂归位。

我的魂魄在体内归整好气息，睁眼一看，窗外天空已有些蒙蒙亮，想来小鱼仙倌已然下职了。

门外玉兰芳主道："锦觅可是起了？"

我不免一阵头紧。昨日自回花界起，二十四位芳主便商量了夜里轮番宿在我这院中，白日里，便提我前去先花神的芳冢前思过。日子委实难熬，今日不过第二日，我已然觉着过了许多年头。

不过，二十四位芳主白日里须各忙各的，倒不曾看我，只是拢了仙障将我束缚在芳冢方圆一里之内。

玉兰芳主走后，我望着先花神萧瑟的花冢拜了三拜，虔诚喃喃："果子精锦觅此番冒充先花神后人，得了天帝五千年灵力，还望花神海量莫要与我计较，往后锦觅自当多多孝敬些葡萄给您老人家做供果。"

一番忏悔毕，我通体舒畅。一想起自己白白捡了五千年灵力，便觉得看什么都很顺眼，便是往日里萧瑟的芳冢今日看着也熠熠生辉，我一时喜悦便不免想寻个人炫耀一番。只是，如今凤凰和小鱼仙倌都不能寻了，想来想去，只能勉强寻那扑哧蛇君。

我讷讷念了个召唤咒。

正念了一半，朗朗晴空下却忽然落起一阵淅沥小雨，有人自雨幕之中行来。呃，这扑哧君速度十分快，我咒语还未毕，他竟就赶来了！

但见那人足不点地，身姿飘杳，雨水过身而不湿，仙风仙貌分雨而来。

我定睛一看，竟是水神！

我如今灵力忒强了些，上番唤来个水妖，今日竟能唤来水神。

依此推断，我果然是一颗大器晚成的果子！

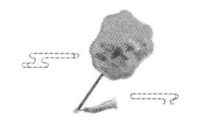

第七章

素缎长袍水倾流泻出一片银白光泽，细雨收敛时，水神已立在我面前，有水雾似面纱扑面而来。他低头看看我，又看看一旁的芳冢，盛满湖水的双目清冽且明净，明净到近乎哀伤。

无风无雨，遍地细长的灯芯草却轻轻摇曳，纷纷偎依向他脚边，有一缕细微的叹息自他嘴角飘荡而出，渗入淡薄的晨雾之中，遍寻不着。

他就那么低头瞧着我，满目的湖水微微起澜，让人不禁担心若他的头再低那么一点点，眼眶便会承载不了那些盈满的湖水，决堤四野。然而，终究是我多虑了。

他望着我，不晓得过了多久，似乎像一场梦境一般长，又似乎像一场梦境一般短。

"锦觅仙子可是在替梓芬守坟？"不待我答，又道，"此处原是一片海棠林，每到早春三月便绽蕊吐芳、繁华喧嚣至极。早年我常庆幸，幸得我那日晚归，方自命理的轮盘中唤回了梓芬的一缕元魂，后来我又常常懊悔，若我那日不曾晚归，这世上便不会有梓芬，亦不会有她这许多年的坎坷终致魂飞魄散……"

水神抬头看天，用烟火全无的清澈嗓音说着我不明白的故事。

"如此，或许此刻这瓣莲魂正在红尘之中经历着平凡却美满的生老病死，而我，此刻或许仍旧在这花界的三岛十洲上做我的世外散仙……虽然孤寂，却各自幸福。梓芬掌花，却终是不喜这些艳丽热闹的生灵，素净一生，寻觅一生，终是觅得了如今这芳草萋萋的安宁。"

水神转向我，眼角有一滴透亮的水晶滑入鬓角："锦觅、锦觅，繁花似锦觅安宁，淡云流水度此生。梓芬生前案头悬挂的这两句诗正是我替她誊抄裱挂的。"

我撼了撼，水神却伸手将我从坟前搀了起来："不想，梓芬竟尚有一丝血脉留于世间，即使非我所出……然，这五千年我疏于照拂你，却如何对得住梓芬……如何对得住你……"言语悲伤却含淡喜，殷殷切切望着我。

我惊了惊，水神亦这般说，难道我真的是花神与天帝之后？

正游移不定间，一道翠生生的影子愣是定定砸在了我身旁不足两寸处，我转头看了看，原来是条天外飞蛇。

"小生来迟了，来迟了，锦觅小娘子且莫怪莫怪。"华丽的扑哧君伸手便亲亲热热要来拉我，见我手上正覆着另一双手，方顺着那手向上瞧，见到那手的主人，他立刻站挺了身子，整整衣襟，肃穆行礼道，"彦佑唐突，见过水神仙上。"

水神清亮着眼睛看了看扑哧君，水波不兴："彦佑君许久不见，今日可是上花界赏玩？"

我不免有些纳罕，扑哧君见着凤凰都不行礼，倒是对水神毕恭毕敬，这六界的礼数果然有些讲究。

扑哧君敛眉垂目，正经表白："彦佑从不寻花问柳。"继而，又乐颠颠道，"今日乃收到锦觅仙子的召唤，方闯入花界。"

我点点头，扑哧君继续乐呵呵。水神闻言却眉峰轻轻起伏了一下："锦觅，你能召唤彦佑君？使的何咒？"

为何我就召唤不了彦佑君？看水神这般模样竟是有些疑窦，未免瞧低了我的灵力。彦佑君虽按凤凰的话说曾经是个神君，然则现在不过是个小水妖，我能召唤来自然是情理之中，遂不情不愿答道："使的召土地的请土魂咒。"

水神神思迷离，站在一方朦胧水雾之中，天边艳阳初升，干净美好得犹如一阕恰恰填好的小令。

扑哧君神情一波折，复壮阔开来，道："原来锦觅仙子是仙上的亲戚？如此甚好甚好！彦佑原先还担心向锦觅仙子求亲怕不是要受些阻挠，若是仙上便再好不过了。"他掸了掸黑漆漆的头发，对我艳丽一笑，白牙闪闪，"亲上加亲！哈哈哈！"

我颤了颤，嗓子眼里噎了坨黄灿灿的金块般，上下不得。

我才不要与条菜虫绿的蛇亲上加亲。

水神神色波动，吃了黄连般苦涩一笑："我本生于虚无，来去不过天地间一滴水，如何有亲戚一说？便是彦佑君你，也是当年你母亲认我做了义兄，方与我有些关联。"

水神话未尽却突然转向我："锦觅可能唤水？"

我回忆了一番，道："不晓得哎，不曾唤过。"

"不如现下试试便知晓了。"扑哧君大大咧咧横插进来。

水神颔首。

正巧可借此机会试试天帝给我的灵力是否灵光，我便指天誓日一番咒语绕口令般念了下来，不想这方圆百里内，没有一滴水肯卖我面子，天上彩云飘，地上干草晃，哪里有半分湿润的影子。

我颓然敛起手指收了势头，此番丢脸丢得有一点点大。

"牡丹见过水神。"我正琢磨着，背后却传来长芳主的声音。回头但见长芳主跪在地上，神色镇定地看着我和水神，半纳于袖口中的手指却动了动，"锦觅自小生长在水镜之中，不通外界之事，不知可有唐突水神？"

"免礼。长芳主与我原不必如此见外。"水神对着长芳主还了个礼，"今日本欲来此祭奠梓芬，不想却巧遇了锦觅仙子……"

水神眼中泛过一层雾气，问道："锦觅可是从一出世便是二十四位芳主看护？"

"主上天外有知，知晓水神这般记挂着常常来看望，定是十分欣慰。牡丹在此替主上谢过水神了！"长芳主想来年纪大了，难免犯糊涂，答非所问。

水神未得到确切答案也不接话纠正，只用两只乌木般腾着水汽的眼盯着长芳主，含着几分殷殷期许。长芳主给这般一看，气定神闲之中竟浮起一层淡淡的愧色。两人正僵持着，扑哧君叫道："看，好大一坨云！好黑一坨云！"

我抬头，果然又大又黑一摊云正从天边风驰电掣地聚拢，庄重地压在了我们正头顶上方，忽觉丝丝寒冰之气袭来。花界之中几十万年素来四季如春，今日不晓得是变的什么天。

正纳罕着，那厚厚黑黑的云层里却开始零星飘落下片片雪白的物什，越来越密，越来越多。

扑哧君伸手接住一片，放在我眼前，顺势揽过我的肩头，惊奇道："哇，是一坨雪花！"

我本就冷,再给一坨蛇揽在怀里未免更冷,遂伸手将这坨蛇给推到一边去。

长芳主本来柳眉倒竖,似乎正打算呵斥扑哧君什么,见我推了他方面色和缓些。

扑哧君踉跄了两步,捂着心嗫嚅:"我这坨脆弱的心肝哟!"

水神在漫天飞雪中神色缥缈,眉间哀伤犹如古潭深不可测,一朵晶莹的雪花融化在他的脸颊上,化作一滴腮上泪滑落而下。他微微启口,似有千言万语,终却化作一句话:"这场大雪是锦觅唤来的,牡丹芳主可有何说法?"

长芳主脸色一惊,恸变,似被人盗了上万年修为一般痛心疾首,却抿紧双唇对水神的逼问不置一词。扑哧君亦罕见地收敛了脸上嘻嘻哈哈之色,做深沉思考状。

我现下顾不得他们三三两两打哑谜对暗号,只觉着十分满足十分开怀。我一颗葡萄现如今也能呼云唤雪了,想来位列仙班已是指日可待!

长芳主想是被两双眼睛盯得有些难受,终于开口道:"牡丹不过是花界一司花之小仙,水神的事情莫非自己还弄不清楚,倒要他人转述不成?"

水神被长芳主一噎,面上泛起一层淡淡霞光,红了红,半晌才道:"我与梓芬当年……"

言语停在一半处,扑哧君却忽然像窥得什么了不得的秘密,朝水神作了个揖自请告退,临行前对我道:"锦觅小娘子,小生改日洗剥干净再来瞧你。"被长芳主狠狠剜了两眼。

扑哧君走后,水神方接道:"我对梓芬,当年虽情意相投,却发乎情,止乎礼,自省不曾有过肌肤之亲,又如何能……然,锦觅却能使咒唤来水君彦佑,且能召雪,若无控水神力又如何说得通?普天之下除却我,便只有龙族能掌此力,锦觅却自言是颗葡萄……"他犹豫了一下,恳切望着长芳主,"今日可解此谜者,唯有二十四位芳主,盼牡丹芳主不吝赐教。"

长芳主愕然叹了口气,爱怜地拂去我袖口的草屑,用几不可闻的声音念叨:"我还道锦觅这迷糊劲儿是天生天养,不承想竟是有源头的。"继而抬首对水神道,"只是,水神问我亦无用,牡丹有所言有所不能言,我等二十四人曾对主上起过毒誓,若有半分泄露,自毁元神,望水神见谅。"

此言自长芳主口中一出我方信服,蛛丝马迹瞧来,不承想我竟然真是先花神之后!

真相总是霹雳的!此事好比听闻飞絮竟是火神凤凰之后一般让人难以置信,我

嚼了好几嚼，终是难以下咽，头却有些隐隐作痛。

但见面前水神和长芳主开始摇摇晃晃，一个晃成两个，两个晃成四个，越来越多的影子晃得我一阵眩晕，腹中哪吒闹海一般翻腾。我勉力伸手朝他们摆了摆："别晃了，不要晃了，我的头……好晕好疼……"

水神敏捷地伸臂托住我往后倒的身子，长芳主着急用花蔓探我脉象，面色惊变："锦觅内里真气大乱，水神是否注了灵力与锦觅？"

此时，一股真气汇聚成凛冽剑气所向披靡，直冲天灵盖，似有附体攀缘枝蔓被尽数斩断，我挣了挣，陷入一片迷茫混沌之中。

移步换景，跋涉过茫茫混沌，眼前一片开阔，海棠缤纷、落英满地，云蒸霞蔚之中，一名女子端坐其间，浅裳薄裙手捻花枝对我清浅一笑："师兄，你来了？"

我愣神的工夫，身旁一个绢衣冰绡的身影已然贴着我擦肩而过："梓芬.我来了。"声似流水涓涓潺潺，和煦一如早春三月的风。

垂丝海棠树下，二人花枝为剑，女似春柳男似杨，一双人影比肩舞剑，行云流水出神入化。正到精彩处，那女子却一个柔步跨过男子身侧，男子亦随其上，孰料女子倏然回身，一剑点在男子肩头，那男子毫无防备，正中睡穴颓然委地。

原来是暗算，我不免起了兴致，待看那女子接下来预备将这男子或杀或剐，不想这女子全无我料想之中对这男子庖丁解牛一番，只是痴痴捧了他的脸瞧了半晌，眼泪啪嗒嗒落得比树梢的花瓣还欢。

"师兄再生之恩梓芬无以为报……"

呃……亲下去了……

原来这女子并非想要取那男子性命，不过是想轻薄薄他。我托了腮蹲在一旁准备细看他二人一人昏迷一人羸弱如何行这双修之事，却听闻耳旁一派嘈杂声响。

"锦觅体内火阳之气过旺，不知何人渡了她这许多阳气，冲撞了她阴寒本性，若非今日恰巧逢我在此，恐性命堪虞。"说话人言语间夹了丝颤音，似有无限后怕。

有人长长舒出一口气："多谢水神仙上，若是锦觅出得丁点差错，我等如何向先花神交代……"我辨得乃丁香小芳主的声音。

"锦觅……原是我的骨血……这四千余年我没尽半点职责，如今这个'谢'字又如何担得起？"水神话中似有无限自责，心碎道，"梓芬离魂天外有知，我将来又有何面目去见她！"

真相是电闪雷鸣的！我贴了一背冷汗，堪比听闻飞絮是凤凰和小鱼仙倌二人双修所出。

"仙上，仙上恐误会了，锦觅如何会是仙上骨血……"平日里嘴皮甚利落的玉兰芳主此番却说得磕磕绊绊，有些言语苍白。

"你们也莫要瞒我了，你们对梓芬下过毒誓我也不为难你们。"水神将玉兰芳主的话截断，斩钉截铁道，"我方才已探过锦觅元灵，你们如今再瞒也瞒不住了，我只问一句，锦觅可是霜降临世的？"

满殿皆静，只余窗外扑簌簌的落雪声嘈嘈切切。

"果然……果然！"宫倾玉碎，水神失魂落魄的声音跌落床沿，"梓芬……"

许久，有一只柔润的手抚上我的脸颊："觅儿，我的女儿……"

现如今爹爹遍地种，昨日捡了个，今日又捡了一个。昨日天帝予了我五千年灵力，不晓得今日这新爹爹出手可阔绰。

念及此，我迷迷蒙蒙睁开眼来将揽我在怀里的水神纯真质朴一望，怯怯道："水神怕不是认错了，锦觅不过灵力低下一介精灵，天生天养，无父无母，卑微如蝼蚁，怎可高攀仙上？"

水神低头望着我，眸中澄澈的湖水无端端磅礴澎湃如潮汐起伏，一行清泪夺眶而出洒落在我的前襟："觅儿，叫你受委屈了……我愧对梓芬，枉为尔父，便是今日你不认我这爹爹也怨不得你……"口中这般说着，手上却将我往怀里箍得更紧。

我乖巧地伏在他肩头，不挣不扎，闷声道："并非锦觅不认，只是，锦觅灵力浅薄，便是我此番自欺欺人相信了，水神又如何说服这世上众生，锦觅一个果子精乃花神与水神嫡亲的后人？悠悠众口难掩，日后必生事端。"

越过水神肩头，但见长芳主蹙眉正瞪着我，遂抽了抽鼻子埋首入水神怀中。水神似乎十分高兴，一边抱牢我，一边伸手爱怜抚过我的发顶，徐徐道："觅儿莫要担忧，你的元神如今想来是被梓芬用迦蓝印封压住了，故而所现真身并非实体，待爹爹去西天如来圣佛处求取解术，便可还我觅儿本来真身。"

我一个人独来独往四千余年，从不曾觉得自己缺少什么，给他这般关切一搂，我却怔了怔，只觉得纵使门外白雪皑皑，整个春天却仿佛缩影在了这温暖的一抱之中。我遥对着窗棂积雪无意识地浅浅一笑，一枝杏黄色的花蕊便从那堆晶砌莹中颤颤巍巍地抽芽而出，迎着寒风倔强绽放。

软软噙了那词,我轻轻在嘴角重复了一遍:"爹……爹……"

搂着我的怀抱剧烈抖了一抖。

忽如一夜春风来,漫天遍野的霁雪刹那之间无影无踪,万丈碧野晴空下,花开无声。

长芳主望着我们,眼眶红了红,玉兰芳主想是眼中走了沙子,频频拿袖口擦拭眼角。

"觅儿……觅儿乖……"水神再次开口,携了丝哽咽颤音,喜难自抑,"只要觅儿喜欢,莫说灵力,便是倾尽爹爹所有又有何妨。"

切莫强攻,只可弱取。

狐狸仙所言果然字字现真理,对付男人此必杀之招一出,真真是所向披靡、老少咸宜。我低调地窃喜了一番。

"只是,觅儿如今身上这与本体相冲的火阳之气十分旺盛,却不知从何处而来?"水神话锋一转,忧心忡忡、满面焦灼道,"解铃还须系铃人,当务之急是寻得这授灵力之人取回这逆返真气。"

"火阳之气?莫非天帝昨夜所授?"我脱口而出。

"天帝?"长芳主对我怒目相向,"玉兰,昨夜是你看护的锦觅,现下可有何说法?"

玉兰芳主对着芳冢"扑通"一个下跪。我忙道:"此事与玉兰芳主原无关联,是天帝提我魂魄至太虚幻境之中,方顺手予了我五千年灵力。"

"他与你说了些什么?"长芳主咄咄逼人地看着我,我往水神怀中缩了缩,却见水神亦面色凝重若有所思。

"他说……他说……他说他也是我爹爹。"我咽了口唾沫总算把话囫囵吐出,头顶水神气息一室。

"笑话!"长芳主冷冷一笑。

其余二十三位芳主亦是怒不可遏。丁香小芳主更是恨不能将其抽筋剔骨的模样:"若非他,主上又岂会魂飞魄散、含恨而终?言是你的弑母仇人也不为过!"

"丁香!"长芳主出言相阻却已然来不及。

"你说什么?丁香,你说什么?"水神面色惨白,指尖不可抑制地颤抖,"梓芬究竟为何而去?四千年了,你们究竟想要瞒我到何时?"

"主上为何而去？说起来，水神仙上当年亦贡献过一份力，可谓功不可没啊！今日我便是违背当年对先主立下的誓言自毁元神，亦要将真相告诉锦觅！"丁香小芳主推开长芳主，"天下男子皆薄幸！如今锦觅大了，便一个个要来捡这现成的爹爹做！你可知当年先主为保下这孩子拼尽一身护体修为？是了，是我糊涂了，水神又如何会知？锦觅呱呱坠地、先主阖眼之时，正是水神小登科之夜，仙上春风得意看桃花尚且来不及，又何尝有闲暇念及旧人？"

水神浑身一颤，如遭五雷轰顶，似彻骨寒水兜头泼来，揽着我的怀抱一松，蓦然起身："天元二十万八千六百一十二年霜降……并非天元二十万八千六百一十三年夏至，你是说花界对外隐瞒梓芬的死讯近一年……"水神三魂六魄尽失，自言自语，"梓芬说她从未喜欢过我……她说她从来只对天帝有情……她逼我与临秀结亲……"

丁香小芳主掩面，泣不成声。

"二十四位芳主当年皆对先主立过誓言，水神仙上且莫要再逼问，当年之事，老朽略知一二，仙上可愿听老朽一述原委？"一个圆滚滚的橘红影子挡在了丁香芳主面前，定睛一看，竟是听惯了壁角的老胡。

水神不言不语，安静得骇人。

"当年还是天族太子的天帝如何步步为营骗得先主芳心，仙上想必比老朽更清楚。然则先天帝遗世前为其订立了鸟族公主凤凰为妻，时逢六界动荡，天族太子为稳局势，履行婚约结盟鸟族，灭魔界叛逆即位天帝，先主情灭神伤，天帝手握重权不改风流本性，仍纠缠先主，欲纳先主为侧妃，先主不堪其辱，拒不相从。

"仙上仁善，对先主十几万年如一日，先主对仙上日久生情，本是一桩悬崖勒马回头美事。孰料，天帝知悉后勃然大怒，将先主强行玷辱，先主欲跳忘川自毁元神，却被天帝施术拦截，拘禁于栖梧宫中。另一方面，天帝密谋指婚仙上与风神。

"天后生性奸猾，天帝举动被其看出端倪，怀恨在心，后趁先主昏迷之际，下毒火焚先主灵元五内。先主虽逃脱，却元神大伤，自知时日无多天命将至，遂对水神仙上冷言相对，逼退仙上，望仙上与风神结亲后能将她忘却，得到美满幸福。

"先主不欲葡萄步其后尘，故令二十四位芳主谨守其身世，用锁灵簪压制其天人之貌，并限葡萄万年居水镜之中，命我时时看管，孰料……"老胡仰天一叹，无限辛酸道不尽。

"江南生梓木，灼灼孕芳华……梓芬，梓芬，上天入地，师兄却上哪里去寻你？"

水神阑珊泪满襟，满目水晶碎。

我抚额悲从中来，莫承想，我竟然真是水神与花神之后，"水性杨花"似乎是个不大好的词……

转念一想，在我跌宕起伏的身世大戏里，原来挑大梁唱白脸的竟是凤凰爹娘，往后可借此再诎一诎那鸟儿。

"锦觅仙子？"身后有人疑惑唤我，尚未来得及回头，但见一只斑点梅花鹿已然轻巧跃至我身旁，湿漉漉的鼻头怯怯嗅了嗅我的衣摆，瞧着我的眼睛圆溜溜地忽闪忽闪。

我拍了拍魔兽的头顶心，看看即将幻灭的日光，回身道："夜神殿下可是要去当值？"

"正是。"小鱼仙倌一身湖水蓝衫站在下风口处，脚边流云飞卷，浅淡眸色中有几分忧虑，"锦觅仙子前日里返花界，二十四位芳主可有为难？"继而又道，"锦觅仙子今日至天界不知有何要事？天后如今余怒未消，恐于锦觅仙子不利，锦觅仙子此行不若携润玉随行左右也好有个照应。"

小鱼仙倌果然是尾良善的龙，只是我此番倒不必麻烦他，遂回道："多谢夜神殿下美意。夜神殿下莫要担心，只管去上职，你我说话这会儿工夫，可莫要误了你挂星布夜。"

今日是水神爹爹带了我前来天界让天帝收返灵力的，不想刚入北天门便遇到了小鱼仙倌。水神爹爹在我身旁，可巧恰恰被门边的撑天巨柱遮住了身形，只露了衣摆一角，想来小鱼仙倌没有瞧见。

但见小鱼仙倌摸了摸魔兽的脖颈侧，对我和风细雨一笑："承蒙锦觅仙子上回所言'喜欢润玉'，润玉心底感激，能为锦觅仙子效劳自是在所不辞。"

一侧，水神爹爹身形一晃，清雅的面孔诧异变色，眉尖旋即蹙起。

小鱼仙倌垂眸一敛，几分神伤，又道："然，润玉自幼婚约在身，怕是要辜负锦觅仙子一番好意。"

怎的好端端说起婚约了呢？不过看小鱼仙倌这般难过，想来婚约上身是件叫人十分自卑的事情，遂安慰道："无妨，便是夜神殿下有婚约，我也照样喜欢你。"

闻言，水神爹爹面色沉浮不定，衣角一动。

小鱼仙倌眼中光芒一闪，嘴角勾了抹极淡的笑，却逸出一缕轻叹，似有万分惋惜在心间："我亦喜欢你。"声音低到不能再低，近乎融入无声的暮色之中。

水神爹爹凝重一咳，自撑天柱后迈步而出。

小鱼仙倌面色大惊，似有几分惶恐，恭敬对水神爹爹作了个揖："润玉见过仙上。适才大意，不察仙上神迹，望仙上见谅。"

水神爹爹不言语，神色复杂地瞧着小鱼仙倌。

小鱼仙倌面上初见水神爹爹的几分波动之色却在水神爹爹的严厉注视下慢慢沉淀下来，化作一片坦然，开口道："润玉不知仙上何时来的，但想必听闻了些许我与锦觅仙子的对话……"顿了顿，却似乎下了个决断，一撩衣摆，郑重对水神爹爹跪下，"润玉在此向仙上请罪。"

水神爹爹清澈的眼睛直视小鱼仙倌，变幻莫测，半晌后开口："不知夜神何罪之有，本神愿闻其详。"

"润玉大罪，罪不应当背负父帝与仙上为润玉订立的婚约，却对锦觅仙子动了凡情！润玉虽非大贤大圣之人，然则亦不齿三心二意之言行。我既倾心锦觅仙子并幸得锦觅仙子倾心，便只能将心赋予她一人，日后断然不能再与他人成婚，势必违逆与仙上长女之婚约，润玉自知罪无可恕，请仙上责罚！"

小鱼仙倌跪在地上，一派朗朗之言闹得我一团混乱，然混乱之中我忽然记起一桩不大不小的事情，如若不出差池，我应该算得是水神长女。显然，小鱼仙倌并不晓得这公案。

水神爹爹嘴角一沉："夜神可知若违此约有何代价？"

小鱼仙倌脊梁直起，抬头望向我，脉脉一笑："无非削神籍、贬下界，若能与锦觅仙子相守，放弃浮华天神之位又何如？"

水神爹爹面上神色千回百转："下界凡人命如沧海一粟，区区几十年白驹过隙却历生、老、病、死之苦，为了锦觅，夜神不惧？"

小鱼仙倌眸似北斗星辰，万年示北、不移不转，抿唇道："润玉心之所向，虽九死其犹未悔！"

水神爹爹似为所撼，面色凝重地深深瞧了小鱼仙倌一眼："好！今日夜神之言本神记下了！"继而，回转身对我道，"觅儿，走吧。"

水神爹爹携了正莫名的我前往天帝所在之九霄云殿，将小鱼仙倌撇于北天门外。

飞过一片金芒霞光，隔着连绵起伏的云彩，我回头看了一眼小鱼仙倌，但见他仍跪在那片如火如荼的晚霞之中，魔兽正用头颈低低蹭着他的手背。不知是否我的错觉，竟觉得那身湖蓝的背影好似一弯迷失在清泉里的月亮，孤寂却忧伤。

刚至九霄云殿门外，便闻一阵钟鼓琴瑟之音，看门仙侍拂尘一摆唱喏："水神仙上到。"

"快快请来。"殿内传来爽朗一笑，声如洪钟，应是天帝。

水神爹爹携了我一前一后步入殿中，殿心之中有一司乐的仙倌正背对我们铮铮奏乐，周遭两溜紫檀案几旁诸仙济济一堂，想来正在赏琴。

"水神来得正好，素闻水神通音律，今日本座得了尾崖琴，正好请水神品评一二……"天帝一派兴致盎然，却在瞧见水神爹爹身后的我时话语一顿，面色疑惑一番动荡。

左侧殿首天后嘴角噙笑一眼望来，瞧见我后眼尾一勾，生生将脸拉得飞流直下三千尺。

殿中诸神，除却背对殿门操琴的乐司，无一不将眼光纠结在我脸上，礼数甚欠。

水神爹爹漆黑的眼带着亘古不变的清寒投向殿首，双手却在袖摆下越攥越紧，指节泛白。

天帝疑，天后怒，水神爹爹愤。淙淙琴音间，三人对峙无言。

一泓秋水萧飒商音过，琴声渐行渐急，铮铮然若金戈起、铁蹄踏，羽音高亢连绵，终在变宫音处"砰"地挣断一根弦。似一个咒语訇然委地，破灭无声，殿中诸神骤然回神。

乐司抱了古琴起身，天青色衣摆一旋，一个傲慢的颀长身影回转过身来。

却是凤凰。

倨傲的眼神蜻蜓点水般在我面上一掠而过，了无痕迹。

一旁仙侍自其手中接过崖琴，凤凰一甩袖，在殿首右侧次位上翩跹落座，神色漠然。

"咳……"天帝回神尴尬地拢嘴一咳，"仙上今日可是有要事相商？莫如各位仙僚先行散去，改日再宴诸位一享天籁。"

"且慢！"水神爹爹挥手一抬，制止了正准备告去的神仙们，盯牢天帝，墨色凝固的双眸像要洞穿所有，天帝面色闪烁。

"也不是什么大事，不过请天帝收回小女身上的五千年火阳相冲之力。"

"小女……"天后面色惊变，凤凰凌厉一抬头。

天帝难以置信地喃喃："莫非……锦觅……"

"正是。"水神爹爹眼中凿凿，掷地有声，"锦觅乃我与梓芬之女！"

凤凰眼中光彩流转，眨眼之间，春暖花开、万物复苏。我素来晓得他喜怒无常，十分习以为常，不屑深究到底怎么他忽地又高兴了。

殿中诸仙诡异肃静了片刻，本借余光偷瞧我的神仙现下皆名正言顺地瞪着我看，二郎显圣真君座次离我最近，偏生额头还比别人多只眼，三只眼睛瞅得我十分揪心。

天帝面带几分浑浑噩噩，迷惘失神不晓得在想些什么。

天后吃惊过后，忐忑稍纵即逝，突然脱口一笑道："水神莫不是弄错了？这精灵真身是葡萄，那日在场诸仙皆有目共睹，若说是水神与花神之女，未免荒天下之大谬。水神说是与不是呢？"

一语惊醒众仙人，纷纷点头称疑。太白金星眉毛胡子一把白，做高深状抖了抖，关切与水神爹爹道："天后所言有理，仙上可莫要认错了。"

水神爹爹暖暖握了我的手，冷然瞧着天帝、天后："不劳天后挂心，若非人心险恶，梓芬又何须自锦觅诞生起便施术压制她的真身灵力！"他寒声又道，"天帝可知当年花神因何仙去？"

天帝一愣，咳了两咳。

天后面色骤冷，急道："花神之逝乃天命，水神如何不知？《六界神录》有载，花神本乃佛祖座前一瓣莲，入因果转世轮盘本应湮灭，不想错入三岛十洲为水神与玄灵斗姆元君所救，此乃逆天之行，终必遭惩戒，花神寿终不过灵力反噬之果而已。六界皆知。"

水神爹爹沉重闭眼，再次睁眼伴着冷冷一笑："我只知晓《六界神录》有述，业火乃破灵之术，分八十一类，红莲业火居其首，又分五等，毒火为其尊，噬天灵焚五内，仅历任火神掌此术！梓芬当年……"

"夜神大殿下到。"殿内一干人正屏息听在兴头上，门外仙侍一个长音唱喏却恰将水神爹爹打断。

小鱼仙倌不疾不徐步入殿来，带过一阵湖水般的夜风在我身旁站定："润玉见过父帝，见过天后。"回身对水神爹爹道，"见过水神仙上。"目光淡淡擦过我，泛起一圈静默的涟漪又迅速消散而去。

天后本来拧眉抿唇面色紧张，似乎生恐水神爹爹下一个字便是什么惊心动魄之言，现下却稍稍缓舒缓了眉眼，松了口气，似乎从未如此高兴见到小鱼仙倌，和蔼道："大殿下不必多礼。"

"听闻父帝得了上古绝音崖琴，润玉挂星布夜故而来迟，不知是否错过了清音雅律？"小鱼仙倌原来是赶来听琴的。

"可惜了，夜神怕是错过了。"凤凰伸手在一旁崖琴上拨了一串轮指，音色极好却独独残缺，"弦，断了。"

小鱼仙倌温和一笑，低头轻摇，似乎十分遗憾："如此看来果然错过了，平生憾事又添一桩。唯盼今日失之东隅，他日可收之桑榆。"

天帝却心不在焉地接道："水神可知锦觅真身为何？水神若不告之，本座又如何解其火灵？"似乎尚存一线侥幸之意。

水神爹爹静默片刻，殿中诸仙随之屏息似殷殷盼着答案，我亦不免好奇自己的真身究竟是个什么了不得的物什。

"锦觅生于霜降夜，能栽花唤水，体质阴寒，真身乃一片六瓣霜花。"

真真叫人沮丧至极，霜花夜降朝逝，来去匆匆无踪迹，轻飘飘一片一看便十分命薄，还不如做一颗圆溜溜的葡萄来得实在、富态。

天帝似乎亦沮丧得紧，与我一般一脸幻想破灭状。

"明日辰时，留梓池畔，等我。"耳旁传来低低的命令，声音口气熟悉得紧。我一惊，抬头，凤凰一双细长眼正盯着我，原来是他密语传音于我，不晓得这厮要做什么。

"霜花？锦觅仙子……"小鱼仙倌大惑不解，"可否冒昧一问，仙上所言是何意思？"

水神爹爹无波无澜地看了看小鱼仙倌，并不言语。

天帝起身，自云阶上缓步而下，站定在我面前，闭眼叹息间，一缕清风汇聚至我的灵台溢出印堂，他伸出手，这无形之风在其掌心化作一点亮光，瞬间泯灭。

"可惜了……"一语道出我的心声，五千年灵力就这么没了，委实是可惜了些。

天帝无限惋惜地瞧着我："不想竟是水神之女。"

水神爹爹左手握了我的手侧身退了一步，望着天帝，眼中全然无温，右手自袖中一动。天后在上座霍然起身，眉眼焦灼。

剑拔弩张间,小鱼仙倌突然迫不及待出声:"父帝之意……锦觅莫非竟是仙上之女……"满目难以置信,似惊似喜似释然,神色轮番交替,自我认识小鱼仙倌以来,从不曾见他情绪似今日这般起伏波动。

"正是。"天帝看了看小鱼仙倌又瞧了瞧我,"锦觅便是水神长女,也就是你未过门的妻子。"

水神爹爹眉头一皱,审慎地看了眼小鱼仙倌。小鱼仙倌澄澈的双眼却不避讳地直直看向我,眼底有什么满得近乎要溢出来,嘴角勾着一抹清隽的笑,丝丝入扣。

投桃报李,我亦朝他笑了笑。片刻间,水神爹爹似乎下了个决断,强行将右手自袖下翻转收回,清冽的神色间包含着压抑和隐忍。

蓦地,后颈一阵凉,有东西划过我的颊侧,一看,却是发簪自发间脱落,一头长发失去支撑,瞬间散落。一根幻金色的凤翎划过发丝勾勒出一道寂寥的弧线,飘飘坠地,不晓得是不是夜里光线昏暗,平日里瑞气灼灼的凤翎现下躺在一片宽广的白玉殿中,竟叫人生出一派零落成泥碾作尘的柔弱错觉。

我慌忙拾起凤翎抓在手心,回头去瞧凤凰,心中莫名生出一丝做错事却被抓了现行的心虚。我记得早起出门的时候分明簪得牢牢的,怎的现下却松了出来,这凤翎好像贵重得紧,叫凤凰瞧见给落在地上可了不得,定要惹来他一些火气。

我怯怯望向他,却见他黑漆着双目亦瞧着我,安静得如一片寂寥的落叶,无波无澜。

一直以为,凤凰无论着什么衣裳,暗的也罢,淡的也罢,总掩不住一身夺目耀眼,便是他不穿衣裳我也瞧见过,那压人气势丝毫不弱。今日一身天青色的衣裳却在灯火簇拥之中淡出一股羸弱之感,哀伤得犹如断裂的琴弦。

我一时怔怔然。

"寰谛凤翎……"不知是谁讶异地脱口而出,周遭诸仙一时间面色几番变,在天帝天后面前又不敢造次,强自压抑交头接耳的愿望,却忍不住一番相互眉目传情、挤眉弄眼。

四周如炬的探究目光中,小鱼仙倌伸手拆下头上的葡萄藤递到我手中:"不如先别这支吧。"顺势拿过凤翎,回身淡然道,"前几日听闻火神偶游凡尘遗落了寰谛凤翎,不想竟被锦觅错拾,现下正好完璧归赵。"

可见小鱼仙倌只知其一不知其二,这凤翎先前确实是我拾到的,不过后来却是

凤凰亲手送给我的。我正待开口，天后却急忙接道："幸而尚在，可巧，可巧。"

诸仙连道："今日正是吉日，水神得女归，夜神得妻正，火神失物返，真真可喜可贺！三喜临门！"

在一迭声恭贺之中，凤凰自座上起身，一步一步走至我面前，低头看着自小鱼仙倌手中拿过的凤翎，羽毛一般轻轻一笑，又将凤翎放入我的手心："送出之物焉有收回之理……况，我遗失在锦觅仙子之处的又何止这区区一根凤翎？如若要归还，还请一并送返，不然……便索性一样也莫还……"

凤凰遗失在我身上的不止这一根凤翎？我心中一跳，言下之意……莫非……莫非说的竟是那六百年灵力？

是以，我一把攥紧那凤翎，坚定道："不还！一样也不还！"刚刚才失了五千年灵力，可不能再丢六百年雪上加霜了。

凤凰黄连一笑，悄然回身。

三条青竹梗，两畦芭蕉叶，一挂草籽帘。不想这璇玑宫的后院只不过比我那水镜之中的院落大上一半而已，我呼了一口气，拉过一只竹凳倚了山墙坐下来。

石桌上一张宣纸被一只水晶貔貅匍匐镇压，在夜风之中上下翻飞，不得挣脱，像一只振翅的蝶。我从镇纸下将它解救出来，拿在手上随意浏览了一番，原来是一纸婚书，下角三枚落款，"太微"二字遒劲有力，"洛霖"二字飘逸清奇，最后"润玉"二字行云流水，却透出些许不可言明的峥嵘风骨。

"这便是父帝与仙上订立的婚书。"银白的月光洒落下来，中途被一片宽厚的芭蕉叶绊了脚，只余一片模糊的阴影投在小鱼仙倌的脸颊上，泛出一种朦胧的温暖。

"四千多年前，仙上大婚前一夜所订立，现下还要烦请锦觅仙子补上名讳。"

我捏了一支细杆紫毫咬着笔头想了想，在底下一笔一画地写了自己的名字。

我写字的时候，小鱼仙倌一直低头专注瞧着手边红泥小炉上煨着的一壶清茶，袅袅水汽之中不知在想些什么，一身绢白的衣裳赛过皎月，白得叫人牙痒痒，生出一种恨不能将其玷污的心情。我遂蘸饱了一笔墨，趁着小鱼仙倌神游之际在那白绢袖口画了朵花。待他回神时，木已成舟，我朝他眨了眨眼。

小鱼仙倌嗤笑看了看袖口，倒不生气，给我倒了杯茶，温言道："这花别致生动得很，润玉倒有许多这般单调衣裳，往后还要烦请锦觅仙子都予我添上些许颜色。"

小鱼仙倌果然好脾气。

"好说，好说。"我捏了紫毫连连点头。

今日夜里出了天帝的九霄云殿后，小鱼仙倌便邀我前来璇玑宫小坐，说是前些日子我给他的晚香玉已抽芽打苞，不晓得今夜会不会开花。水神爹爹只是瞧了瞧我们，并无微词，我便乐呵呵随了小鱼仙倌一并回来了。

璇玑宫同凤凰的栖梧宫大有不同，白墙黛瓦，俭朴低调，除了个看门的小仙侍和一群不会说话的梅花魔兽，连个多余的人影都没有，夜色之中静谧一片。

一只大概不出月余大的小魔兽现下正怯懦伏在小鱼仙倌脚下，圆溜溜的眼睛警觉地瞪着我，我信手变了片白菜叶子，弯腰诱它："乖乖，来尝尝。"

好习惯要从小养起，一概偏食只吞梦魇可不大好。岂料我一片好意这小鹿却不领情，不屑地将头偏在一边。

小鱼仙倌笑着触了触它的耳朵，方见那小兽别扭地转过头来，磨蹭两步到我面前，犹豫了一下，视死如归一般将那菜叶囫囵吞入腹中。我嘉许地摸了摸它的头，赞道："好乖，好乖。"

"润玉并无甚稀罕神物可赠锦觅仙子，只这梅花魔兽，锦觅仙子若喜欢，便让它从今往后与你出入随行，两月后稍稍健硕些，便可做代步坐骑。还望锦觅仙子莫要嫌弃。"

我欢欢喜喜道："多谢多谢。"骑鹿可比驾云稳妥多了，便是不慎栽了也好有块肉垫子。

那小乖乖生硬地在我身旁卧下，肚子抽了抽，打了个白菜嗝。

我又捋了捋它后颈上的短毛，端了茶水在园子中央那株晚香玉旁蹲了下来。这花虽是打了朵儿，等了这大半夜却仍是犹抱琵琶半遮面，不肯痛痛快快打开，十分不给面子。

身后传来一阵轻悄的脚步声，小鱼仙倌亦在我身旁蹲了下来，细细看着那花，默默无语。

约莫过了一盏茶的辰光，杯中茶饮尽，我预备起身去添茶，却听身边小鱼仙倌静静开口："润玉清寒，一世与夜为伴，无尊位，少亲朋，倾其所有，不过几只小兽，一宅陋室……他日，锦觅仙子若嫁与我为妻必要受些委屈，如此，锦觅仙子可会嫌弃？"

我回头，但见小鱼仙倌仍旧维持方才的模样凝视着那株晚香玉，专注的模样仿佛适才说话的并不是他，只是那画了花的袖口却被他攥在手中，指尖染了些许墨色。

小鱼仙倌既问了，我不免认真掂量了一番。听闻但凡女子到了一定年纪都是要嫁人的，既是这般，嫁谁不是嫁，不若嫁给小鱼仙倌倒还熟门熟路。况，夜神灵力高强，往后一起双修定能长进不少，身外之物怎比灵力重要，遂回道："不嫌弃。"

指尖袖口一松，那朵墨花随着白绢一泻落地，小鱼仙倌蓦然转头，望着我的眼盈盈一水间划过一线星光。

我又蹲下，庄重问他："我们何时双修？"

小鱼仙倌身形一定，少顷，两颊上莫名泛起淡淡红晕。

夜风过，一阵突如其来的馥郁侵袭鼻端，我顺风瞧去，月色下一朵重瓣晚香玉热烈绽放，淡紫色的花瓣重重叠叠，将月色都映得几分旖旎。我惊喜呼道："可算开了！"

身后有浅浅暖暖的呼吸隐约拂过我的后颈："从今日起，我便唤你觅儿，可否？"

我心不在焉道："自然可以。"

回首，小鱼仙倌温和朝我一笑，面上红云已退，开口道："听闻此花又唤月下香，果然好看，不过我以为却不及月下霜。"

我疑惑地瞧了瞧周遭，倒没有瞧见有落霜。

夜里，宿在水神爹爹的洛湘府，一夜好眠，日上三竿方起身。梳头时顺手将凤凰的翎羽往头上一簪，方记起昨日凤凰命我今日辰时去留梓池畔寻他，心中一惊，掐了掐时辰，已巳时将尽，可了不得！我惶惑起身就往栖梧宫赶。

小鱼仙倌赠我的小鹿倒也乖巧，亦步亦趋地随着我一路行至栖梧宫，将将要奔至留梓池畔，却闻柳絮深处一个脆脆的声音道："哪个锦觅？"

哎？似乎听见有人唤我，遂停了脚步往声音来处去。

此时，听得另一个声音道："还有哪个锦觅，不就是在栖梧宫随行二殿下左右将近百年的那个书童！"

"啊，竟是那绝色精灵！我过去瞧见过一回，那长相，真真作孽！阿弥陀佛，幸而她和大殿下定了亲，不然依她那般模样可不知要祸害多少人，我过去听洗尘殿里的仙侍说过，二殿下似乎都险些被她动摇了心神。"

我气定神闲地心中愤愤然一遭，我一未杀人，二未放火，怎的就祸害人了？

"说起二殿下，我昨日可巧听见了桩事，听说二殿下将寰谛凤翎送给了锦觅。"

听闻此，另一位仙姑倒抽了口凉气："了不得了不得，寰谛凤翎可是凤族的至尊之物、护体法器。天后之父懿德公将寰谛凤翎赠予神魔之战时殒身的神祇萨真人，作殉葬之物以示至尊之礼，天后将随身寰谛凤翎赠予天帝作为定情之物，二殿下此番……"

有人冷漠一咳，二位正热烈探讨的仙姑戛然而止，听得二人恭恭敬敬道："见过二殿下。"

竟是凤凰，听得二位仙姑与凤凰礼数周全寒暄一番后退去。我站在柳林中犹豫了一下，据声音辨认，凤凰似乎心情不好，不若我还是回去的好，避开这风头。

正预备抽身，凤凰却忽地从我面前转身而出，将我吓了一跳，竟生生将手边的垂柳枝折下一段。我看了看凤凰的面色，讷讷将手上的柳枝塞入魔兽的口中，佯装喂食，哄它："你乖，你乖。"

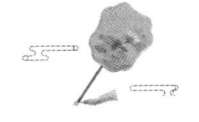

第 八 章

　　正午的日头正是热烈奔放，凤凰却不言不语仰头对着那刺眼光线瞧了许久，叫人不禁担心再如此瞧下去便要瞎了。

　　我陪他站了一炷香的工夫，忍不住开口："其实，快落山的太阳好看些，和个咸蛋黄一般灵，火神要是喜欢赏日，不若傍晚的时候再看。"

　　凤凰骤然收回目光，放在我身上。那日头果然毒辣，凤凰眼中已见些许血丝，瞧着我，适才看日头都不见他眯眼，现下却眯了眯狭长的桃花眼，仿若我比那日头还要蜇人一般叫他不适。

　　"原来，你也会关心我。"

　　我顺了顺梅花魇兽后颈短毛，喃喃应道："自是应当！我与火神眼见便要沾亲带故，现下虽还不是一家人，也勉强算得半家人了，相互关照是应该的。"

　　日后，我若嫁了小鱼仙倌，便是凤凰的嫂嫂了，辈分比他高一些，听闻凡人还有个"长嫂如母"的说法，我自然要端个慈爱长辈的架势出来，体恤小叔要从眼前小事做起。

　　"一家人？"凤凰重复了一遍我的话，分明无风，袍带却起伏晃动了一下，突地，笑了笑，云淡风轻得近乎透明易碎，"锦觅，你果然知道怎样才能将我彻底焚毁。"

　　凤凰这小叔诚然是个不容易讨好的小叔，我自省并无言行不妥之处，怎生好端端便说我毁了他。

　　凤凰垂首凝视魔兽，琉璃般的眼珠黑得竟像将将要滴出水来。那小兽不比我，想来从没被凤凰这般气势的眼风给瞧过，后背紧张弓起，怯怯往后退了几步。

　　"一家人……谁的家？你与他的？他连魔兽都舍得予你……我与你从来不是一家人，过去不是，现在不是，将来更不会是。"凤凰抽身背对我，明媚的阳光从背面将他孤傲的背影纳入怀中，"不过，怨不得你，只怨我自己，从头至尾，便是我一个人的错，我一个人的独角戏。你何曾对我有过半分情谊。"他仰首自嘲一笑，"一厢情愿……"

　　我上前一步，阳光将我的背影投在他的后背，竟像贴在他背后两相偎依、耳鬓厮磨。我从后面拉过他的手，他浑身一颤。

　　我抚了抚他掌心的纹路，轻声道："我不晓得你为什么不开心，也不晓得你为什么不想和我做一家人，但是，我知道，我们其实算得是仇家宿敌。冤冤相报何时了？不如结亲泯恩仇，太太平平才是好。"凤凰不愿意和我做一家人，想必和我娘他爹上一辈的恩怨脱不开关系，不若我宽宏大量开解开解他。

　　凤凰霍然转身，我的影子便莫名投进了他的怀里。

　　"你说什么？仇家？你都知道了些什么？"

　　我握了握他的手，试图安抚他："你放心，虽然你娘杀了我娘，但是，我不会报仇。你想想，你娘杀我娘，我杀你娘，你再杀了我，将来我的孩儿再杀了你，你的孩儿势必不甘，必定要想尽办法将我的孩儿咔嚓了……如此纠结循环无穷尽，人生岂不了无意趣。"

　　观了观凤凰沉浮不定的面色，我总结道："所以说人生本无忧，认个死扣便是庸人自扰之。"

　　凤凰长眉一拢，双手反握了我的双手："谁与你说天后害了花神？"肃穆凌人的气势扑面压来。

　　可见方才是我的错觉，竟然觉得凤凰有些脆弱，不过三言两语间，这厮便又霸道地复活了。

　　倏忽一凝神，凤凰靠近我，低声道："可是二十四位芳主？可有凭据？难怪乎水神昨日欲言又止……"

　　"不是芳主说的，是老胡说的。"我纠正他。但是，我隐约觉得二十四位芳主也是晓得什么的,却始终没与我说过,想来和老胡说的立了什么誓有关。

凤凰蹙眉低头陷入沉思,忧心忡忡,再次抬头面色已如常:"此事你可曾与他人说过?"

"从未。"我摇了摇头。天底下能有几人似我们做果子的这般大度想得开,这我还是晓得的,至于凤凰,我也不知道为何今日一急便脱口与他说了。

"切记莫可外泄!莫要与天后单独相处!"凤凰双手握了我的肩膀,清俊的脸孔我只有寸许,深深的玄色瞳仁填满我的双目所及之处。

"嗯。"我认真地点了点头。

得了我的保证,凤凰却没将我放开,握着我的手心非但未松还紧了紧,眼中有一股旋涡般的蛊惑愈演愈烈,近乎会将他吞噬殆尽一般,越靠越近,近到挺如峭壁的鼻尖擦过我的鼻端,我一时竟无法分清那些既暖又潮的吐纳究竟从何而出。看了看凤凰润薄饱满的双唇,我忽而有些渴,自然而然地伸出舌尖将自己的嘴唇舔了舔。

凤凰眼中有异光裂开,近乎要贴上我的双唇时,却双目一闭,擦面而过靠在我耳边重重出了一口气,所有的幻术应声破灭。凤凰将我的双肩松开。

脚旁魇兽忽地站起身来,满目欢欣,簌簌甩了甩短短的小尾巴。我看了看凤凰正在淡淡隐去的面色,伸手触了触他的额际,有些莫名的高热。

"火神莫不是病了?"

"觅儿。"身后有人温言唤我。

我回头,依依垂柳中,小鱼仙倌正拾级向我走来,一身清雅胜似柳烟。我朝他笑了笑。

小鱼仙倌走到我身边,与我比肩而立,修长的手在袖下不紧不慢携了我的手,握紧。

凤凰眼尾挑了挑,狭长了眼看了看小鱼仙倌。

"觅儿,可用了午膳?"小鱼仙倌伸手拂过我的发丝,拿下不知何时悄然落在我发间的一丝朦胧蛛丝一般的柳絮。

"不曾。"我早上起得迟出来赶得急,没吃早饭,现下不觉已到午饭时间,给他一说我方觉已是饥肠辘辘。

小鱼仙倌低头捏了捏我的手心,道:"下次可莫这般粗心了。"

凤凰嘴角冷冷一抿:"借'饥肠'诉'衷肠',大殿如今笼络人心越发娴熟了。"

小鱼仙倌淡然抬头："火神何意？本神不明。"转而又对我道，"仙上适才来寻觅儿，想来有些要紧之事。不若现下我陪觅儿返回洛湘府可好？莫让仙上忧心。"

不知水神爹爹寻我有何事，我自然道："也好。"

"如此，便失陪了。"小鱼仙倌对凤凰略略一颔首牵了我的手便走，走没两步，却突然停下脚步，头也不回道，"过去百年，觅儿承蒙火神教习了些修炼心法，算得有师徒之谊，往后，觅儿终将入住璇玑宫，算得叔嫂之分。无论师徒，还是叔嫂，皆有礼数长幼之别，还望二殿下言行切记分寸。"说完便领了我一路而去。

我回头，柳絮纷飞中，凤凰的身影渐渐模糊。

"南无香云盖菩萨摩诃萨。云何得长寿，金刚不坏身。复以何因缘，得大坚固力。云何于此经，究竟到彼岸。愿佛开微密，广为众生说。那摩本师释迦牟尼佛……"

天上神多，西天佛多。

大雷音寺中，十八位金身罗汉或坐或卧或站立，在庙堂高宇之中左右排列开来，中央一香炉，仅焚一根尾指粗细的香，青烟细细一缕悄然逸出，在空中慢慢消散成轻灵梵音，诵经缭绕，丝丝入扣。

双手合十，右脚迈入檀木门槛，我随在水神爹爹身后跨入其间行至殿首，左右金灿灿的罗汉们皆目不斜视、肃穆威严，我打量了一会儿觉着无甚意趣，便收回目光看向殿首。

巍峨的矩形石龛上，并排结跏趺坐在仰覆莲花座上的三位想来便是三世佛。水神爹爹双手合十垂目念了声梵文，三世佛亦对水神爹爹微微点了点头，座次居中的现在佛慈眉善目，悠然开口道："今日非开坛讲禅之日，水神前来可有何事？"

"洛霖此番唐突而来，是为求见圣佛求得迦蓝印之解。"水神爹爹声如泉水，缓缓流淌，不疾不徐。

"为的可是你身后梓芬之女？"左侧过去佛望向我，神色间带有淡淡悲悯。不愧为过去佛，一眼便能知晓我的由来。

"正是。"水神爹爹侧开身，让出我的正面，"还望三位尊上广开方便门庭，让洛霖得见佛祖座下。"

右侧，未来佛淡淡看了看我，本来安静祥和的面容微微泛起一丝波澜，眉心一皱，垂目闭眼，轻轻一叹。

见状,水神爹爹身形一滞:"不知尊上所叹为何?"

未来佛道:"命理机缘,不可说,不可说。"

水神爹爹回首望了我一眼,隐忧淡含。我心下跳了跳,未来佛不知过去,双目却可视未来,看他这番形容,我前途必定不甚光明。难不成我将来修不成神仙?思及此,我不禁沮丧。

"门庭本是方便开,只是水神此去必定徒劳,无济于事。"未来佛伸手一拂,座后一扇黄杨木门应声而开,门后原是盘根错节的条条道路,星罗棋布叫人眼花缭乱。此时,却见一条不甚起眼的幽幽曲径两侧次第开出盏盏莲花,不见尽头,正是云深不知处。现在佛安然道:"水莲可为水神引路,莫要误入歧途,否则厉鬼缠身永坠地狱。我等言尽于此,阿弥陀佛。"

水神爹爹双手合十,用梵文谢过三世佛,便领了我拾了小道去寻佛祖爷爷。周遭道路皆是鸟语花香、平坦宽敞,只这条道泥泞曲折十分难行,我深一脚浅一脚走在坑坑洼洼的路上,"龙颜"十分不悦。"徒劳"!"徒劳"?未来佛是预言如来爷爷他老人家不会给我解封印吗?不解封印,灵力便不得长进,灵力不长进将来便必定成不了仙得不了正果,成不了仙得不了正果便注定要被大神们蔑视,譬如凤凰之流,被大神们蔑视便注定下场十分凄凉……

试想想,我初生便是个精灵娃娃,长了几千年变作个精灵姑娘,再过十来万年长成个精灵姨姨,最后莫不是还要变作精灵奶奶不成?

一个人生作精灵并不可悲,可悲的是到死都还是个精灵。

我正凝重地思考着,忽地面前落下团东西,直愣愣插入我和水神爹爹之间,还抖了三抖。我脚步一错险些绊倒,幸亏镇定地借力扶稳了眼前那团物什。

"哈哈,哎哟哟,莫挠莫挠!痒煞我了,痒煞我了!"

仔细一看,原来我扶的那团物什竟是个肉乎乎的大肚皮。我原以为天下断没人能赛过老胡珠圆玉润了,此番一对比,才知何为宰相肚里能撑船。那肉肉的肚皮此时正上下颤抖着,瞅着那一波未平一波又起的三层肉,我松开手镇定赞道:"跌宕起伏,一波三折,好肚,好肚!"

"不错不错,老夫远远就瞧着这女娃娃长得讨喜,近前一看,不仅长得灵光,眼力也甚灵光。"那圆乎乎的胖和尚想来十分惧痒,余笑持续了约莫一盏茶的工夫,笑够之后,方上下瞧了瞧我,摇着把圆蒲扇将我评头论足了一番,又道,"你这女娃既有慧根，不若皈依了我吧！"

　　我嚼了嚼这话，怎么听怎么觉着和"不若从了我吧"味道贴近，遂觉得有些亲切之意。

　　"小神洛霖见过弥勒佛。"前面，水神爹爹早已回身。

　　不想这敦实的胖和尚便是弥勒佛。但见他手执蒲扇敲了敲水神爹爹的肩头："哎呀，这不就是小洛霖嘛，可有些年头不见了。"

　　水神爹爹清雅一笑："是有十几万年不见了，洛霖虽不敢妄自尊老却也不敢充小，这便是我的女儿锦觅，唐突了尊上，还望见谅。"

　　"我还道是谁家的娃，原来是你的，爹俊娘俏难怪生得这样好看。这样的好苗子可是要趁早皈依佛门的好！"弥勒佛摇了摇圆圆的蒲扇，转头热切地对我道，"加入佛门可以消灾避邪，保你出入平安、家宅气旺、衣食无忧、百事亨通哦！小姑娘，心动吧！心动便赶紧哦！拜我为师吧！"

　　水神爹爹低头笑了笑，对弥勒佛道："承蒙尊上瞧得上锦觅，只可惜锦觅已立婚约，却是违了佛门清净之首忌，恐是要错过尊上一番美意了。"

　　闻言，弥勒佛连连摇头，眉心几不可察地掠过些许纹路："可惜了可惜了，不知却是许给哪个好命的小神仙了？"

　　"夜神润玉。"水神爹爹答得云淡风轻。

　　"就是那个总牵了鹿巡夜的孤僻小神仙吗？"弥勒佛将手放在肚上沉思半晌，不待水神爹爹答话却又转头对我喃喃道，"若真真嫁得他倒也好，只怕……"似是对我说话，又似自言自语。

　　声音太轻了，后面我却没听见他念叨些什么，水神爹爹离得远便更是听不清了。

　　"天色渐晚，洛霖此番还要求见如来圣佛，只好告辞了，不若下次再专程至法华林中拜会尊上。"水神爹爹仰首看了看七彩霓虹渐现的天色，向弥勒佛告辞。

　　弥勒佛扇了扇衣襟，道："也好也好。"

　　水神爹爹领我往前又行了一段路后，我却隐约听得后面弥勒佛无限唏嘘："可惜了可惜了，本欲助你渡过劫难。"仔细一听，却又寂寂无声，便是虫鸣也无，更莫说人声，想来是我的错觉。

　　路面渐渐开阔，直至眼中映入一株冠幅广展、枝叶扶疏的荫荫茂树，深绿色的叶片交互生长。我眯眼瞧了瞧，是株菩提圣树，枝丫之间有气生根，下垂如老翁之须，

叫人生出清净不可亵渎之心情。

树下，如来爷爷侧卧浓荫之间，垂目小憩。其身前地上似放置了一块明镜，映着落日的余晖，金灿灿得叫人不能逼视。我被迫移开眼，却在转头的间隙瞧见一朵重瓣青莲安静地沉睡在镜面之上，淡然祥和清雅卓然，却独独缺失了一片花瓣，突兀地残缺着。

佛祖蓦地睁开双目，那金光余晖瞬间自惭形秽地消散开去。

"洛霖见过我佛！"水神爹爹双手合十对着佛祖深深一鞠。

我亦有样学样地对佛祖爷爷拜了拜："锦觅见过我佛！"

"我佛明察，想来必定知悉洛霖此番前来所求为何，不知可否相助？"水神爹爹恭敬垂目，只视鼻尖。

佛祖盘腿端坐起身来，两手放于膝上，用悲悯天下苍生的平和之音悠悠然道："将死之人，迦蓝之印解与不解并无差别。"

水神爹爹一个踉跄，猛地抬头。

不想佛祖爷爷他老人家这把年岁了还有起床气，一开口便这般乌鸦，我不免打了个寒战。

"锦觅可是大劫将至？盼我佛明示。"水神爹爹平日里涓细平稳的声音蓦地湍急奔流，"我佛慈悲为怀，解救苍生于水火之中，洛霖斗胆一求，求我佛度小女一命！"

佛祖拈起菩提一落叶，曰："活一命非慈悲，活百命亦非慈悲，普度众生方为慈悲。山中一猛虎，伤重将死，救或不救？"

水神爹爹毫不犹豫答道："救！"

佛祖平和一笑："虎痊愈而归山，捕麋鹿食弱兔，虽活一命却伤百命。慈悲不得法门，乃荼害生灵尔。"

我私以为佛祖爷爷将一颗葡萄比作一头下山猛虎有些不妥。水神爹爹想来与我所想一致，道："锦觅纯良，不染世故，断然不会伤及他人，望我佛明察。"

言毕，水神爹爹从怀中掏出一册随身的《金刚经》，将右掌心贴于其上，郑重起誓："稽首六界尊，我今发宏愿，持此《金刚经》。恳请我佛助锦觅度过命劫，洛霖定当上报四重恩，下济三途苦。"

佛祖轻轻阖眼，道："命由己造，相由心生，世间万物皆是化相，心不动，万物皆不动，心不变，万物皆不变。"继而又抬眼对我悲悯一凝视，目光似有神奇之力，瞬间将我引至其身旁。

佛祖伸手拭过面前明镜，镜中微微起澜，我方发现这根本不是面镜子，而是一潭娴静的圣水。留在佛祖指尖上的那滴水瞬间化作一撮香烬，佛祖将香烬放于我的手心轻轻将我的手合上，微微一笑，道："由爱故生忧，由爱故生怖，若离于爱者，无忧亦无怖。愿此梵香助你度劫。"

我诚恳地望了望他老人家，问道："那封印呢？不知可否顺便一解？"

佛祖但笑不语，一挥手，刹那之间，物换星移，周遭景色一变幻，我和水神爹爹却已然站立在北天门外。水神爹爹朝着西方深深一叩拜："多谢佛祖。"回首将我一望，眉眼之中十分忧愁，显然将佛祖爷爷的话很当真，我却不以为然。

夜里，水神爹爹下界布雨去了，我立在北天门边冥想，有些气闷。千里迢迢赶去西天拜谒却徒劳而返，还得了个不日将亡的诅咒，有些不值当。想着想着，想到脚尖都痛起来了，低头一瞧，却是那小魔兽两只前蹄正踏在我的足尖上，仰头水汪汪将我瞅着，十分无辜的模样。

这小兽倒忠心耿耿，我一回来，它便寻了上来，只是这迎接的方式有待商榷。好不容易将它的铁蹄从我脚上移开，除了鞋袜，但见足尖一片青紫，我抽了口凉气，索性坐在北天门石阶外揉脚。

门口站岗的两个天兵夅了夅须髯，虎了虎眼，面上起疹子一般"噌噌噌"红了个透。见我瞧他们，二人一致别过脸仰首望天，我不免费解，一并抬头瞧瞧上头有什么东西叫他们瞧得这样认真，瞧来瞧去，左不过一片木愣愣的乌云。不想天界民风这般淳朴，两个天兵瞧块云彩也能瞧得如此害羞扭捏，委实大家闺秀了些。

我收回目光使了些法术，继续低头揉着脚，忽觉头顶有些异样，抬头一看，却是一个大眼睛的小天兵拄着柄红缨枪站在离我约莫两尺开外的地方好奇地瞅着我，见我抬头，白白净净的脸庞上泛出些许腼腆之色，我龇牙朝"他"友善一笑。

小天兵亦扭扭捏捏回了我个笑，眨巴眨巴眼，小鹿一样怯怯望着我："你便是那个锦觅仙子吗？"

我认真思索了一下问："不知晓这位仙友说的'那个'却是哪个？"不排除天界有个与我同名之人，莫要误会了才好。

"就是与夜神大殿有婚约之盟的那个锦觅仙子。"言毕，小天兵眼神暗了暗，我忽而觉着"他"有些眼熟。

"如此说来，我正是那个锦觅。"我爽快应道。

得了我的回复，小天兵却愁肠百转地叹了叹，秀气的眉皱在一块儿不知在深思些什么，忽地面容肃穆，庄重开口问道："我可以向你打探一件事情吗？"

开天辟地头一回有人向我请教，我自是满口应允。

小天兵酝酿了一番，支支吾吾道："我父神说男子三妻四妾才是大丈夫，夜神大殿娶了你以后……娶了你以后，是不是还可以娶别的神仙呢？"

呃……这倒难住我了，天界的规矩我从不曾研读过，莫要误人子弟才好，正预备支个模棱两可的答案敷衍过去，却听得身后一个慢腾腾的声音替我答道："自然可以的。"

我回头，但见绿油油的扑哧君不知何时已坐至我身后的石阶上，此刻正俯身津津有味地盯了我的赤足瞧着。

"就像觅儿你若嫁了那个挂星星的夜神，其实也还可以同我双修一般，正是一个道理。不过话说……"扑哧君忽地哀怨抬头，险些撞上我的下巴，"沧海桑田、斗转星移，觅儿你怎的几日不见便转手至夜神手中？好歹也给我个机会不是？"

那小天兵想来没我这般见识广阔、处变不惊，给突然冒出来的绿扑哧君吓了一跳，往后退了两步，待听清扑哧君的话后却满面放光，急切往前靠了两步，问道："这位仙友所言可是当真？夜神大殿当真可以再娶？"

扑哧君对着小天兵妖娆一笑，一本正经道："自然当真。"

那小天兵被扑哧君的笑纹晃了晃眼，腮上一红："太好了！"似是一桩悬而未决的心事陡然落地，欢快释然一拍手，不想这一拍手，本来握在手中的红缨枪没了支撑一下"哐啷"落在地上。

我心中亦"哐啷"一声，忽地明镜一般透亮，这小天兵莫不是看上小鱼仙倌了？

小天兵讪讪拾起红缨枪对我扭捏一笑："如若夜神大殿再娶，锦觅仙子可会介怀？"

我连连摆手，道："不介怀不介怀！那是夜神之事，我自然不介怀！"

小天兵愣了愣神，片刻之后，又扭捏了一下，问我："锦觅仙子可知夜神大殿喜欢怎样的仙子？"

这小天兵问题忒多了些，话说起来我只记得小鱼仙倌说过喜欢我，却不晓得他还喜欢其他什么样的神仙，遂做了个表率，答道："应该是喜欢我这样的吧。"

小天兵嘴角沉了沉，眼见着便要哭了。

扑哧君却挑了挑眉，倾身问我："美人儿，你如何晓得夜神喜欢你？"

"自然是他自己说的。"我据实答他。

"扑哧！"扑哧君老到一笑，"差矣！觅儿天真了，男人说'喜欢你'多半和女人说'讨厌你'一样，不可信不可信！这情爱之事博大精深，内中猫腻甚多，最讲究这'言不由衷'四字精髓。道行稍欠便栽于其间难以自拔。"

"那要如何知晓是真的喜欢呢？"小天兵甚好奇，干脆也拾了条石阶坐下来听。魔兽蹭了蹭我的衣摆，温驯地卧在我的脚边，滴溜溜着眼睛望向扑哧君。

扑哧大师众星拱月，一脸高深开坛讲法："一个男人若是真心喜欢你，便会经常看着你发呆，譬如我现下这般瞧着觅儿。"他满脸陶醉地望向我，生生望得我抖了抖。

"一个男人若是真心喜欢你，便绝不会对你发脾气，譬如我对觅儿这样宠爱；一个男人若是真心喜欢你，会在你开心的时候比你还开心，你不开心的时候哄你开心，会比你自己还心疼你，比你自己还懂得照顾你。譬如觅儿现下脚趾肿了，我浑身便像被碾过一般疼。"扑哧君忽地握住我的脚一番揉搓，掌心微热想来用了些法力，给他一揉果然有些起效。

只是扑哧君捉了我的脚，露出满面小狗瞅见肉骨头的神情着实有些骇人，我一抖，收回赤足穿入缎面鞋中。

扑哧君恋恋不舍地揽了下才放开，道："其实，除了我以外，天下男人都喜欢永远得不到的。"他冲我身后华丽一笑，"譬如……"

"见过火神殿下！"

我回首，北天门外守卫的两个天兵正对着个长身玉立之人齐刷刷躬身抱拳，那人华服焕然，面如冠玉，身后十来佩剑带刀之人将其簇拥其间，不是凤凰却是哪个。斜入天仓的两道眉下，皂白分明的眸子正瞧向此处。

想来凤凰带兵亲巡天门来了，我朝他友善笑了笑。他不置一词，目光蜻蜓点水般掠过，刀光剑影闪了扑哧君一眼。

"若我没记错，彦佑君素来不齿天界，如今三番五次返天界不知却是为何？"

"文人骚客有言，最是难消美人恩。彦佑自是为了美人而来。"扑哧君又像瞧根肉骨头棒一般瞧向我。

凤凰腰侧剑穗迎风动了动："彦佑君前科累累，所犯天条不胜枚举，如今莫不是想再攀新高,添一条闯天界之罪名?"

扑哧君无甚所谓地扇了扇衣襟:"牡丹花下死,做鬼也风流。况,彦佑此刻所立之处虽近天界,实非天界,北天门外,隔了道门,算不得闯天庭。"

凤凰手扶剑柄,笑得有些阴森:"素来知晓彦佑君善战,不若给彦佑君个戴罪立功的机会入兵营立战功。彦佑君以为如何?"

扑哧君一下像被戳了七寸,脸一并绿了。

恰逢此时,北天门外又施施来了另一队人,为首之人正是那鸟族首领穗禾,环佩叮当,罗衫重绣,身后跟着花花绿绿的鸟族仙子。穗禾公主和煦浅笑近前来,却在一眼瞧见扑哧君时僵了僵,脸上划过几分不安神色,旋即又恢复了面色,从容对凤凰道:"好巧,姨母唤我来叙话,本欲先拜见了天后再去栖梧宫中小坐,不想却在此处遇见火神巡天门。"

凤凰对她亲切一笑:"穗禾难得来天界,不若多留些时日再走。"

鸟族首领巧笑嫣然,一颔首:"如此,穗禾便恭敬不如从命了。"

我忽而觉着,此刻北天门处三方人马就数我们这里最是古怪,颇有几分画蛇添足之感,正预备问问扑哧君要不要一同去小鱼仙倌宫中讨杯茶喝,凤凰却转头问道:"你可是夜神帐下?"

我莫名。我身旁不知何时已抱拳俯身的小天兵喏道:"属下正是夜神营下。"

"既是夜神营下,此刻夜深星疏,不去值夜却在这里作甚?"凤凰练兵素来铁血,容不得半点瑕疵。

"夜神殿下说过……说过,可以劳逸结合,该休整之……"小天兵倒是耿直无畏,不过在凤凰的眼神逼视下最终还是消了音,半途一掐,转作,"属下这就去值夜!"一挺小腰板,扛着红缨枪溜之大吉。

那穗禾公主望着小天兵的背影一叹笑:"火神明知她是太巳仙人所出,又何必为难于她,有时顺水做做好人,张弛结合也未必不可。"原来这小天兵竟是个有靠山的,难怪硬气。只是,穗禾公主也不差,竟敢在带兵之事上劝诫凤凰,果然是天后号称与凤凰珠联璧合的熟稔之人。

"既入军中,自有军规,半点差错行不得。不过,穗禾之提议张弛有度亦可商榷。"凤凰言明立场,却也风度翩翩地给足了美人公主脸面。

穗禾公主满意地纳了纳手,转身对我道:"这位天后寿筵上有过一面之缘的仙子想必便是水神失而复得的爱女吧？"

"正是。"我和善地对她点了点头。身旁扑哧君神情闲适，然则我忽地忆起他已保持安静大约半炷香的时光，实在不容易。

穗禾公主亲切地拉了我的手，道："原先一直知晓夜神与水神长女有婚约，却是万事俱备只欠东风，现下锦觅仙子东风一至，恰恰又是花神之女，真真百花齐放。穗禾可否问个不当之问，不知婚期可定？届时大宴可莫漏了我去。"穗禾公主话虽与我说，末了却不知为何目光淡淡瞟向凤凰。

"自是好说。婚期想来应该快了吧。"因曾连累鸟族蒙冤挨饿，我有些亏欠之心，正可借此筵席给众鸟儿滋补滋补身子，以此功过相抵。

凤凰皂白分明的桃花目眯了眯，在靝靝夜色中对我突兀绽出一笑，似红梅漫山焚皓雪，冶艳至极。四下之人望见凤凰的笑靥怔了一怔，鸟族仙子们一个两个腮上浮起如痴如醉的红云，穗禾公主眼神一闪烁。

我却身上生生掠过一层寒意，凤凰虽然平时喜怒不形于色，但素来性子阴晴乖张，对我不是冷嘲热讽，便是霸道地呼来喝去，何曾这般和颜悦色对我笑过。我控制不住打了个寒战，惧得低下头去。

凤凰衣摆忽地无风自动，手中宝剑哗然出鞘，戾气四溢，剑刃与鞘身相摩擦的声音锐利刺耳，剑身寒光一寸寸划过我低垂的眼帘。我心中大骇。

扑哧君身形一动，侧身挡在我面前，后背僵直紧绷，宛如上弦之弓，竟满是蓄势待发的意味。二人僵持片刻，凤凰突然仰头大笑："怎的？我还能伤了夜神之妻不成？"言毕，转身拂袖而去。好比打雷霹雳之后竟不下雨，留下一干莫名其妙之人面面相觑。

穗禾公主看了看我，便急忙追了上去，不知是否我的错觉，那不动声色的眼神之中竟有些不友善的怨怼。

我怔怔瞧着他们离去的背影，惊魂不定。我不确定适才在凤凰如沐春风的笑眼之中是否读出了一闪而逝的杀机……

但见得穗禾公主百步开外追上凤凰对他说了些什么，凤凰朝她摆了摆手似是回绝，她只得率了一干鸟族仙子往西面天后所住紫方云宫去，一步三回首。凤凰却站在原地，抬头望着满天星辰不知冥想些什么，身后十来威武天兵天将肃穆站立，手中闪光的兵器气势凛凛。

扑哧君舒了一口气，道："真真是干一行，爱一行。这旭凤自打做了火神，满腹火气与日俱增。"

我淡淡道："无怪乎每隔五百年便要自焚一回。"

"自焚？美人说的可是'涅槃'？"扑哧君托腮沉思一番，评道，"果然贴切得紧。"

此时，就听得百步外一声失措惊呼："殿下！"

我正杯弓蛇影，被天兵这一喊急遽转头，只见凤凰手中宝剑"哐啷"落地，捂着胸口跟跄一晃，足下不稳，呼啦啦大山之将倾崩。我不晓得自己是否方才被凤凰欲弑我之念给唬过了头，神志颠倒，此番见凤凰要晕倒，竟然行动快于思想，一瞬便撇下对我絮絮说话的扑哧君，腾云到了凤凰跟前。

我推开围拢着的几个天兵，但见扈章天将正伸手搀扶着凤凰的胳膊，凤凰垂目捂胸，眉宇合拢，似是忍受着巨大的痛楚折磨，口中却道："无妨，不过是上回为穷奇瘟针所伤落下的旧疾沉疴，忍一忍便过去了。"

我心中一动，竟似有只蚜虫细细啃噬蛀入肺腑之间。听得那扈章天将急道："既有病痛，自须及时问诊，怎可忍耐拖沓。末将这便带殿下去老君处问诊，顺带讨得丹药医治。"

"扈章天将莫急，我有药石可治火神之疾。"待我反应过来之时，话已出口，我不免懊悔。这凤凰适才想杀戮于我，我现下却不计前嫌欲救治他，未免宽宏大量过了头，来日莫要步上那东郭先生的后尘才好。

"不知锦觅仙子有何良方？"莫看那扈章天将浓眉方脸一副憨实的样子，居然还疑心我唬他不成？

我懒洋洋道："不过几株灵芝圣草，想来便是医不好火神的病，也断然不会吃死他的。"

"灵芝圣草！"扈章天将耿直的粗厚面庞红了红，想是小人之心度君子之腹有些羞愧，当下便向我连连赔不是，命人搀扶凤凰回栖梧宫，待我前去施药。

从我方才过来瞧他到返至栖梧宫中，一路上，凤凰始终半垂螓首，眼帘微阖，不言不语，面上神色不辨，不晓得想些什么，也不知他还痛不痛。直至了听、飞絮二人将他扶入寝宫，上了那奇石镶边的床褥之中，方缓缓睁了眼，瞧也不瞧我一眼，只伸手不咸不淡地朝了听、飞絮挥了挥，二人自然顺从地屏退而去。

凤凰双目又阖上，两手交叠放在腹上，不动声色地仰面躺在云衾锦被之间，眉头紧蹙,腮上紧绷,竟是痛得连牙关都咬紧了,只是脸颊上却不见丝毫苍白羸弱之颜色,倒有些疑似欣喜之淡淡霞光氤氲开来。

我一面施展术法种那灵芝圣草,一面心中惴惴四下瞧了瞧,偌大的寝殿之中除了一对铜铸的哑巴赤金猊金兽袅袅吞吐烟香,空无一人。若是凤凰一下醒转过来要拿剑劈了我,真真连个阻拦的人都没有。

如此一思量,我手上不免一顿,后悔至极,思忖着不若食言趁凤凰尚且晕厥之时偷偷溜走。孰料此刻,榻上凤凰却轻轻一哼,似是痛苦难当,手上十指都微微蜷握了起来。见他如此这般,那蚜虫蛀肺腑的怪异之感又突兀地袭上我身,不自觉间却断了那溜号之念,手上抓紧将灵芝圣草种了出来。

然则我心中有些奇怪,上回凤凰为穷奇瘟针所伤,我已予他服用过那灵芝圣草,之后也未曾听说他有丁点不适或是遗症,怎的今日前一刻他还生龙活虎地拔剑向我,后一刻便山崩地裂般说倒就倒了?

虽说疑惑,但转念一想凤凰这厮素来争强好胜,从不屑做丁点惺惺示弱之态于任何人,更莫说好端端地装病骗人。如是,我便放下了心中疑虑,用灵芝煎了水端至榻前,却见凤凰双目倏地睁开,炯炯看向我,惊得我险些将手中汤汤水水掷到他脸上。

我勉强定了定心神,与他道:"你既醒了,便自己把这灵芝水喝下去吧,我也不便叨扰,这就回去了。"

将将转身,便听得身后又是一声闷闷的痛哼,我回身,但见凤凰单手捂着额头,另一边手抓紧床沿,用力之大连骨节都隐隐泛白。

我权衡了一下,鬼使神差地坐回床沿,伸手替他揉了揉额角,随意问道:"方才不是胸口疼吗?怎的现在又头疼了呢?"

凤凰那只握着床沿的手立时十分配合地捂上了心口,眉间挣出了两滴汗,轻轻喘道:"只觉得浑身疼痛,也说不上哪里疼……"

我袖手看他疼得满面隐忍,忽略那奇奇怪怪的蚜虫蛀心之感,不得不说有些津津有味。这便是常言道"多行不义必自毙"吧,谁叫他总是仗着灵力比我高、年岁比我长欺负我一介柔弱果子。

端详了一会儿,最后,我还是仁慈地将他搀扶起来,半倚半靠着床柱,用青花瓷勺舀了灵芝水喂他。岂料,这厮薄薄两片唇将将碰到勺边,便将头转向一边,嫌弃道:"太烫了。"

无法，我只得放到嘴边吹了吹，复喂至他唇边，他淡淡尝了下，才勉为其难喝下，少少一碗汤水在他七嫌八嫌下竟用去小半个时辰才喝至见底。早知如此麻烦，当初不若把他拍晕了直接灌下去来得便当快捷些。

我扶他在榻上躺稳妥，见他气息渐匀、眉目舒展，想是大好了，便起身欲走。但这厮今夜倒像是忽地与我通了灵犀，但凡我一起身，他便开始痛苦地哼哼唧唧。我们花界之人向来好事做到底，我当然只好再种株灵芝熬药与他喝，一整夜折腾下来，这厮前前后后竟吃了五株灵芝圣草才安生下来，真真暴殄天物。

我伺候了他一夜也乏了，懒得再走动，便顺便倚了床畔纱帘迷迷糊糊小睡了片刻。再次醒来却是被那影壁之上反射的灼灼旭日给晃醒的，我习惯性伸手欲揉揉双目，却觉右手被什么物什给压住了，往下一看，确是凤凰脸庞枕着我的手背，睡得一脸满足香甜。

我愤懑地抽回手便向殿门外去，行得远去了，步履踢踏间似真似幻听得背后一声喟叹："原来，你还是有几分上心于我的，是吗？"

想来凤凰梦呓了。

一路出得栖梧宫，少不了得些仙娥仙侍的讶异问候，我许多时日不到栖梧宫了，他们一大早瞧见我从凤凰的寝殿里出来，自然要关怀我一下。

我抬头瞧了瞧鸡子般粉嫩的日头，不过寅时刚过，天街上行人寥疏，我慢慢悠悠向前行去，却见天街尽头挂了道七彩霓虹，不免诧异。昨日未有落雨，怎的好端端现了彩虹？忽而记起润玉仙倌说过，只要步过虹桥，便可抵达璇玑宫。过去前往璇玑宫皆是小鱼仙倌腾云带我前去，今日倒不妨趁着彩虹挂天，我顺道自己寻路去小鱼仙倌处讨顿早膳祭祭五脏庙。

拂晓的天空刚从夜色的浓墨重彩之中挣脱出来，干净剔透，绒毛样的白云闲适地流动其上，璇玑宫的白墙黛瓦隐藏在墨林的尽头影影绰绰。

我绕到后院门外伸手正待轻叩，紫檀门倒乖巧地不推自开，澄澈的池塘畔三两魔兽应声回头，见到是我复意兴阑珊地转头围拢在那蓝衫之人身边。

蓝衫之人背对着我倚廊而坐，分明是湖蓝色的背影，却叫人想起水墨画中迷路的月亮，清辉寂寂，润泽紫萦。此刻，他正半挽袖口伸手撩起一串池中水，身前揽了只小魔兽，似在给它清洗皮毛。

那小兽双眼一转瞧见我，立时三刻眼白一翻、脖颈一僵、舌头一伸、直挺挺翻身倒在地上"死"了过去。

蓝衫之人生生惊了一下,手上一顿回身向我,眸比水清,容比云惬,正是小鱼仙倌。

"觅儿……"

我疾走两步到小鱼仙倌身边,伸手摸了摸小兽的鼻下,气息全无,再拽了拽它的腿,硬邦邦的全然不能动弹。我掸掸手,扭头对小鱼仙倌道:"死了,僵了。是你弄死它的吗?你为什么要弄死它呢?"

润玉仙倌怔怔然,满面费解,下意识便辩解道:"不是我……"稍稍回过神又道,"觅儿,你莫急,我来看看。"言毕,伸手便携上一层银辉探向魔兽的脖颈处。

我立在他身后轻一捻指,小兽尖耳扑棱棱一动,前一刻已被黑白无常拘了去的魂魄刹那间回返,欢腾地一跃而起。小鱼仙倌没有防备,给它这一番诈尸动作生生惊得往后一仰。

我低头拍了拍俯身蹭我手背的梅花小鹿,嘉许道:"不错不错,得了我五分真传!明日给你换个菜式,吃点什么好呢……"我托腮郑重思忖了一下,"不若吃点卷心菜吧。"

小兽闪闪亮的眼瞬间泯灭,蔫了下去。

小鱼仙倌哑然:"原来是觅儿你……"旋即失声笑出,一声绽开的朗朗笑声泄露了瞬间明亮的心情。虽他总是笑靥蔫蔫,常常未语先笑,温文尔雅,然则我总觉得那笑里缺了些什么,今日这笑倒是笑得圆满妥帖甚合我意。

"所谓读破万卷书,不如一技随身傍。我观这小兽赢弱,怕不是将来会被其他天兽飞禽欺负,遂将我锦氏独门保命之窍教授与它。上天入地奇技淫巧岂止百般,却抵不过一招'诈死'管用,且容易学,使起来又便当,直挺挺一躺便可。"我详尽地向小鱼仙倌分析了一番,末了热络问他,"夜神殿下要不要也学一学?"

小鱼仙倌柔柔望向我,嘴角轻扬,笑得叫人如沐春风,几缕发丝挣脱了松松束发的葡萄藤扫在额际,柔和似曜阳周边毛茸茸的光线。他伸手抚过我的脸颊:"我不学,亦不会让你用。只要我在你身边一日,便会护你平安康乐一日,绝不让你有丁点机会用此……呃,锦氏独门保命之窍。"

小鱼仙倌此番良善之言我听着顶顶受用,只是不想小鱼仙倌看起来暖融融的一尾龙,怎的手心却是冰凉,不似凤凰冷冰冰一只鸟儿手心却热乎乎的。

不过稍稍失神,再回神之时,却见润玉仙倌抚着我的脸,双目深深将我凝视,

好似饮了十来坛子桂花酿一般有些醉神。过去从来不见小鱼仙倌这般瞧过我，倒是凤凰有时会这样瞧我，不知小鱼仙倌现下是中了什么魔怔。

"咳……"忽听门外一声轻咳，我回过头，却见水神爹爹一身白色锦缎长袍，外面罩着一件淡菊黄叶香丝褂子，跨过门槛入了院来。

小鱼仙倌收回放在我面上的手，颊上泛起淡淡红晕，显得有些局促腼腆，失了些平日里的云淡风轻，低头拂了拂袖，恭敬对水神爹爹道："见过仙上。"

水神爹爹朝小鱼仙倌和煦地点了点头，拾了张石凳坐下，眺了眺碧水青竹，看了看闲适漫步的梅花魔兽，最后转向我："昨夜你去哪儿了？"

"听闻叔父近日里迷上了折子戏，昨日姻缘府里摆镜观戏，觅儿与叔父素来投缘，怕不是被邀请去听戏了吧？"小鱼仙倌温言娓娓道来，截过我尚未来得及脱口而出的答言，只是他此番却是猜错了，我正待纠正，他却不着痕迹地碰了碰我身后的衣摆。

"正是。我昨日听戏去了。不若下回爹爹和我一块儿去吧，月下仙人喜欢人多，瞧见爹爹肯定欢欣。"我眼睛一眨，接翎子接得十分顺口。

水神爹爹瞧瞧我俩，摆了摆手："我性喜静，金鼓锣钵的喧嚣热闹却消受不来，你若喜欢，自行去听便是。"

日头渐炙，天边虹桥渐渐淡去，水神爹爹忽而转道："今晨天界无雨，却怎现了霓虹？"

小鱼仙倌握了我的手道："觅儿贪玩，九重天界太大太广，我怕她忘了归路，遂用水雾搭了虹桥。"略略一停顿，修长的十指在我手心紧了紧，"好叫觅儿无论何时，无论何地，只要抬头便可望见归路，便可忆起这虹桥尽头还有一座貌不惊人的白墙黛瓦，院中还有一个默默守候的……"

他忽而松开我的手，抚了抚身边的小鹿，良久，道："还有一只默默守候的魔兽。"

我有些疑惑，方才听着明明是"一个"，怎的后面又变成了"一只"？不免疑心自己昨夜没有睡实耳鸣幻听了。

水神爹爹轻轻一叹，太息入风。

小鱼仙倌留我们父女二人用过早膳后一路将我们送至虹桥外，魔兽蹦蹦跳跳跟在我身旁很是欢实，实在瞧不出这傻乎乎的模样有丁点"默默守候"的潜质。

宽阔的道旁除了偶尔低低飞过的云彩，栽满了姹紫嫣红的奇花异果，走在我前头两步之遥的水神爹爹忽地停下了脚步，负手看着这些云彩幻化的花草，清冽透明的眼中涌上些许哀思。

"觅儿，我原本不欲将你嫁与夜神。"许久之后，水神爹爹回神回身，开口一言却叫我迷惑。

"你如今亦知你母亲之死乃天家所为，可恨我当年神伤糊涂之际竟听从了天帝安排与风神缔结，还允了其长子的婚事。自听闻二十四位芳主与胡仙道明真相后，我初时第一个念头便是取消这门亲事，不想那日北天门外却听见你二人互诉衷肠……"

水神爹爹走近我，爱怜地抚了抚我的发顶心："我虽憎天家，却不能叫你步上你母亲的后尘，爹爹唯愿你与心头之人有情人终成眷属，美满此生。天上人间情一诺，易求无价宝，难得有情郎，连日来我观夜神确然对你情真意笃，心中忧思方稍放。"

"你爱听折子戏，可知这折子戏为何好听？"水神爹爹将我耳鬓落发掖在我的耳后，淡淡问我。

我疑惑地看向水神爹爹，看戏自然是因这戏中人物花花绿绿，唱腔咿咿呀呀，方有些意趣，莫不还有什么其他缘由不成？

水神爹爹笑了笑，道："只因这折子戏没有开始与结尾，只取了全剧的高潮之处，方没有了那许多含恨与不如意，只撷取了最璀璨的部分演绎。人生如戏，悲欢离合，我却盼我挚爱之女人生如一出折子戏，只有璀璨欢愉，没有阴暗忧伤。

"我观夜神性情温和处事稳妥，实乃良配，是一个可以与之相敬如宾、举案齐眉之人。觅儿既心属于他，便须心无旁骛，如此方能长久。火神能力虽强，然则性情至刚且倨傲，久居上位，不为他人折腰，眼中更不容瑕疵，况其母阴毒，觅儿往后还是莫要再去栖梧宫走动，莫要伤了夜神的心。"水神爹爹将我头上的凤翎取下放在我手中，"今后莫再戴此物，切记切记。"

第九章

  天界规矩冗繁，其中一条，每隔七七四十九日众仙家须齐聚九霄云殿中，论轮转之法、商六界要事；还有一条，天兽仙禽不得携入九霄云殿正庭，止步云阶外。

  我瞅了瞅头顶巨角毛皮漆黑的呲铁，再瞅了瞅虎纹鸟翼的英招，还有紫身鸟喙翅下长双目的远飞鸡，虽为神兽却个个狰狞凶残，没有一只有个好相与的模样，权衡一番，便将魔兽拴在了二郎显圣真君的天狗身旁。毕竟我晓得天狗只喜欢吃月亮，对鹿肉应是无甚兴趣的。

  分明是神仙们的见晤，却不知为何数日之前，天帝遣了十六仙使、十六仙娥到水神爹爹的洛湘府中下了张金光熠熠的拜帖，邀我这区区精灵前来。浩荡排场的送帖阵仗来时，水神爹爹正在书房练字，只微微抬眼瞧了瞧帖子，复潜心入笔头飞龙走蛇之间，虽未翻阅却似已了然帖中内容。

  我将魔兽拴稳妥后便随仙童引指入殿，坐在了水神爹爹身旁，与天帝下首位的小鱼仙倌隔了殿心遥遥相对，小鱼仙倌和风煦日朝我暖暖一笑。我下意识略略扫了扫周遭，凤凰这只煞气的火鸟今日却不在，我不免脊背一阵放松，卸下一口舒心气来，端起面前的琼浆惬意嘬饮。

  天帝天后端坐殿首，天后她老人家今日难得不轻蔑鄙夷地拿眼角瞄我，水神爹爹则轻裳袖手隽身逸姿稳稳伴我身旁，并不向他二人行礼。不时有仙家向水神爹爹问好，水神爹爹便轻轻颔首示意。只片刻，四海八方九天六界的神仙便在这偌大的神殿之中齐聚一堂，天帝肃穆地抬了抬手，正低声相互寒暄的诸仙皆止了言语，且听天帝朗朗缓声慎重道："诸位仙家皆知，本座与水神元荒之初便立了约定，为长子与长女定下婚事。如今水神得爱女归，此门婚事自当水到渠成。今日下帖邀约在座列位，便是要商议着与水神共拟个良辰吉日，让润玉迎娶锦觅仙子入主璇玑宫中，烦请诸仙做个见证。"

虽然一直晓得我最终是要嫁与夜神，但今日天帝这般郑重其事地昭告，我又莫名有些不真切的异样之感。抬头望向对面，但见小鱼仙倌素馨雅致的双眸与我对擦而过后便放在了别处，脖颈淡青的脉络旁泛起浅浅的粉色，满天星辰仿若都跌入了那点漆的瞳仁之中，熠熠生辉。

"下月初八便是吉日。"一个脆生生的声音插了进来将我的思绪打断，循声望去，却是三坛海会大神哪吒，边上南海观音的善财童子红孩儿一脸庄重地点头附和。私以为这两位虽为仙家，然则是两位皆穿着兜肚的仙家，怎么瞧着都是没长大的奶娃娃，实在不足以采信。

不想，其余在座神仙皆道："不错，下月初八正是吉日。"

天帝转头，恭敬地询问水神爹爹："如此，不若便定于下月初八，水神以为何如？"

水神爹爹望了望我，略一颔首，一个"好"字一锤定音。

坐于我相邻左手处的月下仙人满面纠结着小声絮叨："怎么可以，怎么可以？我家凤娃可怎生是好？"又对我道："小觅儿，你怎可对我家凤娃始乱终弃？"

我正待问他凤凰和初八有甚关联时，殿门"轰隆"一声被推开，晴天炸雷一般将殿中诸仙惊了一跳。但见一人逆光而立，手持长剑，身姿挺拔，背光的正面笼罩在阴影之中有些森森之气，剑尖反射着日光的那点光亮是他周身唯一的明亮，非但没有缓和这阴森之感，反叫人不寒而栗。

待我适应了那刺目的光线后渐渐看清来人面目，正是凤凰。

其身后看门小仙侍惶惶然对天帝道："天帝陛下，火神他……火神他……"

天帝叹了口气，挥了挥手，那仙侍如释重负地掩门退下。

"启禀父帝，旭凤已将西北作乱之共工一族拿下，特来复命！"凤凰持剑，双拳一抱，一滴鲜红的液体顺着剑刃滴落云白光洁的地面。我骇了骇，方看清这寒剑剑身竟尚带鲜血。

天帝掩饰一咳，赞道："旭凤之能力果然日见精进，今晨才下的战令，午时未至便已归来，不辱使命。现下想必乏了，回去好生歇息歇息吧。"

凤凰不退反进，举步迈入殿中，水天一色的白裳在天后下首位翩跹落座，不染尘俗的圣白与那带血长剑鲜明比照，触目惊心。

"多谢父帝，然则，旭凤却不觉有乏，不知今日之聚却是论何家道法，旭凤特来聆听。"

天后蹙眉瞥向我，倒像看个妖孽一般怨恨。天帝一时竟不知如何开口一般又咳了一咳。

眼角红光一动，却是一身红袍的狐狸仙，迫不及待道："今日原是天帝与水神共同商议夜神与锦觅仙子的婚期。"

"哦？定的何日？"凤凰扫了我一眼，带了天山之巅的凛冽之气，叫我不自觉低了低头。

殿中之人似无一人承受得了那莫名而至的气势，皆未答言。

"下月初八。"仅小鱼仙倌似未感应这迫人之压，微微一笑温和答道。

"初八。"凤凰轻声念了念，唇色彤艳笑得人毛骨悚然，似意犹未尽一般又悠悠然重复了一遍，"初八……"

殿中诸仙颇有默契地屏息了片刻，却见凤凰洒然一挑眉，峰回路转道："如此，旭凤便拭目以待了！"

小鱼仙倌含笑颔首致谢："多谢火神殿下。"

天帝、天后释然松气，片刻之后，殿中恭喜道贺之声此起彼伏，我学着小鱼仙倌逢人便笑，生生将这些祝语受了下来。

夜里，二十四位芳主来访至洛湘府中，水神爹爹出门相迎，我远远瞧见长芳主那盘得一丝不苟的发髻，便觉着脑袋里一根弦隐隐作痛，趁着没人注意便从后门溜了出去。

闲闲转了一圈，正打算上姻缘府里找狐狸仙磕牙聊天一番，却在半道上瞧见盘古庙堂外的石阶上两个仙侍坐在那里数九宫耍玩，正是飞絮和了听。我亦蹲了过去，仔细看了看画在地上的九宫格，伸手指正道："这里错了，应填……"话还未尽，对面埋首专注苦思的飞絮"啊"一声，生生将手上用来填字的石子给丢了出去，一惊一乍。

了听亦连连拍着胸脯："可吓死吾了！大半夜的，锦觅你越发不厚道了！方才刚被二殿下唬了一番，你这会儿又来惊我们，实在不地道！"

我偏头眨了眨眼，实在不以为我有何处吓到了他们："火神又作甚唬你们了？"

"我哪里知晓，只是二殿下今日从九霄云殿回来便面色不善，夜里更是将我们这些仙侍仙娥从栖梧宫里统统轰了出来。"

了听抱怨，继而望了望我，意味深长道："不过，多半与你有关，二殿下亲善，何曾这样动气过，每每动气皆是因你而起。"

我哑然。栖梧宫的一干仙侍仙娥崇拜他们二殿下已近盲目，凤凰便是当着他们的面捅我一剑，他们亦会觉得他们的二殿下居然没将我剐了真真是"亲善"至极的。

况，凤凰本就生得阴阳怪气，动气与我何干？

我且不与了听计较，然则心中始终有些堵滞异样，途中转念一想，怕不是凤凰这厮今日擒拿共工之时受了伤，抑或前几日食了太多灵芝，补过头导致虚火过旺故而才动气的吧？

如此一番思量，我复转头向栖梧宫去，果然门洞大开，宫中空无一人。我找了一圈也没瞧见凤凰，不免起惑，正待离去，却心中灵窍一动。

风从风中擦肩吹散，水在水中交融汇聚。好似我听不见那些风中的风，看不见那些水中的水，却能察觉它们的存在一般，虽然我绕着留梓池转了一圈也没有找见凤凰倨傲的身影，却有一种神秘的直觉，他一定就在这附近。

末了，我终是被池中荡漾的琥珀清光给吸引了目光，蹲下身来撩了一捧池水净脸，刚刚闭上眼睛，就被腕上突如其来的一股不容抗拒的悍力拽入水中。

我心中大骇，尚且来不及有所动作，便觉池水没顶，那些细细的水流从四面八方无孔不入地涌向我、压向我。平日里念过的水咒、火咒、土咒……所有的咒言皆抛到了九霄云外，我手足无措地想要张口呼吸。

嘴唇微启还未来得及吸气，便被一个带了浓浓桂花香的物什覆上来，那物什水润柔软、馥郁四溢，叫人刹那迷惑了神志。我失神的片刻，浓浓黑暗水幕中有人伸手捏住了我的鼻尖，不重，却生生阻绝了呼吸。

我铆劲要推开这霸道的桎梏，却换来更加紧密的囚禁，两只手腕都被一只修长的手握紧固定在一方宽阔有力的柔韧之处。手下强劲跳动的动静终于让我于混沌之中意识到这是一方胸膛，而覆在我唇上的则是两片薄唇。

挣脱不开，我本能地张口想从那人口中汲取生气。我狠狠地吮吸着那双微启的唇，掠夺着里面的每一分空气。那双唇之主不晓得是不是亦觉得呼吸困顿，片刻之后便更加狠毒地张开口，将我的嘴唇包纳其中，张狂地舔吸着，甚至还嚣张地伸出舌尖在我的齿龈之间一番混乱舔舐。我自然不甘示弱，为了活命，我有样学样地也伸出舌尖抢夺那所剩不多的活命之气。

一番抵死交缠，虽然我竭尽所能地分取了些许空气，然而越来越稀薄的入气却叫我周身不能抵制地渐渐瘫软，意识逐渐模糊远去。就在我以为要被溺毙于池中之时，那人却勒了我的双臂，轻轻一掼将我提出水面。

突如其来的清新之气叫我胸肺之间一阵顺畅，我猛烈地咳着，一边狼狈地伸手拂开额前纠结的乱发，一边大口地喘息，暗自庆幸自己还没被淹死。若是水神之女亡于溺水载入史册，怕不是将来要被后世之人传作惊天笑谈。

待看清对面和我一般浑身湿漉漉却仍不失倜傥，还拿那双勾魂凤目瞧着我的人，一股火气瞬间蹿上我的头顶，是可忍孰不可忍，真真后悔当初怎生没将他拆骨扒皮炖了吃，也绝了这许多后患。我活了这四千余年从不曾这般怒过。

"你……你……你……"我颤抖着指尖，指着凤凰，却不知晓找个什么好的字眼叱责于他。

最后，我指了指他的胯间，想起狐狸仙说过男人的那个比内丹精元还要重要的物什，咬牙切齿道："你再这般对我不仁道，我便叫你永生不能人道。"

言毕，我愤愤转身，也忘了要念去水咒将这一身湿漉漉给清整清整。不过恰恰迈出步子，上臂便被一股突如其来的力道擒获，那猛烈的力量将我反转过身来推到池边的一株凤凰树干上。

凤凰树受了剧烈的震荡，一树繁花纷纷落地，如火如荼的花瓣掠过我的腮畔，悄无声息地飘落地面。洋洋洒洒的落英之中，凤凰一身白衣，衣襟微敞，发梢眉角皆是水，点点滴滴往下坠落，倏忽之间隐约可见一颗一颗水晶沿着他滑腻温婉的胸膛滑落，没入深处，无迹可寻觅。

我背靠着粗糙的树干，湿得依身而贴的衣裳让我对周身物什更加敏感，只觉得后背抵得一阵火辣辣的疼痛。我挣了挣，却被凤凰阴鸷满目的神色和周身泄出的杀气给镇住，不得动弹。

"你……你……你意欲何为……"好不容易从咽喉间挣脱而出的几个残破字眼，却在凤凰那双修长冰凉的手袭上我的颈项处时生生断裂开来。

"我意欲何为？我自然想知道你倒要如何让我不能人道，嗯？"那个上挑的尾音似一把利刃断开了我脑中绷紧的细弦，我不能克制地打了个寒战。他却丝毫不为所动，伸手放开我已然被捏得麻木的双臂，一寸一寸，细致地抚上了我的脖颈，手上动作堪称温柔至极，与面上神色截然比照，叫人想起扑食前蛰伏的猛兽，嗜血而残酷。

月上中天，晚风送寒，清光如洗，银河泄踪。

月宫内想必灯火如炬，一片透射而出的月光皎洁明净，倒映入一旁池水中银辉熠熠，天际水间两相呼应，明晃晃叫人无处遁形。

凤凰带着月桂芬芳的剪影慢慢靠近，柔韧的十指在我喉头缓缓收拢，我无力地挣扎了两下，气息越来越弱，越来越短促。此刻我才晓得自己果然做了东郭先生，好心救了他，他如今却想置我于死地而后快。近乎窒息，我捉住最后一线游丝之气，断断续续嗫嚅道："凤……凤……凰……旭凤……"

凤凰突兀地松开钳制我喉颈的手指，颠倒众生地魅惑一笑。我惊疑不定地看着他，胸肺起起伏伏。一阵风过，一片浅淡的夜云缓缓浮动，遮住了当空皓月，我们之间顿时暗了下来。

这个静谧的瞬间，我感到他低下了头，濡湿的嘴唇贴上了我同样濡湿的唇畔，辗转反侧不留余地，微凉的唇瓣像溪水冲刷经年的鹅卵石，润滑光泽、迷人神志。他伸手反扣住我的后脑，倾身覆盖上来，二人之间贴得严丝合缝，没有半分空隙。我微启喘息的嘴被他的舌尖长驱直入横扫一空。一时脱了性命之忧，我难免心中一松，略略起了好奇之心，亦探舌亲了亲他。凤凰浑身一战栗，身体腾地涌上一股烈焰之气，骄阳似火。后背的树干纹理粗糙，磨得我不知是疼是热，前后夹击间，只觉如滚油炼沸水煎，膝弯力乏，竟要瘫软下去。

片刻之后，后背一空、一凉，却是凤凰将我放在了浅浅的池水滩边，身上衣物不知何时已尽数除去，我毫不避讳地看向那强韧的胸平滑的腹，便是在这样的静止不动中也有一股蓄势待发的力量。

视线渐渐向下，我瞧见了一个异样之物，心中一动，不免奇异，我在水镜之中初次见它时，似乎并不是这样的……

凤凰喘息渐浓，我复抬头，撞上他热烈绽放的眸，读不明白参不透。只那玉石般的肌理和线条分明的骨骼却魔咒样引诱着我，我伸手触摸他的锁骨，突然觉得什么也不再害怕。

他反擒住我的双手，俯首一根一根手指细细地吮吻过去，我不能抑制地轻轻一颤，十指连心，顿时，心中淋漓一片。

藕荷色的月光下，桂花香气若有似无萦绕在我身周，我才朦胧意识到这分明是酒酿之醇香。十指过后，他含了含我的耳垂，一路向下。此时，我方意识到不只是他，我的衣裳也不知何时褪尽，只余漫天的星光蔽体。

零星漂浮着艳丽花瓣的浅水在我身下起起伏伏，涤荡着我的躯体，然而，比流水更绵密的是凤凰的吻，从耳后到颈侧，从胸房到足尖。这个平时高傲得目无一物的男子就这样匍匐在我身边，久旱逢甘霖一般热烈地占有着我的每一寸肌肤。

我的灵台一片混沌，身上却敏锐清晰得近乎毫末。只觉得燃烧、燃烧，全身都要焚毁一般熊熊燃烧。混沌之中，竟觉凤凰的涅槃怕也比不过如此。

他并没有制衡我，我却忘记了逃跑。

心跳如雷，有什么从中满出来，我张张嘴，断续间一些陌生的破损之音零碎逸出。我不晓得那是什么，混乱之间势如破竹般穿刺入体。刹那的疼痛，仿若惊蛰的第一声春雷，开天辟地。然而，只这一瞬间的清明之后又跌入太虚之中，云雾缭绕。

我下意识地赤足要蹬开那给我带来痛苦的人，嘴上却阖力咬紧了他的肩头，一丝不松。耳旁灼人的呼吸起伏。

那一刻，风不动、水不动、云不动，时间静止，只余我身上之人起起伏伏。

行来春色三分雨，睡去巫山一片云。

我仿佛跌入了观尘镜的戏文之中，闻得小戏子用那游丝绮丽的嗓音唱道："红翻翠骈，惹下蜂愁蝶恋。三生石上缘，非因梦幻。一枕华胥，两下遽然。"

粼粼沉水波纹上荡漾着艳红的凤凰花落英，一丝细细的瑰红从我身下溢出，随水远去，杳无踪迹。

"旭……凤……旭凤……"不晓得是痛是暖是乱，我在他的胸膛下凄凄反复唤着他的名字，自己也不知晓这样唤他是要叫他停下来，抑或继续。

我们黪黑的长发在水中纠缠，我们赤裸的手足在天穹下缠绵缭绕。水中潮汐稍稍平复后，他将我拉在他胸前，那怦然跳动的心仿佛负载了什么，太满太满，再也装不下，最后从唇间漫溢而出。

"锦觅……锦觅……锦觅……"他专注地望着我，专注地唤着我，专注地托起我的下颏，眼中的热情光芒浓烈，仿佛我一伸手就可以摘取这满目星辉。

以天为盖，水为庐。

这夜，在火红的花树下，在清澈的池水中，一次又一次、一番又一番，我和这个前一刻还想将我捏死的人纠结缠绕在一起。

原来，这便是狐狸仙说的双修。好痛好痛的修行。

今日二月初八，宜婚丧、嫁娶、纳彩、定盟、祭祀、祈福、入宅、出行、开光、起基、修造、动土、盖屋、竖柱、上梁、安门、安葬、破土……

总而言之，诸事皆宜，百无禁忌！

"哐啷！"

一声脆裂清响，我倏地睁开双目，从梦中惊醒。

薄雾的晨曦中，小鱼仙倌纤长的背影叫人想起西天的菩提枝，带着一股青翠遥远的禅意。他背对着我立在一方黄杨木八仙桌前，手边是一盏摔碎的瓷碟，魔兽怯怯地伏在他脚旁，地上，一团光影正在慢慢散去。

我揉了揉眼睛，从紫藤躺椅上坐起身来，这才发觉方才在花厅中等候小鱼仙倌的一段时光竟不知不觉乏到睡了过去。混沌一觉中，仿佛做了一个极长的梦，又仿佛什么都未梦见……

我已习惯日日在璇玑宫叨扰一顿早膳，今日自然也不例外。只是昨夜双修实在费些体力，不过小鱼仙倌备下膳食的片刻工夫我便困倦成这般，不晓得灵力可有些许增长，待无人之时再验上一验。

"醒了？"润玉仙倌声音低沉，脊梁挺拔得有些僵直。

我"嗯"了一声，起身赤足凑到桌前，望着满桌的菜肴腹中馋虫大动，正待上前，手腕却被小鱼仙倌施力一攥，隔了开来："当心足下！"

低头一瞧，两瓣尖锐的碎瓷不过堪堪距离脚尖寸许，果真好险。我动了动手腕，想要施法散了这些碎瓷，小鱼仙倌却抬手相阻，指尖一转，轻风过处，碎瓷点滴聚拢，刹那间又恢复成一个光洁圆润的半月小碟。他用小碟盛了一抔清水在我对面坐下，垂目默默浅酌。

我埋首吃了一会儿，再次抬头，见他仍旧维持那姿势目不转睛，似乎喝水喝得专心，只是碟中清水却未有半分消减，不晓得想什么入了神。我伸手在他眼前晃了晃："你不吃吗？"

他方恍然回神，拾起手边的一对象牙细箸去夹一片细嫩的笋心，不知怎的，手上动作生硬，全然失了平日完美优雅的气度，一双筷子倒使得如一柄凶器一般，夹了几夹终是没搛起那片滑溜的竹笋，索性撂下象牙箸，一双墨眉微微起澜，旋蹙。梅花魇兽期期艾艾往门边蹭了蹭，一副想出去又不敢出去的样子。

我善解人意地替他夹了一筷脆嫩的笋心，又给他盛了一碗五谷饭，还细致地把笋心里他不喜欢吃的葱花给拾掇干净，就差替他将饭菜吃下腹去，自我感觉真真是再贤惠不过再体贴不过了！

不想平日里温和的小鱼仙倌现下却连个笑靥都不舍得回报于我，仍旧沉湎于思绪之中，眉宇深沉不能自拔，只字片言皆吝于相赠。我宽容大度地讨了个没趣，便心安理得地低头祭我的五脏庙。

"昨夜晚香玉开了。"半晌寂静后，小鱼仙倌前不着村后不着店来了一句，继而又道，"可惜觅儿却不在……花开无人赏，寂寞香无主，一朵花最大的悲哀想来莫过于此。"

"怎会无人赏呢？我已将它赠给了夜神殿下，夜神殿下便是它名正言顺的主，昨夜花开，夜神殿下既在，它也不算白白开放了。"饭食毕，我执了杯清茶放在鼻翼下细细品闻。岂料，一股外力袭来，我身形一跌，坠入了一方怀抱。抬头触目所及却是小鱼仙倌清雅致远的面庞，双臂将我抱拢于胸前。

"我真是她名正言顺的主吗？"再温和的笑颜也遮盖不住眼底满溢而出的忧伤，他俯身撷住了我的双唇，近乎透明的冰凉柔滑笼罩了我的唇瓣，诗歌一般清冷，我不禁一阵微微战栗，陷入一阵无端的迷惘之中，仿若漫天大雾，无边无际。

蓦地，手下坚硬冰铁般的触感将我的神志唤回，我移开双唇，但见掌心下现出一条银光粼粼气势恢宏的龙尾，一如我初次所见，在耀眼分明的白日里却带着月光的精粹恬淡和疏离光华。

我趴着的胸膛轻轻一滞，仿佛有些出乎意料又似意料之中，许久，他长出一口气道："近万余年，仅两次现原形，却是都叫觅儿瞧见，贻笑大方了。"

我奇道："现原形有何贻笑之说？况且，这龙尾我瞧着甚是好看！"

小鱼仙倌轻轻一笑，淡入风里。

"我幼年生长于太湖之间，生母是笠泽中一只再普通不过的红绸锦鲤，我自诞辰之日起便与周遭众红鲤相伴，不识天高海远，亦不知为何我的母亲总是日日不厌其烦地对着我的身体施术……"他抚了抚眉间，眼光避讳一般不去触碰那带着月光的鳞尾。

"时日渐长，我却慢慢发现了自己的异样。我的尾部越来越长，头上生出了一对突兀的犄角，腹下有爪渐渐成形，还有就是，无论我的生母如何施术，凭她的浅薄灵力也无法掩盖的银白体鳞。周遭的红鲤慢慢开始疏远我，他们嘲笑我狰狞的体态、惨白的颜色，他们呼我为'妖孽'，视我为不祥之物。我躲避在湖泊的角落里，艳羡地看着那些锦鲤火红的颜色、绸缎一样悠闲的尾巴，那种心情，我想，便是自卑吧……我母亲告诉我凡人有一句话叫'勤能补拙'，我那时好似抓住了些微的光明，夜以继日地修炼，只盼望拥有高强的道行能为自己再次赢得尊重。我修成人形后，便再也不愿露出自己的真身，总是挑选那些火红颜色的绡衣穿着，便是变幻也只变作普通的锦鲤模样，我以为，那样便接近了一只正常的鱼儿……后来想想，那时真是井底之蛙。"小鱼仙倌摇了摇头，揽着我低低一笑。

"一千年后，天兵天将从天而降，将我带回天界之中。那时，我始知，自己千年来不过做了一件徒劳之事。原来我根本不是一尾鲤鱼，只是一尾想要变成鱼的白龙。"他垂目闭眼，云淡风轻道，"其实，即便一直做一只被歧视的井底之蛙也未尝不是幸福……"

我安安静静地听完这个残破不全，没有开始、过程与结束的故事，润了润嗓子，宽慰小鱼仙倌道："如此说来，我们倒是般配的，我做了四千年不入流的果子精，到头来才晓得自己是朵水做的霜花。真是彼此彼此！"

小鱼仙倌睁开双目，点漆莹黑的琥珀瞳仁凝视着我，俯首衔住我的唇瓣，绵长的亲吻后，他对我道："我所要不多，不求你能爱我有多深，只要每日喜欢我一点点，日日复月月，月月复年年，年年复此生。可以吗？"

他说："无妨爱我淡薄，但求爱我长久。"

……

爱，究竟是一个什么东西呢？似乎比修行还要抽象许多……我陷入混乱迷思之中。

留梓池里似乎还泡着被桂花酿醉倒的凤凰……

我在水神爹爹的后院淘了几团云彩，辟了一方地，挑了个潮湿阴凉处撒了几颗芭蕉籽儿，不过片刻工夫，那淌着烟水的湖石假山旁便平地拔起了三两棵青翠芭蕉，阔叶舒展，怎么看教人怎么喜欢，我现今这栽花种草的技能倒也不辜负花神之女的名头。挪了张竹椅在叶荫下，我端了杯清水预备调息入定。

"锦觅仙子，火神殿下门外求见。"将将坐下，洛湘府守门的仙童便上来报。

我闭着眼睛挥了挥手干脆道："不见。"想想不但半分没有长进反而减退稍许的灵力，饶是我性子再平顺也不免有几分懊丧。

小仙侍"噌噌"前去回绝，我听着耳畔汩汩泉水声，运了运气再次入定。过不一会儿，仙童去而复返："火神殿下说今日无论如何要见得锦觅仙子，否则便常驻洛湘府门外。"

这凤凰……怎的好端端一夜之间便从清高堕落成了无赖？如此说话实在不是他的风格。今日佛祖爷爷在西天大雷音寺开坛讲禅，六界诸神众仙皆赴。爹爹去了，润玉仙倌去了，月下仙人去了，总之神仙们包括天帝似乎都去了，凤凰却怎么还未去？

"如此，你便与他说我今日无论如何都不见他。"我酝酿了个还算对称的句子让守门童子去回复。复调息入定，半晌，未见仙童回报，想来凤凰已然走了，心下稍稍舒畅，收势敛气睁开双目，猛然却见凤凰脸容泛白立在我面前。仙童抱着拂尘绞着手指左右为难地站在一旁："火神殿下……锦觅仙子……"

凤凰挥了挥手示意他退下，那小仙童立刻恭敬地一扫拂尘躬身下去。我磨了磨后槽牙，威信这物什果然与灵力相辅相成。

凤凰与我对视片刻，目光炯炯像是欲透视什么，我有些情绪，看了他一眼便别开眼去，他却突然伸手握住了我的肩头。我讶异抬头，看见他脸上淡淡的忐忑之后更加奇怪。

"你怨怼我自是情理之中，昨夜……我破戒了……"凤凰平日里艳丽倨傲的长眼此时波光粼粼，颜色意外地生动柔和而坚定，唇未启笑，嘴角却石投静湖般浅浅荡漾过那对百年难见的梨窝，腮上被朝阳染上一抹不自然的霞光。我目瞪口呆地猜测那莫非竟然是羞涩？似乎为了掩我耳目，他忽地俯身将我纳入怀中，许久之后，一片柔软轻轻落在我的发顶心，"不过，我却不悔。即便昨夜重来，即便我半分未醉，我亦会如此。"

他的手心温暖，轻抚了抚我的后背，我身上的痛乏顷刻烟消云散。

"锦觅，我的心你是知晓的。便是你恼我，便是你怨我，我也断然不会让你与夜神联姻！"言语跋扈张扬，再次望向我的眼睛却不安地逡巡在我的脸上，仿若想寻找些什么支撑。

莫名其妙！我推开他，不知怎的失了平素的镇定，抬脚便狠狠地踩了踩他的脚尖："毁人姻缘者入地狱，我自然是要嫁给夜神的！"

芭蕉宽阔的叶面随风起伏了一下，遮蔽了暖融的旭日，叶荫泻得凤凰面上一片暗沉，他站在原地一动不动任由我踩踏，安静得骇人。长久沉默之后，他低低道："入地狱又如何？"继而，睥睨一笑，"这天地之间岂有我旭凤惧怕之物！"

凤凰脾气喜怒不定，只片刻，他又面色一变，陷入一团浓郁的忧伤之中，眉间轻愁。

"你居然这般对我说……昨夜过后，我兴冲冲满怀希冀前来，而你给我的第一句话竟然是宣誓要嫁给夜神……"他捏了捏额角，"锦觅，我想，终有一日我会杀了你。"

我一惊，蓦地记起他两次欲取我性命。

最后，我们不欢而散。凤凰临去大雷音寺前投给我的一瞥却叫我心头莫名一颤，溺水般一窒。我看见他晶莹的瞳仁后面隐着无措及迷惘，像是一个小小男孩才有的伤心。

我怔怔然在后院坐了半日，直到日上三竿门外小童来报说是太上老君开炉放丹，请水神爹爹前去品丹。我心下奇怪，今日难道老君未去听禅？便是他老人家未去听禅，也不该忘了水神爹爹断然是外出的。转念一想，老君平日里除了炼丹研药理不问世事，常常一入丹房便不知辰未寅卯春夏秋冬，忘了今日何日倒也不奇，便对那递拜帖的仙侍道："水神今日往西赴大雷音寺听佛祖开坛讲法，未在府中。"

那仙侍恍然大悟，一拍脑门："哎呀，可不正是。我家老君闭关刚出，却又记错时日了。"继而踌躇片刻，为难道，"一炉丹药无人品评鉴赏，老君却要沮丧了。不知锦觅仙子可有闲暇？请不来水神，水神之女前来，小仙也好与老君交差。"

我想了想，反正左右也无事，老君的丹房闻名遐迩，所炼丹药不是起死回生便有延年益寿登仙升佛之奇效，我正可趁此机会前去拜会见识见识，便道："如此也好。就请仙者前面领路则个。"

那仙侍躬了躬身，领着我往东面去，我驾了朵水雾跟在后面。到得一处府邸，我沿着曲折的回廊往里行，却越行越生疑窦。照理说老君甚喜八卦道行，其府中布局定是照着阴阳八卦四相而变，而这回廊阵型，我却觉着生疏，行了半晌，倒像是一个异族的图腾。

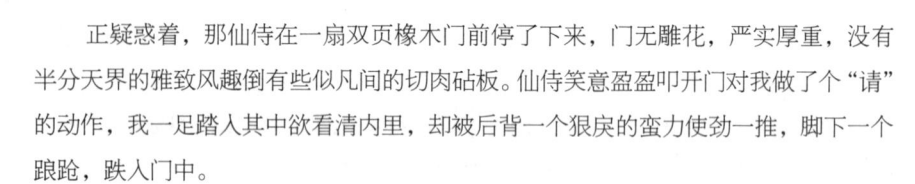

正疑惑着，那仙侍在一扇双页橡木门前停了下来，门无雕花，严实厚重，没有半分天界的雅致风趣倒有些似凡间的切肉砧板。仙侍笑意盈盈叩开门对我做了个"请"的动作，我一足踏入其中欲看清内里，却被后背一个狠戾的蛮力使劲一推，脚下一个踉跄，跌入门中。

身后"咣当"一声闭门沉响，我心下"咯噔"一下。

抬首，但见一片精致的鎏金薄纱衬塔绸裙裾随着那个背对着我的端庄高傲身形回转过来，在其身后旋出一捧迤逦的花蕊形状。

我终于想起来了，那回廊的布局正是鸟族的图腾。

"锦觅仙子，可叫本神好等！"天后云鬓高耸，自上而下看着我，便是这般俯视，高傲的下巴也不曾垂下毫厘，仅是眼尾恩赐地稍微垂下些许。

啊呀呀，被骗了被骗了。

我从地上爬起身，掸了掸衣摆，一拍额头："哎？本是要去瞧老君炼丹，不想那领路仙侍不识路竟将我误领至此处，打搅了天后，实在不该，锦觅这就告辞了。"我一个作揖，脚不点地就往门边退去。岂料，未至门槛便被一道金光结界触手一刺，弹回身来。

"今日确是炼丹不假。"天后鼻端哼出一声冷笑，"只不过，并非老君炼百草……"拖着曳地的裙摆，她缓缓踱了两步，"本神一直好奇，不知锦觅仙子真身究竟为何圣物，不若，趁着今日良辰炼上一炼，也好叫本神开开眼界。"

我这才看清自己现下所处之处乃一个八卦轮盘之上，八卦阴阳两极，天后立于阳极之眼，我则被结界拘于阴极之半，轮盘周遭为一圈潺潺清水环绕，水中，三两火红鲤鱼款款摆尾，优游其间。

我摸了摸发簪，触手的粗糙之感叫我心下一惊，是了，前些日子因着水神爹爹嘱咐，我已将凤凰的那寰谛凤翎给收了起来，眼下只别着根普通的葡萄枝。身无一物护体，却叫我如何同天后斗法？

"天后玩笑了，上回九霄云殿之上，爹爹不是已然昭告诸仙锦觅真身乃一片六瓣霜花？"

天后轻蔑一嗤："当年梓芬那妖女凭着几分姿色诱天帝惑水神，谁又知晓你父究竟何人？想来那洛霖水神心中也未必能笃定确认。耳听为虚，眼见为实，至今无人见过你这小妖孽真身，今日本神便要验上一验。"

说话间，她手上便赫然变出一只青玉坛，轻托坛身一个翻转，坛口朝下，其中所盛之物细细覆流而出，汇入周围环绕八卦轮盘的清水之中。我闻见一股浓烈的醇酒之香，想来那坛中所装乃天界至烈之酒。

但见酒水交混静静流泻，无甚异样。然，当交混之酒水流经一尾红鲤处，"嘭"一声，一股股红火焰顷刻之间升腾而起，原来，那安静游动的根本不是什么红鲤，而是一枚枚摇曳的火种。连珠爆竹一般，枚枚火种遇酒即燃，九九八十一枚，仅片刻，八卦轮盘周围便升起了一圈围栏火墙，将我们包围其中。

我额际一跳，只觉浑身燥热，五内渐起滚沸之感。

"业火分八十一类，萤火、烛火、薪火想来对锦觅仙子无甚作用，时辰不多，我们便从第四级醇酿之火起试，何如？"天后将手中空坛轻轻一掷，"哐啷"一声砸在八卦正中，火势更盛，"当年，你母亲挨到了最后一阶红莲业火——毒火，却不知你能撑到第几阶，本神十分期盼。"

观音娘娘，佛祖爷爷！这天后果然毒辣，我本盼着我不犯人、人便不犯我，岂料，有些人天性便是歹毒，真真"人之初性本恶"。莫说我是片水做的霜花，便是我是颗货真价实的葡萄也禁不住她这前任火神用业火烤我，这哪里是试探我的真身，分明是要置我于死地，坚定执着地斩草除根。

眼下逃跑已是痴心妄想，只能撑得一刻是一刻。我利落地用微薄的灵力护住气舍穴、膻中穴、百会穴、风池穴、天柱穴，运气在周身筑起一道气墙，抵御那绵密不绝的热气。虽然我灵力薄弱，却不想那灼灼火舌舔至我所筑气墙处，却像被兜头盖脸斩了一斧的猛虎一般迅速萎蔫了下去，不得再近我身，叫我有些意外欣喜。

还未缓过半盏茶的工夫，就听得天后在火海之中冷冷一笑，抬手一挥，那一池酒水瞬间便成了滚滚沸油，火焰颜色渐浓，油星沫子溅射四散，直扑我门面而来。

"第七道业火，滚油之火！"

我自丹田之中提起一股真气，加固周身结界，却不想，那迎面溅来的油火似一道道狠戾马鞭抽打在结界之上，丝毫无委顿之势，反而黏附于气墙表面，越烧越旺，瞧着叫人心惊肉跳。

天后眉尖一动，似乎有些意外："原来，你竟真是那洛霖所出……"

我却没空理会她纠结我究竟是天帝生的还是水神生的，只见那火星绵密袭来，步步紧逼，将我围拢其间。我方看清，原来我所筑气墙乃水汽所成，水虽可灭火，却是普通之火，油比水轻可浮水上，故而油火半分不惧水，反而附在水上越燃越烈。

适才这水汽结界灭了酒火，现下却反成了我的累赘引火烧身，想来天后便是凭着我有几分控水之术断定我是水神所出的。

并拢三指放于嘴前，我大喊一声："破！"

瞬时，水墙应声破裂，四散开来。那本来依附水墙将我围困的油火亦登时消散。然，去了燃眉之火，亦去了护体之水，眼下，环绕八卦转盘的沸油烈焰热气滚滚袭来，我周身顷刻大痛，犹如鞭笞，灵台之间有一缕水烟缓缓逸出，被火气瞬间吞噬，蒸腾无影踪。

"咳……咳……咳咳……"我跌倒在地捂住胸口，不能抑制地大咳出声，最后勉力凝了凝神，方勉强开口道，"天后……天后若是现下焚了我的灵元五内，怕是……怕是也一道杀了火……火神之子！"

天后面色惊变："你说什么？"

我颤颤巍巍抬了手，指了指眉间印堂："这里，有二殿下的元髓成形……不出……不出十年……十年……"

"不可能！"天后凌厉地将我打断。

我孱弱地扯了扯嘴角，扯出一个笑："如何……如何不可能？我与火神……已然双修……双修过。"

天后站在摇曳的火焰中心，脸色沉如翰墨，双手紧握，不知是气是怒，是惊是疑。

我舔了舔表皮开裂的双唇，添上一句："如若……如若不信，不妨来探……来探我元灵……"

常人有言，虎毒不食子，却不知虎毒食不食孙。不过，周遭火势确实减弱了些许，我大喘出一口气。但见天后立刻举步跨过八卦两极之界，来到我身旁蹲下，举手便来探我腕间脉象元灵："你这妖孽，竟敢勾引旭凤……"

我垂目咬牙，使尽全力击出一掌，与天后掌心对掌心正面对接！火可焚水，我就不信水不能克火！我堂堂正正一个精灵，最讨厌有人说我是"妖"了！

掌风出处，划过一道凌厉的雪白弧线，似利剑刃刀之光携了雷霆万钧之势攻向天后，不是别的，正是极地之冰三九之霜。尖锐的冰刃直向天后掌心劳宫穴刺去。

天后面色一变，欲收回右手，却已然来不及。这天地恍若静止的一瞬之间，听得她突然启口，喃喃念咒，右掌心腾然跃起一簇火苗，红莲一般舒瓣展叶盛放开来。

红莲业火！

我疾疾收手，在仅距毫厘便要触碰她掌心的刹那，险险收回手掌，被自己已然放出的全力击退三尺，震得胸口翻腾，不知骨头是否碎了。

天后却仅被我擦过的冰刃掌风削去掌下一块皮肉。捂着溢出的一丝鲜血，她霍然起身，面目扭曲勃然大怒："妖孽，你竟妄想弑戮本神！自不量力！今日，便是你灰飞烟灭五灵俱散之日！"

观音娘娘，佛祖爷爷。这生死一线之间，我却有些怨怼扑哧君，若不是他与我说双修过可以生娃娃，我也不会想出这么一个下下之策，胡编乱造出这么套话把天后给骗过来杀她。

原本或许烧死之后，还可以指望留一缕小魂魄去阎王老爷处轮转一番，投胎做个低下的凡人，现下看来却是要被灰飞烟灭半点渣滓不剩了。

我颤颤闭了眼，却听得一声凄厉呼喝："锦觅！"

猛一抬头，但见一人穿过冲天火光立于十步开处，火势滔天，铺天盖地而来，于他，却如入无人之境。我已五感渐失，只能模模糊糊瞧见一个挺拔的轮廓，不辨何人，朦胧间觉着那声呼喝倒像是丢了三魂七魄一般惊骇失措。

面前天后急速回身："旭……"话音未落，隐约见一道纤细光芒划落，正击她尚未来得及回旋，空门大敞的后背。伴着一声痛苦闷哼，天后被什么大力一震，捂住胸口，吐出一口鲜血。

随着她本能地收掌护心脉，压于我发顶的红莲业火瞬间撤去，消散了那夺命窒息的迫人之感。我喘了喘，舒出一口气，眯着眼对着远处那双细长的凤目看了半响，才懵懂辨出来人，刚刚放缓的心又一下提了起来。清晨此人阴鸷的言语犹绕耳畔："锦觅，我想，终有一日我会杀了你。"

看来，今日终归要死在他母子二人手上……我心下一横，忍着胸骨剧痛，封了体内十二经脉、三百六十一穴，闭气敛息，狠下心干脆利落地上下犬齿一合，咬住口内腮肉，登时，一股血腥在腔中弥散，温热的液体顺着嘴角流了出来。我皱了下眉，原本半撑于地上的手臂失却最后支撑之力，身子侧倾，终是倒落尘埃之中，遂了二人之愿。

死了。

良久，安静得诡异。

"锦觅？"凤凰一声不是疑问的轻问似被一口气刹那哽在喉头，极尽缥缈虚幻，倒像被抽了经脉去了心肺一般，游丝一线。

　　片刻静默后，听得他用再清淡不过的调子平铺直叙道："你杀了她。"

　　纵是这般无风不起澜，丝毫没有凌厉气势的一句空旷陈述，却带着渗入骨髓的寒意点滴入肺。便是我这般诈死之人臂上亦险些立起一排疹子。

　　天后咳了一声，不知是伤的还是心虚，音调有些不稳，片刻后便回过神来，怒叱："你竟为了这么个妖孽对自己的母亲出手？"

　　周遭不复炙烤难当，倒有些许凉风过，不晓得是不是火熄了，身上平息下来，我的神志也慢慢寻回了一丝清明，这才幡然顿悟适才击中天后后背的正是凤凰的一根凤翎，如此说来凤凰倒是救了我，且不惜为此伤了天后……

　　我一时又不免有些想不明白……

　　"是。我是为了她出了手，然则，不过点到即止。"仍旧是往日流水溅玉的声音，只是越发掏空一般无平无仄，"而母亲，却是为了什么下此狠手置锦觅于死地？"

　　"让开。"凤凰的言语冷静得骇人。

　　"你！"天后倒抽了一口气，像是气到了极致，"你这是什么态度？你就是这般与你母亲说话的？何况此女幺蛾甚多，孰知她是否诈死？"

　　我一惊，本欲借诈死逃过此劫，若这恶毒多疑的天后恐我诈死再补上一掌，那可真真一命呜呼了。果然流年不利，我正作如是想，便听头顶天后冷哼道："便是死了，这尸身又留有何用？"一股业火灼热再次压迫向我。

　　凤凰却未答言。只觉着周遭气流有变，少顷，却是飞沙走石，狂风大作，未睁开眼，我却仿佛看见凤凰发丝纷飞袍裾张扬立于风眼正中，冷面垂目双手渐拢，薄唇紧抿，舌尖有咒，仅须臾，那咒语便携着刺目金光，仿若挣脱暗夜的第一道旭日芒荆飞射向天后。

　　天后大概从未料到凤凰会真对她出手，觉察头顶气息，她正疾疾收回业火，筑起结界抵御，与此同时，不晓得是本能或是被自己的儿子所激怒，竟击出一掌相迎。

　　虽察此掌力不足伤害其亲子凤凰，我却心中一坠，左肩袭来一阵莫名的切肤之痛，脑中一瞬间白茫茫一片。

　　"荼姚！"凤凰与天后两相斗法，强大的灵力铿锵撞击声中突兀插入一个低沉的声音，似乎难以置信，又似乎失望至极。不是别人，正是天帝。

天后想来分神大惊,只听"砰"一声闷响,不知被何人厚重法力所击,身子弹飞开来。我嗅到一缕润湿的水汽。

与此同时,我诈死僵硬的身子落入了一个温暖的怀抱,一双冰凉彻骨的手轻柔地抚上了我的脸,小心翼翼,梦呓一般:"觅儿……觅儿……"哇啊,是水神爹爹,身边似乎凤凰亦靠了近来,只是气息紊乱错杂,不言不语。

似乎周遭还有一人体息,均匀舒缓、淡雅绵长。我正揣测是何人,便听他开口道:"仙上莫急,形未灭,且时辰不长,魂魄应未散尽,况,我知晓觅儿有一……"似琢磨了片刻,终是用沉默淹没了后半句未尽之言。原来是小鱼仙倌,只是,怎的呼啦啦一下子人突然聚得这般齐全?

一滴、两滴、三滴,有三颗沁凉的水珠滑落我的颊畔,其中一滴落在了我的唇上,顺着唇间缝隙渗入口中,饶是我口中血腥正浓,舌尖也尝到了淡淡的咸涩。不晓得何人竟为我落了泪,虽然总共只有三滴,却叫我心中生出一丝不合时宜的欢欣,自己亦觉着怪异。

正犹豫是否要继续诈死,忽闻静默了许久的天帝沉声开口:"这么多年,我一直告诉自己,你只是脾气急了些,言语不饶人,心地绝不坏……若非今日润玉收到下界作乱急报急急将我唤回,若非亲眼看见……不承想,你竟这般心狠手辣!荼姚,你已身为天界至尊,还有甚不足,这些,又是为了什么?"

被水神爹爹打飞的天后想来伤势不轻,只嗅得她咳出一口鲜血,笑了一声,好不凄风惨雨,倒像上一刻被业火焚烧的不是我是她一般。

"陛下问我为什么,呵呵,我亦想知晓是为了什么……天后至尊之位又如何?我可曾须臾入过陛下之心?荼姚虽为神,却同普天下女子别无二般,要的不过是一份全心全意而已……而陛下……眼中除了那个人,可曾看见过一星半点其他人?"天后自嘲一笑,"连那般卑微低下的一只红鲤精,只因有个和那人相似的背影,陛下居然都施舍了一年之久的垂怜……陛下可曾想过我?可曾想过一个做妻子的感触……可曾体会那种用目光时时追随一双永远看不见你的眼睛的悲哀?"

"母亲……"是凤凰的声音,含着淡淡的悲凉。

天后被他一唤却突然语调狰狞起来:"锦觅这个小妖孽,完全是那人形容再生!本神定要除了她,不能再让她像当年的梓芬一般为祸天界,迷乱众人心!"

水神爹爹本来正运气为我护体救心脉,此刻却忽然将我的"尸身"轻柔移入

小鱼仙倌的怀中，仅嘱咐了一句："为觅儿护住魂魄。"

"是。"小鱼仙倌接过我，运起真气罩住我的三魂七魄，他的气息绵密温和，入我体内只不过转瞬，便叫我一下觉着胸口不那么疼痛了。

"弑吾爱，戮吾女！此仇不共戴天！"水神爹爹语调森冷，杀机毕现。须臾之间，寒冰凛冽，大雪铺天盖地纷飞而来，听得水神爹爹三掌连推，掌风横扫。从不知晓那个慈悲在怀却淡漠天下万物的水神爹爹会有这般怒火滔天的时刻，我一时愣了。

不想三掌势出，除了一声天后胸口发出的痛鸣，紧接着听见的却是凤凰的一声闷哼。

"仙上……咳……仙上之仇旭凤愿代母受之……只求留我母亲性命……"我胸骨一抽，睁开了眼睛，但见凤凰胸口赫然插着两片晶莹的雪花，溢出的血水正慢慢将其染红……

"觅儿……"只觉着耳中嗡嗡，小鱼仙倌在我耳旁说了些什么我浑然不晓。

"旭凤！"天帝施法震出那两片血色霜花，伸手将唇色青白耗尽气力阖眼昏过去的凤凰托住，睚眦怒视倒于一旁的天后，"梓芬竟是你所害？"低沉的声音里有一丝不易察觉的颤抖，"来人，将天后押入毗娑牢狱，削去后位，永生不得再入神籍！"

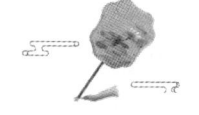

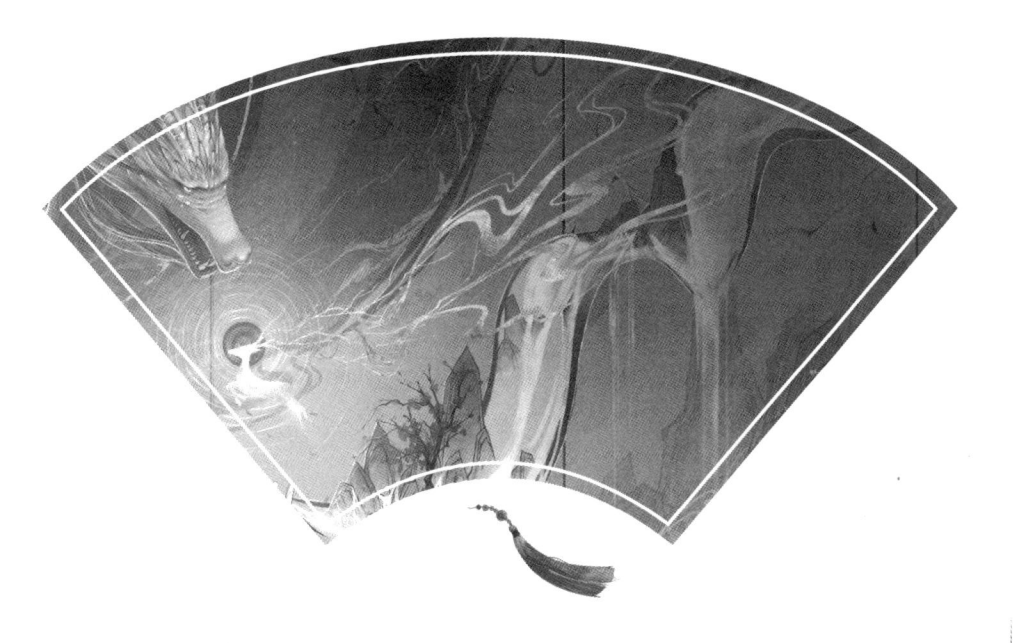

第十章

"锦觅……"

"锦觅。"

"锦觅？"

"锦觅！"

翰墨入水，大团大团稠得化不开的浓重之中，总有一个模糊的影像挥之不去，各式表情走马灯一般轮番交替，时而冷漠倨傲，时而哭笑不得，时而咬牙切齿，时而哀伤疏离。纵使语调变换，念白却不变，自始至终只有我的名讳"锦觅"二字。待我每每欲看清此人面容时，那些影子便迅速消散开来，踪迹难寻……

"觅儿，觅儿……"有人轻拍我的面颊，我倏地睁开眼，大汗淋漓，后背布帛黏腻贴身，胸口尚且怦怦起伏，气息不定。

"可是又梦魇了？"水神爹爹清凉的手抚过我的额际，带来一阵轻风，身上那汗津津的燥热之感登时退去。

"莫怕莫怕，爹爹就在你身边。"水神爹爹坐在床沿倾身揽住我的肩背，哄三岁娃娃一般一下一下轻轻拍着我，动作简单，却有效地舒缓了我的不适。

自从我被天后用业火大伤心肺，诈死又诈尸之后，连日以来便是爹爹这般衣不解带地照拂我，煎药送服亦从不假他人之手，日日我从睡梦中惊醒也总是爹爹不厌其烦地安抚我。我精神气色稍好的时候，爹爹便准许小鱼仙倌过来陪伴我，每每前来，小鱼仙倌便温和地握着我的手，输些调理凝神的真气与我，眼神里是掩饰不住的心疼，临走时也总是不舍地一步三回首。二十四位芳主亦来探过数次，脸色极是难看。甚至有一回，看门仙侍报说天帝同月下仙人一并来瞧我，爹爹却以"小女体匮神乏"为由给回绝了。

这些于我，是全然新鲜陌生的体验。过去在水镜之中，我偶尔也会因修炼岔个气走个火什么的身体病弱上几日，老胡却总是在我复原多日之后，方后知后觉地端详我蜡黄的面色，送些不对症的安神催眠的草药来。而最近一回岔气则是借住在姻缘府里月下仙人给我送了一屋子春宫图当夜，翌日，狐狸仙瞅着我黑重的眼睑，欢天喜地道："觅儿昨夜没睡好？可是被那些春宫图闹得春心萌动了？甚好甚好。"抚掌笑得一脸满足，语重心长拖了我的手道，"思春可强筋健骨益寿延年。"虽然我还没来得及看他那些所谓的秘藏珍版之图，不过也不好打断他这番手舞足蹈的喜庆，便从善如流地默认了。

是以，我草芥一般自生自灭了四千余年，倒也十分习惯，并不觉着有何不妥当。这回多了个水神爹爹，多了个未婚夫婿将我轻拿轻放捧在手心悉心呵护，新鲜之余难免生出些其实死一死也不错，不妨多死几次的感触。

眼见着我的身体一日好过一日渐渐恢复了，那说不清道不明的梦魇却一日未断，那看不清的影子但凡我一沾枕便盘桓入梦，不知是何缘由。

今日爹爹喂我吃过药汤后，递与我一柄利器，状似柳叶，细长锋薄，双面开刃，寒光凛凛，细细一看却剔透晶莹。

"此刃乃翊圣玄冰所制，锻造之时，我已将体内半数修为尽炼其中，觅儿将它随身带着，如若再遇歹人也好有个防身之物。"

半数修为！

水神爹爹说得举重若轻，我却瞠目结舌——爹爹为了护我周全，竟不惜将自己的半数修为舍弃！难怪他近日脸色惨白，连往日那点淡淡的血色都没了踪影，一次性失了这许多灵力定是叫他元气大伤，说不定连元神也伤了一些……

"爹爹，将来，觅儿一定好好孝顺你。"怔怔半晌，我也不晓得说什么好，只盼着自己来日修入仙籍后可报答水神爹爹。

"傻孩子。"水神爹爹摸了摸我的额顶，笑得恬淡清雅。

入夜，水神爹爹终于在我的劝诫下回去休养生息了。我躺在床上辗转反侧，将那柳叶冰刃贴身放置后，从枕下摸出一个金灿灿的据说也可以防身的物什，对着烛火看了半晌，喏，就是凤凰的那根金贵的寰谛凤翎。不晓得这鸟儿现下如何，来来往往探望之人都不曾提起过，我也不便打探，而水神爹爹府中也是男子仙侍居多，几乎见不到喜好闲磕牙的仙娥，故而我受伤至今，全然不晓得凤凰那日受的伤好是没好。

琢磨了一下，于情于理似乎我都应当去瞧一瞧他。

在栖梧宫门前站了一会儿，我决定，还是不要让看门的仙侍通报了，我那日嗓子受了些伤，现下说话还有些疼，费唇舌通报自然不若翻墙来得便当。我在栖梧宫做了百年书童，这里的地形再熟悉不过了，找了个结界交接的薄弱处，从上面直接翻了进去，一路抄近道到了凤凰寝殿外面。

我扒着窗棂向里面看了看，但见蒙昧的光影里帷幔重重曳地，凤凰闭目拧眉平躺在榻上，双手交叠放于腹上，指尖泛白，指节微微蜷曲似乎想要抓住什么。脸庞瘦了一圈，清减了许多，陷在一床厚软的云衾锦被之中，竟有些手无缚鸡之力的文弱书生之感，叫人生出一丝想保护他的错觉。

正欲推门入内，我方看清床畔还坐了一个人，不由得停住了脚步。

那人背对着我，身形窈窕，手上握了块丝帕正轻柔地撩开凤凰的额发，为他拭去额间沁出的细密汗珠。

不是别人，正是鸟族的穗禾公主。

更深露重，似乎怕凤凰着凉，她细心地伸手将凤凰露在外面的双手放入被中，末了，还替凤凰掖了掖下颏处的被角，再体贴周全不过。

蓦地，睡梦中的凤凰突然伸手，一把抓住穗禾公主的右手，想来力道惊人，听得她闷痛一哼。凤凰上下唇微微翕合，不晓得说了句什么，但见那穗禾公主脊背一僵，似乎怔了怔，不过只是瞬间却又恢复了，任由凤凰握着她的手，还伸出另外一只手轻轻覆上凤凰的手背，来回摩挲，凤凰松开了拧紧的眉头。

片刻之后，穗禾公主说了句话，然后，俯下身子……

双唇相贴。

良久……

我揉了揉眼睛，看得真真切切却又觉有些不清晰，凤凰动了一下，想是早醒了。

穗禾公主俯身前说的那句话我听得真切，她说："我亦喜欢你，旭凤。"

我沿着原路翻墙出去，在栖梧宫门前绵延不见尽头的长阶上托腮坐了许久，抬头看月，觉得今日夜太黑了，月光有些刺眼。

睡意尚无，此时天地之间尚且醒着的不晓得还有几个，但有一人一定还未入眠。

黑沉沉的夜色里，璇玑宫外墨林之中，小鱼仙倌闲闲半卧在一席竹榻上，右手半扶脑侧，手肘撑榻，左手握了册卷轴，萤虫为灯，半明半灭，轻盈飞舞在四周。

"觅儿？"小鱼仙倌支起身，"你怎么来了？夜里凉，你大病初愈怎么便赤脚外出？"他抛开手上竹简，迎了上来，口中颇有几分责怪。

我低头看了看自己走得泛红的足尖，讷讷地动了动脚趾，这才发现自己没穿鞋，不晓得是出门便忘了穿还是半路给蹬掉的。还未想明白，下一刻身子忽地一轻，却是小鱼仙倌将我横抱了起来，我骇了一下，片刻之后，他已将我放在竹榻上。

我在榻沿上愣愣坐着，任由小鱼仙倌抓了我的双足在掌心一番活血搓揉，最后，索性将我的脚握着放入胸口，也不嫌一路走来沾了腌臜。

"怎么了呢？"小鱼仙倌望着我，循循善诱。

脚上暖和了许多，我清了清伤后有些疼痛的嗓子，回了句答非所问的话："夜神殿下和多少仙娥有过肌肤之亲呢？"

我坐在竹榻上咬了咬唇认真看着单膝半蹲于我面前的他。

小鱼仙倌手上一顿，月色照得腮上一抹红色晕染开来，他转头咳了一下，继而温和地回视我："肌肤相亲之事非同儿戏，若非天地为证父母高堂前行拜之夫妻，则万不可行此周公之礼。润玉非轻佻之徒，既与觅儿定下婚契，又如何会与别他仙娥有半分肌肤相亲？唯盼得下月初八将觅儿迎入璇玑宫中，从此夫妻二人如鹣如鲽琴瑟万年。"

我一怔，照小鱼仙倌这般说法，莫非竟是只有婚配男女才可双修？凤凰与我无婚配之约却行了双修之事，如此说来倒是个轻佻之徒？但扑哧君说举凡一男一女便可双修，月下仙人仅说过双修可阴阳调和。显然三人说法不尽相同，我一时难免有些混乱，莫衷一是。

小鱼仙倌细细看了看我，淡定道："觅儿缘何有此一问？可是润玉有何做得不周全之处？"

凤凰似乎与穗禾公主也并无婚配，我忽地忆起适才在栖梧宫所见一幕，皱了皱眉，看着小鱼仙倌比泉水还干净的眼睛，道："你很好，比很好还要好。我是来陪你看月亮的，方才不过随便问问。"

小鱼仙倌柔和地笑开，淡入清风。继而起身坐到我身旁倾身揽着我的背，俯首吻住我，夜幕一样柔滑的触感枫糖般化在唇瓣上，约莫一曲长调的时间方移开。他的额头抵着我的额头，鼻尖擦了擦我的鼻尖，一声低低的喟叹若有似无，继而往后一仰，双手撑榻与我比肩而坐，抬头望着月色弥漫的天空，笑道："今日方知月色未必清冷。"

夜凉如水，小小的萤虫三三两两绕飞在我们周围，提着灯笼，偶或喁喁细语，无声胜有声越发显得夜深静谧。我的眼皮有些沉，打了个哈欠，便倚着小鱼仙倌的臂膀安稳入梦……

黎明破晓昂日星官与夜神换值时分，我方睡饱醒来。暗林外小鱼仙倌与昂日星官寒暄毕后便送我回洛湘府。

目送将我送返的小鱼仙倌堪堪腾云离去，我刚推出一道门缝，便见得院内一群仙侍手足无措围在墙角一隅，人群中央有个绿油油的影子涕泗横流，正攀着门柱子号啕："我的心肝觅儿哎！我天天盼夜夜盼，只盼见你一面聊慰相思之情，岂料却盼来了你香消玉殒的噩耗！谁也莫要阻拦，我这就殉情追随觅儿去，以死明志！"说着作势便要以头撞柱，声势浩荡。

呃，我分辨了一下，正是许久不见的扑哧君。

"谁说觅儿死了？"水神爹爹沉着脸从内厅步出，看着扑哧君，眉头紧皱似乎十分头疼。

"没死为何仙上不让我见？"扑哧君抱着柱子不撒手，鼻涕眼泪倒是立马停了，收放自如得紧。

"觅儿已婚配夜神，望彦佑君莫要在此胡乱言语，坏了觅儿清誉。"水神爹爹冷冷出声，显是有些动气了。

"水神仙上如此说就不近人情了，觅儿有婚配的权利，我亦有单相思的权利。"扑哧君脖颈一梗，壮士断腕般大义凛然状。

"如此，彦佑君便自行归去单相思吧。"水神爹爹一甩袖，道，"送客。"

"不管不管，人家就是要见觅儿！"扑哧君抱着柱子扑腾，颇有些胡搅蛮缠。左右仙侍不敢近前，皆奈他莫何。

"彦佑君非稚童，连续十余日，日日此般一番闹腾不怕贻笑大方？"哎？原来扑哧君已经来了这许多日，我在内院倒真是都不晓得。

"我一片丹心日月可表，有甚可贻笑？"扑哧君可谓冥顽不灵。

水神爹爹仁善非凤凰般狠戾之人，自然不会随便出手用法术对付扑哧君。但见他捏了捏额头，就此作罢返身回厅，嘱咐左右仙侍将门掩上，任由扑哧君在外折腾。

院内仙侍想来也习惯了，片刻后亦自行散去。我推门入院，扑哧君双目一亮，眼疾手快弃了门柱便扑了过来，欢天喜地捏了捏我的脸颊直道："哎呀呀！软的！热的！果然还活着！"

"呃……"我挥开他的爪子，"不晓得扑哧君寻我有何事？"

"美人，人家听闻你出了事担心得吃也吃不香，睡也睡不稳，冒着被水神仙上发配去看水沟的危险也要亲自来看看你，你看你看，我都瘦得只剩皮包骨头了。"扑哧君捋起袖子露出手臂直往我眼前凑。

我配合着戳了戳他圆滚滚的手臂意思了一下，道："苗条甚好，甚好。"

扑哧君眨巴眨巴眼睛，委屈道："你敷衍我……"忽而话题莫名一转，"觅儿，你莫要嫁给那个夜神好不好？"

我一时有些扭不过来，不晓得夜神和苗条有甚关联，怎的忽一下就扯上夜神了，遂不解道："为甚？我不嫁夜神哪个嫁夜神？莫不是扑哧君心仪夜神？"

扑哧君抖了抖眉毛："哎，这如何可能！要心仪也是夜神心仪我彦佑！想我仪表堂堂，风姿倜傥，一举手一投足皆魅力四射，叫人情不能自已，正是女人慕来男人羡。"

我默默忍受，权且当作没听见。

扑哧君正说得天花乱坠之际，忽地风向一转又绷起脸来，严肃郑重地执了我的手与我道："美人，你听我一句劝，切莫嫁与夜神！"

我听他反复如此说难免好奇："究竟为甚？"

扑哧君忽地压低声音，神神道道："我前些日子夜观星象，星宿有异动之光，列位有变。天机不可泄露，我只泄露给你一个人哦。"他眉宇笃定，言之凿凿道，"天象显示……显示……显示你只能嫁给我！"

我正凝神听他要说个子丑寅卯所以然来，不妨他最后冷不丁儿爆出这么一句话，我黑了黑脸，干干笑了两声，道："好神奇的星象。"

"嘿嘿，神奇吧。"扑哧君得意地抚了抚下巴，容光焕发地嬉皮笑脸道，"我最近和凡间朝暮县赤水镇莲花沟村一个摆摊算命的半仙新学的占星术,可灵验了!你要不要也学一学?"

"不必了,我大伤初愈不适合学算命,扑哧君还是留着自己慢慢研磨吧。"

我委婉推拒了扑哧君,但见远处水神爹爹正端了壶药显是在寻我吃药,便挥开扑哧君握着的手,觉得手心有些黏腻,想起扑哧君方才鼻涕眼泪一把的模样,不晓得是不是沾了些什么不该沾的龌龊东西,便嫌恶地在扑哧君的袖口上抹了抹,道:"我去喝药了,扑哧君慢走不送。"

"啧啧,真真是个没良心的美人。"扑哧君扭捏着一嗟三叹,继而眉眼艳丽一抖,豪放一笑,"不过我喜欢,哈哈!"

我向着水神爹爹行去,听着扑哧君临行前还在我身后絮絮叨叨:"总归夜神绝非简单之辈……"

水神爹爹瞧着扑哧君远去的方向皱了皱眉,问道:"觅儿如何结识了这油盐不进的泼皮无赖?"

我偏头努力回忆了一番,痛心疾首道:"我第一回使召唤咒时不慎给唤来的。"

水神爹爹略一点头:"如此说来倒不奇,彦佑君本为十二生肖神之一,真身乃水蛇,因犯了天条被贬下界后属我所司管,见水性召唤咒必起响应。"

我撼了撼,实在瞧不出扑哧君曾是天界列位甚尊的生肖神:"不晓得彦佑君犯了什么天条?"

水神爹爹素来不理尘俗世事,只道:"此人素行不良,多半与他风流成性拈花惹草有关,具体我并不清楚。觅儿将来少与他碰面才好。好了,莫说此人,趁着药温按时喝了才好。"他揭了壶盖,细心吹了吹滤去表面的药末,这才递与我。

我接过水神爹爹手上的药汤捏了鼻子一饮而尽,他笑着信手取了院内花叶上的一滴露水,幻露为糖,转眼便递了颗甘甜的冰糖到我口中,看着我眉目舒展才安心,慈爱一笑,满目皆是光辉。

我看着水神爹爹不染凡俗的神仙容貌上溢出这般神情,不免觉得心头罕有地一热,恍惚忆起凡人的两句诗:"谁言寸草心,报得三春晖。"

然,我却忘了凡人还有一言"人不可貌相,海水不可斗量"。扑哧君虽喜妄言,此番却算对了一桩事,我果然没能于三月初八嫁与夜神。

三月初三，春回大地。万物苏醒，翘首以盼的莫不是一场淋漓的春雨，然，今年注定要失望了。

　　水神归去，何来雨露？

　　"天帝有旨！"一个趾高气扬的仙侍右手执一藏青色云纹圣谕，一路穿过院内院外哭得撕心裂肺此起彼伏的缟素众仙，左手拂尘一扫在厅首站定，"锦觅仙子领旨！"

　　我"喏"了声，跪下身来听旨。

　　"制曰：水神仙去形灭，天地色变为之怅然涕下，水神生平胸怀仁善，悲悯天下万物苍生，以毕生之灵力活人无数，特追封谥号德善仙尊。锦觅仙子水神所遗之独女，命陵前守孝三年，与夜神润玉之婚期顺延至三年孝期毕后。另，列锦觅仙子入仙班，继任水神之位，即日受封！谕毕！"

　　"锦觅领旨！"我接过新鲜出炉的圣谕，足涌祥云，顶聚三花，终是名正言顺地做上了梦寐以求的神仙，可谓一偿夙愿。然，心间却无丁点曾经千百次憧憬的欢欣雀跃，仅觉着胸口憋闷，沉得发慌。

　　一夜之间，我多了个水神爹爹。

　　一夜之间，水神爹爹形销灵灭、魂飞魄散。

　　恰似一帘四月的丝丝春雨，尚且来不及伸手触及便消散在了薄暮春光里，叫人不禁错愕疑心是否眼花错视。

　　我又恢复了孑然孤身。

　　握了握手心的柳叶冰刃，寒气入骨，满庭满院的麻黄素白撞满眼帘，皆是前来奔丧的仙家。我愣怔失神，启口喃喃："如果爹爹未将毕生半数灵力炼入冰刃予我护体，是不是就不会遭遇毒手、体力不济，以至于撑不住元灵魂飞魄散？早知……早知……"

　　小鱼仙倌将我揽在怀中，轻抚脊背，和水神爹爹慰藉我的动作如出一辙："千金难买早知道。觅儿莫要伤心，万事皆有我在，仙上魂魄有知也断然不愿觅儿心碎神伤。"

　　我懵懂望着他，"心碎神伤"？究竟何为心碎？何为神伤？我只是胸口有些重，似刚练过胸口碎大石一般。我想，我只是身体染恙罢了，睡上一觉应该便会好了。

　　一旁，风神披麻衣，神色漠然地焚了三炷香于香炉中，俯身叩拜了三记，便默默坐在左手主位上。

风神可谓水神爹爹的结发仙侣,我却罕见她的踪迹,一则,她平素并不栖息于洛湘府上;二则,她与水神爹爹虽名为仙侣,实则不过点头之交,乃天帝当年强点鸳鸯谱方结成夫妻。二人性情皆寡淡无欲、出尘不染,若非天界大典盛仪,二人几无碰面机缘。若非今日相见,我几乎要忘却此神。

"太白金星前来奠丧!元始天尊前来奠丧!文曲星君前来奠丧……"门口立了一对年少仙童唱报纷至沓来的悼念仙家,忽地一顿,不晓得瞧见哪位尊神,稍稍抬高了嗓音,听闻一声喏,"火神殿下前来奠丧!"

我回头,正撞入一双消敛了平素清高与倨傲的凤眼,但见凤凰一袭素净白衣,乌发简束,身无点缀,接过仙侍递与的焚香正迈步入内,最终停步在水神爹爹的衣冠柩前,举香齐眉叩首祭拜,神色虔诚。三缕青烟逸出,缭绕在他扣了三根细香的指缝之间,那手指指节分明,莹白纤长,但我晓得,在左手中指握笔处有一层薄茧,虎口握剑处亦有一层薄茧……小鱼仙倌轻轻捏了捏我的手心,我微微一颤,收回神游天外的魂魄。

凤凰礼毕后行至风神身旁,神色肃穆,不知低声与风神说了些什么,但见风神点了点头。

小鱼仙倌摩挲了一下我的额际,我刚回头,却觉颊畔一阵风,凤凰须臾间已站立至我面前,低头望着我的眼神罕有地温和,百年难遇地轻声细语与我道:"你且节哀顺变。仙上终生倾心花神,虽不能同生,想必但求死后同穴而眠,将仙上衣冠冢设于先花神陵旁比肩同望初遇之水镜,你以为可好?我方才征询过风神之意,她并无异议。"

我乖巧顺从地点了点头。

小鱼仙倌拍了拍我的手背。凤凰看着小鱼仙倌的手,面上神情顿时忽明忽灭,眉头旋即蹙紧,凤眼一睐更显狭长。

"我定会替你寻出水神为何人所害。"

"我定会替觅儿寻出仙上为何人所害。"

凤凰与小鱼仙倌二人一时竟异口同声,果然不愧为兄弟,十分和谐。

我顺从地点了点头,继而赶忙摇头,连声道:"不必了不必了,死者长已矣,冤冤相报何时了,人参很长,吃多了容易上火。"

"你……唉——"凤凰一声嗟叹,伸出手似乎想拍我的头,却在一半时收了回去,

春日的光阴落在他的掌心，三寸长。

一阵风起，祭奠用的绢白纸张没用镇纸压住，一时间散乱纷飞。

"火神殿下身上可大好了？"我安静地看着凤凰。

他眼中一闪烁，似乎心情又好了："好多了，前几日便恢复了。"

我蹙眉淡淡"哦"了一声。凤凰不愧为诸神所称道历代火神中灵力最强的，不足一月便从重伤之中复原如初。

凤凰见我不语，又道："那日飞絮在我殿外拾得一只履。"顿了顿，又接道，"不是灵丹，胜似灵丹。"

我陷入沉思之中，并不理会他这前言不搭后语之言。

头七过后，我便回了花界，将爹爹的衣冠殓葬。临行前我去了一趟姻缘府，将狐狸仙早先赠给我的情爱话本、春宫秘图一并带了去。三年守陵辰光左右无所事事，不如将这些书卷好好研读一番以备他日之用，也好消磨些时日。

我守着两个光秃秃的坟头未免眼乏，闲暇时便种些花草，种梅栽柳不过如斯。我最近喜欢上了香樟树，卵圆的小叶稠稠密密，春绿秋红四季不败，偶有风过便沙沙作响，抖落一地红绿相间的叶子，煞是好看。我喜欢撑着十二骨节的竹伞穿过这些落叶，听见它们一片两片落在伞面上的声音好似雨声敲打，倒像是水神爹爹布下的雷雨阵阵。

人都说，人影不随流水去，水常东去人影犹在。只是为何如今天地间滴水不少，水神却再也不见了？

我近日亦寻了些凡间说命理的小册子读，什么《六爻》《易经》《连山》《归藏》《易传》，林林总总，最后，我归总出自己多半便是俗世所说的"命理太硬，生来带刀剑，克人"。克父、克母、克夫、克子……总之克得周遭人死光光便是了。

噫吁嚱！危乎高哉！

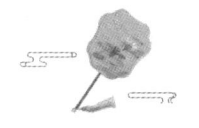

第十一章

最美不过四月天。人间四月，栀子红椒艳复殊，桃花历乱李花香，凡人便以为极美，然，在花界之中，不过是再平凡不过的景象，月月皆是四月天，四季皆是春来早。花开不记年，经年不衰败，蜡梅与夏荷齐放，雪莲与石竺争香亦非奇景。

暖风熏得人恹恹然，懒散便像一滴落在宣纸上的泪，一层一层晕染开来，泛遍周身。我初返花界的几日总是睡不大醒，二十四芳主白日里来探我时，我也总是睡着。今日傍晚与小鱼仙倌对弈，不过勉强撑过半局便挡不牢困乏，趴在石桌上入了梦境。半梦半醒之间似乎听见长芳主和小鱼仙倌在说话，时断时续。

"锦觅这孩子……唉，命数多舛。敢问夜神可是真心待她，全无杂念？"

"自是真心，长芳主全然不必疑他。"

"但凡付之真情，皆盼得彼方回报以对等之情，如若锦觅乃一方贫瘠寸土，无论播什么种施什么肥，无论如何悉心浇灌呵护皆开不出哪怕是一朵花穗予以回报，与她谈情好比石沉大海杳无音信，如此耗时费神，夜神可惧？"

"呵，这有何所畏惧？如果时间注定用来浪费，那么，我只愿与她蹉跎此生……只是，长芳主对觅儿缘何有此悲观一说？"

"咳，咳……锦觅乃小仙自小看着长大，她本性良善，只是自幼便生得凉薄寡情，

除却长灵升仙之事，万物于她皆可抛却，无一人无一事可入得她眼，更莫说入她心间。此番水神仙去，夜神可有见得锦觅垂落一滴泪水？"

"如此说来，并无。只是，大爱无痕，巨悲无泪。长芳主又怎知觅儿不是丧父剧痛悲入心间？莫要如此诋毁觅儿，唐突说一句，此话我并不爱听。"

"唉……话已至此，都说江山易改本性难移，小仙唯有愿夜神精诚所至金石为开。"小鱼仙倌摩挲着我散开披于后背的发丝，有一搭没一搭，我舒服地趴在他的臂上蹭了蹭，全然跌入黑甜梦乡。

不晓得过了多久，恍惚发觉我方才枕着的臂膀已无，似乎换成了一方丝枕，想来小鱼仙倌已离去，迷蒙间只听得牡丹长芳主一声幽幽叹息："不知这陨丹于你究竟是福还是祸……"

再次醒来已是天光大亮，一夜梦去了无痕。

先花神香冢一侧起有一石亭，唤作记铭亭，内设一方满月石桌四张石鼓凳，绕亭一圈倚栏，我白日里便坐在这石亭中守陵，夜里方回陵边临时搭的竹屋中休憩。自狐狸仙处借来的话本子已草草翻阅了一半有余，不过是些吹花嚼蕊弄冰弦、你侬我侬他亦侬的男女情事，味同嚼蜡，我却强迫着自己从头至尾看下来，试图摸索出其中窍门。

今日起得迟，看了半晌实在枯燥乏味，便铺了一沓澄心堂纸练字，随手拾了册话本誊抄其中诗句。用拈花小楷书了约莫十余首后，我正预备换个豪放些的狂草继续抄，却忽起了一阵风，卷着手边一张墨迹未干的宣纸飞出亭外。

我瞧着那纸飞得颇有几分意趣，索性弃了笔，将誊好的十几张诗一张一张折成蝶状，稍用法术，便一只两只扑扇着翅膀绕亭飞了起来。白净的纸蝶载着墨色的字迹不紧不慢上下翻飞，煦日正好，我抬头看见光线穿过纸翼透射下来，纸张的脉络清晰可见，真真是个薄如蝉翼，比真正的蝴蝶还要好看。

我正在心下慨叹这纸质地不错时，亭内忽地多出一缕若有似无的气息，我收回目光，但见凤凰长身玉立倚在亭柱一旁，手中捏了几只展开的纸蝶正在看。觉察到我的目光，他抬起头凉凉地似笑非笑道："似乎不错。"

"嗯。"我点了点头，"确实不错。韧而能润、光而不滑、肤如卵膜、坚洁如玉、纹理纯净、折搓无损、润墨性强，火神若喜欢这纸张，我可以送些给你。"

凤凰挑眉，用指尖掸了掸纸张一角，道："我是说这诗不错。"

他信手抽了一张，念道："无限春诗无尽思，却问伊君又几依。桥头呈纸凝双目，碧园持手眉锁迟。红尘纵有千千结，若解相思怎奢痴。有情还须有缘时，冰心一片双怀执。"

面上水波不兴地又抽了一页。

"燕草如碧丝，秦桑低绿枝。当君怀归日，是妾断肠时。春风不相识，何事入罗帏？"念了两首似乎还未尽兴，吊梢眼尾睨了睨，两指一抬，轻巧捏住一只正飞过他鬓角的蝶，展开念道："不写情词不写诗，一方素帕寄相思，心知接了颠倒看，横也丝来竖也丝。这般心事有谁知？"

"横也丝来竖也丝，嗯……"凤凰抬了抬眼角，淡淡拉过个长音，"不知你这是思的哪家神仙，如此直白？"

我顿了顿，张口就要接话，却转念一想，在腹中过了一遍，转而道："显然还不够直白，不然火神怎么瞧不出我思的是谁？"

凤凰长指一收，纸张被折出一道深刻的痕迹："哦？有何说法？"

我望了望亭外坟冢，缓缓吸了吸鼻子，道："并非只有帕子才有丝，这宣纸举着对光瞧瞧，不也横竖净是丝。只可惜方才给你你不要。"

凤凰面色不变瞧着我，眉宇淡然，指尖却轻轻一动，染上一抹未干的墨渍亦不自知，风中划过一丝紊乱的气息。半响，他终于开口，一字一句审慎道："你说什么？"

我看了看他深不可测的面色，突然想起一件事，便顺带一提："你可不可以不要与那穗禾公主结亲？"

此番凤凰脸上终于有了动静，讶异地看向我，眼中灯火似有风过，明灭不定："哦？为何？"

"我前些日子看了些医理，都道娶妻不宜同宗，否则，生出的娃娃身上不是缺根手指就是多个脚趾，总归不大好。你与穗禾公主乃表亲，亦属同族，实在不好结亲。"我诚恳地将他一望，难得苦口婆心劝诫于人。

凤凰嘴角微微一挑，倒有几分哭笑不得："如此，倒要多谢你这般替我着想。只是……"话锋一转，一双凤目直直对上我的眼睛，倒像是要瞧进我心里一般认真，"如若我告诉你，你说的那是凡人，神仙并无此扰，你可愿我与穗禾结亲？"

他瞧着我，这样一个所向披靡无往不利的火神，此刻眉目之间竟有一抹飘忽不定的脆弱，孤注一掷赌生死一般。

我想了想，回道："不愿意。"

长长出了一口气，凤凰双目舒展一闭，再次睁开，满目流光，嘴角梨窝时隐时现："为何？"

"世上哪里有这许多缘由，不愿意便是不愿意。"我一口咬定。

"如若我不娶穗禾，迎娶九曜星宫的月孛星使可使得？"凤凰今日的问题多了些。

我斟酌了一下，慎重道："也不大妥当。"

凤凰嘴角笑窝愈深："那卞城公主鎏英可好？"

"亦不甚好。"我摇头否认。

如此，凤凰穷追不舍地将天上地下六界之中但凡数得出名号的美神艳妖挨个问了个遍，我设身处地替他掂量了一番，皆以为不甚妥当，干脆全盘否定。凤凰却笑得越发深刻，春风荡漾。

最后，他坐到我身旁，伸手替我将额前垂落的一缕散发别到耳后，满眼皆柔情，碧波荡漾道："你放心，这些仙子纵是再好也入不了我心。天地之大，女子纵多，我心中只有一人独好。旭凤此生仅娶一人。"继而将我一把搂入怀中。

我趴在他的胸口，听见里面如湖水潮涨潮落，垂下眼帘，乖巧地亦替他将发丝顺了顺，反手抱住他。

他用唇瓣缓缓摩挲我的发顶心，无言一声太息，无限欣喜慰足尽在其间，不可言喻。

凤凰临走时犹豫了一下，面上泛起淡淡一抹红，问我："这宣纸你说送我可还作数？"

我将一摞宣纸尽数递与他，慷慨道："自然算数。你尽管拿，不够再来取。"

凤凰一身素衣，捧了一沓宣纸，挑眉一笑，回身，淡入春风，不着一色，尽得风流。

我蹙眉一笑。

小鱼仙倌越来越忙碌，他不说，我却从他眉宇之间读了出来，然而，他来看我的次数越发频繁起来，常常整夜整夜地守在我的床头。

我闭眼入睡前见他一身清雅、皎月不染地坐在竹椅上喝茶，梦醒睁眼时他仍是一身清雅、皎月不染地坐在竹椅上，只是手上的茶杯已换成了一卷诗书。抬头和煦一笑，总能恰到好处地叫人觉着熨帖无比，温度正好地通体舒畅。

我偶有一两夜不睡，陪着他说话对弈论法术，到金色初现时已是浑身绵软困乏得醉酒一般难过，不免十分佩服他常常整夜不眠，挂星布夜后还赶来花界看我。他却微微一笑，不经意地道："如何会累？看着你睡颜香甜便是我最好的休憩，比连睡十日还管用。"

无论有再多的俗事缠身，夜神永远是云淡风轻得无懈可击，温和地对待周身的一花一草一人一物，不厌其烦地设身处地替人设想周全，一颗善解人意的心七窍玲珑。

老胡惧怕兔子，小鱼仙倌便从雷公处替他觅来一只惊雷鼓，巴掌大，别在腰间，遇着兔子只需轻拍鼓面便有初夏响雷隆隆之声轰轰滚过，兔子胆子小，稍有动静便会惊惧蹿开。老胡得了此物那个乐啊，直夸夜神出淤泥而不染，是天家歹笋里唯一挣出的一株好竹，连叹过去以偏概全冤枉了他。

连翘灵力低下，被限居在水镜之中十分憋屈，总想见识除了花花草草之外的物什，小鱼仙倌便给了她一面镜子，世间万物包罗万象皆可从这方寸的镜面中瞧见。连翘满足了好奇心之余总会追着问我小鱼仙倌将来纳不纳小妾，她想自荐。

长芳主日日花事冗杂，如此严肃之人爱好自然与众不同地严谨肃穆，她老人家闲暇之余喜好誉译撰谱花史。据说先花神的师父玄灵斗姆元君当年曾写过一套花经，洋洋洒洒三十二部，十几万年辗转失传，如今只剩下零零散散的十四部，叫长芳主好生心痛。不想，小鱼仙倌神通广大，竟连这失传之物也能觅得全套赠予长芳主，长芳主口上仅淡然言谢，眼中流露的却已是难得的赞叹嘉许。

除却长芳主之外其余二十三位芳主，包括脾性暴躁的丁香小芳主都对小鱼仙倌赞不绝口，足见得其亲善之魅力无远弗届。且，小鱼仙倌为人做事并不刻意，总在不经意之间就圆满妥帖地解决了一切，似乎再难的事情于他不过是举手之劳，让受其相助之人亦不觉得惴惴然心中有亏欠，最是难得"自然而然"四字，正所谓润物细无声。

短短时间，花界之中草仙花精、蜂蝶虫萤，连微至米粒大小的七星瓢虫都晓得六界之中最和气文雅的神仙当属夜神。

花界精灵仙子闲磕牙时都喜欢拿夜神作话柄子，自然免不了顺带将其和他的兄弟火神拿来比较一番。比方我现下正绕着陵墓散步，便听见一只蚱蜢精和一朵茉莉花精在嚼舌根。

"哎，要说夜神真真是……可怎么形容好呢？昨夜我在窗外瞧见他给萄萄掖被角，那动作、那眼神，真真是只要一眼便叫人心甘情愿化了，啧啧……"草绿的蚱蜢

精咂着嘴，回味无穷。

一旁茉莉花精不屑道："这算什么。你是没瞧过夜神和萄萄下棋，就萄萄那个臭棋篓子要下不赢她简直就是没天理了，偏生夜神就有那耐性陪她耗着，还总能算得恰到好处地拿捏输赢均在两三子之间，叫萄萄不管是输是赢都觉得体面欢喜。只可惜对牛弹琴，依我这些年瞧着，萄萄也就是块长得还算称眼的石头，根本是块朽木雕不出花来，眼见着这好端端一个真龙夜神就要糟蹋在她手上了，可悲可叹。"

实在不解我何时糟蹋了小鱼仙倌？罢了，我大度，不计较这些。

那蚱蜢精又道："说起夜神，我倒想起最近亦常来花界的那个火神，听说在天界曾教过萄萄些法术，和萄萄有师徒之谊，皮相倒真是好看得没得挑剔，不愧是六界盛传的美男子，比之当年最好看的水神还要胜上三分颜色。只是那眼神……冰是冰得嘞，那气势也了不得，我过去听过他和其他神仙说话，真真是个惜字如金、说一不二的主，灵力又高强，与他相交过的神仙没的不憷他三两分。不晓得火神和夜神这样两个南辕北辙的性子怎么会同是天帝所出，真是怪事。"

"错啦，这二神哪里南辕北辙了，说到底都是一样叫人垂涎倾慕。"那茉莉花精嘻嘻笑道，口气很是神往。

"哈哈，这倒是哎。要我说，萄萄与其去糟蹋夜神，倒不如配给这火神，顽石对坚冰，皆是硬邦邦的，颇登对。"

"莫要浑说，萄萄将来还要唤这火神殿下一声小叔叔的！"

……

世风日下，如今这些花界的精灵越发聒噪，越来越像天界里的仙姑姐姐。

我摇了摇头，恨铁不成钢地沿着原路返回记铭亭守陵。

还未到得亭内，远远便瞧见那据说和我很般配的凤凰正慵懒地倚在亭周石栏上，手上握了卷半展开的画轴低头正在看。看着他自墨领中露出的一段柔韧后颈，我一时兴起，变化成一朵雪花飘飘忽忽，最后冷不丁儿一下落在他的颈项上，冰凉凉地贴着他的肌肤妄图冻他一个激灵。

不料凤凰不但没被惊到，反而心情舒畅地笑了开来，我不免疑惑是不是贴错位置触到了他的痒痒穴，心下未免不甘，便贴着他的后颈细声细气威胁道："快快交出你的内丹精元，否则……"

凤凰戏谑地挑了嘴角，笑窝一旋："否则如何？"

"否则我就咬你！"我恶狠狠道。

凤凰搁下卷轴一转身将我变回原样，一把箍住我的双臂，笑得越发开怀："如此正合我意。"话音未落便俯身覆盖住我的双唇，他靠近的眉眼盖住了我眼前蓝得叫人心中痒痒的一角天空，好似一片鹅毛轻飘飘落在了湖水的中央，一圈涟漪缓缓慢慢悠悠荡漾开来。我闭上双眼咬了咬他柔软可口的唇瓣回应于他，他一顿，继而双唇燃火，越来越烈，碾磨着我焚烧着我，就像扶摇直上的红莲业火……舌尖铺天盖地地卷了进来，气息直扑入我的肺腑，不留半点余地……

直到我们气喘吁吁地分开时，我只觉着像要灵魂出窍一般，颊上炎热难当，试图以手当扇扇去脸上燥热，却在他毫厘必现的漾漾春水目注视下敛了睫毛垂下头，两腮越发热起来，烫得几乎滴水可沸。

凤凰伸手摸了摸我的脸颊，像给猫儿顺毛一般，指尖下滑慢慢抬起我的下巴："我最喜欢看你这害羞的模样。莫要低头，给我看看可好？"每次都是这样，将近三年里，他每每瞧见我脸红便心情大好，我越窘迫他就越开心。

我扭来扭去，连声道："不给看，不给看。"

凤凰笑了，将我揽入怀里，难得顺从我一回："好好好，不看便不看。"过了片刻，又道，"莫说内丹精元，你要什么我都给你，便是你要天河逆流、鱼飞天鸟游水我亦会替你办到。"

我埋在他怀里舒心一笑，中肯地评价道："好乖好乖。"

凤凰伸手在我额头轻轻弹了一记，面上神色淡淡清傲："你说哪个好乖？"

我撩他虎须已不是一日两日，如今颇有心得，心下并不畏惧于他，谄媚道："小叔叔好乖。"

凤凰握着我的肩头猛地将我从怀中掰离，长目一眯，微微上挑，仍是笑着，嘴角梨窝却不见了踪迹，低沉了声音不冷不热缓缓道："小叔叔？你叫哪个小叔叔？"

我心底一颤，暗道不好，瞧他笑得这般触目惊心，莫不是摸到了他的逆鳞？便坦然推诿道："他们都说我该称你一声'小叔叔'。"

"我倒不知现如今你还没心没肺一门心思想嫁与夜神？"凤凰放开我站起身来俯视于我，本就压人一头的气势现下越发骇人。我估摸着当年孙大圣被佛祖爷爷的五指山压迫时感觉也不过如此，正胸口闷着思索对答，便听凤凰又忽忽悠悠补了一句，"你最近夜夜和润玉相伴想来惬意得很吧？"

我咽了咽干干的嗓子，掂量了一番道："你莫要说这话来伤我的心。我惬意不惬意你难道不晓得？"继而大义凛然道，"我如何会想嫁给夜神，我只想嫁给你。"

凤凰面色一震。

"但是……天帝定下的婚契又岂有更改的道理……"我忧郁委屈地将他一望。

凤凰回神一笑，恨铁不成钢地又弹了弹我的额头："杞人忧天！此事用不着你操心，我自有计较。只不过，要委屈你一月后婚典仪式礼成之前先忍耐着……"他长指一收握紧手心，似是心下有什么是可忍孰不可忍忍无可忍却又强自压抑忍耐之事，眉间纠结。

我一根一根掰开他的手指，看见手心赫然被掐出五道血痕，胸肺之中一时蚜虫肆虐，被啃得十分不适，我蹙眉捧了他的手呼呼吹着。

凤凰一下舒展了神情，低头端详着我，倒像是痛得十分惬意一般，伸手不着痕迹摸过我方才被他雷声大雨点小弹得不痛不痒的额际，道："锦觅，危难之时，我与夜神，你帮哪个？"

我头也不抬，应道："自然帮你！"

长舒一口气，凤凰似须臾得了五万年灵力一般慰足，道："今日得你此话足矣，不枉我……"后面声音太轻，呢喃自语一般，只是面上红了红。

临别之际他将方才端详的画轴递与我。

"这幅丹青我前日得空做的，你拿去吧。"

我展开，但见一株长势旺盛的葡萄藤缠绕于竹架之上，藤须叶脉丝丝分明，一串紫色的葡萄沉甸甸倒挂架下，远处一女子背影若有似无，只发髻里别着的一支发簪颜色耀眼夺目。我附和赞道："笔触传神，你近日画工越发精进了。这仙娥身姿若柳，不错不错，就是瘦了些。"

凤凰捏了捏额角，气沉丹田努力平心静气道："这画的便是你。"

我一怔，再仔细看了看，呃，瞧出来了，那支发簪正是寰谛凤翎，便道："如此说来难怪这般眼熟。"

"罢了罢了。"凤凰一时啼笑皆非。

三年，不过佛祖手中一颗念珠滑过的时间，短促一瞬。

三月初七，大婚前夜，小鱼仙倌按礼数避嫌，不得与我见面。

我跪坐在水神爹爹坟前，漫天萤虫飞舞。我取出发簪，浓密的长发奔泻而下，拈了一段葡萄藤变幻成一柄刀刃，手起刀落，利落割下发梢一段头发，用一张澄心堂纸包裹妥当，唤来一只飞蛾，将这小纸包覆在它背上，切切叮嘱它一定交与火神。

那小蛾子似懂非懂郑重接了我的托付展翅飞去，眨眼便消失在浓浓的夜幕之中。

"爹爹，我说过要孝敬你老人家的。我没有忘记，不晓得你忘了没有？"我对着坟头叩了三叩，站起身，仰头一笑。

青丝，情丝矣。

"吉时已到！起轿！"

三月初八，傍晚时分，十六个红彤彤的仙侍驾起装点得花里胡哨的花轿蹬着霞光祥云，排场浩荡地飞出花界一路奔赴天庭。

我坐在偌大的轿子中，头上顶了一块天蚕丝织就的喜帕，挡了眼界。不过幸好这喜帕织得并不是那么密，还能半透得些许光来，叫我隔着帕子仍能勉强看见外面，只是并不那么清晰罢了。花界之中但凡数得出名目的珍奇花草现下皆铺陈在这轿中，浓烈馥郁的香气熏得我一时不辨方向，只随着这大轿忽忽悠悠一阵晃，波涛中起伏一般。

少顷，轿稳，落地。

轿帘从外被人揭开，一只手伸了进来，春风扑面，有个温和的声音低低道："觅儿。"正是小鱼仙倌。

我将手放入他的手心，被他一把握住轻轻一捏牵出花轿。

顿时，仙乐齐响，天籁奏鸣，彩蝶绕梁而飞，仙鹤引颈起舞。

我与夜神比肩而立，隔着喜帕望向他，但见他头戴玉龙冠，身着簇新大红喜袍，乌眉水目，面容雅润，泛着珍珠一般淡淡的光泽，与周遭喧闹哗众色彩浓烈的装饰形成鲜明的比对，像是浓墨之中的一滴朝露，固守清净本心，丝毫不被周遭所晕染。

他含笑看着我，庄重执起我的手，一路穿过前来观礼的六界诸仙向殿首行去。许久不见的梅花魔兽脖颈上亦系了团红色的花球跟在我身旁，时不时低下头用头颈贴着云砖地面偷偷地从喜帕底怯怯向上看我，见我瞪它方蹦蹦跳跳继续跟着走。

一路行去，殿心两旁案几成排水酒坛坛，各界神仙聚首，连鬼界幽冥司的诸位阎罗也受邀在列，坐于天帝右下首端。天帝端坐殿首，金冠云袍，神色隆重，眉眼略一低，看见我和小鱼仙倌牵牢的手欣慰地淡淡一笑。

天帝身旁站着的月下仙人亦低头看了看我和小鱼仙倌牵得牢不可破的手,又看了看我们肩并肩亲密无间的样子,满面拧成一团苦瓜,眉间拢起的褶子沟壑分明,紧得夹死一两只蚊蝇想来不成问题。少顷便听他用密语传音与我道:"小觅儿,你怎可喜新厌旧移情别恋忘恩负义红杏出墙抛弃糟糠?这叫我家苦命的旭凤可怎生是好?只听新人笑,哪闻旧人哭啊!"

我密语一咳打断狐狸仙诗兴大发的碎碎念,关切与他道:"月下仙人莫要激动,且坐下慢慢说,站着说怪累的。"

狐狸仙神态纠结了一番,密语道:"我是来主婚的,不能坐。"

我默了默,实在看不出狐狸仙方才那番慷慨陈词的架势是来主婚的……横竖瞅着倒像是打鸳鸯的棒槌。

天帝威严扫了眼宾客盈满的大殿,转头低声问狐狸仙:"怎么不见旭凤?"

月下仙人看了看我,道:"天界盛事,门庭拥堵,旭凤想来正被堵在赶来的半道上,不若再等等。"

好牵强的一个理由。

天帝轻轻一蹙眉,显然对狐狸仙抱怨天界路况的说辞不甚满意,直接道:"不等了,开始吧。"

狐狸仙还想说什么却被天帝挥手制止了,于是只好端起主婚人的架势,唱喏了一句:"礼乐起!"

一时间阳春白雪的天籁之音顷刻变作吹拉弹唱的喜庆之乐,周遭众仙家看着我和夜神啧啧赞叹:"好一对璧人!"

"新人拜天地!"

小鱼仙倌携了我的手向着天帝一拜,后又转而向着诸位青面獠牙的阎罗一拜,天为天帝,地为阎罗,自古不变。

"新人拜高堂!"

小鱼仙倌母亲早已仙去,只剩得父亲天帝,故而这第二拜还是拜的天帝。刚抬起身,便听得小鱼仙倌道:"父帝于润玉非但有生养之父子情,兼有教诲之师生义,更有指婚之赐缘恩,二拜不足以尽我内心之感激,今日大婚之喜,特以清水一杯敬父帝,聊表润玉寸心。"

天帝接过小鱼仙倌手上变幻出的青玉耳杯,欣慰道:"难得润玉有心。"继而仰头将其间见底清水一饮而尽。

"夫妻交拜！"婚典继续，这一拜后便是礼成，我心下一时惴惴，只听得狐狸仙不甘不愿将"夫妻交拜"这四个字字字拖了长音念，一个字倒念得比一句话还要长。

话音刚落，便听得殿门一阵惊响，被一股突如其来的劲风隆隆推开，诸神回头，我一把揭开喜帕。

"且慢！"

凤凰一身银蓝锦袍迈步入殿，与满堂满殿如火如荼的喜色赫然相冲，桀骜不驯尽现其间。

"旭凤！"天帝声音一沉，"你这是作何？"

凤凰将手边提着的人往殿心一丢，诸人方注意到他竟是单手擒着一人入内的。凤凰长目锐利扫过，抬起手中长剑，直指小鱼仙倌："父帝怕是问错人了，应该问问夜神想作何才是！"

小鱼仙倌看向殿心被缚之人，神色不变，只是面上流光黯了黯："火神这是何意？"

凤凰斜睨他，并不答言，只对跪伏在地上的人命道："烦请太巳仙人抬起头来。"

众神听他喊出此人名号，不禁大惊，纷纷注目，但见那人跪直身体将头抬了起来，虽散发且面有错落伤痕，仍叫人一眼便赫然认出了这个手握一方权重兵力的天将太巳。

"夜神大婚之日，倒不忘调兵遣将。此处迎亲嫁娶好不热闹，彼处却趁诸仙赴宴守卫空置，派太巳仙人窃取兵符，好一招明修栈道暗度陈仓！"

此话一出，平地惊雷。殿中诸神皆哗然，皆将目光转向小鱼仙倌，惊疑不定。

众人皆知天兵天将共分八方，其中东、南、西、北、东北五方为火神掌控，其余东南、西北、西南三方为夜神所辖，而太巳仙人便是东南方主将，平素忠心耿耿追随夜神，今日被擒，幕后指使之人不言自明。

"殿前迎娇娘，殿后布大军，此时，这九霄云殿周遭已埋伏了十万天兵天将。"凤凰一字一顿，落在空寂的大殿之中叫人心惊肉跳，"时辰一到击鼓为令，直取天帝，夜神说是与不是？"

小鱼仙倌终于面色一沉，嘴角抿起。

凤凰指尖一弹，一个光圈迅雷不及掩耳之势击中乐司背后的大鼓，一声闷响未落，乌压压一片神将披盔戴甲、持戟佩刀，腾云驾雾涌入殿中，却在瞧见殿心被俘之人以及殿中情势之后怔然顿止，不知所措。

"来人，将夜神拿下！"凤凰一声令起，两个虎虎天将便冲入殿中，一把擒住小鱼仙倌，将其手臂反剪至身后，押住他的肩头。

凤凰则几步上前将我护于他身后。

"润玉，你可有何说法？"天帝绷紧眉目，倾身，看着夜神，满目失望震惊。

小鱼仙倌一身正红喜袍，映得面如冠玉、眉眼如画，虽被缚仍挺拔玉立，发冠束的发丝一丝不乱，淡然笑了笑，直视凤凰："无他。成王败寇，棋差一着，不想，螳螂捕蝉，黄雀在后。"

"我等效忠夜神，愿为夜神肝脑涂地！"不知方才涌入的天兵天将之中是谁高喊了一声。刹那间，一呼百应，众人冲向在座诸神，欲擒拿众仙以作人质，在座之人多文仙，自然抗不过这蛮力天兵，一时慌乱。

须知，凤凰又岂会无备前来。但见他眸光一闪，一声屠火令下，殿外涌入数倍于方才之兵以遏制夜神叛乱之属，一时间，觥筹交错的喜宴变作刀光剑影的沙场。

天帝大怒，一拍金銮扶手，欲起身呵斥，岂料，还未站直身子便突如其来踉跄跌回座椅之中，方回神，瞠目惊怒叱夜神："你适才给我喝的什么水？"

小鱼仙倌不紧不慢道："不过少许煞气香灰，仅能脱力两个时辰。"

"你！"天帝目眦欲裂，气极无言。

月下仙人一把搀扶住天帝，愤怒望着小鱼仙倌谴责道："润玉，我素知你心机深沉，只是，你这般不忠不义不仁不孝，就不怕遭天谴？"

小鱼仙倌淡淡看了看月下仙人，道："不忠不义不仁不孝之人又有何权利要求他人对其忠义仁孝？天帝当年为登天位，戮其兄，弃花神，娶恶妇，辱我母，抛亲子，若非为了当年与魔族一战，又岂会将我召回？前有强行拆散花神与水神，指婚风神以至于花神神伤灵减，为天后毒计所毁之过；后有强夺我母，毁其与东海鱼王之子姻缘后又将其抛弃，任由天后杀戮之恶。天理昭彰，终有轮回罢了。"

天帝颜色尽退。

"润玉不求俯仰行走之间无愧于天地，但求心中净土一片回馈于母亲生养之恩。"小鱼仙倌双目明且静遥遥看向我，一袭浓烈的红色亦无法掩盖他由内而外的月白风清，"今生无愧，唯欠一人。"

我看了看他，垂下眼睫转而看向殿中你来我往拼作一团的神将们，须臾之间，有人烟飞，有人湮灭，夜神之兵势头渐弱，火神之将却越战越勇，胜负已见分晓。

凤凰不动声色挡在我眼前："莫看，当心刀剑无眼。"顺势伸出手隔开一支斜刺而来的长矛，一掌击向那个以卵击石的偷袭天兵，掌心之中业火熊熊，不费吹灰之力，那个叛乱之兵顷刻燃尽。

我水波不兴看着他柔韧宽阔的肩背，再顺着他的动作细细看向他的手掌，看向那掌间的火焰。三年之中，我反复看着这双手，一勾一划每条纹路都清晰铭记于心，好叫自己清楚地记着，就是这双手，就是这指尖的红莲业火夺去了我唯一的爹爹，烧尽了他的三魂七魄。

小鱼仙倌方才说了什么我皆听不明白，我只听见四个字：生养之恩。

谁言寸草心，报得三春晖？

周遭声浪渐退，我什么也听不见，什么也看不见，只剩下那日的倾盆大雨雷电交加，我被雨声惊醒，只一眼，倚在床头阖眼小睡的爹爹便睁开倦意浓浓的双目，蔼声道："你再睡睡，我去与你端药。"

可是，我再也没有等来那碗苦药，没有等来那碗苦药之后的一颗冰糖……

爹爹的随身仙侍拼了全力逃脱，一寸一寸爬至我的房门口，一口游丝之气连只字片言都吐露不出，耗尽全身最后一点气力，不过反复做了一个口型。

我推开他的尸身赶至灶间，亲眼看见爹爹在一片毁得干净的狼藉之中慢慢消逝。我慌乱伸出手去，却只来得及抓住一截半毁的袍角，余温犹在，人影已逝，指尖残留的不过一缕淡淡蒸腾的水汽。

我读懂了，那个仙侍拼尽全力要说的只有一个字——"火"。

天上地下，能毁水神的致命伤只有一个——红莲业火。

天上地下，能使红莲业火的只有两人，天后与火神。

天后获罪入狱，除却火神，别无他人……

"水神为报弑女之仇欲取天后性命，火神代受两掌，重挫，其母获罪入狱，火神怀怨于心，又恐水神终不能释怀再度残害其母，遂灭水神，永绝后患！"

寸寸撕裂再片片合拢，头疼，好疼好疼，我闭上双眼。

"锦觅！锦觅？"凤凰回身低头在我耳边轻唤。

"没事。"我淡然回道。

"莫要再看。"凤凰毫不犹豫地将我面前的视线挡得满满，重新转身，指挥若定。

再次睁眼，满眼满帘皆是他颀长的脊背，背对着我，空门大开。看见正中央透来的那束水光，我笑了，不出所料，情爱之书诚不我欺。

青丝，情丝，聊赠青丝以寄情，唯愿侬心似我心……

他果然将我的头发贴于身上最重要之处放置，不枉我三年之中煞费苦心诱惑于他。原来他的内丹精元所置之处并非眉间并非心口，而是胸膛正中！

我低头看了看那柄握了千百次的柳叶冰刃，薄如叶、透似冰，双面开刃，坚硬犀利。

下一刻，它已插入火神的后背中央。

我毫不犹豫地挺身，用尽全身的气力抵住手上的刀柄，直至刀刃全部没入那方脊背。

我亲眼看着它一插入底，没有遇到丝毫阻碍……我亲眼看见它一寸一寸地穿过那缕贴胸而放的青丝，穿透前胸……

刃尖上，一滴红色的血慢慢滑落，落在光可鉴人的云砖上，开出一朵小小的花，鲜红鲜红。

四周很安静，静得叫我听见了那朵花开的声音。

他靠着我的胸膛慢慢回转过身，鼻尖对鼻尖，近得看不清他的面庞，只能看见那对乌黑的瞳仁，里面写满了我的双眼，写满了我眼中坦然的背叛。

他问我："为什么？"

我说："你知道。"

他问我："你可曾爱过我？"

我说："从未。"

我们说话的时候，很近，近到启口张合间唇瓣淡淡擦过……让我想起了那个午后，那许多个午后，云很淡，风很轻……

"爱，是什么？"我迷惘喃喃。

然而，他却再无答言。

我从来就不晓得什么是爱，只不过是读透了那一摞摞厚厚的话本，认真地拿捏揣摩，重复说着里面的台词，反复描摹里面的动作。我学会了脸红，学会了扭捏女儿态。

谁来告诉我，我学得好不好呢？

温热的液体淋满了我的双手，透过我的指缝渗入绣花勾边的大红喜服，在鲜艳欲滴的红袍上开出大片大片暗红的花朵。

那双长长的凤目安静地阖着，像个熟睡的孩子。我眼睁睁看着他越来越透明，越来越稀薄，一点一点烟消云散……最后，化作一捧清幽的火焰，刹那间，我身后万物皆焚毁。而我，却因簪着那根寰谛凤翎，毫发无损……

"锦觅，我的心你是知晓的。便是你恼我，便是你怨我，我也断然不会让你与夜神联姻！"

"入地狱又何如？这天地之间岂有我旭凤惧怕之物！"

"锦觅，我想，终有一日我会杀了你。"

"这宣纸你说送我可还作数？"

"你啊……没心没肺……"

"你放心，这些仙子纵是再好也入不了我心。"

"天地之大，女子纵多，我心中只有一人独好。"

"旭凤此生仅娶一人。"

……

一股浊气涌上心，我跌坐在地上，"哇"地吐出一口黑血。

"原来姹紫嫣红开遍，似这般都付与断井颓垣。良辰美景奈何天，赏心乐事谁家院！朝飞暮卷，云霞翠轩；雨丝风片，烟波画船——锦屏人忒看的这韶光贱……湖山畔，湖山畔，云缠雨绵。雕栏外，雕栏外，红翻翠骈。惹下蜂愁蝶恋。三生石上缘，非因梦幻。一枕华胥，两下遽然。"

我翻了个身，睁开眼，看见床头小几旁倚着两个小仙姑，头垂着时不时一点一点正在打盹。我撑了撑手臂欲坐起身，哪知臂弯一软，却脱力跌回了床上。

一番动静惊醒了两个仙姑。

"外面是谁在唱曲儿？"我问道。

其中一个小仙姑瞪大了眼睛，忽然转身拔腿就往外奔，一路嚷道："快！快告诉天帝陛下！水神醒了！"

另一个仙姑显而举止庄重稳妥许多，只是瞪目看着我犹带一丝颤音回道："水神睡了这半年可算是醒了，天帝陛下日夜忧心。"

我蹙了蹙眉，再次问道："外面是谁在唱小曲？"

那仙姑道："天帝陛下今日登位，诸仙助兴，前庭有仙家搭了戏台子，在唱凡间的曲子。"

我闭眼问道："这唱的是什么？"

那仙姑恭恭敬敬回道："唱的是一出昆戏，唤作'惊梦'。"

"惊梦……惊梦……"我喏嚅着在唇间重复了几遍，忽地抬头看向她，"天帝？哪个天帝？"

那仙姑掩口一笑："水神说笑了，天帝还有哪个，自然只有一个，便是夜神殿下了。方才天帝还抽了间隙过来瞧过水神，不想可巧刚走，水神便醒了。"

"夜神……"我脑中忽地乱作一团，"夜神……你说哪个夜神？"我一把攀住她的袖口，"火神呢？你说我睡了半年？火神为何不来看我？"

"火神……"她一时怔怔不知答言，被我揪着衣袖再三再四重复问，方小心翼翼道，"火神……火神不是半年前便灰飞烟灭了吗？"

"轰隆"一声巨响，我脑中蓦地炸开一团血雾。

他的一颦一笑一举手一投足……

青丝……

柳叶冰刃……

脊背……

内丹精元……

血，满目的血，沿着白皙的云砖，一阶一阶往下淌，只有源头，没有尽头。

是的，他死了啊！是我亲手把刀锋插进他的精元！是我亲手杀死他的！是我亲眼看着他魂飞魄散的啊！

我捧着双手，胸口莫名袭上一阵剜肉一样的疼痛。我蜷起身子缩在床角，痛得直不起身，霎时心肝脾肺皆像被剜了出来，活生生、鲜血淋漓触目惊心地被弃在地上。我拧着手腕，蛮力地拧着，疑惑着为什么被剜掉的不是这双手呢？

"仙上！仙上！怎么了？你莫要伤了自己啊！"

我痛得脚趾抽筋，张皇失措地望着她："快！我的心掉了！我弄丢它了！你帮我找！快找！一定就在这房子里，一定要找到！我不能没有它！好痛，痛死了……"我捂着空荡荡的胸口缩成一团。

那仙姑满面惊恐，直道："好，我帮你找，帮你找……"她跪上床沿，掀枕翻被一通找，团团转着寻了一圈，"没……没有……仙上，没有啊……"

"床上没有，床下找，还有厢房外面！一定在的！"我号啕落泪，剧痛不止。

"在找什么？"有人踏了进来，颀长的身子，赤金的袍。

旭凤？

我泪眼蒙眬地顿在那里，万物静止。

"找心……天帝……天帝陛下……仙上要我帮她找心……她说她的心掉了……"那仙姑哆哆嗦嗦，魂不附体。

"觅儿，怎么了呢？"

海市蜃楼一瞬间轰然崩塌，凤凰从来不叫我觅儿……胸口又被剜了一刀，血肉模糊……我纠结拧曲着双手，喉头里胆汁破裂一样苦。

"好苦，好痛！我是不是快要死了？"我失措无助地看着他。

小鱼仙倌压住我的手，将我抱进他怀里，拍着我的背，轻声道："不会的，有我在，觅儿如何会死呢？况且，我们还要携手千年万年几十万年，便是天荒地老也不够。觅儿只是睡了太久，身子难免有些不适。"

我挣开他："不要碰我，我好痛！"

"哪里痛呢？"小鱼仙倌温和地看着我，"我给你渡气，用元灵帮你镇痛好不好？"

我捂着胸口，只觉得那痛从胸口处泛滥，直达四肢百骸，针砭刀刺一般，说不出哪里痛，却又处处都痛。我蜷紧身子，眼泪止不住地往下淌："我不知道，我不知道哪里痛……好苦，嘴里都是苦的。你救救我……"

小鱼仙倌笑了笑："吃糖便不会苦了。"他随手变幻出一颗冰糖，亲手喂入我口中。

那糖在我舌尖化开来，化成一股黄连汁水般，只觉喉中更涩更苦，苦得我夹紧了眉头将它吐了出来，却见那糖已被染得血红。原来，只有爹爹的冰糖才是甜的。可是，爹爹早已不在了……

小鱼仙倌看着那颗染得血淋淋的糖，眉间隐忧连连，伸出手将灵力注入指尖，缓缓摩挲过我的后背："觅儿莫怕，会好的，一切都会好的。"

我哽咽啜泣着，直到喉头沙哑发不出一点声音，那泪水仍扑簌簌地往下落，似乎永无枯竭之日。自己也不知道自己这究竟是怎么了，像是中了什么巫蛊一般，我抓紧小鱼仙倌的手："我一定是中了凡人说的降头术，你替我解了它好不好？"

"好，我替你解了它，觅儿不慌，有我在。"小鱼仙倌取了枚凝神金丹，用蜜

糖水和了让我服下，渐渐平复了我错落起伏的喘息。只觉着轻飘飘的越来越倦，我缓缓地睡了过去，却连梦里亦是如影随形的痛楚。

不晓得睡了多久，睡过了日，睡过了夜，睡去了那些痛，睡得那些苦从我的喉头一直渗到最细的头发丝里，丝丝分明，纤毫毕现。

再次醒来，又是一个春天，和煦的春光透过窗棂铺洒进来，庭院里有鸟声婉转私喁，有人背对着我在屏风外抚琴，高山流水泠泠淙淙。

我赤脚起身步出屏风，越过那个抚琴的人，推开窗户，暖风夹着丝丝云絮扑面而来。廊檐下一对凌雀正在衔泥筑巢，扑棱着翅膀忙忙碌碌，时而亲昵地蹭蹭对方以示勉励，时而又叽叽喳喳吵闹不休，似乎为了一根稻草的放置而起了分歧。见我望着它们，忽地止了争吵，将脑袋怯怯藏在翅膀下，偷偷透过羽毛的缝隙看我。

"觅儿，你终于醒了。莫要再这样睡下去，好吗？我好怕自己还未来得及将你娶过门，还未来得及好好爱惜你，你便这般睡到了地老天荒。"

我不敢回头看那抚琴人……其实也不然，我只是不敢看见那琴，曾几何时，亦有个清傲的人背对着我抚琴。最后，那琴，断了；那人，走了。

我摸了摸脸颊，干燥没有一丝水渍。

原来，眼泪也会逆流，它们在我的胸口逆流成河，面上却再也流不出一点一滴。

小鱼仙倌从身后抱住我的腰，将下颌轻轻放在我的肩上，潮湿的鼻息羽毛一样扫过我的颈侧："觅儿，你看，花都开了。我们何时成婚？这个春天好不好？"

我微微错开身子，没有答话。

是啊！窗开了，花亦开了，却为何看不见你？

"仙上体质阴寒，此处燥火旺盛，实在不宜久留，望仙上速归。若是仙上有个闪失，恐又要叫天帝陛下心伤忧虑了。"

我挽起袖口，抹了把额头上争先恐后奔出的汗珠子，扇着面孔道："不妨事。就是热了些，哪里有你说的这般严重。你且放宽心，天帝政务繁忙，分不出神来计较这些琐碎小事的。"

离珠是小鱼仙倌派来服侍我的小仙姑，万事皆好，就是小题大做这点很是要命。而且事无巨细总喜欢拿来碎碎念一番，张口闭口总要劝诫于我，一般说话皆以"恐怕又要叫天帝陛下心伤忧虑"做结尾陈词。便是我平常若走神发呆时间长了些，她亦要忧国忧民一脸肃穆地来打断，倒像是我做了什么十恶不赦的事情，唯恐我走火入魔误入歧途一般。小小年纪便学得这个模样，将来老了成了仙婆婆以后还指不定怎么啰唆。

我摇摇头替她叹了口气。

不想离珠见我叹气，立刻面上一忧如临大敌，严阵以待道："仙上在叹什么？恕我多嘴劝一句，有些事过去便让它过去了，凡间俗人都晓得做人要朝前看，更莫说仙上修行了这许多年，如今是个上位之神，想开一些，便是知足常乐。况且天帝陛下待仙上一心一意、体贴入微，从无往任天帝雨露均沾之恶习，仙上若再心中记挂别他，便是我这等随侍都要心寒，莫说是天帝陛下……"

我的头又如惯常一般突如其来袭上一阵穿刺疼痛，我掏了颗糖含在口中，打断她道："这里暖和，我再坐坐，你且先回去替我把魇兽喂喂饱。"

"仙上……这火焰山顶老君丹房外，你说暖和？还有，那魇兽食梦，离珠却上哪里去寻这许多梦境喂它？"她面目扭曲，跺了跺脚。

"这魇兽跟了我这许多年，不挑食，你随便塞把草叶或竹子喂它皆可。"离珠还待再说，被我挥挥手封了口，只得嗔视我一眼，心不甘情不愿地回身退去。

今日太上老君出关开丹炉，我老早便探好消息，特意寻了过来，哪知离珠这个小老太婆一路跟着也来了，幸而现下将她打发了，落得我耳根清净，连丹房外的腾腾热气也变得不是那么难以忍受了。

午时一到，听得兜率宫里厢金钟长鸣，我整了整衣饰，递了张拜帖给看门仙侍，不消片刻，这仙侍便回返来，恭恭敬敬将我迎了进去，低垂着头，瞧都不敢瞧我一眼。

据离珠说，那日，小鱼仙倌一挣脱捆金绳束缚后，便趁诸仙众天兵天将失神混乱之际一举拿下天帝，一时掌控了场上主导之势，而火神之军失了主帅，一时群龙无首，被夜神之师以少克多奇迹般制伏。一役大胜之后，天界召开论法大会，会上小鱼仙倌列出天帝一十八条罪状，条条入理，加之其平素德行口碑又好，诸仙皆信服，遂推其为下任天帝。而原天帝此后便被小鱼仙倌流放至神霄九宸岛上颐养，顺带一日三省。

谁做天帝我皆无所谓，只是我自从被上任天帝封了水神之位后，如今天界诸仙见到我皆要恭敬客套一番，面上却总带了一丝不易察觉的惶恐，倒似我是头洪水猛兽一般，叫我难免觉得有些挫败之感。

穿过迷踪复杂的八卦庭廊，还未入正厅，便险些被个端着香炉药童打扮的仙侍给撞倒。

"你且看路仔细些！"给我引路的仙侍眼明手快将那香炉一把隔开，动作娴熟流畅，想来习以为常了，口中还不忘嗔怪道，"总是这么毛毛躁躁的。"

"陵光公子？"

我掸了掸衣摆香灰正待抬脚入正厅，却见那冒失的仙侍瞠目结舌戳在我面前，一声叫唤倒叫我有些许耳熟。

"咄，什么陵光公子，还不快快拜见仙上。"引路的仙侍扯了扯他的袖口。

"仙上？"那仙侍怔了怔。

我仔细看了看此人的面目，呃，不正是当年那个教我吃喝嫖赌乃人生四大乐事的山匪土地仙吗！难得瞧见一个敢直视于我的熟人，心下一时十分亲切，遂颔首热络客套道："土地仙许久不见，可还安好？"

"嗬！真是陵光公子！小仙不识，不想陵光公子竟是位仙上，失敬失敬。"土地仙连连拱手对我作揖，一五一十恭敬回道，"小仙这些年尚且安好，此处虽热倒也不坏，随便拾些老君炼丹剩下的残渣炖了服食也可长上一甲子功力，可说是因祸得福。"

土地仙又道："倒是发配小仙之火神，唉，想来是陵光公子的挚友吧？不意竟出了这般大事，还请陵光公子节哀顺变。对了，小仙品阶低见识不多，冒昧一问，陵光公子既是一位仙上，不知司掌的是什么？"

我顿了顿，淡淡道："司水。"

"水神……火神……原来就是……"土地仙脱口而出，看我的目光也变了，与那些仙家看我的眼神一般无二。

我从袖兜里摸了颗麦芽糖放入口中，将土地仙震惊难以置信的目光抛于身后，跨步入厅。

兜率宫正厅内，老君正揭了帘子自后院丹房里步出，见了我疾走几步拱手道："水神有礼了。"给我让了座后，遣了左右童子下去看茶，伸手顺了顺下巴上一捧瀑布花白胡子，挑了里面一撮微微焦黄卷曲的捻了捻，不疾不徐道，"水神此番远来登门，不知所为何事？"

不错，这老儿直截了当的性子我喜欢，倒省了你来我往那些冗繁的客套话。

我看着他那撮显而是炼丹时候被烧焦的胡子酝酿了一番，道："小神素闻老君之丹乃天界一宝，小则可使人化腐生肌、驻颜回春，大则可凝气聚魂，活死人、消百病。"

我顿了顿，转而看着他脑门上一抹没擦干净的火灰，继续道："更有甚者，我听闻老君还炼得三颗九转金丹，可回仙魂延神命。小神此番来，正想问老君讨得一颗这九转金丹，不知老君能否割爱相赠？"

太上老君手上一滞，捏了胡子顿在那里，显而是颇有些意料之外，脚边的青牛坐骑亦抬头看了看我，"哞"了一声继续打盹。

我等着老君面上惆怅、纠结、扭捏、割肉、狰狞、不舍、无奈、矜持各式表情轮番交替过一盏茶的工夫，又等着他面上矜持、无奈、不舍、狰狞、割肉、扭捏、纠结、惆怅走马灯地替换过一炷香的工夫，可算见他放下胡子，端起茶盏抿了口茶水，慢悠悠道："此丹之效未有水神说的这般神奇，不过世人以讹传讹夸大其词罢了。须知神有七魂七魄，合为四十九周天，除非留一魂一魄抑或肉身尚在，用了老夫这金丹恐怕有些功效。"他看了看我，道，"水神讨要这金丹怕不是想要将先水神唤回？恕老夫直言，先水神魂魄尽失、肉身已逝，便是这金丹亦是回天乏力。"

我握了握杯身，复松开："先父仙逝已久，我已不奢求回天。今日登门求取金丹乃做他用……盼得老君赠丹，锦觅必定千恩万谢，他日若有锦觅可相助之处，赴汤蹈火亦在所不辞。"

老君踌躇了约莫一弹指，道："须知此三颗金丹耗尽了六十甲子方得成，水神且容老夫审思慎度一日，明日再来吧。"

我亦知晓这金丹炼了三千六百年方成，十分稀罕，不得勉强老君，只得临走告辞时一步三回头将这兜率宫的门匾殷殷切切望了又望。

回到璇玑宫已是夜阑人静时，小鱼仙倌的窗口尚且透出些许摇曳的灯火，想来还在阅览各界奏请表书。我轻手轻脚从他门前越过打算低调地回房，不想刚推开门便听得小鱼仙倌在我身后道："觅儿，你回来了？"

我心下叹了口气，回身："正是。夜神殿下也还没睡啊？"

他走上前来，拂去我发梢的露水，微微一笑："你未归，我如何睡得踏实。与你说过，唤我'润玉'便可，两个字可比四个字唤起来便当许多，你说是与不是？"声音柔和倒有些许诱哄的味道。

我咳了咳，垂目道："天帝的名讳怎可轻易叫唤，我以为不大妥当。"

他伸手握住我的手心，道："你与我若再顾虑这些规矩，倒显得生分了。"

我含含混混应了一句:"我有些困乏了,你也去睡吧。"

他低下头淡淡注视着我的双目,状似不经意道:"听说,你今日去了兜率宫求取金丹?"离珠这个大舌头!我垂目看着脚尖道:"不过随便逛了逛。"

小鱼仙倌轻轻"哦"了一声,又道:"不知觅儿要这九转还魂金丹做什么?"

我讷讷闪烁了一下目光,回道:"我命里带灾,想来这金丹放在身上也可算个保命之物,以备不时之需。"

小鱼仙倌抬头看了看星子,复垂头看我,道:"觅儿若想要什么,不妨与我说,或许我能帮上一二也未可知。"

我猛地抬起头。

他握了握我的手心,放开道:"夜深了,你去歇息吧。"

第二日,我硬生生挨到辰时方去叩那兜率宫的门。看门小侍将我引进门时,老君正在丹房内守着哔啵作响的丹炉如火如荼地炼药炼到高潮迭处,我不便打扰,便默默守在一旁流汗,直到老君尽兴,回身看见我冷不丁地抖了抖胡子时,方与他招呼道:"不知老君昨日考虑得如何?"

他抖了抖袖口的药渣子将我带离药房,一出门站在院中便道:"水神诚意相求,若老夫不允,未免悭吝,只是,这金丹统共只有三颗,若今日水神轻易得去一颗,只怕其他仙家风闻之后亦要来讨,老夫却如何应对?"

我心下一"咯噔",凉了半截。

"不过,今日天未明时又帝亲自来了趟兜率宫替水神说了些话,老夫想想亦有些道理,倒不妨允水神一颗金丹。"

不想这事竟有转机,我一时柳暗花明又一村地心中一热,对小鱼仙倌生出一丝愧疚……

"如此,真要多谢老君慷慨相赠了。"我忙不迭拢了袖要作揖。

"水神且慢谢。"老君摆了摆手,一捻胡须忽又峰回路转道,"虽说金丹可赠,只是要叫水神拿一样东西来换取,也好叫老夫今后应对讨丹之神有个说法,不落人口舌。"

"只要是属我所有之物,老君尽管开口,为此金丹锦觅愿倾其所有。"

太上老君沉吟片刻,笃定道:"水神今日若愿以自身六成灵力交换,此九转金丹便赠予水神。"

"好。一言为定！"我舒出一口气。

老君却面色一惊，张口愣在那里，像是被什么意料之外的事突袭了一般。我心中不免纳闷，唯恐他反悔再说出些什么，连忙道："如此，现下我便去丹房中提了六成灵力注入老君的八卦炉之内，可好？"

那老儿一脸悔不当初，做痛心疾首状，沉重地点了点头。

所谓九转金丹，原来一点也不金，不过汤团一般大小的泥丸子一颗，一不当心落进土里怕是寻也寻不着，此刻捧在我手中却是比金子还金贵，我小心翼翼用绸子将它包好揣入怀中，别过老君。

太上老君送我至门前还一脸依依不舍反复叮嘱我："木克金，这金丹遇木即化，水神可要稳妥保存，莫要大意，切记切记。"

虽说我自那日睡醒之后灵力便增长了数十倍，想是爹爹说的那迦蓝封印已破，然则一气儿丢了六成灵力，难免叫我脚下虚浮，有些空荡荡轻飘飘之感。我强自克制了不适之感，揣着金丹便往魔界飞，路途虽远，身上虽空乏，口中却没了往日那么浓烈的苦味，今晨到如今晌午时分我竟一颗糖都没吃亦不觉得有何不适。

堪堪飞抵忘川边上，便见着那撑船的老爷爷披戴着蓑衣斗笠泊在岸边："姑娘，可是要渡河？"

我拿了一株灵芝递与他："这位老者，我不过河，只是有紧要之事向你打探，这株灵芝便权作问资。"

那老爷爷拿着灵芝端详了一番，突然惶恐道："这可是花界的圣草！姑娘要问什么，老夫如若知晓必定知无不言言无不尽，这圣草太贵重了，老夫受之有愧。"

"无妨，圣草若无人用也不过是一株杂草而已，老爷爷只管收了便是。"

老爷爷淡定地看着我，像是参透一切般了悟："姑娘要问之事怕是老夫回答不出，故而这圣草更是万万收不得。"停顿了一下，又道，"姑娘可是要问当年与你渡河的那位公子？"

心中一击，那痛楚便顺着血脉蔓延到了细密的发丝之中，根根作痛直至发尖，鲜明得倒像是血珠一滴一滴地从那发梢倒流了出来。

我茫茫然看着起起伏伏的船舷："没错。这忘川是幽冥渡口，爷爷可曾见过他的一丝一缕魂魄自此处出现？"

老爷爷叹息一声："姑娘知道，这魔界幽冥仅渡凡人鬼魂，便是生平积了些善德的凡人亦走天道，断然不堕地狱，何况那公子乃一位尊贵之神，生来便是超脱六界不堕轮回的，魂魄又如何会现于此处？姑娘怕是找错地方了。况且……"他顿了顿，像是不忍看我一般回身对着虚空浩渺的忘川，"说句不中听的话，五行之道相生相克，自盘古开天地以来水火便是对冲相克，姑娘之水刃刺入了那公子火灵精元之中，这公子的魂魄想来断无可能存下一丝一毫……"

我吞咽了一把糖，倔强地仰起头："不会的。他的魂魄一定未尽！他说过，他要杀了我。我如今还好端端站在这里，他是个永不言弃之人，说过的话必定会做到！他一定会回来亲自杀了我的！我相信！"

冥冥之中，我知道，没有任何依据没有任何线索，但是，我就是知道！

午夜梦回，总是遥遥望见这忘川的渡口有个身影在等我，一颦一笑一抬手皆在回首一瞬间……

我抬脚毫不犹豫地涉入忘川之中，任凭那些哭喊狰狞的鬼魂缠绕攀附上来，瞬间汹涌而至将我半身浸没，我用手分开这些丝丝缕缕的魂聚之水，细细分辨筛寻这水中的魂魄。我坚信，只要我找，不停地找，便是这忘川之水由千千万万亿亿滴魂魄所聚，我亦能从其中找见属于他的那一滴。

"姑娘，唉……你这又是何苦？"那老爷爷伸手便要拦阻，被我一把推拒，只得坐回船头，连连摇头，"听老夫一句劝，情之一路，崎岖险阻凶险非常，乃一条不归之路，迷途知返方为正道，姑娘这般执迷不悟一条道走到黑却是害己又害人。"

不是的，这老爷爷说得不对，什么情什么爱？我只是中了降头。不知为何自从那日睡醒之后我便诸事不受自己控制，常常一门心思地做些奇奇怪怪的事情，胸口常有怪异的憋闷之感……这降头术连小鱼仙倌这般仙术都解不去，我只能朦胧地意识到自己正在一点一滴地病入膏肓……

不晓得找了多久，看不见日头看不见月亮，满目皆是那些流动叫嚣的魂魄，我强聚着阴阳之眼分辨他们，一直看一直看，看到双目肿痛，我伸手揉了揉眼皮继续聚精会神找寻。我不能睡，不敢睡。我已经睡去了两年光阴，如果再多睡去一夜，我不晓得是不是就会错过他的魂魄，我好怕，从未如此地害怕……

"觅儿，你这是在做什么？"一道刺目的白光划过，我揉了揉眼睛茫然转过头。

还未分辨出什么，身体便被大力地拖曳出忘川，他将我提起，复重重地一掼，弃在岸边。

"你看看你自己的手！看看你的脚！你是在糟践你自己还是在糟践我？"

我看了看自己的双手，只不过是被那些鬼魂咬噬得涨红布满血口而已，脚下也仅仅是麻痹淌血伤痕交错而已，这些并没有什么的，小鱼仙倌未免小题大做了一些。我从未见过他这般动怒，仿佛我闯下了什么不可饶恕的滔天大祸，其实，那个滔天大罪我两年前便早已犯过了，不是吗？

"你知不知道，若非我及时找到你，再这样泡下去连你自己的魂魄也会被吞噬！"他的胸口起起伏伏，双拳紧握居高临下怒视着我，像是气得不轻，"你这是为了他吗？你为了他连灵力都不要，连这噬命的忘川都敢跳！你知不知道你自己在做什么？你知不知道他是你的杀父仇人，是你的弑母仇人之子？"

"我知道，我都知道。"我捂着脸，双手肿胀得好似已经不是自己的手一般木然，"可是我克制不了，你晓得我中了降头术，我一日也不敢忘记是他杀了我爹爹，可是那降头术总是操控着我，叫我停不下……"我茫茫然喃喃重复着，声音低到只有自己才听得见。

"我忘不了他……我明明知道是他杀了我的爹爹……可是，睁眼闭眼都是他，我很想很想他，想到一寸一寸连头发丝都是痛的……"我无助地抬头抓住小鱼仙倌的袖口，"他还能活过来，对不对？只要他活过来，我是不是就可以解了这降头术？"

他僵硬了片刻，在我恳切的目光下弯腰将我纳入怀中，轻柔的动作与他适才愤怒的言语截然相反，半响之后头顶心传来一丝幽幽的叹息："他死了。再也无法活返。"他轻轻抓过我的手停在他的胸口，"但是，你还有我，不是吗？你听见里面的跳动了吗？每一下都是我在等你回头的呼唤。"

我竟夜夜无法入眠，整碗整碗吞着蜜糖，再也戒不掉，除了糖吃什么都是苦的，连水都是涩的。

小鱼仙倌看着我防着我，再也不让我踏入忘川之中。但是，我对他说我不入忘川，只求他让我在岸边看一看就好，只要让我看一看我便不会那么难受，他便再不阻拦我，只是那魔兽再也不离我半步地跟着。

今晨偶或路过凡尘俗世，听见两个垂髫小儿蹦蹦跳跳在唱童谣："祈雨要上水神庙，不奉茶水不奉香，一罐早春三月蜜，灵验赛过万两金。"

我付之一笑，金子怎么比得过糖呢？我如今才晓得，糖是万能灵药。

光阴变得很长很长，长得让人难以忍受，小鱼仙倌只要从公文之中脱身便来与我做伴，但是，抚琴、下棋、修炼，再没一样能叫我提起兴致。除了去一去忘川，我便将自己关在厢房里画画写字，一直画一直画，相信终有一日我可将这世上最后一张宣纸用尽……不晓得是不是耗尽了这世间所有横横竖竖的丝，我就可以断了心中的那段思？

花开了，我就画花。

花谢了，我就画我自己。

你来了，我当然画你。

你走了，我就画一画回忆。

二十念为一瞬，二十瞬为一弹指，二十弹指为一罗预，二十罗预为一须臾，一日一夜有三千须臾。

十年，一千零九十五万须臾……画尽了万张纸，方挨过。

我驻足在忘川边，漫无目地望着虚空的川水，一望便是半日。渡船的老爷爷将旱烟杆在船舷磕了磕，清了清沧桑的嗓子，不经意道："老夫近日除了姑娘外，夜里倒是常见着一人，此人除却十二年前见过一次，最近倒是夜夜都从这忘川口坐渡船到对面的魔界去。"

"哦。"我淡淡应了一句，我素来并不关心周遭物事，只是不好辜负老爷爷找我聊天的兴致，便漫不经心附和地问，"不知是何人？"

"老夫只是个撑船的，不识得这许多人，只是那姑娘一身衣裳倒是有些与众不同，遂留下了印象。"老爷爷吧嗒了一口烟圈，缓缓道，"她的披风为百鸟艳羽所织，裙摆甚长华贵非常，想来应该位阶不低。"

穗禾？

我不答话，低头沉吟片刻，实在想不明白这穗禾公主频繁出没魔界幽冥所为何事，遂作罢。

是夜，小鱼仙倌公文繁忙，不得空来监督我就寝，左右我也睡不着，索性用瞌睡虫迷晕了看管我的离珠，又用离珠香甜憨实的梦境引诱那饥肠辘辘的魔兽去食。摆脱了这两位后，我便飞去了忘川，付了少许渡资后，老爷爷稳稳当当地将我渡至对面幽冥入口处。

我忍着四周绿幽幽狼眼睛一般忽隐忽现的冥火在岸边喂了大半宿的蚊子精，可算遥遥见得远处一道霞光落，老爷爷又渡了一人过来。我将自己的身形隐了，蹲在艾叶丛中，果然见那穗禾公主一身霓裳羽衣下了船，自我面前行色匆匆地走过，直奔幽冥深处而去。

我自失了六成灵力以后，身上气息便消减了许多，况，我本性属水，一入夜气味便融入了更深露重的夜色之中，根本分辨不出来，遂，我隐着身形跟了穗禾大半路也未引起她的察觉。

但见她一路疾行，避开鬼怪妖精出没的熙攘处，专挑僻静的小道绕了走，行走之间神色警惕，时不时不忘左右前后看一看。这般模样，我一看便知多半有猫腻，不是去偷东西便是去偷情，总归离不开个"偷"字。

最终，见她鬼祟停在一棵树桩跟前，再次左右确认无人后，伸出右手，用食指尖沾了边上草叶上的露水沿着树桩的年轮细细描绘了一遍。少顷，便见那木桩轰然从中间对半开裂，现出一条鬼火幢幢的通道，穗禾公主一闪身便钻入其中，那木桩眼看便要迅速合拢。

我急了，半路跟丢可就前功尽弃了，赶忙上前要扒开那仅剩一条缝隙的木桩，岂料还是慢了一步，眼见着那木桩在我面前合拢得严丝合缝痕迹了无。我正待照那穗禾公主适才所做依葫芦画瓢一番，却听见里面传来说话的声音，便竖起耳朵，用了些法力趴在木桩子上凝神倾听。

有两个说话的声音！

一男一女！

女的是那穗禾公主，男的……苍老浑厚但陌生，我提起的心又沉沉地溺毙在深潭里。

"老君那里倒是有灵丹……只恨我不便问他讨要，六殿知道，座上的那位心有七窍，盯得紧，我若问老君讨丹，他必定不出半日便能知晓，届时……败露无疑……这是花界的灵芝圣草……过去，花界长芳主曾让我鸟族蒙冤百年，心有亏欠，我此番问她讨要此草，她便不好推拒……但是，她手上也不过仅有三株，还是过去先花神留下的，如今能种出此草的……除了……别无他人……此女既痛下杀手，又如何……"

"如此，只好拿这灵芝圣草先行吊着……其余也无法……倒是难为穗禾族上一

片痴心,四处奔波……"

两人的对话饶是我用了法术亦听不是十分真切,时断时续。

"穗禾要多谢六殿才是,此番若非六殿于混乱之中眼明手快,又如何留得住……"

"非也,幸得……不同于一般……七魂七魄,尚多一魄……为……涅槃轮回所用……穗禾族上近日频繁出入,可有注意周遭异样?"

"穗禾惯来小心,但不知为何今日心中一直惴惴难安,还是先行一步……这秘道外未设结界,是否不妥?"

"此话差矣,若设了结界,反倒是此地无银三百两,明摆着暗示他人此处有异……"

说话间,木桩突然开裂,幸得我闪身快,化成了一滴露珠混迹在周遭草叶之中。但见穗禾公主步出秘巷,犀利的目光左右警惕地看了看,最后停在我栖身的这丛小草上,似是凝神仔细将此处瞧了瞧,终是没能看出什么,只好转头撤去。

待她走远,我方松开鼻息,呼出一口长气。片刻后,木桩再次裂开,自里面踱出一个男子。

我凝神看了看,认出竟是于那场婚礼之上有过一面之缘的十殿阎罗之一——排行第六的卞城王。但见他回身仔细将那木桩上上下下检查了一遍,确认无丝毫破绽之后,又挥手移了些四周的杂草将其掩盖。若非细看,谁人会在意这路边被伐断的一棵木桩,更不会想到这木桩下还另有玄机。

卞城王渐行渐远,直到他瘦高的身形隐入魔界暗红色不祥的天色里,我方摇摇晃晃自那草叶卜滑落下来,变回原本身形。

我俯身贴在那木桩圆圆的断面上听了又听,确认没有任何响动后,方伸手蘸取一滴露水要依照方才穗禾所做描画那年轮,怎奈手指却一下不听使唤,连指尖都不由自主地颤抖着。我强自压下心头那个盘桓了十二年的奢望,压下那些久久不能平息的澎湃念想,用左手大力地握紧右手的手腕,勉强平复下颤抖,一圈一圈重复描绘了一遍年轮……

木桩霍然自里打开,一盏冥火倏忽点亮。我踏入其间,那木桩又在我身后悄悄闭合。我脚下踉踉跄跄磕磕绊绊地向前走去,最后,终于在转角处被脚下裙裾一绊,整个人向前扑倒跌到了干燥的泥地上。

满面土屑轻轻刺着我扎着我,逼迫着我一点一点抬起头来,仅仅一眼,我便又俯面趴回地上。有东西自我的眼尾漫溢而出，那些久违的我以为再也流不出的液滴一颗一颗渗入了我面下干涸的土壤中，小小声地哔啵作响叫嚣着。我不敢抬头再看第二眼，不晓得这样的幻象会不会一眼即灭。

我趴了很久，很久，喉头哽咽，直到那些摇曳燃烧没有温度的冥火烧得我身心剧痛，方按捺不住地抬起头。

他安安静静地躺在一片悄悄燃烧的幽蓝冥火之中，面上神情一如十二年前的那一刻，长长的眼睫根根分明地顺服垂下，唇色惨淡，睡得像个乖巧的孩子一般一动不动。叫人忍不住想要伸手捏一捏那脸颊将他吵醒，告诉他，大可不必睡得如此规矩，便是翻翻身子也是好的……

三株灵芝圣草在他身下烧成一缕一缕淡淡的仙气，笼罩在他周身，慢慢汇入他的百会之中，却如同泥牛入海、沙砾沉井无消无息，没有引起他胸口一丝一毫的起伏，没有换得哪怕丁点能证明他尚且活着的吐纳气息。

仅有发间簪的寰谛凤翎金光熠熠，那根我曾以为随他消逝的凤翎。

心中有一个强烈的念想，想要再碰碰他，再看看他。仅仅这样一个简单的念想，竟让灵魂到身体都渴望得要炸裂一般疼痛。我知道是那控制我的降头术又开始发作了，这降头术定是他十二年前在我身上种下的！是不是……是不是只要将他救活，我便会痊愈？便会摆脱这巫蛊之术？

我支撑着身体从地上站了起来，迫不及待地疾行几步到他跟前，不顾那些扑面而来看似无害却燎人魂魄的冥火，踩过那些张牙舞爪的护法魂魄，罔顾它们的尖牙利齿刺穿我足底的涌泉穴，扑到他身边，伸手抚上他的面颊，却不想什么都没有触到，指尖只是穿过了一片虚无，穿空而过。

我怔怔然，原来，他留下的仅是一缕形魄……

不过……我摸了摸胸口的九转还魂金丹，将其掏出放入口中。未几，一缕赤金的烟气逸出，我看着他空灵灵若隐若现的面庞，俯身贴上那没有任何触感的虚无唇瓣……

我不是要救活我的杀父之人，我只是要救活他解了我身上的降头术而已……是的，我只是要救我自己！

说服了自己，我坚定地闭上眼，将金丹之气一寸一寸渡进他口中。

慢慢地，唇面上有了软热的触感；慢慢地，鼻尖亦碰到了另一方挺直的鼻梁；

慢慢地，手下贴紧的不再是一片空虚寂静，有什么正隔着我的手心隔着一方胸膛缓缓地、不紧不慢地搏动了一下，又一下……

最终，我耗尽全身气力跌坐在一旁，看着他身下的幽幽冥焰烟消云散……

那黝黑的长睫几不可察地动了动，我一时竟像被施了定身术般不得动弹，愣愣瞧着，直到外面转角处传来一阵衣摆摩挲的声音，我方一惊而起，化了身形隐匿在一株未烧尽的灵芝上，躲入这斗室的墙角里。

"何人？"原来是去而复返的穗禾。看着熄灭的冥火，她的脚步戛然而止，面上立刻惊疑不定。

我心下一跳。

与此同时，凤凰的眼皮动了动，霍然睁开双目。

一双长长的眼睛黑沉如墨，深不见底……

"旭凤！"穗禾公主扑上去抓住他的手，"你醒了？你终于醒了！"

凤凰慢慢坐起身，看了看被握紧的双手，淡淡然，缓缓开口："穗禾？"

"是我！"穗禾公主更加牢牢抓住他的双手，用力之大连手背上的骨节都泛出了青白色。

原来，穗禾公主此番既不是偷东西亦不是偷情……我突然莫名想起那些情爱之书中一个百思不得其解的字眼——偷心。

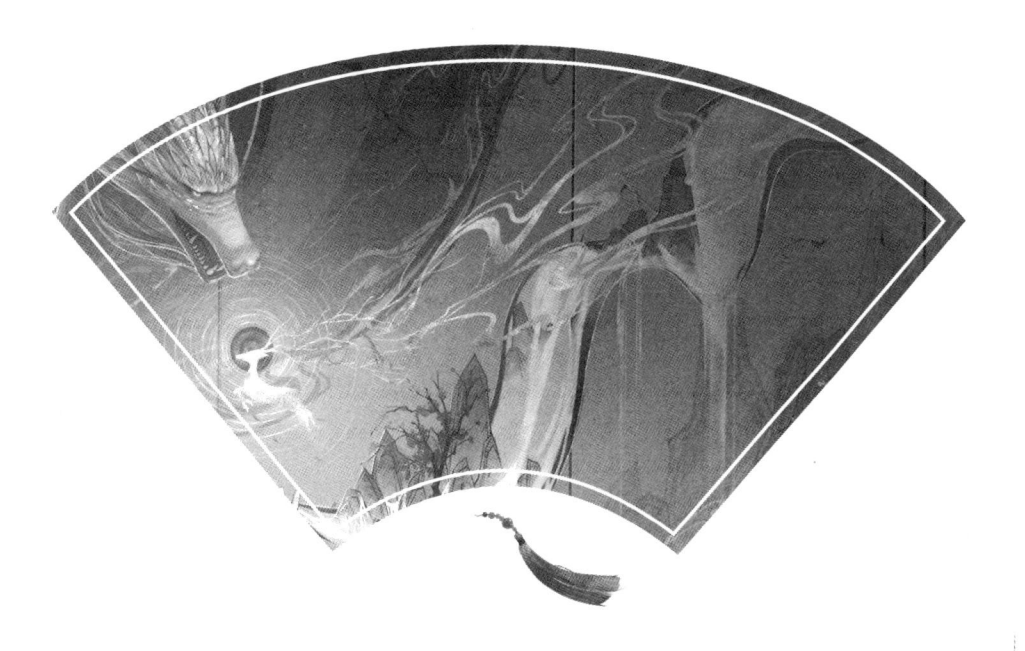

第十二章

我坐在床沿揉脚底心，想来是昨夜被那些镇灵的鬼魂给咬伤了脚，现下脚面上还留着一道道深浅不一的伤痕，我看着这些伤痕有些愁苦。小鱼仙倌那里倒有一种祛伤的灵药，上次我鬼使神差跳入忘川之中落下一身伤痕回来后，他便请药仙去东海之极取来鲛人之泪做成了这祛伤镇痛的妙药。只是……若问他拿药，他必定会知道我去了魔界，知道我去了魔界便定然会不高兴的……

幸得我昨夜趁得间隙化成水汽溜出幽冥回到天界，什么神什么鬼都没有惊动，现在脚上这些不过皮肉伤，咬咬牙忍忍便过去了。正做如是打算时，却冷不防看见眼角白光一闪。

"觅儿。"沉甸甸一声呼唤，我一惊，慌乱扯了丝被胡乱盖住自己的脚面。

"你这脚上怎么了？"小鱼仙倌轻飘飘落座在床畔的黄杨木凳上，声音不高不低，又问，"你昨夜去哪里了？"

我心中一怯，嗫嚅道："没有去哪里，哪里都没有去……就是……就是……"

他捏了捏皱紧的眉心，不言不语掀开那欲盖弥彰的丝被，我一双斑驳的脚面便赤条条暴露在了他的双眼下。我缩了缩脚尖，听得他道："觅儿，你知道的，无论你做什么事我都不会怪你，你无须对我隐瞒。但是，我独独不能容你伤害自己。昨夜，你是不是又入了忘川？"

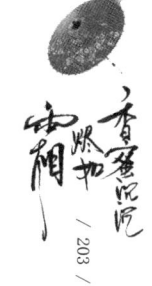

我不答言，做贼心虚般紧绷的心弦却一时松了松，原来他只是以为我又去踏忘川了。他叹了一口气，自怀中取出伤药，亲手给我上药。不知为何，我突然有些惶惑，缩了缩脚尖："还是我自己来涂吧。"

他却不松手，眉也不抬，沉静地道："你我之间还需介怀这些吗？"

我一声不响，他握着我的脚踝紧了紧："觅儿，你何时愿意与我成婚？"

我不由自主绷紧了脚面，喃喃道："你晓得的，我中了降头术，莫要传染给你才好。"

他手上一顿，许久，方继续抹药的动作，温和地低垂着眉眼，仿佛专注于手中动作，口中不经意地重复："降头……降头吗？"末了，他抬起头对我笑了笑，"你知道我不会介意的。况且，我恐怕比你更早便中了降头术。"

我愣了愣，心下一窒，不知如何回答。他却重新低下头轻柔地给我上药，似乎并不在意也未等我答言，我提起的心才又稳妥地放了放。两人默默相对无语直到我两只脚被他反反复复抹了五六七八遍的伤药，他才放下我的脚站起身，抚了抚一点折痕也没有的袖口，道："我去与诸仙论事了，你这两日便在这院中好好修养。"

我"喏"了声，便见他转身往门外去。门边，昨夜吃得溜溜圆的魔兽往后退了退，怯怯贴首伏在地上，待小鱼仙倌行远后方抬头向他远去的方向瞥了瞥。

离珠端了早膳进来，一看见我便开始絮絮不止，末了自然是以一句"仙上这般不爱惜自己，又要叫天帝陛下心伤忧虑了"结尾。

我就不晓得了，好端端一个做了天帝风光无限的小鱼仙倌入了离珠口中怎么便成了个多愁善感悲秋伤春的落魄书生形象，实在费解。

本来以为这脚上的皮肉之伤顶多两日便能痊愈，却不想，整整半年，方好全。这半年之中但凡我一起身走路便觉着脚下如履荆棘般刺痛，虽然心中总有个小小的声音反反复复叫嚣着念着咒催着我去看看那个对我施了降头术的人，然而任凭我做再多挣扎，也只能在离珠的搀扶下摸着墙勉强地气喘如牛挨到璇玑宫大门边上而已，只有躺着抑或坐着方不觉疼痛。走路都不得力，更莫说腾云驾雾了，因此这大半年我竟连璇玑宫的门也出不得。

虽不得出门，然，只要一想起那个人在六界的那一头活了过来，心下便生出一种莫名的慰藉，糖也吃得少了，偶尔也能吃些正常的饭食，由此，我更加断定这降头术是凤凰在我身上施下的。只是这降头时好时坏，若哪日我一并想起穗禾公主和凤凰两人，便又觉得胸口不是那么舒服了。想来是还未好全。

今日长芳主得空上天界见太白金星，抽空过来瞧了瞧我，恰逢我脚上大好，便兴致勃勃亲自沏了茶给长芳主。

花界与天界本来井水不犯河水皆因上任天帝天后所起，如今小鱼仙倌做了天帝，花界便也撤了与天界断交的禁令。两界神仙精灵来往据说日益频繁，过去十二年里，二十四芳主来天界时亦常来探我。只是，那降头在我体中日益根深蒂固，倒有吸食心头血叫我病入膏肓的趋势，便是她们来了，我也不过默默坐着，问一句答一句还常常答非所问地浑浑噩噩，有时小鱼仙倌见我精神不好便索性替我推拒了访客。

遂，今日长芳主瞧见我替她斟茶，一时吃惊不小："锦觅，你近日里身体如何？"

我抿了口茶，偏头想了想，终还是按捺不住向长芳主讨教："长芳主可知凡间有一种巫蛊之术唤作'降头'？"

长芳主点了点头："略有所闻。听闻中了降头之人便如失了心一般，言行举止皆为他人所控，不能自已。"

"如此一说便对了。"我轻轻叩了叩茶杯边沿，"我怕是中了这降头术。"

长芳主手上茶杯"嗒"地放在了桌上，神色古怪地看着我。我知她定然不解，便将自己这些年的症状说与她听。

长芳主越听面色越往下沉，最后，索性皱着眉满面凝重似乎陷入深思，半晌后，认真端看了一下我的脸面，吐出一句惊人之语："锦觅，你莫不是爱上那火神了？"

我手上一松，整个杯子掀翻在地，落地清脆。

"不是的！决计不是！怎么可能！荒天下之大谬！"我霍然起身，坚定地否定了长芳主离奇的揣测，"我只是中了他给我下的降头术！那日，我还在血泊里见过一颗檀色的珠子，那珠子一定有问题！"我攥紧了手心。

"珠子？你说什么珠子？"长芳主一下面色风云惊变。

"我记不大清了，只记得是一颗佛珠一般的木头珠子。"果然！我就说这珠子一定有猫腻！这降头术一定与它有关。

至此，长芳主彻底惨白了一张脸孔。

"说的什么珠子？我也来听听。"外面，小鱼仙倌恰恰回来，接过离珠递过的手巾一边擦着手一边笑意盈盈地往里走，拾了我下首位的凳子挨着我坐下，并不在乎天帝无论何处皆须居尊位的规矩。

为着长芳主的一番离谱推论，我尚在愤慨之中，想也不想便应道："在说中降头之事。"

小鱼仙倌几不可察地淡了淡面色："哦。"又看向我的脚，蔼声问道，"今日可还疼？"

"正要告诉你好多了呢。"这脚上若非他的伤药灵验怕是一年半载也好不了，如今好了自然是他的功劳，我站起来走了两步与他看。

他微微颔首，便转头与长芳主寒暄起来。长芳主自从听我说了那檀珠之事后似乎便有些心绪不宁，面色隐晦与小鱼仙倌说了几句话后便起身告辞了。

长芳主走后，我与小鱼仙倌默默相对喝了一盏茶后，正预备起身去上药，却听小鱼仙倌在我身后不浓不淡说了句话："他复生了。"

我脚下一顿，回头。

小鱼仙倌垂眼认真看着茶盏里的叶片，茶水蒸腾而起的雾气熏得他面孔氤氲，看得并不真切，忽而见他淡淡一笑。

许久，他才道："虽复生，却堕入了魔籍。"他抬头细细地看着我，"他复生已半年，半年之久，却隐藏得如此之好，时至今日天界才收到消息……"

我不知为何心底舒出一口气。

"如今，幽冥之中人人皆称他一句——尊上。"他抿了抿嘴角，仿佛事不关己般平淡地继续道，"仅半年，十殿阎罗皆为他收服所用。"

他手中的青瓷茶盖沿着杯沿缓缓掠了半圈，细细的声音响在大厅之中缭绕不去，话锋亦随着那茶盖慢慢转了过来："觅儿，你的脚是如何伤到的？"

我背上一僵，道："你知道的……为忘川魂水所伤。"

"哦。"他看着我，眼中有碎裂的光晕一闪而过。

我转过身，忽而觉得有些难过，急道："我去上药了。"

"觅儿，需记得，三分药七分养。你的脚尚未好全，还需将养。"他在身后温和地叮嘱，我脚下住了住，临出厅门前回身一望，对上他澄澈如昔的双目，突然生出一丝错觉。看不见沙石的潭水并非因着这潭水既清且浅，亦有可能是因为这潭水很深很深，根本没有底……看不见底又如何知道里面是否有沙石？

第二日，我趁着小鱼仙倌和翊圣真君论法之时，溜出了天界。魔兽蹦蹦跳跳跟在我身边，任凭我如何诱哄威胁，只是眨巴眨巴水汪汪的大眼睛无辜地将我瞧着，待我一转身，它便又欢快地跟了上来，无法，只好随它。

刚出南天门行不出一里路便被路上突然多出的一坨绿油油的东西给惊到了，定睛一看，竟是一尾盘成坨状的竹叶青，我不由得闭眼默念：险些没踩到险些没踩到。

那蛇抖了抖尾巴一阵变幻，看着那化作人形扬眉敞襟通身翠绿的模样，我忽然记起一桩事，早上出门的时候我似乎忘了翻皇历，果然误人又误己，可叹可叹。

"美人，可算让我逮到你了。"扑哧君虽然不似老胡那般又球又圆，然则也算是个高大的男妖，这么往路中间一站，我的气势便矮了一截，生生被堵在路上过不去了。

我镇定后退两步，又听扑哧君继续话痨道："几年不见，美人怎的又苗条了这许多？啧啧，真真是个风中弱柳我见犹怜，尽得花神与水神皮相真传！我决定将那《六界美人赏析宝典》重新编撰，当今世上，觅儿这美相貌决计冠盖六界，独领风骚！"

我抬抬手礼让道："一般一般，一般风骚而已。其实扑哧君你也很风骚。"

扑哧君受用地抬了抬眉毛，对我道："风骚，是一种美德。"

我郑重地点了点头敷衍附和，再抬头看了看日头，道："其实，言简意赅也是一种美德。扑哧君可还有事？"

扑哧君突然低下头，清纯道："没什么，我就是想看看美人你丧父大创之后可还安好。"忽而又愤慨狰狞道，"只可恨那些把门的愣头天兵硬是不放我进去，说是要有天帝的手谕方可通行。我知道了……"扑哧君忽然做了悟状点了点下巴看向我，"定是那润玉小龙嫉妒我风骚销魂的相貌盖过他，与我一比相形见绌，唯恐我一出现你便倾心于我！一定是这样！"他握了握拳。

我不由得由衷佩服扑哧君跑题的功夫，无论说什么最终都能跑到情啊爱啊上面。

扑哧君忽然伸出爪子搭住我的手，郑重其事道："择日不如撞日，美人，今日我们便私奔吧！"

我再次举头看了看越爬越到头顶的日头，挥了挥手："改天吧，改天再奔，今日我有事。"

我好不容易借势避开扑哧君这拦路石，正待往前，便听得扑哧君在我身后道："听说那只鸟儿复活了，堕入魔界成了个大魔尊，呼风唤雨称王称霸，美人你不会在这暧昧时刻凑热闹去瞧他吧？"

我脚步一滞，有种赤裸裸被戳穿心思的感觉。

"美人哪！我劝你还是不要去的好，那鸟儿已非当年的鸟儿。当然，当年他也未必见得有多好，傲气得叫人恨不能一把捏死他，但是，如今已绝非孤高傲气可形容……十殿阎罗岂是轻易肯臣服于人的？为登魔尊之位，那鸟儿无所不用其极，近日里又血洗幽冥，将所有异己铁血铲除，寸草不留。现下，幽冥之中无一人敢和他叫板，十殿阎罗个个见到他都得恭恭敬敬呼他一句'尊上'。更何况，当年他是死在你的刀下，若叫他瞧见你……"

我咬了咬唇："我就想看看他，远远地看一看……"

扑哧君忽地小心翼翼看了看我，面上生出一丝同情之色："美人，你不会是被牵错红线看上他了吧？"

面上一阵冰凉，心中生出一些纠结，怕不是那降头又要发作了？我转身丢开胡言乱语的扑哧君，攀了朵云彩便自行一路飞去。

直抵忘川岸边将渡资交予渡船的爷爷，我一步迈上船，那魔兽一蹦一蹦也跟了上来，忽地船身一晃，有个声音笑嘻嘻道："老倌，也顺便一道将我渡过去吧。"

我这才发现，原来扑哧君在身后跟了我一路，面色难免一沉。那老爷爷眼睛何等锐利，眼角一瞥见我的脸色便晓得我不愿扑哧君跟着，遂和气对扑哧君道："这位公子，老夫船小，多载个人怕是船身吃水太深有些危险。"

扑哧君亦面色一沉，肃穆道："老倌这是拐着弯儿说我太胖咯？"一面愤愤然踏上船一面冲着老爷爷伸手腆肚，"你捏捏这强健的手臂，你摸摸这紧实的腹部，我哪里胖了？老倌你分明是羞辱了我作为一个美男易碎的自尊，当然美男不会与你计较，只要你渡我过去，渡资我也不问你要了。"

我忽然想起天蓬元帅有招拿手必杀技，好像唤作"倒打一耙"，怎么外传给扑哧君了？

老爷爷被唬得一愣一愣，竟真的将他并我魔兽一船给渡到了对面幽冥渡口。我哀叹，本来一个尾巴已经很麻烦了，如今又多了条尾巴，可如何是好？

况，还是两条扎眼的尾巴。魔兽一身清雅梅花斑，一眼望去便知是天界所出，那扑哧君就更不用说了，天上地下怕是寻不出第二个人品位独特到从头巾到鞋面皆是绿色打扮。

我正犯愁，扑哧君却晃身一变变作个柔媚的女妖，将那魔兽变作一只癞头土狗。魔兽借着地上一摊水照见自己的模样，一时大受惊吓，十分幽怨。

我摸了摸出来时便揣在袖兜里的一双兔耳，这兔耳本是魔界之物，带妖气，可掩盖我白日里遮不住的仙气。我将这兔耳戴上后变幻作一只兔子的模样，魔兽瞧见我变成只兔子想来一时便平衡了，复水汪汪了一双大眼。

我不管他俩，自己招了团滚滚乌云低低向前飞去，听得扑哧君在身后疾呼："美人，你且慢些，况且，你知道他住何处吗？"

凤凰，非梧桐不栖，非竹实不食，非清泉不饮。

他很挑剔，贴身做了他百来年的书童，我皆晓得。哪里的水最清冽，哪里的梧桐旺盛，哪里只栽最单调乏味的凤仙花，哪里便是他的住处。

分辨了这附近水源花木的气息，我寻到一处恢宏的官邸，门上悬挂了一块偌大的牌匾，遥遥望去竟是只字未题。

周遭形形色色奇形怪状的妖魔熙熙攘攘摩肩接踵，忽地有个小妖蹦跶着嚷了一句："午时到了，尊上要出府啦。"

一时间，行道上的妖魔皆停了脚步，自觉自动避让到一旁，个个满面敬畏倾慕的表情。我一愣，行动慢了一步，一条本来人满为患的大道上仅剩我一只兔子孤零零蹲于路中央。

此时，扑哧君气喘吁吁扭着腰从后面追上来，俯身从地上将我抄起揣入怀中就往两旁妖魔群里扎。堪堪扎入拥挤的妖魔之中，便听得那官邸大门霍然打开，扑哧君连道："好险好险，亏得快了一步。"

我从扑哧君的衣襟中向外望去，但见那无字匾额的大门下，两列身段丰腴、腰身玲珑的女妖手持金盏鱼贯而出，左右各十四名，四周妖魔皆是低低垂涎吸气。接着出来了两列男妖，与之前的女妖鲜明比照，真真是牛鬼蛇神恶形恶状，丑得匪夷所思、登峰造极。

这番一对比我认出来了，有云：罗刹，乃暴恶之鬼。男极丑，女甚姝美，并皆食啖于人。这些开道的不想竟皆为罗刹恶鬼。

忽地眼前一暗，天边降下一片墨色镶金边的乌云，嚣张地遮蔽了正午的日光，有辇车的隆隆轰鸣声自内传来，我忽觉心跳得好快，快得像要顶到我的喉头般叫人不能承受。很快，四只青面獠牙的庞然巨兽衔着黑色的巨大辇车出现在罗刹恶鬼之后，乌木的轱辘碾过地面，带着雷霆电掣的杀伐之音，所过之处，墨云飘散，地动山摇。

血晶石帘轻轻摇摆，影影绰绰之间，一个面容卓绝、眼神清冷的人半卧半坐，一身玄衣无点饰，却叫人刺目不能逼视。辇驾上，卞城六殿恭敬地跪伏在他身旁，似乎在报备什么事情。周遭之人一个两个皆敬畏地垂下头，满面皆是理所当然。罗刹开道、魍魉魑魅拉车、卞城六殿俯首汇报，这一切皆是理所当然。

我看着他，剧烈的心跳突兀地戛然而止，仿若生恐连细小的跳动都会叫他听见，叫他发现。我用目光沿着那狭长的凤眼描摹，忽然又生出一种怪异离谱的企盼，盼望着他能转头看见我，一眼便好。

突然忆起众人说他的面貌冠绝六界、无出其右，过去从不觉得，今日却突然惊觉他竟真是长得匪夷所思、登峰造极。

但是，我应该恨他，狠狠地恨他，觉得他是这世上长得最丑陋的人才对，不是吗？他的父母陷害了我的母亲，他杀了我的爹爹，临死还不忘在我身上种巫蛊。是的，我应该要恨他，咬牙切齿、搥胸顿足、撕心裂肺地恨他。

"美人，你做得太对了！他该杀！实在该杀！"头顶扑哧君没头没脑的一句话将我从深思中带回，"比我长得好看的美男统统该杀！这家伙复生后越发长得天理难容，人神共愤！"

我一时词穷噎塞。

扑哧君低下头小声对我说："听说正是这卞城六殿助纣为虐，对这祸国殃民的家伙复活有不可磨灭的贡献，故而他如今甚信任这六殿，二人在魔界遮天蔽日，翻手为云覆手为雨。"

我望着慢慢远去的辇车，心不在焉地喃喃重复："哦，二人日日翻云覆雨。"

岂料，话音未断，周遭之人皆扭头看向扑哧君衣襟里露出个头的我，目光无不惊诧。

扑哧君强扯了笑颜对众妖道："我这兔子喜好看春宫，刚学说话，刚学说话……"

众妖方黑了脸转回去。

远处，渐渐远去的辇车蓦地一停，辇上有人回头。

扑哧君闪电般随众人低下头。

那人目光缓缓扫过众妖魔，幸而唯独漏看了我们这一角。

片刻，收回目光，突兀绽出一笑，毛骨悚然。

车轴再次滚动，远去。

喘息停下。

我从他的衣襟里跳了出来，化回原身，但见扑哧君额上竟是一片汗湿。

"美人,你一个'翻云覆雨'险些将我们给害死了。"扑哧君坐在地上擦汗。

我怔了怔:"那不是你说的吗?"

扑哧君抖了抖眉:"我是说翻手为云覆手为雨。一个是双修,一个是弄权,钱要省,字不好乱省。"

我终于戒了治标不治本的糖,却染上了另外一个瘾头。

自那日再见他之后,我便常常趁小鱼仙倌忙碌时支开离珠独自去幽冥界,每每幻化成兔子的模样,用那对耳朵上的妖气掩盖了身上的气息,出入彼岸倒是从未被识破过。后来,我大了胆子,潜入他住的私邸,来来往往许多次,亦没有被小鬼擒拿过。想来没有人会在意一只小小的兔子。

我去得频繁,但能见到他的次数屈指可数,见到他也总是前呼后拥被诸多魔头簇拥着。我怕行迹败露,不敢上前,只能远远地望着,哪怕只是这样远远地望着,一眼,只一眼,也能叫我觉得像得了五千年灵力一般窃喜。

我喜欢他读公文的时候,他与小鱼仙倌不同,不在入夜时读公文,而总是巳时翻文批阅。这个时辰是小鱼仙倌最忙碌之时,我能溜出来的可能性比较大,且,他的书房挨近后园,一整面雕花镂空的轩窗正对着后园中盛开的凤凰花和凤仙花。我身上本有花木气息,隐在这些花花草草中便十分安全,故而我常常悄悄地蹲在凤凰花粗壮的木枝后面,透过那些斑驳的花叶,看魔界彤色的天空穿过轩窗上的木棂映在他略显苍白的侧脸上。

他浏览的时候很安静,眼睛全神贯注地专注在那些字里行间,眉尾偶或稍稍一抬,挺拔的鼻梁,半垂的眼睫,微微抿起的唇线……勾勒出一个精致的剪影。但是,我晓得这安静只是一种一戳即破的假象,是只有对着这些没有魂灵的笔墨纸砚才会现出的假象,一旦离开书案,那双眼睛便像没有了水的深井,黑漆漆得骇人,周身皆是冰冷凛冽的气息,压得人无法喘息。没有人敢直视于他,所过之处,只有大片大片战战兢兢匍匐于地的妖魔鬼怪。

他批阅得很快,却不慌乱,修长的手指翻过一页页纸张,偶尔会染上一两滴未干的墨渍。黑色的墨点落在他苍白得近乎透明的指尖上,让人产生一种隐晦的错觉,仿佛只要简简单单地做一张纸一滴墨也会很幸福……

但是,他不总是日日批复公文,我也未必日日都出得了天界,故而有时我不得

不铤而走险在他私邸的其他地方出入。有时，我能在大门旁看见他恰恰远去的辇车；有时，我能在膳厅外看见他刚刚放下筷子起身；有时，我能避在大殿顶椽一角看见他杀伐果决后刚刚收敛的戾气；更有时……我能看见美艳放荡的妖娘左右扶着他踏入内寝，夜半过后一脸春情衣冠不整地出来……

今日，我来晚了，不知道他是不是已入寝，私邸之中遍寻不着。

正待离去，却险些被一个急急行路的女妖给踩到，幸得我闪身一避。

"快！尊上要上次楚江二殿上贡的那件摩诃斗彩三秋披风，你们快去寻出来！"只听得那女妖一入门便对那些侍从命道。

一时，厅内鬼侍满地小跑，想是到库房中找东西去了。不消片刻，便有一个鬼侍端了个四方雕玉云纹盒回来，郑重地交给那女妖，难掩一脸好奇，问道："尊上从来对这些贡物看都不看一眼，今日怎么会想起要这披风？"

"你这等小鬼知道什么！"那女妖不屑地哼了一声，"今日尊上在禺疆宫设宴为鸟族首领穗禾公主庆生，这你总知道吧？"

那鬼侍点了点头。

女妖又道："这披风想来便是尊上预备送给穗禾公主的生辰贺礼。这穗禾公主何人你知道吗？"

"你刚才不是才说过她是鸟族首领吗？"那鬼侍搔了搔额上一缕稀疏毛发，愣愣道。

"笨！"女妖戳了戳他头顶的犄角，"那可是尊上的救命恩人，还是尊上的表妹！"

那鬼侍忽然一脸了悟过头刹也刹不住的模样，低声猥琐问道："你说尊上会不会以身相许，以报救命之恩？"

那女妖一脸无可救药的表情看着他："要许也是穗禾公主许给尊上。不过，依我看，尊上若是愿意娶谁的话，倒是非这鸟族首领莫属。好了，我不与你多说，我要去了。"言毕，飘飘然而去。我跟在她身后，没跟多远便不见了她的踪迹，可恨这兔子腿短还只能蹦跶，幸而我记住了她身上膻腥的妖气，一路寻着总算找到了所谓的禺疆宫。

不过将将翻过高高的门槛，却见一团人鱼贯而出，为首的便是凤凰和穗禾公主。

二人停在殿门外，其余人等亦远远隔了段距离停下。穗禾公主水盈盈的眼抬起看了看凤凰，继而微微垂下，睫毛纤细黑长，在夜色中叶摇风移轻轻一颤，动人心魄。

"送到此处便好。今日蒙尊上设宴为穗禾庆生，穗禾不胜感激欣喜。"

凤凰轻轻一挥手，随身的妖侍立刻心领神会打开恭敬捧在手上的玉盒，正是我方才见过的那个。但见盒盖一开，里面五彩霞光一下挣脱了束缚，耀眼射出，射得一干人满面惊艳，穗禾公主亦稍稍睁大了眼睛。

凤凰一抖这五霞帔衣，亲手为穗禾公主披上，末了还细心替她在脖颈处将锦绳系牢。

"夜露风寒，穗禾莫要着凉了才好。"

不顾一干瞠目结舌的魑魅魍魉，他又上前一步，贴在穗禾公主耳边低声说了一句话。待他错身移开时，只见穗禾公主满面春红，不知是羞是喜，两眼竟是水汪汪得要溢出来了，微微怔了一下，咬咬唇再看凤凰时，竟有几分娇嗔。半晌后，她方恢复端庄神色，回首对其余送行妖魔道："穗禾这便先行了，诸位留步，今日亦多谢各位盛情。"最终，方在一群刚刚回过神的"哪里哪里，客气客气"之中登辇离去。

不晓得其余是否有人听见，夜风彼时恰恰将凤凰那句耳语送入我耳中——"你我如此亲近，何须唤我尊上？"

我嚼了嚼涩口的夜风，忽而觉得心口缩了缩，降头术又开始张牙舞爪了……

待我回神之时，一干人等已纷纷告退，凤凰也回了殿中。闻得殿内有靡靡丝竹音，我鬼使神差竟趁着有妖侍出入的间隙一股脑钻了进去，隐蔽在殿堂不起眼的背光处。

殿内，灯光旖旎，红缎绿罗，酒樽香暖，美不胜收。有十二个美艳浓香的女妖赤裸着白玉双足翩翩起舞，足上绑的金铃随着裙带翻飞夜风婆娑，发出清脆悦耳的声响，像勾魂使者的梵咒一般挠人魂魄，叫人止不住地心旌荡漾。

殿中未设灯架，盏盏灯火皆为美婢手托，红如残阳的灯盏使得大殿笼在一片蒙昧的光晕之中，轻如薄纱。

凤凰坐于殿首浅酌，两旁各有一个满身绫罗的女子，一个斟酒，一个添菜。凤凰忽而对着殿角眯了眯眼，放下手中酒杯，对着右手边的女子弯了弯嘴角，一个未荡漾开的笑似半开的花最是勾魂摄魄。那女妖满目惊艳，手上一软，一双银筷跌落桌沿，身子亦软了软。

凤凰体贴地伸出手去将她一扶，那女妖立刻受宠若惊彻底瘫软在他的臂弯里，半晌，似乎见凤凰未有推拒，只当是默许了，便索性偎入他怀中，一双欺霜赛雪的藕臂亦攀上了凤凰的后颈，脸颊在他胸前风情万种地蹭了蹭："尊上，穗禾公主已离去，夜还长，剩下的时间可分与我等少许否？"

凤凰眼神凉凉未有变化，嘴角却略略一弯，不知是笑是许。

那女妖想来一时被蒙了心智，更加贴紧凤凰，只差坐到他腿上了，凤凰亦伸手撩了撩她的发梢，一个简单的动作不知为何由他来做竟是风情无边。

我忽然想起他过去常常这样撩我的长发，为我拂去风中偶落的柳絮，便是没有柳絮时，他也喜欢这样缓缓摩挲我的发梢。我有时被他撩得厌烦了，便会不耐地别过头去，他却不让，只道："这里还有一丝柳絮，我替你拿去，你莫要乱动。"

不知为何，此时突然想起当年他脉脉停驻的眼光竟觉奢侈至极。再看看他和那女妖两相偎依的身影，我一时丹田中气息酸涩，又似乎沸沸然似滚水欲往外冒泡，五味杂陈，不知是个什么症状。

又听那女妖奉承道："尊上气尊贵胄，冠绝六界，若能承尊上一夜雨露……"

正说到紧要之处，却见凤凰一挑眉，打断道："气尊贵胄？"

那女妖急忙附和："正是！尊上之仪容、尊上之手段皆叫我等倾慕不已。"忽地纤手一抬精准指向我隐蔽的角落，"便是一只未成精修妖的兔子亦知晓仰慕仙上。"

凤凰犀利的目光刹那紧随而至，我连一口喘息都来不及换，便笼罩在了他黑沉沉的目光下。分明只是两只眼睛这么看着，我却像被荧惑昭德真君的金钟罩给兜头盖脸地罩住一般，浑身不得动弹，只得睁着两只红红的兔眼看着他。

他慢慢启唇，一字一字缓缓磨出："哦？你如何知晓这兔子仰慕于我？"

那女妖自作聪明道："它自一进门便蹲在角落里，眼睛眨也不眨直盯着尊上看。"为了增加说服力居然画蛇添足补了一句，"过去在尊上府邸中也常常见到这只兔子，总是默默盯着尊上看。"

我一时连以头撞柱的心都有了，原来我一直是掩耳盗铃，自以为没有被发现，其实这些妖魔早便发现了我的踪迹，只是不屑于在乎一只兔子而已。

"哦？我却没有看见。"凤凰一字一顿。

我不禁舒出一口气，幸而他没有看见我，继而一想又不对，现下他瞧见我了，不知会不会被他辨认出来……我一时方寸大乱，起身蹦跳着就要遁逃。

却不想那女妖手中纱布一展将我一下抓到她手中："尊上日理万机，自然瞧不见这些俗物。"她将我托在掌上举到眼前一看，惊呼，"尊上，您看这兔子真好看。通身没有一根杂毛，白得竟和夜霜的颜色一般晶莹纯净。要不是它身上没有一丝仙气，倒要叫人错认成是嫦娥的那只玉兔了。"

凤凰一挑眼尾，伸出手："拿来。"

我一时心中警钟大作，正想干脆现出真身化作水汽逃走，不料凤凰却不待那女妖伸手，将我一对长耳一拎而起，平举在眼前两掌处，眯了眯眼，眼中未有丝毫波澜，我却隐隐听到了刀光剑影金戈铁马的杀伐之音，铿锵着扑面而来。

我惶惑着莫名害怕着竟不知道闭眼，只在他正对着我的凤眼里看见了自己愣愣被他擒住的模样，看见自己攥在他手心里的一对耳朵，那耳朵上的血丝脉络清晰得根根分明，我忽然记起这对兔子耳朵是他买了送给我的。

他定然是不会记得了。

我忽地铆劲挣扎了一番，奈何兔子耳朵便是要害，一双耳朵被拎住，我再怎么挣扎也是徒劳。凤凰捏着我的手越来越紧，我不免要怀疑这耳朵会活生生被他拽下来。

"尊上，这兔子真可爱，能给我吗？我驯了它做个妖宠。"女妖攀着凤凰的手臂问他讨要，我一时觉着便是给这女妖豢养着也比让他看一眼要好上许多，"它的眼睛真是水灵……"女妖一时大惊掩口，趴下连连磕头，"尊上息怒，尊上息怒，奴下不是故意要说'水'字的，奴下……奴下只是一时昏头……"

凤凰沉沉看了看她，我这才惊觉他的眼睛根本不是黑的，而是很深很深的血红，红到若非这般接近，竟错以为是黑的。我突然害怕，怕到竟要失口惊叫出声。他忽地嘴角一挑："妖宠？有些东西，并非你想驯便驯得来的。你真心养它，却难保它哪日不会反扑于你……"

"不过是只兔子罢了，何况它这么乖顺，不是猛虎，如何会伤到人？"那女妖战战兢兢不解。

"乖顺？"凤凰提着我的长耳将我又拎近了几分，那眼神压得我呼不出气，胸肺被闷得似乎都要炸开了。我忽而惊觉眼前的是我的杀父仇人，而我不但救活了他，如今竟还反复流连直至现下被他捏在掌心嘲弄！

一时心中缭乱欲破，方寸大乱，一抬头张口便咬住他近在咫尺的眉心。

"啊！"女妖惊呼出声。

凤凰一把将我大力拎开，丢在一旁，冷冷吐出一口气息，料峭凌厉："未必猛虎才伤人，兔子咬人才叫人心寒，不是吗？"

我方才被他捏着，气力并不大，只不过咬破了他眉间一点皮，一滴妖艳的血色顺着挺拔的鼻梁缓缓流下，温柔地停在了鼻尖上。我怔怔看着，竟想起了那把柳叶冰刃，想起了嫁裙上大朵大朵开出的花朵，想起了他绝望的最后一眼……一时神志被惑，竟忘了要逃，忘了怎么逃，忘了应该逃去哪里……

他亦不伸手去擦那滴血渍，任凭它停驻在鼻尖，仅是微微垂着眼看着狼狈被掷在地上的我，突然，笑了一下。身旁女妖、一殿之妖魔吓得全部匍匐在地，不敢抬头。

"这兔子该死！罪该万死……是我等小妖失……失职……职，漏网……放……放……放它进来……"

"兔子，就该拔毛去皮、抽筋剜骨，放于火上烹烤！"他抬头环视了一下大殿，缓缓道，"上火架！"

"是……是……"几个妖魔连个"是"字亦结巴成几段，跟跟跄跄爬起身，片刻就架好了一团熊熊篝火，柴薪在其中哔啵叫嚣，热辣辣的火舌直往上舔。

"这凡俗之火岂不玷污了？"他重新拎起我的双耳，并未使力，却叫我全身血脉瞬间逆流，"上三昧真火。"

我一抖。

须臾。

"禀尊上，三昧真火已架好了。"

凤凰缓缓一点头，那滴血终于滑落鼻尖，掉在了地上。他利落地手一扬，将我掷入火中，没有一丝一毫犹豫，杀伐果断。

火光顷刻将我汹涌吞噬，如饥似渴，我闭上眼……却在下一刻落入了一个湿润的包围中。

"魇兽！"有小鬼惊呼，"天帝的魇兽！"

我睁开眼，但见那梅花魇兽张口衔住我，一道闪电一般划过大殿，几个跳跃便向外飞去。亏得我以为将这尾巴甩开了，不想它竟偷偷跟着。

"快！快抓住它！"

"不能让它逃了！"

……

一阵哄乱之中，我回首望去，只看见一团火红模糊一片。

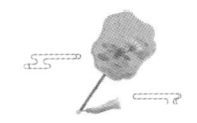

第十三章

  小鱼仙倌坐在床沿，正低头给我的手腕上药，他托着我的手臂，一下将我的衣袖捋至肩头，整条手臂霎时无遮无掩暴露在他眼下。我一下赧然，要褪下袖口，却被他一个用力固定捉住。

  被他这般一捉，那伤痛猛地袭了上来，我倒吸一口气："嘶！"

  从来不知道小鱼仙倌亦有粗暴的一面，我难免一愣。他却不抬头，两眼看着我被火燎伤得纵横交错的伤痕，眉宇一沉，嘴角紧抿，给我上药也不似过去温柔，倒像是有仇一般，用药膏狠狠地一下一下刮过那些燎伤，疼得我眼泪都要掉下来了，却不敢吭气，只能强自忍着。

  他生硬地给我上好药后，面色越发差了，张了张口，似乎要说什么，却终是什么都没有说出口，扭头便往外走。

  在我意识到时，我已疾走几步伸手拉住了他的袖口。

  "夜神殿下……"我唤了他一声，却不知如何继续，亦不知道自己拉住他是要说什么。

  他头也不回僵直着背，冷冷打断我："不要说了，什么也不要对我说。"半晌后，他轻轻叹了一口气，轻得像一片过眼的云，"有些事情，还是不知道的好。越清晰……越受伤……"

他垂目看了看我攥着他衣袖的手，似乎在犹豫什么，最终，淡淡道："放开我吧。"

我心下不知是何滋味，只是依言放开了他的袖摆，许久，他却不走。我默默转身回房，走了两步，听到身后一阵清风，却是他回身抱住了我："觅儿……"

我怔然，只听到他将我抱在怀中，胸口怦怦作响："觅儿，不要再让我看你的背影了，好吗？我在等你回头，一直在等你回头，你知不知道呢？我说服自己，只要我纵容你，只要我放任你，只要我日日睁一眼闭一眼地自欺欺人，只要这些能让你开心，能让你的身体好起来，你便总有一日会看见我的好看见我对你的情。可是，为什么你从不回头呢？为什么你宁愿被他用三昧真火焚烧也不愿意来寻我的怀抱？"

他看着我，眼中有着万念俱灰的希冀："时至今日，你还爱着他吗？"

我慌乱地推开他："你说什么？什么爱？我从来没有爱过他！我恨他！我是恨他的！"忽觉一股寒凉袭来，从骨头里生出的寒凉，我抱紧手臂想要给自己一点温暖，"我只是中了降头术，你怎么不明白呢？"

"降头术？我亦中了你的降头术，为何你却不来解？"他垂头凄然一笑，"你能放开我，我却永远放不开你……"

我看着雕窗外的云絮分开合拢，又合拢分开，心中一时零零散散。

我什么都不明白……

自从那次火中逃生后，我很长时间都没有再去魔界，我怕看见他，也怕他看见我。我也总是避着小鱼仙倌，不忍看他，亦不忍他看我。

每日里，我只是喂喂魇兽，种种花草，数着仙倌带给我的凡人祈愿条，下界布施布施雨水。有时想想，凡人有了愁苦便向神仙许愿，神仙若有烦恼又向哪个许愿呢？

"自然是向天帝陛下许愿！水神若有什么念想，天帝陛下一定会不遗余力替仙上达成！"离珠一脸崇拜地说起小鱼仙倌。

我瞪了瞪她。

"仙上莫要瞪我，离珠只是实话实说罢了。天帝陛下这么多年对仙上如何，别人不知，仙上自己难道还能不知？"

看她大有路见不平拔刀相助的架势，我正要岔开话头，却听她脱口道："听闻鸟族的首领近些日子便要定亲了，仙上什么时候和天帝陛下成婚？"

我心下一沉："和谁定亲？"自己亦知是明知故问，却不知为何仍存了一丝侥幸……

离珠尴尬一咳，答非所问道："当年，这穗禾公主似乎还和彦佑君有段解不清的渊源，听闻彦佑君便是因着她被贬下界为妖的……"

看她那闪躲的模样，我再也无心听这些八卦传言，心中忽地一揽一拧，十分难过。

长芳主说："锦觅，你莫不是爱上那火神了？"

扑哧君说："美人，你不会是被牵错红线看上他了吧？"

小鱼仙倌说："时至今日，你还爱着他吗？"

……

怎么会？怎么可能呢？

那心底那些叫嚣的却又是什么？我怎么会爱上自己的杀父仇人？怎么可以？我一时惶恐至极……不行，我要再见他一次！我要确认，我要证明，证明给我自己看！

是夜，小鱼仙倌赴西天与燃灯古佛论经，我再次潜入幽冥之中。

看见他时，他似乎有些醉了，脚步有一丝不易察觉的踉跄，正走在回寝宫的路上，有两个女妖上前要搀扶他，皆被他推开了。他拿着一只玉壶对着壶嘴饮了一口，继而皱了皱眉头，似乎对那酒并不满意，将玉壶一掷在地，壶身触地即碎，发出清脆的声响，吓得周遭侍从一下皆跪倒在地。

"我不是说要桂花酒吗？"他看了看一地的魑魅魍魉，"都起来吧，去给我拿一壶桂花酒来。"

"是……是……可是，尊上，这就是桂花酒啊，冥府中最好的桂花酿……"一个女妖壮了壮胆子，困惑地说出实言。

"嗯……"凤凰看向她，拉了一个长长的尾音。

那女妖再不敢辩驳，直道："奴下这就去拿桂花酒。"

凤凰方回身步入寝厢。

少顷，我亦化成水汽亦步亦趋跟了进去。

里厢，他已衣带未解、罗靴未脱，闭眼躺倒在重纱幔帐的床榻之上，一支白玉镶金的发簪掉落在地，锦被上铺满了散开的乌丝，似流水，沿着床沿滑落些许。他的一只手亦滑落在床畔，虚虚地拢着，想抓住什么似的握了两握，终是无力地滑下，长指失望地苍白。

我蓦地便想伸手握住那只手……堪堪化出身形时，却听到门外有低低的衣摆摩掌声，慌乱之中不知化了个什么藏于几上果盘之中。

两个女妖侍从端了壶酒进来，想是重新准备的桂花酿，轻手轻脚放在桌上后，看了看凤凰凌乱地卧在床上，似乎想替他盖上被子，踌躇了一番，却终是没斗起那个胆量。正待蹑手蹑脚出门去，其中一个女妖却一眼瞥过我藏身的果盘，遂面色大惊，伸手拽了拽另一女妖的袖摆。

那女妖随即回身，看了一眼后亦面上失色，立刻手疾眼快要伸手过来。看那方向……莫不竟是冲着我来的？

此时，榻上的凤凰翻了个身，两个妖侍吓得忘了手上的动作而快速撤出了厢房。

掩门时听得一个女妖窃窃对另一人道："竟然是颗葡萄……竟有人不要命敢将葡萄放入尊上房中……到如今竟还有人不知道尊上最厌恶的果子……明日便是此人魂断之时……"

我看见水晶果盘底面倒映着一颗溜圆绛紫的葡萄，原来，方才我一急，竟化成了那许久不用的本身。

他最厌恶的果子是葡萄……

不知为何我忽而觉得像盏被划破了纸面的灯笼一般，在风中摇了摇。

他动了动，伸手不耐地扯了扯衣襟，似乎有些热，口中喃喃着什么，模模糊糊，睡得并不安稳的模样。我晓得他醉酒后多半不清醒，不会发现我，便化出了身形走到床榻跟前。

房中烛火冥昧，晃动的光晕擦过他的脸颊，半明半暗，醉了的缘故，唇色润泽如含丹朱，长眉像两道墨痕，笔力遒劲地划过，蒙了一层淡淡的倦色。眉间，是我咬下的伤痕，行将湮灭。

我低头认真地看他，恨他？爱他？

若非恨他，我怎会亲手杀了他？可是，为什么杀了他以后我这样难过，难过到痛不欲生？真的是因为降头术吗？

可是……可是我若如人所说是爱他的，我怎会动手杀他？我与他日夜相对过百年亦从不觉得有何，其后几百年中他对我说过许多意味不明的话语，我亦从未动心。他吻过我，吻过我许多次，甚至，他那次醉酒后还曾与我双修……可是，我却从未将他放进心中。

我如何可能自他死后却一念之间爱上了他？况且，他就要和穗禾公主定亲了……

忽地，他睁开眼，直勾勾地看着我，满室的灯火没有一盏能映入那双瞳仁之中。我被他这动作生生一惊，不得动弹。然而，他只是这样看了看我，刹那间又闭上了眼。我这才想起，他那次在凡间醉酒亦是这般，只是无意识地会惊醒，实则并未清醒。

他的双唇动了动，微微翕合，似乎在说什么。我一时好奇将耳朵贴近，听了半晌，再细看了他的口型，似乎是两个不成句的字——"水……喝……"定是酒后口干了。

意识到动作之前，我已变幻出一盏香茗端在手边，一手托了他的后颈稍稍固定，一手将那茶杯送到他嘴边缓缓倾斜。

岂料，他薄唇紧抿，竟是滴水也未漏进，茶水沿着他的嘴角慢慢滑落，流下一道浅浅的茶渍。反复几次，皆灌不进去，我一时有些暴躁，无法，只得一气儿将茶水灌入自己口中再俯身贴上他的唇，撬开齿缝，将水一点一点全部渡了进去。

离开他的双唇时，我看见他敛着的睫毛轻轻颤了颤，正待放下茶杯，却又听他启口张合，口型仍是："水……喝……"

是以，我又蓄了一口茶预备再渡与他，将将用舌尖挑开他光洁的齿缝，便被另一个舌尖勾住了，我一怔，待反应过来要退出时却已然来不及。

那舌尖带着微醺的馥郁，桂花香味如倒刺一根一根扎入了我的舌尖，勾住，缠绕，如影随形，逃不出，避不开，一口毛峰清茶于缭绕之间酿成了酴醾的酒，四溢漫延，醺得我神志迷离。

有一只手掌托住了我的后脑，掌心冰冷如玄铁，我打了个寒战，惊醒过来，推拒着他的胸膛想要爬起身来，却不想后背已被他的另一只手臂牢牢锁住，任凭我如何挣扎，却只不过让两人的衣裳更加凌乱而已。

他的衣襟敞开了，露出白皙而结实的胸膛，柔韧的肌理叫我脸上一烫，慌乱地要闭上双眼，却在眼帘阖上前瞥见了一道细小的霜菱形淡淡痕迹，两寸长，弧度正好地匍匐在他胸膛的正中，似乎尘封了什么，又似乎铭记着什么……我心中一痛，伸手便抚上了这淡淡的疤痕。

他闭着眼无意识地皱了皱眉，一道浓重的杀气划过我的脸侧，不容忤逆。我一惊，下一刻他却松开了我的后脑抚上我的衣襟，一寸一寸探了进去，那些纽扣顷刻之间颗颗散落。

他细细抚过我的腰，指尖沿着脊梁缓缓向上，绕过我的肩头，最后，停在了一处。他虚虚拢着那柔软，我听见自己的心跳在他掌下一明一灭。

带了酒香的吐息掠过我的额头，竟有一丝残酷的甜味，长久的凝滞压得我喘不过气来，连足尖都是绷紧的，清明只在稍纵即逝的一瞬间错身而过。顷刻之间，天旋地转，我被他压在了身下。

舔了舔干涸的唇面，我伸手揽住他的后颈，吻上了他的唇……他吮着我，从舌尖到足背，一寸一寸，细腻却不温柔，暧昧却不温暖，他吻着我抚着我，唇如劫火，蛊惑人心。我攀上他的肩，绕上他的腿，迷茫中想要寻找一个温暖的桎梏。一时间，支离破碎的喘息交织成网，将我们网紧兜罗，仿佛我们从未曾远离，没有生与死的隔断，没有爱与恨的疑惑，只有两颗靠近的心，频率不同却错落相偎……

他冲了进来，带着惊心动魄的力量，那一瞬间竟是无声的、寂静的，像是一曲铮铮琴音的戛然而止。猛地，琴音再开，金戈铁马，战火纷飞，硝烟、鸣鼓、号角、铁蹄、喊杀，汹涌而至，直至将我彻底吞没……抵死纠缠……

不知今夕何夕，我汗湿淋漓地趴在他的胸膛上，眼前是他阖眼的睡容，匪夷所思的完美。

垂头看着他胸间那道有棱有角的淡淡霜菱，我再次伸出手抚上，心中如溺水般不能呼吸。

他嚅了嚅唇，看那口型依旧是："水……喝……"

我一怔，他又想喝茶了？转念一想，醉酒后肝火旺盛，口渴自是当然。岂料，将茶送到他唇边，他却不耐地扭开了头，唇瓣再次开合，这次却终于出了声，不用我再依着他的口型猜测他在说什么。

"穗……禾……"

五雷轰顶，我呆了片刻，立刻伸手捂上自己的双耳，我什么都没有听见，没有！

"有些事情，还是不要知道的好。越清晰……越受伤……"小鱼仙倌的话突兀地闯入我的脑海，明晃晃地带着鲜血淋漓。

根本就没有什么"水……喝……"！全部是我的臆想，他从一开始说的便是"穗禾"二字……

他为了她醉酒，为了她伤神，为了她心心念念，更有甚者……更有甚者他抱着我、吻着我，亦是错当成……

我跌跌撞撞站起身来，合拢衣襟的手都是抖的，颤动莫名，努力要看清那些纽扣，却怎么也集中不了视线，只有一片模糊的水渍，最终，不知花了多大的气力方穿戴妥当。

路很长,没有尽头,我一路奔跑着,总觉得身后有个厉鬼在追我在撵我,要吃了我,吞了我,连皮带肉,骨头都不剩。

我跑啊跑啊,一直跑一直跑,我忘记了我会飞,忘记了我是神,忘记了我根本就鬼怪不侵……

但是,我突然看清了一件事……从来就没有什么降头术……

我爱他,爱上了自己的杀父仇人……

那样清晰,清晰得叫我无处遁形。

一夜奔跑,最后,扑入一片芳草萋萋之中。

再次醒来时,我趴在一方冰凉的石碑上,抬头便是爹爹的坟茔,一尘不染得一如爹爹出尘飘逸的衣裳。原来,我昨夜竟是跌回了水镜之中。

我跪在爹爹的冢前,默默无语,直到日上三竿。

"葡萄?"

一球橘红的颜色扑入眼帘,我抬头,但见老胡托了滚圆的肚子费力地俯身看我,见到我的脸时,却是魂飞魄散大吃一惊:"葡萄,你这是怎么了?你这是……你这是……这是在哭吗?"他伸手接过我面上落下的一行水渍,放在眼前仔仔细细饶有兴致看了两遍,"幸而我俩信步来到此祭奠水神,不然便参观不到葡萄这旷世难见的眼泪水了。"忽而,转念一想,瞠目结舌团团转起来,口中念念有词,"完了完了,我要快快回家收拾包裹跑路去了,花界想是要塌了,葡萄竟然会哭!"

"红红,你也快快走吧!回你的天界去吧,如今天帝好歹是你侄子,叔侄哪有隔夜的仇?这花界恐怕也是不能久留了。"老胡回身推搡着一个品红纱衣的少年。

"哼!"那人鼻孔中喷出一口气,不屑道,"真是晦气,竟看见这天地忘恩负义第一人。你不推我我也要走!"说话间甩袖怒目瞪我,竟是出走天界十二年的月下仙人。

我垂下头。

眼前老胡穿跑偏的皂靴抬脚走了两步之后却又转了回来,再次艰难地弯下身看着我,肃穆道:"葡萄,有人抢了你的灵力?"

我不语。

老胡面色一沉:"难道,那尾小龙天帝不让你做神仙了?"

我不语。

老胡一下面色唰唰飞白："难不成……难不成竟是那小龙天帝要下台，你的靠山要倒了？哎呀呀！如果这样可了不得，你不晓得哦，那个凤凰如今称霸魔界，你若失了靠山，他一准要抓你到地狱去！地狱十八层，阎罗一十殿，刀山油锅，那都是小事，主要是幽冥之中，牛头马面魑魅魍魉黑白无常，这些鬼怪哪个长得不是面目可憎丑得叫人自叹弗如？你还未被放入油锅里滚成油炸葡萄，就定然已经被这些丑人骇死过去了！也不知道红红那一脸桃花面相的二侄子怎么和他们打交道……"

"不许你说我家凤娃的坏话！"未走的狐狸仙一脸愤慨地打断他。

"其实，照我说你也不必偏袒那鸟儿，依我看那鸟儿远不及这小龙天帝好……"

"你胡说八道！气煞老夫也！我明天就去请玉兔！"

……

"凤凰，凤凰……"我喃喃念着，心口一空，只有看不见底的绝望。

"萄萄，你流血了啊？"老胡一把拽过我的手，将我牢牢抠紧的十指一根一根分开来，手心，赫然是深可见骨的十道血痕，"萄萄，究竟怎么了？"

我看着那些血，忽地无助，自厌自弃："老胡，我爱上他了，我爱上我的杀父仇人了。"

老胡一哆嗦，蓦地丢开我的手跟跄后退两步，见了鬼一般："绝对没有的事！你是萄萄啊，你不可能爱上人！"

"笑话，你爱旭凤？你但凡心中丁点有他，十二年前怎会下此毒辣之手，枉他违逆当年天后之意，坚决不与穗禾定亲，枉他为你密谋三年与润玉斗智，终是擒住润玉之把柄，孤注一掷于大婚之日，与他兵戎相见。他这样全心全意信任着你爱护着你，哪里知道，你竟反噬，将他一刀毙命！便是水神真为旭凤所杀，你若是爱着旭凤又怎会半点余地不留？况且，我绝不相信旭凤会伤水神，更莫说杀害水神！"狐狸仙怒视我，似有千言万语叱责不尽。

"我亲眼看见……我亲耳听见……我不知道，我好难过……"我低声啜泣，字不成句。我不知道为何我过去没有丁点心软，我不知道我为何下得去手……

"旭凤就是昏了头才会爱你，如今听闻他要与穗禾定亲，老夫以为此方正道！枉老夫一心撮合过你们，不想竟害了他！"

掷地有声的一句话字字千钧砸向我。

"不可能！葡萄你怎么可能会爱上他！你是吃了陨丹，一辈子注定无情、一辈子铁石心肠的葡萄啊！"老胡仓皇失措。

"陨丹？什么陨丹？"狐狸仙截断。

我一时有种不祥之感。

"没……没有……我什么也没说……红红，你年纪大了，耳背。"老胡满面悔不当初，闪躲着目光。

"我今日便是个聋子，照你方才那嗓门也听得一清二楚了。快说，什么陨丹？什么无情？"狐狸仙步步紧逼，就差揪住老胡的衣襟了。

老胡连连摆手，抱了肚子回身便要窜去。

我跪在碑前，空洞洞地遥望远处，低低开口："可是一颗檀色的木珠子……佛珠般大小……"

"你？你知道？"老胡生生刹住脚步，折返回身，难以置信地瞠目看我，"哪个芳主告诉你的？"

我绝望地低头一笑，竟然……

"我看见了，我亲口吐出来的，他死了，我的心都丢了，还有什么吐不出……"

"冤孽啊！"老胡捶胸顿足着，"先花神一片苦心可算是白费了！"

"快说究竟何事，否则看老夫放兔子咬死你！一兔当关……一兔当关万夫莫开，千军万兔，万兔奔腾！"狐狸仙急切地诅咒连连。

"哎哟喂，我说，我说便是了。只是，我仅仅听的壁角，不真切，不真切……"老胡畏畏缩缩，看见我红肿得近乎睁不开的眼睛，似乎再也瞒不下去了，犹犹豫豫道，"既然葡萄都瞧见了……其实，此事二十四位芳主皆知，只是被先花神逼着立下毒誓，若有半分泄露，自毁元神，故而不敢透露丝毫。"

老胡唏嘘感慨地摇头晃脑："当年，先花神一心钟情天帝，却亲眼见天帝琵琶别抱，后为水神所动，愿厮守终身，不想水神却被指婚风神，二人大婚之夜，先花神弥留产下葡萄。彼时，天界好不热闹，花界却是凄风惨雨，先花神万念俱灰，感怀情之缥缈不可信，一旦沾染同坠阿鼻地狱别无二致，更感女子容貌不可太过于张扬，否则必有祸事相随，遂将当年玄灵斗姆元君所炼之陨丹给葡萄服下。"

老胡叹气："先花神曾说，服此丹者灭情绝爱，不愿葡萄再步上她的老路，愿葡萄无情遂刚强，无爱遂洒脱，逍遥脱世度此生，还命二十四芳主将葡萄拘在水镜之

中万年以避祸。岂知，唉，岂知这陨丹竟也绝不尽这万毒情丝，压不尽心绪萌动，萄萄，你竟还是爱上他了，爱到竟将陨丹生生吐出……人有命理，神亦有，唉，一切皆是命中注定……"

原来……我笑了笑，复笑了笑。

如今知晓又有何用处？他杀了爹爹，我杀了他，他死了，我方吐出陨丹，晓得自己爱他。他活返了，却再不爱我了，想是恨不能食我血枕我骨。如今，他爱穗禾公主，穗禾公主爱他。仅余我一人爱不得，恨不能，两相挣扎，什么都不是……

"陨丹？我掌姻缘情爱十来万年，竟从未曾听说有此种决绝之丹药，闻所未闻。"狐狸仙惊得双目俱瞪，连连摇头，难以置信。

我爬了起来，跌跌撞撞往外走。

"萄萄，你这是要去哪里？"身后老胡惊呼出声。

去哪里？我还能去哪里？我再无颜面对着爹爹的坟茔。

六界之大，却仅有天界可以回返……

当日，有使者送了张精致的帖子给我。大红颜色，比翼鸟绕着连理枝，栩栩如生，两个金漆落笔的名字跃然其上。下月十五？竟是这般迫不及待……我用指尖勾勒了一遍，抬手，指尖皆是金粉，轻轻一捻，散入风中。

第二日，小鱼仙倌在天河畔捡回看了一夜星星的我。他抱着我，叹了口气，眉间吹过晦涩的风，许久，道："觅儿，还有我。我可还有将心换心的机会？"声音轻得几乎听不见。

我抬头看他，突然觉得有些忧伤。将心换心我不知，仅是想起将心比心……他似乎温和其实却执拗，他这么执拗地站在一处已经站了太久，却不肯回头。

"觅儿，凡间的雪快要化了，我们明年春天成婚，可好？"

"好。"

他的呼吸轻轻一断，将我抱得更紧。

三个人，有两个是欢喜的，那么，便是多数了，也算得是美满了吧？美满便很好，圆满太难了，况，世上哪有这许多皆大欢喜……

花开了，窗亦开了，却为何看不见你？

看得见你，听得见你，却不能说爱你。

辰时，我去书房寻小鱼仙倌，照例看见了徘徊在璇玑宫外的那个小仙姑，这小仙姑十分乖巧有礼，每每见着我都要低头俯身道声"见过水神仙上"。我亦向她点点头回礼。

我看人多半只看一个大概轮廓，今日却一错眼，瞧见了她的面庞，一时觉得有些眼熟，遂停了脚步："你叫什么名字？"

"回仙上，小仙名唤邝露。"

我想了想，这名字却是极生疏的。那小仙姑怕是见我一脸茫然的模样，便多补充了一句："太巳仙人便是小仙之父。"一说到为小鱼仙倌登天帝之位险些壮烈的忠烈太巳仙人，这小仙姑便自豪地抬了抬头。

太巳仙人之女？这般一说我便想起个模糊的影子，点头道："哦，我见过你的，你可是那个问过我天帝是否会纳妾的小天兵？"

她脸上扭捏一红，轻轻地点了点头，羞得近乎要一头栽入云彩里。

我看看她，道："我记下了，你且先回去吧。"

她难以置信地瞧了我一眼，见我并无诓她的迹象，喜出望外地红了脸，道了声谢，恭恭敬敬目送我踏入璇玑宫门方离去。

书房之中，小鱼仙倌一见我，立刻将刚蘸饱墨的一管笔搁上笔架，起身便迎上来握住我的手，我几不可察地缩了缩，却终是没有抽出手，任由他握在手心。

"觅儿，你来得可巧，方才他们端了碟石榴糕来，我却已用过早膳，腹中已满，不如你便替我尝尝吧？"说话间便将那红澄澄讨喜的糕点亲手拿到我面前。

我伸手捏了一块，嚼了嚼。我常常心不在焉，忘了要吃东西，他也不戳破我，只是，他的书房里自此后便总备有糕点，见着我便叫我替他吃。

他对我很好，好到无微不至地熨帖，叫我越发受之有愧地忐忑不安。不忍见他温柔凝视的眼，我开口道："凡间极东的一块土地旱情严重，土地崩裂，颗粒无收，当地之人若非渴死便是饿死，尸陈遍野，有人频繁上水神庙求雨，但是，我去看了看，却非布雨降露可解决之事，乃祸斗与獬貐二怪狼狈为奸，为祸一方。"

"此事不难，明日我便派踆乌下界去擒这二怪。"

"嗯。"我顿了顿，道，"夜神殿下……"

他捏了捏我的手心，我终是在他柔和的注视下，生涩地改口唤了句"润玉"。他喜欢我叫他的名字，我若唤错，他便会这般注视着我，一直看到我改口为止。

听见我唤他，他如沐春风地笑了，似乎这样一叫便让他打从心底地开心，得了万年灵力一般。

"我方才在门外看见太巳仙人之女。"我想了想，最终还是说出来了。

"哦？"小鱼仙倌微微侧过脸看着我，眼底有流光划过，带着好奇的希冀。

"其实，我并不反对你纳天妃，你若有喜欢的只管纳来。"他待我很好，但是，他要的东西我没有，囊中羞涩地荒芜，我给不了他的，希望别人能给他。

他似乎一下顿住，认真地看进我的眼里，我坦然真诚地回望他，他嘴角一抿，手中糕点碟"嗒"一声搁置在红木的书案上，放开我的手一拂袖站起身，背对着我握了握手心。

"难为你如此替我着想。"他的口气寒凉得前所未有，"觅儿，我不怕你没心，就怕你偶尔这般有心！"

这……这是婉拒？碰了一鼻子灰，我自然不好再留，告辞了便走。乘着水雾漫无目的地飘荡了一圈，却遥遥见得东天门外一个油菜绿的身影正唾沫横飞地游说着一动不动把在门前的两名天将，遂压低了水雾近前去。

"扑哧君，你这是？"

扑哧君两眼扑闪扑闪，遇着亲人一般："美人，是你吗？"随即哭丧了脸，"这两个木头桩子不让我进去。"说着抬脚便要趁机到我身边。

两个天兵画戟一横，拦腰将他挡在外面："休得对仙上无礼！"

"美人，他们不让我进去，不如你出来吧。"看着扑哧君常年闪烁得近乎要抽佯的眼睛，我善解人意地踏出了东天门。

扑哧君扯了我的袖摆就要走，临走时不忘趾高气扬地回头看一眼把门的两个天兵。

"美人，听闻你想不开要做天后了？"扑哧君将我带到一僻静处，劈头便是一句问，又道，"天后这个职位其实很讲究天赋异禀的，不是我低估你，你资质实在平庸，哦，不对，是资质差了些。"

"资质平庸？你是暗示我神力低下？"我饶是这些年脾性修养得再不起波澜，被一个隶属我管辖的水妖这样直白贬低，牙槽也难免要磨上一磨。

"不是说的神力。"扑哧君一脸恨铁不成钢，"纵观横观历任天后，哪个不是阴险狡诈、心狠手辣、辣手摧花、口蜜腹剑、笑里藏刀，生命不息，弄权不止？这些优良的品质，美人你似乎一样都没有……"正说到高潮迭起处，忽地一停顿。

我顺着他的目光看去，但见一个窈窕女子一路行色匆匆往东天门处飞去，心下霎时一阵钝痛。

"哎，不说往任天后，且说这个穗禾，美人，你段数便不及她一成。"

我低垂下头，被他这般直言不讳地直戳到痛处，竟是眼中酸了酸。

"美人，别，别，你不要难过，我不是那个意思。"扑哧君看着我，一时手足失措，语无伦次，"我是说你不及她阴险，有心计、会算计。我过去年幼清纯可人时，便被她狠狠算计过……"

我讶异地看他。

他道："当年，我做生肖神之时，是多么清纯可爱无忧无虑，整日游荡天庭，偶尔勉为其难地调戏调戏小仙姑，可算得十分低调。这穗禾虽为天后之族人，却为远亲，天后族人何其多，又如何会个个在意。她为搏上位，竟将主意动到我身上。蟠桃宴上，我被她灌醉下药，归去时不胜药力倒于云丛之中，她便将天帝当年一侧妃迷晕之后放入我怀抱中……最后，又突然杀出，将我们擒拿至天帝天后面前。我素来风流有口皆碑，天帝一时深信不疑，震怒之下贬去我的神籍，将我流放为妖，又将那个小侧妃贬作凡人。天后素来眼里容不得沙子，早便瞧着那小侧妃碍眼，现下穗禾替她当了刀子，遂一时畅快，听闻穗禾又为远亲，自此越发对她亲厚起来。穗禾本有手段，此后步步为营，竟终坐上了鸟族首领之位。"

我瞠目结舌听罢这一段秘辛往事，不想扑哧君被贬下界缘由竟是这般狗血淋漓的俗气剧情……枉我过去还以为有多神奇，断定必是个离奇曲折惊天地泣鬼神的传说。猜想过诸多桥段，譬如，花心的天帝看上了碧绿脆嫩的扑哧君，扑哧君为天威所压不得不从，然天帝为情势所逼迎娶了天后，天后嫁与天帝之后得不到天帝真情，对情敌扑哧君由恨生爱，最后和扑哧君二人惺惺相惜，暗生情愫。扑哧君在这一男一女之间辗转犹疑纠结不定，最终东窗事发被天帝知晓，然天帝再怒，始终对扑哧君割舍不下，下不去手将扑哧君挫骨扬灰，只将扑哧君贬为妖精，遣出天界，从此两不相见，各自怀念……

原来，是我多想了。

"话说美人，你何苦为了一只鸟儿放弃天下所有的蛇而改投入一尾龙的怀里，去挑战天后这个你不擅长的白脸！往后可有的你受，与天帝斗与诸神斗与天妃甲乙丙

丁斗与仙姑戊己庚辛壬癸斗！美人，我实在不忍见你香消玉殒啊……"扑哧君一叹三折唤回了我的神志。

好端端我便在扑哧君的臆想之中丧于非命，遂黑了脸道："过奖过奖。"

扑哧君又语重心长道："苦海无边，回头是岸。其实，女子可怕，有些男子，更可怕……"

听着他没头没脑又蹦出这么一句，我顺口接道："莫不是不男不女的才不可怕？"

"美人，你还是逃婚吧！今日我来寻你便是要跟你说这事的！"扑哧君照例热烈邀请我与他私奔。然，我心中惦记着一件事，便不再听他天花乱坠。

幽冥界与天界如今势如水火，穗禾公主即将嫁入幽冥，却来天界作何？

更蹊跷的是，她方才入了东天门之后，奔的方向竟是璇玑宫。

我立在虹桥上，在眉骨处用掌心搭了个棚，遥遥眺望暗林深处。

璇玑宫白墙黛瓦，素来是处清幽雅致的所在，自然从未设天兵天将把守，现下却立了一排极不相称的天兵，太巳仙人亦在其中。个个虽未穿铠甲，却是目光炯炯如炬，警惕地四下看着，陆续有几个神仙似有公务求见，皆被婉言拒于门外。看太巳仙人的架势，似乎连只蚱蜢都不会放进去，真真是将这璇玑宫守得固若金汤。

我心下疑窦更重，遂化作一缕水汽混入一朵随风游荡的云中，忽忽悠悠飘入其中。小鱼仙倌的书房亦是门窗紧闭，我便借着这水汽的模样趴在窗棂边，稍稍润湿了一角窗纸向内看去。

但见小鱼仙倌坐于上位，正端了个青瓷茶杯浅浅抿茶，一脸讳莫如深、波澜不兴，而坐于下首客座的正是那穗禾公主。二人皆不言语，一副敌不动我便不动两军对垒的阵势，不晓得是在唱哪一出。

许久，终是那穗禾公主按捺不住，开口道："明人不说暗话，穗禾今日为何而来想必天帝十分清楚。"

小鱼仙倌淡淡一笑："穗禾公主此言差矣，本神实不知晓你为何登门。"

穗禾公主冷哼一声："你是否在老君的丹药之中做了手脚？"

我心下一跳，小鱼仙倌慢悠悠道："原来为的这桩小事，不过是去了一味上火的草药而已。"

"你！"穗禾公主一时气极，继而冷言冷语道，"外界皆传天帝对水神一往情深，挚爱非常，却不知天帝连至爱之人也是利用欺骗的！你明知旭凤为不死之鸟，极有可能并未彻底魂飞魄散，你明知水神得了老君的金丹必会去救旭凤，你明知他属火体质最畏寒凉，便故意去了丹丸火性，如今旭凤屡遭丹丸之力反噬之苦……"话锋一转，语含讥讽，"那水神怕是还不知自己这颗棋子的作用发挥得如此淋漓尽致吧，若是有旁人提点提点……"

我一时醍醐灌顶，心下彻底凉了。

青瓷杯放在桌上，一声轻响。

"穗禾公主说得这般坦荡，是否已向那魔尊坦言，他能够死而复生并非为你所救？"

穗禾公主面色应声一变。

"况，他的魔力蒸蒸日上，连他自己都不在意这区区反噬，穗禾公主此举未免杞人忧天了。"他悠悠道来，一如既往地云淡风轻。

穗禾公主僵硬片刻，慢慢又定下神来，道："便是旭凤知晓是那锦觅救的他又如何？若非她一刀致命，他又如何会魂飞魄散？倒是有一事……若是那锦觅知悉当年先水神之逝并非旭凤所为，且她的未婚夫婿天帝陛下从一开始便知晓元凶并非旭凤，却一直隐瞒于她、误导于她，你说，她会有何反应？"

风云变幻！天塌地陷！

刹那之间，撑天的柱断了……补天的石漏了……我却不得动弹，逃不得，逃不开，眼睁睁看着自己被扑面而来的巨石轰隆而过，一寸一寸碾成齑粉……

"奉劝你莫做傻事！"他彻底沉下脸，食指一叩桌，"你眼见便要如愿嫁与旭凤了，若是公布于世，你就不怕黄粱一梦？"

"天帝陛下若将除去的那味药告诉穗禾，穗禾定只字不透！出了这个门便当一切从未发生。若是天帝陛下一意孤行，穗禾也只有孤注一掷，拼个鱼死网破了！"

"你真以为，本神仅仅是知晓旭凤并非杀害水神之人，而不知元凶何人吗？你攀附天后随了她万余年，红莲业火多少也学了个皮毛吧？你知水神神力仅余少少半成，弑戮他为天后报仇是为借口，实则欲借此隔阂觅儿和旭凤是真吧？可惜，错算了一步，你怕是从未想过觅儿会一刀将旭凤灰飞烟灭……画虎不成反类犬！"他凉凉抛出最后一个筹码，触目惊心。

"你……"穗禾公主骇得一惊而起，"你……你何时得知的？"

"本神何时得知并不重要，单是你今日这般纰漏百出的言语便是不打自招。我

奉劝你一句，三缄其口老实嫁给他方是正道，有他护着你，你还能暂且保住性命，若是哪日落到我手上，普天下皆知，我答应过觅儿要替她报杀父之仇……"

穗禾满面惨白惊惧："你……原来你一直知道，你竟是利用我牵扯住旭凤，以此彻底断绝他二人的丁点可能……你……你真是无所不用其极！"

"你知道便好。"他气定神闲伸手一挥，大门开敞，"慢走不送！"

穗禾公主跌跌撞撞冲出一片绵延的白墙黛瓦之中，最后，仓皇消失在斑斓明媚的虹桥尽头……

我一点一点从窗棂上滑落，跌落地面的巨大疼痛震得我再没一丝气力撑着这变化之术，原身毕现，我踉跄起身便往外疾走。

"觅儿？"

不能停！不能回头！我拔足狂奔。

"觅儿！"他拦腰将我从后面一把抱住。我惊得瑟瑟发抖，不要命地踢打着这桎梏，妄想挣脱，拼尽了全身最后一丝气力也换不来这牢笼分毫破损撼动，我用手指使命扳着那铁臂，抠得鲜血淋漓……直到使不出一分力气，只能看着那些血斑驳地纵横，分不清是谁的……

我一直只是一只小小的蚂蚁，再怎么张牙舞爪，也只是可笑徒劳。

"觅儿……你听我说……"多可笑，他的话音竟是颤动的、不连续的，他怎么可以饰演得如此完美逼真？

"好，我听你说……只要你可以放开我，我还能做些什么，你一并告诉我……我都做好，你就放了我……好不好？"他是这样高高在上地运筹帷幄，我已经晓得，我没有跟他抵抗的丁点胜算，我只能卑微地祈求，祈求他放过我。

他却停在那里什么都不说，只是手臂越收越紧，呼吸战栗地拂过我的后颈，针一样扎着我，我好害怕……

"觅儿，不要这么和我说话……不要离开我……求求你，不要离开我……我好害怕……"

"可是，我已经尸骨无存了……每一寸每一分，都被用得干干净净，什么都没有了啊。为什么？为什么你还不肯放开我呢？"我咬着唇，大惑不解地全身发抖，"我好怕，你放开我好不好？"我微弱地祈求着，声音战兢得越来越低。

"觅儿，觅儿。"他扳过我薄弱僵硬的肩头，面对面，我骇得恨不能缩成一团，

"觅儿……你看看我好不好？我爱你……我是真的爱着你……你不要怕我……不要丢下我……"

"不是的，你记错了，你不爱我。你只是骗我说你爱我，骗我爹爹说你爱我，骗芳主们说你爱我，骗老胡说你爱我，骗连翘说你爱我，骗尽了天下人，骗得久了，连你自己都被骗得信以为真了。"

"不是的，觅儿……你相信我，你听听我的心，我是爱你的……"他手足无措地将我抱入怀里，压在他胸膛上，苍白地解释着，方寸大乱得近乎逼真。

我缓缓摇着头："我虽然傻，但是，我便是再傻，现在也全部清楚了……你一开始接近我只是因为我是旭凤身边的人，你想一探敌情，之后，你慢慢疑心我是水神之女。天后寿筵，你设下水结界被我破出，自此你便彻底确认了我的身份。

"那日，爹爹领我上天界，北天门外，你明明看见了爹爹立在撑天柱后，却故意佯装未看见，佯装不知我是水神之女，诱我说出喜欢你的话来，叫爹爹以为我们二人两心相悦、情投意合，还指天誓日说出为了我不惜违逆天帝与爹爹立下婚契的毒誓。因为，你知道，爹爹已知我母亲之死乃天帝与天后所为，恐爹爹因着天帝撤销此门婚事，如此，你便会彻底失去水神爹爹这方坚强后盾。爹爹良善，若是见我倾心于你，便必不忍拆散姻缘，还会全力支持于你。

"如此，你若与旭凤相斗，胜算便添上一成。

"你任由我出入栖梧宫，任由旭凤频频见我，仅是为了用我拖住他。你送我魔兽，为的只是掌控我的行踪。

"那日，佛祖爷爷在西天大雷音寺开坛讲禅，六界诸神众仙皆赴，天后未去，你怕是一下便料到了端倪。你不慌不忙将天帝和爹爹领了来，你不慌不忙看着我诈死却只字不透，你眼睁睁看着爹爹痛心疾首误以为我已死，借着爹爹的手来杀天后，却不想被旭凤挡去。然，就算天后未死，但旭凤重伤、天后入狱，你的目的也算是达成了。

"爹爹为那穗禾毒辣残害，你明明知道真凶，你明明知道我怀疑旭凤，你明明知道……

"可是，你对我说：'水神为报弑女之仇欲取天后性命，火神代受两掌，重挫，其母获罪入狱，火神怀怨于心，又恐水神终不能释怀再度残害其母，遂灭水神，永绝后患！'

"三年，三年里你知晓旭凤一直知道你的调兵遣将，知道你欲夺天位的野心，

你料定旭凤会在关键时刻拿住你的把柄发难。

"可是，你不仅是个布棋圣手，更是一个赌徒，不是吗？"

"大婚上，一场豪赌。不赌别的，就赌旭凤会闯婚殿，就赌我会为父报仇！殿外的十万大军根本就是幌子，你的注其实仅仅押在了一个人身上，一个谁也想不到的人……

"而我，就是那个筹码。

"一着定输赢。这次，你彻底大获全胜，满载而归。

"可是，为什么你还是不肯放过我呢？我找老君求丹药，老君答应我考虑一夜，你第二日便伴装替我游说老君，实则阻挠我取丹。你明知我过去最珍视的便是灵力，将灵力看得比我的性命还重要，是以，你便对老君支招可让我以六成灵力换金丹。你以为我定会不舍，而老君也保住了丹药，最后，我会感激你的游说之情，而老君亦会感激你的建议。岂料，我却毫不犹豫地献出灵力换来了金丹。

"可是，你又如何会漏算一步？你事先便防万一，在老君的丹药中动了手脚，届时，若是万一我肯献出灵力，换得的也不过是一颗有残缺的丹药。

"你怎么可以这么清楚地知道自己要的是什么？

"你怎么可以如此步步为营，算计精准得分毫不差？

"你怎么可以让所有人皆沦为你的棋子，被你利用，却还将你当作这世上最干净清澈最良善贴心的人呢？

"如今，你已经坐稳了天帝之位，整个天界除了月下仙人无一人会与你叫板，而月下仙人根本威胁不到你高高在上的帝位。

"你的凤愿已达成，为什么还是不肯放过我呢？"

真相暴露在烈日下，明晃晃赤条条得叫人无处可逃。

他低垂着眼，对我所言不置一词，煞白着脸无可辩驳。

"你至今唯一漏了的一点，怕就是你从未料到那金丹虽缺一味药，却仍旧奏效，你未曾料到旭凤这么快便复生了，如此短的时间内便统领了魔界与你分庭抗礼。"一股冰意从头顶心淋到脚底，我抖得牙关打战，"你莫不是……莫不是还想用我去对付他？"

我慌乱之间生出一股蛮力狠狠推开了他，跌倒在地。

"没用的，他已经对我没有丁点情意了！他恨我入骨，恨不能亲手将我碎尸万段，他爱上了别人,爱上了我的杀父仇人……"我哽咽着后退,泣不成声,"你放开我吧!我再也不会去伤他了!"

"不是的,觅儿,不是的!"他半跪下身将我拢进怀里,任凭我拳打脚踢也不放开,"我错了,过去皆是我错了,可是,如今我是真的爱着你,爱得叫我痛不欲生、不能自拔……我看见了你的梦境,看见了梦中你们的缠绵,你可知彼时我是何心情?我恨不能举剑毁了自己的魂魄,若我从未存在又如何会遇见你,不会遇见你,便没有这样的痛彻心扉……可是,我清楚地知晓,我必须忍,只有忍到成为真正的强者,强到没有人能对我不低头,才能牢牢地捍卫住我的爱人,让我的爱人心悦诚服地追随我……

"你三番五次偷偷潜入幽冥看他,我皆当不知,我只当你是中了瘾,就像当年吃糖一般,总要一点一点慢慢戒去,不能一蹴而就。后来,果然你去看他的次数越来越少,你不知道我有多欢喜。

"再后来,你在天河畔答应与我成婚,你可知晓,我那时有多难以置信?高兴得近乎心都要胀裂了,我那时想,只要你能与我顺利完婚,再无节外生枝地与我平淡相随一生,便是要我拱手送出天帝之位,也未有不可……"

我看着他慌乱得逼真的脸,听着他说着天大的笑话,茫茫然只知摇头。

"觅儿,你可以不信我,可以不爱我,可以恨我,但是,你绝不可以离开我!"我顿觉荒芜一片,孤立无援,只能绝望地看着他,一行清泪滑落他苍白的面颊,落在我的额头,"觅儿,我错了,但我不悔!"

错了,我也错了,我错得离谱,错得荒谬……可是,凤凰他又如何听得见呢?

原来,这世上有一种伤,可以噬心蛀骨。

唤作——

忏悔,无门。

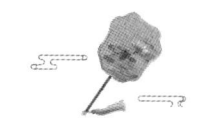

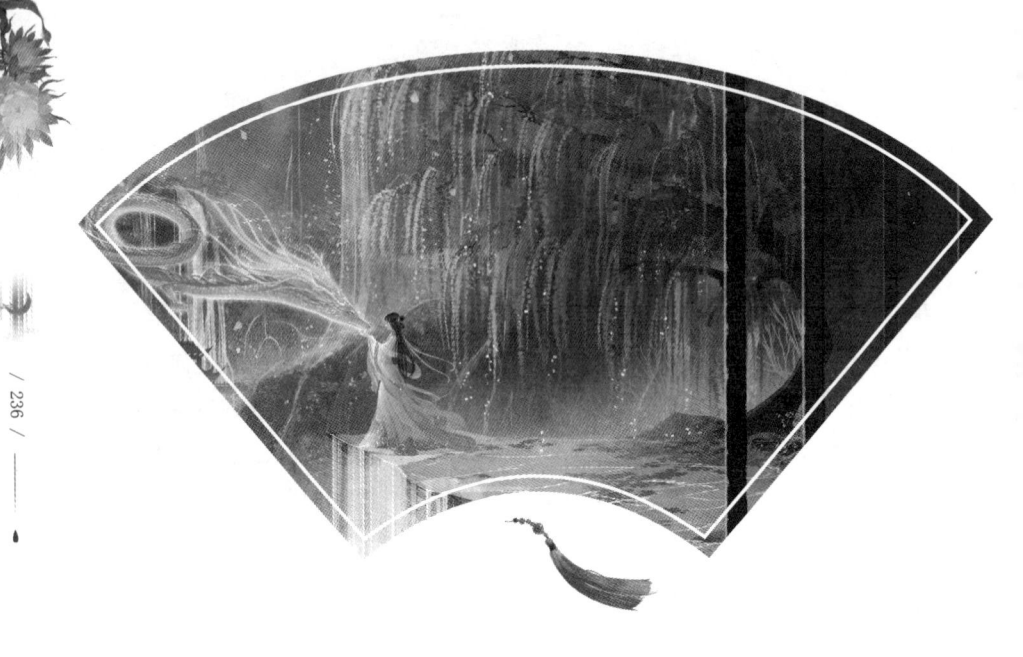

第十四章

"觅儿。"

我继续摆弄手上的花草，只当什么都没听见什么都没看见。他将我囚禁了三个月，任凭我如何哀求，皆是温和的一句话："我不会放开你，亦不会告诉你金丹所缺之药，春天一到我们便成婚。"一个月后，我再不求他，再不说话，只当他是一丛荆棘。他日日都来，总是温言软语地对我说话，三餐过问，细致到连茶水的温凉都要把控得刚好，坐着怕我腰疼，躺着怕我背疼，一副恨不能捧在手中的样子。仙侍仙姑们皆替他鸣不平，觉得我十分不识抬举，总道，天帝陛下这样痴心的男子世间少有。

是啊，世上哪有一个男子能对一个女子好到这般极致？若真有，那便必定是假的。所谓完美，皆是幻象。若非亲身遭遇，谁又能相信这样温和雅致的背后是怎样血雨腥风的狠辣？

"你们都下去吧，我想与水神单独说说话。"他挥了挥手，将左右仙侍屏退，俯下身，"觅儿，你这是在做农活吗？"

我手下一顿，是他的声音，是他的样貌气息，只是这口气……

"美……觅儿，本神来了，你怎么还不起身相迎？你不能仗着本神如今正宠着你便如此怠慢，你可晓得我为何要做天帝？做天帝的一大好处便是除了天后外还可以纳许多许多的天妃。"

我放下铲子，道："随便。"许久不曾开口，声音带着生涩的沙哑。

"哎呀呀，如此冥顽不灵，看来本神要好好调教调教你才是。"他单手抚着下巴，头疼得满面惆怅，"只是，要怎么调教才好呢？"

他忽地摸上我的手，惊得我一下便要举铲子拍他，他却捏了捏我的手心，郑重道："让本神关上房门好好调教调教你！"

说话间便领了我一路火急火燎往厢房中行去，一路仙侍仙姑瞧着我们握得牢靠的手，再看看我们行去的方向，皆是如释重负地暧昧掩口一笑，我立刻黑了半边脸。

"你来做什么？"一入厢房，我便甩开扑哧君的手。

"美人，你太伤我的心了，我这次可是拼了身家性命来英雄救美的！"扑哧君苦了苦脸，我一时觉得浑身不适。

"不多说了，好不容易等到今日佛祖开法坛，他不在天界，事不宜迟，再晚恐怕他便要回来了。"扑哧君从袖兜中放出两只鹦哥，又掏出一张纸往桌上一压。

纸上潦草写了一行字：借水神一用，探讨双修之真谛。

我看清字迹的片刻，却听那两只鹦哥立在床头一唱一和地哼哼起来。

"嗯啊！不要，讨厌！"

"哎，你好美！"

接着便是一阵"啾啾"水声。

我一愣，被扑哧君不由分说拽着从后窗飞出的时候，方恍悟过来，险些跌了下去。后院外结界开了一道几不可察的细缝，扑哧君扯着我便化形钻了出去，一路飞到天河边，一把将我压入天河之中，自己亦紧随其后潜了进来，借着天河之水避开一队巡查的天兵之后，方逆流蹚出天河出了天界。

远远瞧见一个着了品红纱衣的少年，扑哧君化回原样，颠颠上前拍了拍少年的肩膀，少年被拍得一个趔趄险些跌倒，正是狐狸仙。

扑哧君道："丹朱，多谢你用法器帮我们开了道口子。"

狐狸仙噘了噘红艳艳的唇，不情不愿瞥了我一眼，对扑哧君道："我是帮你，又不是帮她！如今你既出来，我便走了！"

扑哧君一扬眉，道："你怎么越老脸皮倒越发薄了，不必害羞，美人和我不分彼此。"又拉了我的手左右看着，心疼道，"可怜我家美人，真真可怜见的，原先放养便已经很苗条了，如今圈养着，越发瘦骨伶仃，日日被那天帝逼着做农活，瞧瞧，

大拇指都瘦了一圈！再这样下去，怕是就要变作农妇了！"

我镇定地收回手道："多谢扑哧君关怀，只是你方才瞧的是尾指，不是大拇指。"

"哦，我说怎么这么长！"扑哧君恍然大悟，又道，"美人，今天我好不容易挑了这么个天帝出去的日子，又用了私藏近五万年的'易行换息绝对像仙丹'将自己变作他的模样，与丹朱联手将你从天界偷出来。面对这得来不易的奢侈的自由，趁着月下仙人在跟前，趁着天帝还未察觉，天罗地网还未布下，你有没有什么愿望，皆说出来吧！"

我一怔，扑哧君挤眉弄眼，补充道："譬如说私奔之类的愿望。"

狐狸仙立在一旁，前所未有肃穆地瞧着我。

我垂下眼，良久，方鼓起勇气用我自己才能听见的声音道："我想去幽冥界，我想见见他……"眼底一酸，有什么要夺眶而出，我赶忙抬起眼，用力眨了回去。

扑哧君"嗷"一声号："天道不公！不公至斯！"

狐狸仙似乎长长舒出一口气，却别扭地转过脸，道："这次，我不会再帮你了，你要去便自己去。过去若非我将你推给旭凤，想来他也未必会中了你的毒喜欢上你，此番，我再不帮你了！我不能再害旭凤了！"他一甩袖子转过身去。

我郑重地对狐狸仙和扑哧君鞠了个躬："承蒙彦佑君和月下仙人危难之中真心相助，锦觅感激不尽，将来必定倾尽所能报答！"

转身离去前，听得扑哧君嚷道："怎么可以这样！怎么可以这样！我还未来得及和水神一夕共赴巫山……"

我从未这样不化身形地进入过幽冥界，许是我身上的仙气突兀了些，路上妖魔皆停下手中动作，纷纷侧目，窃窃私语。

"我第一次看见长成这般模样的罗刹，是十八层地狱新升上来的吗？"

"笨，什么罗刹，你没闻到那一股子清汤寡水的神仙味吗？"

"啊，竟是个神仙！可惜了这般好模样，怎么就想不开堕落去做了神仙，委实可悲……"

我终是停在了那块无字楠木门匾下，提上一口气，叩了叩门，许久无人应门，只有大门两旁把守的两只狰狞怪兽面无表情地森森看着我。

许久，我再次伸手叩了叩门。此番，约莫过了三炷香的辰光，终听得大门沉重一声响，里面施施然出来两个女妖。

"何事？"

"烦请通报魔尊，便说……便说，锦觅求见。"

"锦觅？魔尊日理万机，岂是没有名号冠衔的平庸小辈随便可见。"其中一个女妖语带几分不耐，伸手便要关门。

我赶忙伸出手挡住，急道："便说水神锦觅求见。"

那女妖生生顿住手上动作，瞠目结舌地看着我。

另一个女妖如遭雷劈，似乎吓得不轻，重复道："水神……哪个水神？难道是那个？"二妖对视片刻，毫不犹豫地一把掩上了大门，紧闭的大门几乎要拍到我的鼻尖。我一愣，嘴角扯出一缕苦笑，抬头看了看天，复低下头看着脚尖。

不想，少顷，门却忽地从内打开，那两个去而复返的女妖带着满面古怪鄙夷的神情看了看我，不情不愿道："魔尊有宣。水神且随我等入内。"

一路向里，我被引着入了后院，遥遥看得一片火红茶蘼花海为湖，湖心一座飞檐亭，几个乐伶正在拨弦，丝竹呜咽。一人凭栏而靠，面前案几上散落三两文牍，手上一卷半展开的竹简微微泛黄，他凝神在看，露出的侧脸半明半暗并不真切。

四周花木葳蕤，仅他笔尖的一点朱砂触目惊心。

我心中一颤。

那女妖引着我立于湖心亭的石阶下："尊上，水神求见。"

我半敛着眉眼，一阵风过，亭下花海涟漪相撞，丝竹刹那寂静，稍顿，划过一丝不调和的徽音。

有人低低一笑，四周出错的乐伶惊慌跪下："请尊上责罚。"

"怨不得你们，这水神仙上我都畏怕。"语调寒凉，明明是锋利的讽刺却带着一层晦暗的暧昧，像极刀口上残留的一道血痕，"都下去吧。"

"是。"一阵窸窸窣窣，左右退散而去。

我垂着眼，一双锦靴映入眼底，心口突突跳动，千言万语堵在喉头，却不知如何开口。

"怎么？水神仙上怕不是责怪在下未有倒履相迎，怠慢了你，连话都不屑于说了？"一口一个"水神仙上"，刺得我生疼。

"旭凤……"我猛地抬头看他，冷不防撞上一双冰冷的眼，"我……"我已不知自己要说些什么，只是这样近地看着他的眉眼，一时竟近乎痴了。

他微微一挑眉，似有不耐，移开眼去："听闻水神明年开春便要荣登天后之位了，可喜可贺。今日可是来送帖的？水神胆识如今是越发大了，只身入我幽冥，就不怕有去无回？"

他信手拨了拨尚未撤去的琴弦，杀伐之音一泻而出："还是，你赌我不敢杀你？"

"旭凤。"我一时不知如何言语，手上却下意识抱住了他的一条臂膀。

他一顿，片刻后眼角一沉，似乎大怒，又似乎嫌恶至极，旋即，手一扬，护体魔功将我重重弹开，我一下跌坐地上。

"水神请自重！"

掌心生疼，火辣辣地疼，然而，却不及心中疼痛之毫厘……那记嫌恶的眼神竟像一把刀生生扎入肺腑之间，狠狠地剜开一个鲜血淋漓的创口……

他一甩袖，似乎多看我一眼都怕玷污了双眼，转身抬脚便要步出湖心亭。

我惊慌失措地挣扎起身想要追上去，脚上却一脱力，再次狠狠跌在地上，看着他已跨下石阶的脚，我顿时怕得全身发抖。

这是我仅有的一次机会啊，错过了，便再也不会有了！凡人还有来生可待，可是我们只有这一世，漫长没有止境的一世，若是以后再也看不见他，那样漫长的百年千年万年几十万年将是怎样的酷刑？

顷刻，泪流满面。

我啜泣着在背后喊他："旭凤，我错了，过去，皆是我错了！你杀了我也好，剐了我也好，可是……不要不理我……我知错了……"

反反复复毫无章法，然而，他停住了脚步。

"我不知道，我真的不知道啊！我以为是你杀了我爹爹，我答应过爹爹要孝敬他要报答他，可是，他灰飞烟灭了……一下，什么都没有了，没有了爹爹，没有了方向，我不知该往哪里走……我误会了你……我以为……"

"你以为？"他一下转过身打断我，衣摆带起的落英纷纷扬扬，"好一个'你以为'！"突兀一笑，嘲讽尽显，"为了三个字，你便毫不犹豫地骗取了……取了我的性命！水神之狠开天辟地无人能及，在下领教了。"

是啊，错得荒谬，荒谬得无可补救……怎么办？我慌乱无措地看着他冷眼对我，神志恍然间却有一丝清明，是啊，我仅有这一次机会，下一刻不是我被他杀了，便是再度被天帝囚禁。千言万语，其实只有一句话，这句话我从未对他说过。

"有一句话，你信也罢，不信也罢……"我双目直视着他，手心攥出了血渍，"我爱你……"

他一动不动，眼前缓缓飘落下一片凋零的花。他居高临下地看着我，眼中有一瞬映出了那花瓣的火红，慢慢地，浮起一层恍惚不屑，最后竟是勃然大怒。

他冷哼一声，嘴角紧抿。

"这次，你要的又是什么？"

我一时愕然不知所以。

他忽地抬头一笑："故技重施？不想，这么多年过去，你的骗术倒是越发拙劣了。上一次，你与润玉联手，仅用一缕青丝骗去我一命，大获全胜。如今两界还未开战，不想水神却已粉墨登场，入戏倒快……

"只是——"他突然俯身捏住我的下巴，"你二人就如此视我旭凤如无物？你以为我会在同一个地方栽倒两次？"

"不是的。"我被他捏得生疼，明明只是下巴被捉住，心中却揪成一团，连眨眼都是疼的，像一条被掐住七寸的蛇，语不成句，"不是的……我从不知晓润玉竟欲策反……我说的是实话……我爱……你……"

一串泪顺着腮急速滑落，跌在他捏着我下巴的手背上，他一顿，竟像被烟火烫伤一般，迅速收回手，看着我，满面鄙夷。

"我清清楚楚地记得临死之时水神赠了我两个字——从未！旭凤至今奉为金科玉律，铭记于心，一刻都不敢忘。水神过去从未爱过我，怎么竟一夜转了性子，爱上了我？还是说，水神竟有如此特殊之嗜好，癖好已死之人？润玉素来行事滴水不漏，怎么就没教好你呢？撒谎亦要有理有据，方使人信服。"

如鲠在喉，我婆娑着眼看他，水光蒙眬："我甫一出生便服下了一种丹丸，唤作'陨丹'，至此，灭情绝爱……直到，那天我亲眼看着你魂飞魄散，方一口吐出……我亦不知何时喜欢上你的……"我低声喃喃，"或许，留梓池畔……或许，我诈死之时……又或许，你抱着宣纸对我回身一笑……或者，仅是普普通通因着当年你那一句'何方小妖'。我不清楚，我不知道……可是我知道，看见你受伤，我会很难过，难过到肺腑皆像被蛀……"

"陨丹？灭情绝爱？"他伸手缓缓捏上我的喉头，"六界丹药谱，我倒背如流，从未听闻有一种丹药可令人绝情绝爱。就算真有此丹，你又怎么会心窍未开却对我动

情？是你太笨，还是当我太笨？"手上一紧，喉头欲断，"说吧，润玉这次派你来意欲何为？同一伎俩反复使用，不想，他如今已黔驴技穷至此……你以为此番你一入魔界可以全身而退？"

从他口中吐出的话语字字锥心，而我，却不怨他，是我负他在先，便是他取了我的性命亦不够抵偿半分。

眼前景象越来越模糊，我慢慢闭上眼。

其实，能死在他手中未尝不是一种幸运。

蓦地，他却松开了手间的桎梏，我一下跌落在他冰凉的怀里，他就这么任由我倚靠着，不伸手相扶亦未推拒，如此，已叫我心头涌上一股微弱的喜悦。

未料，下一刻便是他三九风雪一般的冷言冷语："水神对天帝之爱果然感天动地，为了他，你居然连性命都可以舍弃？而他，为了巩固帝位，竟不顾未婚妻子之性命，穷途末路到将你送到我手上。普天之下，有这般无情夫婿，亦有这般痴情妻子，好，果然好。叫旭凤大开眼界，叹为观止。"我几番伸手想要抱住他，却终是再使不上半分气力，手腕动了动便无力垂下，只能勉强睁着眼看他，看着这方我唯一的救赎："不是的，从来没有……没有……润玉……一直……一直只有……一直只有你一个……"

不知是否是我的错觉，竟觉扫拂我额际的清风轻轻一滞。

"哈！"他倨傲一笑，一手揽住我慢慢滑落的后腰，一手抬起我的下巴，一时，四目相对，"水神如此自信？你凭什么以为你足够吸引我再受你一次欺骗？我想，我与穗禾的婚帖应该已于三月之前送抵天界，如果水神仙上被遗漏了，我现下便补你一份！"

他说："你若再说一句爱我之谬言，我便立刻杀了你！说一次，剐一次！"

一阵风过，湖水碎裂，寂寂无声。

"报！"有鬼魅从花湖尽头一路飞奔而来跪在他面前，"禀报尊上，天帝携百万天兵于忘川渡口外，言明尊上若不交出水神便立刻宣战！"

我心中一凉，指尖轻颤。

"果不其然！"他倏地单手将我搂紧，苍白的唇靠上我的耳际，薄薄的唇瓣轻轻开合刷过耳郭，"原来，你今日之行目的在此……嗯，水神为幽冥魔尊挟持，天帝震怒，为营救水神，不得不大举进攻魔界，领正义之师，替天行道！看看，多么完美的借口。人心所向，正义所趋。旭凤自叹弗如……"

他含住我的耳垂在口中反复用舌尖亲昵地摩挲，最后，一口咬破，一滴温热的血顺着我的颈侧慢慢滑落。

"可惜，叫你失望了，我早有防备，幽冥百万鬼将日夜备战，只待此刻！"他抬起头，一个嗜血的笑容绽放在这张完美得近乎匪夷所思的脸孔上，双唇鲜红，利落吐出二字，铿锵落地——

"应战！"

忘川无垠，水无痕魂不尽。黑云压城城欲摧，甲光向日金鳞开。

一衣带水，天帝一身出尘白衣，负手而立，背后是天界的三十六员天将，数不尽的天兵踏云而来，手中的法器寒光凛冽，映着正午的骄阳，叫人不能直视。

忘川这头，他立于渡口，猎猎红袍张狂翻飞，乌云为之沉浮，骄阳为之见绌。十殿阎罗亲自上阵，魑魅魍魉静候帅令，鬼将妖兵严阵以待。

除却流云飞卷，风声呜咽，没有一丝声响，没有一个动作，寂静之中一股沉沉杀气正在一点一滴、不疾不徐地缓缓酝酿。

我被安置在一张开敞的宽大乌木座椅上，周遭铺陈极尽奢华之能事，长长的流苏沿着椅背流泻而下，像极了女子温婉的发，在云中起伏伏飘飞舒展。我伸手抓了一把，惘然地看着它们从指缝之间滑脱，触感细腻，绵绵密密扎入我几近麻痹的心头。

距他仅两步，却比隔着一条忘川更遥远。我看着他，他看着天帝，天帝看着我。多么可笑、多么诡异的一个轮回。

"润玉今日前来并非恋战，只为接回水神。"天帝终是率先开了口，那涤净凡尘的双眸定定地看着我，隐藏在眼底的是什么？他眼底似有焦急、失落和深深的不确定，但是，怎么可能？他永远叫人捉摸不透，锋芒尽藏。

"哦——"凤凰轻轻一哼，狭长的凤眼冷冷一挑，声如羌笛幽幽开口，回荡在招展的旌旗之间，"如若我不放呢？"

天帝身旁的吡铁兽跺了跺蹄子，暴躁地抬头喷出一口鼻息。他紧了紧手中的缰绳，淡然道："如此，只有先礼后兵了！"

凤凰仰天一笑："何必多言，如你所愿！"

漫天秋色下，一阵天鼓惊擂，角声起，悲笳动，三军甲马不知数，但见银山铺天来。

仿佛不过是一眼错漏的工夫，杀戮便于寂静之中似一坛踢翻的酒，血腥倾泻刹那弥散。忘川再不复往昔宁静，一时间，川水之上，车错毂兮短兵相接，操戈披甲怒目相向，刀剑鞭钺铠钩槊戟，挽弓运术，落矢交坠，凌余阵躐余行，左骖殪右刃伤，出不入，往不返。

有神将跌入忘川，再也没有爬起来，亦有妖魔中神矢，魂飞魄散。两军对垒之中，仅有二帅岿然不动，无情地看着芸芸众生，运筹帷幄之中，仿佛一切乾坤早已料定。

只有我，既做不了那些沙场效命的卒，亦做不了这样机关算尽的将，顶多只能做一个过河的筏子，一个挑起战乱的借口，眼睁睁无能为力地作壁上观，将来怕不是还要留作千古骂名，被世人骂尽祸水乱二界。

我忽地记起佛祖爷爷曾将我比作山间一猛虎，当时以为荒谬至极，今日一反思，没有丝毫差错。我看着凤凰的侧脸，恍若感应到我的目光，他亦回过头，一双子夜的眼深沉无边，轻轻一笑，如昆仑美玉落于西南一隅，却再看不见那颠倒日月情意缠绵的笑窝，余下的，只是大雪满弓刀，有恨，有蔑，再无爱……咫尺天涯。渐渐，天界之兵趋于弱势，阿鼻妖魔渐占上风，复仇之光照亮了他的一张脸，他唇上沾染的我的血早已干涸，却在这光亮之中衬得他的脸渗出一种异样之白皙，灼灼欲透……有一层淡淡的烟气自他指间逸出，慢慢浮动环绕在他周身，但见他眉间轻蹙，抿了抿唇。

莫不竟是反噬？

我突然生出一丝惧怕，惧怕那味金丹之中残缺的不知名草药。

我慌乱地去看天帝，却见他微微仰着头，眼神落在远方，看那些流云，在喧闹交戈的铮铮兵器杀伐声中，安静地失神，寂寞地沉浸在我所看不见的天地之中。

蓦地，却在我看向他的瞬间转头看向我，刹那，满眼繁星，华彩流转。他张了张口，无声却有言，我看懂了他的口型："双儿，回家吧。"

我定定看着他，亦轻轻开口吐出一个口型："药！"

霎时，他身子一僵，别过脸去。

我顿时大急，一把急火烧上心头，拍得我一阵眩晕，竟是跌下了座椅。

椅下浮云散开，是凌乱开放的荆棘，根根带刺，刺上染血，厉鬼的号啕激荡耳畔。然而，就在我以为要落入荆棘丛中时，却被人伸手一托，再次坐于椅上。

眼前晃过一角红色衣袍，竟是凤凰。待我回神时，他已立回原处，眉梢眼角更加阴沉，轻挑嘴角，皆是讥讽。

头顶上，一支凤簪利落地插在乌发之间，如天外飞剑，衬着大红的战袍，杀气四溢，金光熠熠。

金？金！

我心中突地通透净亮醍醐灌顶，激动地攥紧了座椅扶手，在刀光剑影之中疾疾唤他："旭凤……"声音断续，毫无章法，"我晓得了，梼杌，是梼杌草！"

对面，天帝脸色一沉。我心中突兀地涌起一阵不祥之感，顾不得嗓间嘶哑火燎，紧道："那金丹里多加了一味梼杌，服食蓬羽即可，蓬羽克梼杌！"

天帝根本没有删减过金丹之中的药草，仅是添了一味梼杌。犹记太上老君将金丹交与我时曾反复强调此丹惧木，一遇草木便尽数消散。而我当时跟踪穗禾公主之时，心中急切竟将此遗忘，一味跟进了那暗藏机关的木桩之中，竟忽略了怀中所携金丹不能近木，而那金丹居然也未化，说明根本不惧木！我适才方记起此紧要纰漏，前后一贯通，顿时明白这丹药之中定是添加了一味可压制土性之药，而能压土又寒凉去火的草药天地之间仅有一种——生长于瑶池水底的梼杌。梼杌虽凉，却有一草能克，便是忘川边常见之野草，名唤"蓬羽"。

凤凰蓦然转头。

我尚未来得及看清他面上神色，眼角处却掠过一道奇异之光，非兵非甲，自忘川彼岸射来，如离弦之箭脱缰之马，风驰电掣来势凶猛。

我来不及多想，不知哪里来的气力，纵身便往他胸膛处扑去。

不想，凤凰早已觉察这暗光，已抬手相迎击出一掌，电光石火间，掌上烈焰腾然而起，红莲业火扶摇盛放……

不过刹那而已，很短，很短。

那道暗光没能射入魔尊的胸膛，而那掌红莲业火亦没能烧至彼岸的天帝。

我闷闷哼了一声，慢慢滑落，手心一道佛印金光四射……

"锦觅——"

依稀有人唤我，是谁呢？是你吗？

如果是你，那真好。

原来，我可以这么轻，轻得像一片迷路的羽毛，不知皈依何处。

真的有来世吗？

那么，我愿为一只振翅的蝶，一滴透纸将散的墨，一粒风化远去的沙……

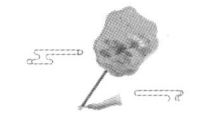

第十五章

幸福是什么？

幸福就是一觉睡醒，看见有酒有菜等你来蹂躏。

我在一个极长的梦里被一阵肉香诱得按捺不住，醒转过来。面前赫然一张精致的膳台，杯碗碟盘装着花红柳绿的各式菜点，荤素搭配流水一样摆开，我数了数，总共八十一道。

真真奢侈，其实八十道就很好，如今的人越发不晓得勤俭持家了。

膳台旁站着一个长得挺衬眼的小姑娘，摆了副碗筷在我眼下，又摆了副碗筷在一旁紧挨着的位置，垂首恭敬道："尊上，菜布好了。"

尊上？是在叫我吗？

我正犹疑着要不要回答，却听一个声音在我下面道："下去吧。"

生生唬了我一大跳！我忙要伸手拍胸口，却发现伸不出手，一低头，更看不见自己的身体，我一时张皇失措，想要开口惊呼，却无论如何声嘶力竭，皆发不出任何响声。

于是，我吓晕过去了。

如何能不晕呢？看得到吃不到，人生最大之悲哀！我居然没有形体，意味着再也吃不上饭了，太可怕了，吓死我了。

再次醒来之时，面前还是一桌饭菜，不过貌似是早膳，比较清淡，没有见着肉。眼下还是一副碗筷，似乎动也未动，干净得像刚清洗过一般，一旁紧挨着的碗筷里倒是放了些饭菜，只是那碗筷面前却根本没人坐着。

委实有些诡异。

接着，我看见一双修长的手拿起我眼下的长筷，夹了一只芙蓉酥放在隔壁的那只碟子里。那芙蓉酥长得十分合我胃口，然而，那只手比芙蓉酥更惹眼，我犹豫了一番，终是把注意力放在了这只手上。

应该是一双男子的手。白皙纤长，骨节分明，叫我突然生出咬一口或许还不错的感觉。

"锦觅，你不是最喜欢芙蓉酥的吗……我知道你肯定还活着，就在我身边！"我正端看着那只手为自己咬不到而烦恼，却不意上回那声音又冷不丁地从我下面冒出来，"锦觅，你出来吧，出来吃这芙蓉酥……你若不想我见你，我便闭上眼……只要你出来……"

我一怔。

依着这男子的口气言语推断——

这锦觅定是他养的一只宠兽！他这是在诱哄它出来吃食。与主人同桌，这宠兽委实好命。

只是……锦觅？这个名字似乎有些耳熟。

我不禁深思，最后，得出结论，我实在不曾见过一只唤作锦觅的小猫小狗小鸡小鸭抑或小兔子！

忽地，眼前一黑，铺天盖地，什么也瞧不着了。

我正讶异不知所以然，又听见那男子道："我闭上眼了，你出来可好？"

五雷轰顶，天打雷劈，惊雷阵阵！我突然明白了一件事情——原来，我竟是一缕无形之魂，寄存之处，竟是这男子的眼瞳之中！

于是，我再一次被吓晕过去了。

好吧，我承认，我只是睡着了……实在是，很困很困哪……

我的宿主，也就是这眼瞳的主人，是一个奇怪的人。这是我近些日子观察得出的论断。

他常常对着葡萄发呆，真的葡萄也好，画上的葡萄也好，只要是葡萄，或者像葡萄的紫色溜圆的东西，皆能吸引他的目光。

其实他喜欢看葡萄倒也可以体谅，所谓人各有所好，我不能强迫他和我一样喜欢看蹄髈或者芙蓉酥，可是，我如今宿存处是他的眼瞳，他看向哪里我便只有被迫看向哪里，这却叫我十分痛苦。整日对着一片紫，我恐怕终有一日不是变成一个色盲，便是变成一颗葡萄从他眼眶里蹦跶出来。

他这么喜欢看葡萄，我原先以为他一定是喜欢吃这果子，岂料他只是眼观，却不动口，从未见他伸手拿过盘子里的紫玉葡萄。

我想，所谓叶公好龙指的便是他这般的人。

我不知道他是何人，只是总听那些来来去去的妖怪恭敬地唤他"尊上"，想来是个品阶颇高之人。我亦不晓得他长得什么模样，因为他似乎从来不照镜子，不照镜子，我如何瞧得见他的全貌，是以，我便只有想象。看那些妖怪见他立刻垂头，从不敢抬头看他的战兢模样，我估摸着此人必定极丑！丑到连狰狞的鬼怪都觉得不堪入目，叫我不禁遐想，那该是多么登峰造极的一种境界啊。所谓鬼比鬼，吓死鬼。

故而，他从不照镜子，想来是怕吓到自己。

幸而，他从不照镜子，我怕他吓到我。

我如今是个寄存的魂，自然只有仰人鼻息而活。他只要一闭眼，我便"咔嚓"一下什么都瞧不见了，故而，这为首一项顶紧要之事便是我应调整自己的作息，尽量与他同醒同睡，这样才能争取多一些光明。若是他睡着我醒着，他醒着我睡着，便永无见天之日。只是，慢慢地，我发现，几乎无论何时，但凡我醒来，他皆是睁着眼的。后来，我强撑着不睡一日一夜，竟发现他连须臾都不曾阖过眼。

此人还有一怪，每到用膳时分，他皆会吩咐一桌丰盛的酒菜，然后身旁紧挨着的座前定会摆上一副碗筷，但那个座位总是空的，从来不曾见有人坐过。而用膳之时，我这宿主总会时不时往那碗里布些菜，什么可口便夹什么，皆是我爱吃的，叫我看着又是眼馋又是牙痒痒，恨不得自己是那座上之人。

开始，我还怀疑那座上是不是坐了一个常人瞧不见的人，譬如和我一样是个无形之魂魄，只是可以行动自如游荡在外。不过，时日长了，我瞧出来了，那座上根本是空的，连丝气息都没有。任凭那碗里的菜堆积到满溢，却无人食，实在浪费。而我的宿主除了喜欢给那空碗添菜以外，自己却几乎不食，只是偶或夹一两口便放下碗筷。

想来这厨子做的饭菜卖相虽好，滋味却必定不好，不合他胃口，叫他吃得这般勉强。

至此，我总结出，我的宿主是一个相貌奇丑，不吃不睡还照样能活的终极大妖怪。嗯，还有一条，喜欢看葡萄不敢吃葡萄。还有，养着一只名唤锦觅，却成天不见踪影的宠兽。

他对这宠兽……嗯，如何形容才好呢？应该是很特别的吧。

当然，这只宠兽好像也很特别，我至今不晓得它究竟是个什么物什。

有时，他望着天边一片路过的云彩，喃喃："锦觅。"有时，他看着一朵半开的花，唤："锦觅。"有时，他对着一颗溜溜圆的新鲜葡萄，喃喃："锦觅。"更有时，他对着一滴普通的朝露，亦唤："锦觅。"

更奇怪的是，他这样叫的时候，我会突然觉得心里像藏了颗没熟的葡萄，又酸又涩。

我有些惶恐地想，恐怕，总有一天，我会堕落成一颗葡萄。

今日，我甫一睁开眼便瞧见一片金光闪闪，晃得我两眼直冒金星，最后，勉力定了定神，仔细一看，这一惊非同小可。

面前不是佛祖爷爷却是哪个！善哉善哉，佛祖爷爷岂是随便想见便能见的，可见我这宿主来头确实不小。

"旭凤见过我佛。"旭凤？原来他的真名叫旭凤。

佛祖盘腿坐在莲花座上，垂下眼淡淡看了看他，似乎一眼便洞穿所有，道："你不必相求。能为之事，不求亦能成，不能为之事，求遍万般亦是空。差之毫厘，失之须臾。"

似乎感觉我的宿主顿了顿，气息有刹那凝固，又听他低低道："旭凤亦知此理。我自己造下的业障，终要自食其果。可是……"长久地停顿之后，方继续道，"我只想再看看她，看一眼也是好的……哪怕一眼也无，便是能听她再说一句话……"

他虽然长得难看，但声音素来还是好听的，今日却不知怎么连声音也这般嘶哑断续，倒像一个伤心的孩子一般，语带哽咽，我以为十分不好。

过了很久之后，他又道："她的魂魄未散尽，我能感觉到她的存在，可是不知她在何处，今日不求别他，但求我佛指点。"

佛祖爷爷叹了口气，道："近在眼前，眼所至，心所见。汝所见皆彼，彼所见

皆汝所见。"

好玄妙的话，我这般聪明的才智都未听明白，不晓得这宿主可听明白。

"谢佛祖指点……"听他这口气，显然同样没有参悟过来，屏息良久，仿佛在酝酿着什么至关重要之言，最后方开口，"不知尚有一线生机？"

佛祖回道："一念愚即般若绝，一念智即般若生。"

佛祖爷爷诚然亲切，有问必答，但是，我以为，这禅机果然不是人人都能参透的，这便是为何佛祖是佛祖，而我只能是一缕小魂魄的缘由。

我想啊想啊想，于是，睡着了。

再次醒来，看见回到了原来的处所，面前却负手立着一位没见过的青衫公子，袍带飘飘，好不清雅的神仙模样。

"我曾经以为我们是旗鼓相当的对手，坚持着自己的尊严与立场，相互耗着，僵持着，总会有一方胜出。可是如今，我方顿悟，原来，有些事情从来就没有输赢之说，没有对错之分。有的，只是错过……我算错了开始，你算错了结局……回天乏力，悔不当初……"他说话的时候声音很轻，很和煦，但是眉宇间有解不开的哀愁和悔恨，好像一阵忧伤的春风，错过了花期。

"错过？"听得我的宿主缓缓开口，"不，你并非算错，而我，从未计算。难道今日你还不明白，一个'算'字乃'情'之大忌。我从不曾错过，我不相信错过。我只相信过错。"

那青衫公子似乎被戳到要害处，再无答言。

最后，道："穗禾，已被我压入毗娑牢狱。"

闻言，我的宿主只是轻轻"嗯"了一声，表示知晓，似乎心思并不在此处，我顺着他的眼睛，看见了那青衫公子袖口露出的一角宣纸。

那青衫公子临去前从袖兜之中拿出一摞纸，递与我的宿主。

"我想，有些东西，她是想给你的，虽然，我纵有千千万万之不愿，纵是殚精竭虑想占为己有，但是，不是我的，终究不是……"

伸手接过这沓泛黄的纸张，我的宿主看了看那袭即将离去的青衫，吐出四个字："永不再战。"

那青衫公子回首，直视道："永不再战！"随即飘然而去。

四字泯恩仇。

只是，我怎么觉着这沓废纸看着有些眼熟？看着它们被一张一张翻过去，我越发觉得眼熟。

每一张纸，皆画满了图，只不过，这作画之人的画技实在有些拙劣不堪。不说别的，便说眼前这张吧，我看了半响方看出这画的是只鸟儿，只是，这究竟是只什么鸟儿便不大好说了……既像一只拖了长尾染了色的畸形乌鸦，又像一只掉了毛被安错头脸的凤凰，不好说，实在不好说。

我正啧啧慨叹这惊天地泣鬼神的画技，却不意又瞧见一张纸，上头画了一个人的侧影，寥寥几笔，一个惊才绝艳的清傲公子便跃然纸上，凤眼薄唇，道是无情却似含情，惹人遐思，叫人竟想踏入画中一窥其真面目。

一沓纸张被他逐一翻去，我发现其中多半画的皆是这个清傲公子，或坐或站，或嗔或怒，虽然都仅是侧影或背影，却皆是生动至极，一颦一笑仿佛此人近在眼前。

我不禁狐疑，这作画之人花鸟虫鱼样样皆画得惨不忍睹，怎的独独画这男子却如得神来之笔，灵气神韵尽现？

"锦觅……"

哎？他怎么好端端看着画又唤这名字了？

但见他纤长的手指捏紧纸张的一角，一点一点收紧，力道之大竟连指节都泛白了，像是要攥住什么遥不可及的东西，又像是在忍受什么痛楚，不能言喻。

"你怎么这么傻……太傻了……我以为我已经很傻……没有想到，你竟然比我更傻！

"为什么你这么傻？教了你一百年，你什么都没学会，怎么独独将这痴傻给学去了……庸才！

"我一个人傻便可以了，你怎么可以傻？怎么可以！你知道……我舍不得……"

他这一番傻子论听得我头晕眼花，不过，他这般鄙夷傻子却叫我莫名生出一种愤慨。傻子哪里不好了？响当当一枚傻子亦是件值得骄傲的事情！

"那只兔子，我第一次看见，一眼便看出是你，但是，我只当不知。因为我知道，再见便是杀戮，可是，我下不了手。即便你骗了我杀了我，即便我每时每刻都提醒自己要恨你要亲手杀了你，可是，只要一面对你，再好的防备和策划顷刻之间便溃不成军不值一提。我不但下不去手，竟还常暗暗企盼看见你，中毒一般，连我自己都鄙弃自己……

"那夜，我没有醉……可我只当自己醉了，抱着你，抱紧你，拥有你竟让我真的醉了，窃窃地满足，唯愿天荒地老，仿佛无论什么恩怨都不过过眼云烟。这样的念头惊到了我，叫我痛恨自己，痛恨自己为了你心软到连性命尊严都可以舍弃。

"我是故意唤穗禾的名字的，只是想提醒自己不能被你迷惑。可是，触到你一瞬落寞的呼吸，看见你离去时凌乱的脚步，我的心好疼，揪紧了，连呼吸都是疼的，恨不能追上你告诉你，不是你以为的那样。

"那天，你只身前来幽冥，你竟对我说你爱我。我一时心都停了，虽然连头发丝都知道这是一个谎言，可是我信了，饮鸩止渴一般不能自已。口中虽讽着你，可心底因为有你这句话而突兀地温暖。

"我逼自己对你下狠言，我对你说：'你再说一次爱我，我便立刻杀了你。说一次！剐一次！'其实，我知道，只要你再说一次，再说一次我便什么都会放弃，不顾一切，不择手段地将你牢牢绑在身边，再深的仇恨皆抛诸脑后……

"可是，你走了……你怎么可以就这样走了呢？

"看见你化成一片霜花蒸腾远去……我以为，我死了，曾经被你一刀穿心都不及这般痛……可是，我没死……为什么你每次都可以这么狠心？"

听他这般自言自语，我不知道是何感受，只觉得恨不能立刻变成一颗葡萄来讨他欢心。

可是怎么样才能变呢？

正在我左右为难不知所措之时，不察周遭竟起了变化，有水汽在慢慢向我围拢，一点一点凝结在我身周，最后，将我固定得不能动弹。

我心中一念闪过，不好！

然，为时已晚。

我眼睁睁看着自己像一只被松脂凝结其中的飞蛾一般，被那些水汽包裹着挟持着从他的眼眶之中滑脱而出。

原来，我竟是宿在他眼瞳之中的一滴泪，从一开始就注定了分离……

此刻，我竟生出一丝不舍，在下落的瞬间，我回头看他，根本没有什么丑陋不堪的妖怪，入眼，是一个极清俊的公子。

意料之外，又似乎，所有皆在意料之中。

命中注定罢了……我一声叹息，落下。

禹庙渔梁口，浮舟落日过。瀑声冲峻壁，经影漾层河。楼煤青山廓，律亭锦树彼。徽州城南面有个小县城，名唤歙县。

歙县之中，有一家小铺唤作"棠樾居"，专卖文房四宝。

这本没有什么稀奇，此处盛产奇石古松。奇石石质坚韧、莹洁缜密，涩不留笔，滑不拒墨，造砚极佳，人称"歙砚"。而以古松所制之墨，落墨如漆，万载存真，便是享誉天下之"徽墨"。当地之人就地取材，故而歙县之中十步行来，不是做文房四宝的作坊，便是卖文房四宝的商铺，这"棠樾居"泯然众人，无甚出彩之处。

然，"棠樾居"在当地却是尽人皆知，名号从歙县的端方街一直传遍了整个县城，又传到了徽州城，最后竟传到了千里之外的京城里，自然是有它的缘由的。

十六年前，"棠樾居"的当家夫人一夜入梦，梦见了两句诗——繁花似锦觅安宁，淡云流水度此生。次日凌晨，天降大霜，竟将这夫人生生冻醒过来，以为受了寒。岂料，当家老爷请来的郎中诊脉之后连道恭喜，原来，竟是夫人有喜了。

说来也怪，这夫人嫁入"棠樾居"锦家已近六年，却始终未见喜脉，不想一夜怀霜入梦竟得此喜，这可乐坏了锦老爷。次年，诞下一女，雪肤冰晶貌，人见人爱，遂取了锦夫人梦中之诗中所嵌"锦觅"二字为名。

然，这锦氏夫妇面貌并不出众，众人一边夸这娃娃长得讨喜，一边却暗暗地心下叹息：女肖父，这娃娃将来长大了长开了未必好看。

不料，这娃娃非但没有泯然众人之中，还越长越好看，越长越离谱，长到了及笄之年，竟似九天仙女下凡一般不似凡品，差矣，想来便是九天仙女也未必有长得这般好看的。一传十，十传百，百近千，徽州男子皆以能见此女一面为荣，然，却无一人敢上门求亲。有妻如此，必招祸事。

这可吓坏了锦氏夫妇，锦老爷深知"祸水"之说，只怕女儿之美是祸不是福，必定要招灾上门，是以，镇日里将女儿锁于房中，叫外人窥见不得，藏得严严实实，倒像藏一笔意外横财一般。

更奇怪的是，这锦氏长女不但长得好看到离谱，言谈举止更是离谱。这女娃娃自小便对鬼怪妖魔之事颇有兴趣，锦老爷以为小孩多半好奇心重，都喜欢听这类离奇的故事，遂不以为意。不想，此女长大之后，竟一门心思开始钻研修炼之道，修炼便算了，常人修炼皆是盼着修炼成仙，不想，她却镇日里琢磨着如何修炼入魔，生生唬

得锦老爷捶胸顿足。多番劝阻无效后，锦氏夫妇只盼得早早为这"祸水"寻觅个好人家嫁出去。

正愁无人求亲，考虑是不是要入赘一个憨实的上门女婿之时，可巧这锦觅的画像竟被人传到了京城宰辅手中，宰相一时惊为天人，不敢欺瞒，立刻将画像进贡给了皇帝。是夜，一纸诏书自京城中八百里加急传出，召此女入宫，封锦妃。

又是一年春来早，桃花满梢油菜黄。

京里来的迎亲队伍浩浩荡荡披红挂彩将这锦家长女接出，一路向北便往京城中去。

歙县虽小，路却不好走，不过堪堪行至村口，已近黄昏。眼见着夕阳坠落明月将上，众人正待停轿休息，却不想，天际夕阳沉落处一团火烧红云喷薄而出，一时间火映半边天，见此景象，一干人等皆是瞠目结舌，呆若木柱。

忽闻红云深处一声清丽婉转之啼鸣，一只七彩流转的鸟儿自天地交界之际展翅飞出，尾长八尺，霞光绚丽，华贵得叫人不能逼视。

"凤凰！是凤凰！"不知迎亲队伍中是哪个活络之人最先反应过来，癫狂大叫，其余人被他一叫方自魇怔之中挣脱出来，纷纷惊呼。更有甚者，心下暗道：可了不得！有凤来仪，有凤来仪，今日竟见如此祥瑞之神鸟，莫非……莫非……今日所迎之锦妃便是他日之皇后？

然，任凭这迎亲众人如何激动叫唤，那轿中女子纹丝不动，盖头下的流苏都不曾有过一晃，仿佛一切皆在意料之中，稳如泰山，无半分常人的好奇之心。

但见那火凤凰一跃飞来，眨眼便飞至这迎亲队伍的上方，一众凡人一时皆是又敬又畏，连呼吸都不晓得怎样放才对。

那凤凰拖着华丽的尾羽，迸裂出敢叫天地逊色之光，在众人头上盘桓一圈后，一个俯冲向下，稳稳当当衔起大红鸾轿，在众人目瞪口呆的仰视中扬长而去……

"不好，凤凰抢走新娘啦！"

明月升起，青草山峦的那一头，田野大地为无边无际开放的油菜花所湮没，金黄色的花海间，一顶鲜艳的喜轿恣意火红，夺人眼目却又突兀地静谧祥和，仿佛已经立在此处等了很久很久……

五千年……

原来，等的不过是这一场轰轰烈烈的抢婚。

远处，青石拱桥，一弯溪水。

一个清俊的翩翩公子自花海深处行来，阡陌纵横，自发在他脚下分开一条笔直之道。

风起，扬起一阵花雨，金、淡、浅、黄，漫天纷飞……吹开了火红的轿帘，吹起了新娘的红盖头……

那清俊的公子撑开一柄纸伞，遮去漫天的花雨，俯身伸出手去："锦觅，我来了。"

轿中女子清浅一笑，伸手，放入他的手心，眼一眨，却道："可是，我已收了那皇帝小儿的聘礼。"

手心被用力一捏，但闻那公子道："哦，可惜我预备下的六千年灵力了。"

那女子嘴角弯出一个狡黠的弧度，握紧他的手，从轿中迫不及待起身而出："如此，我便勉为其难了。"

……

万籁俱寂，仅余虫鸣花语。

月光下，一轮圆满。

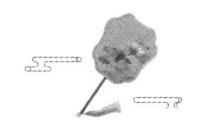

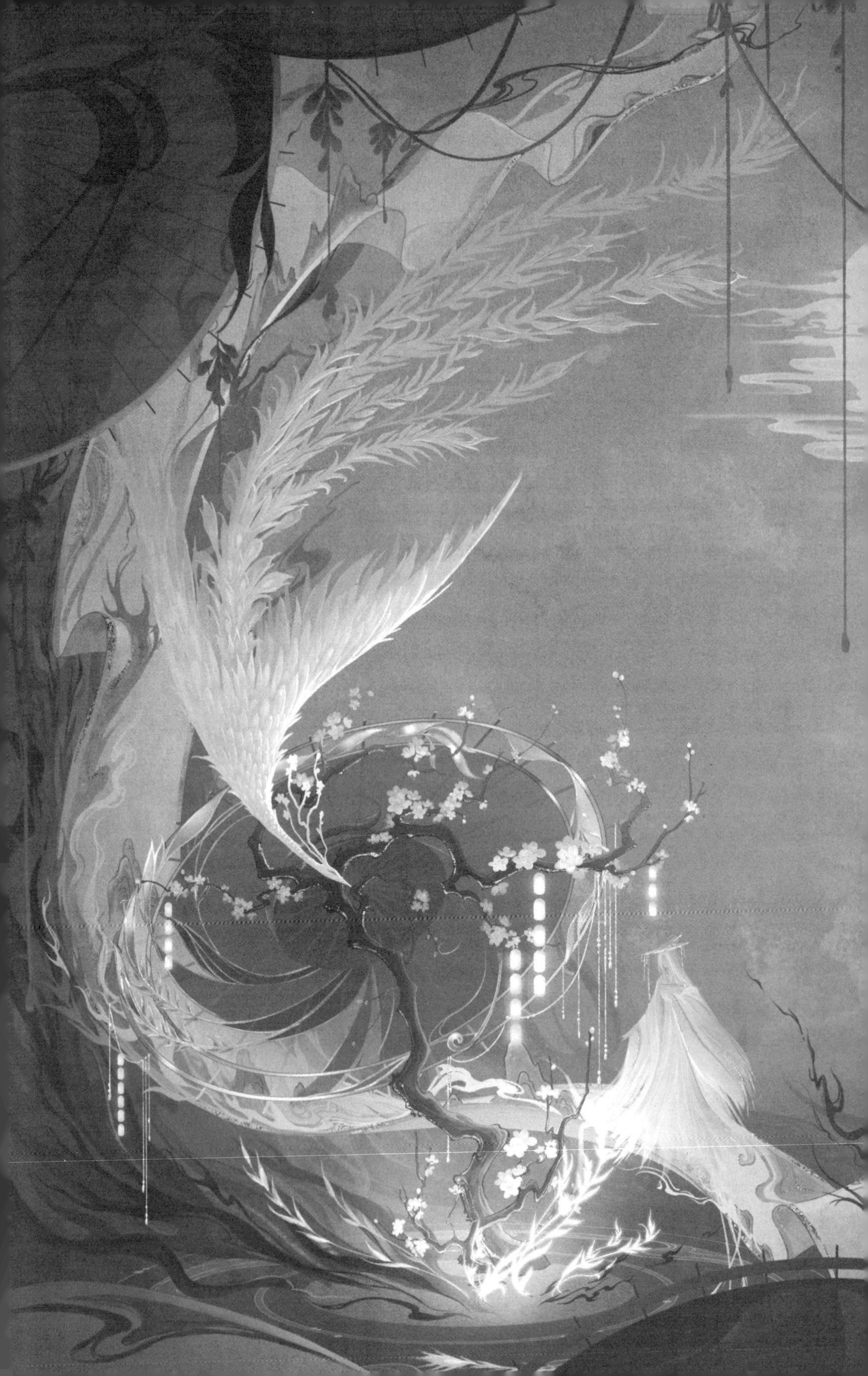

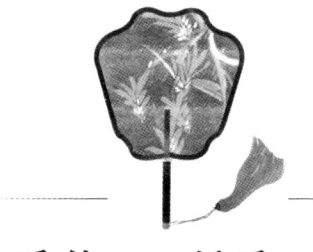

番外一·婚后

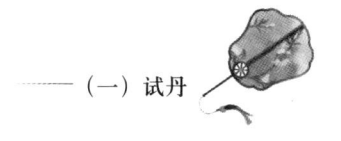

（一）试丹

"你这是要去哪里？"

我正被狐狸仙欢快热络地挽了手臂向外行去，冷不丁后背凉凉冒出一个声音，生生惊出一身冷汗。

回头，但见本该在书房里待着的凤凰抿了嘴角站在我身后，一时竟觉莫名心虚。支支吾吾半响，方想起自己并没有做什么不对之事，怎的一见着他气势便要矮上三分，遂一抬头后怕得连连拍胸道："吓死我了，我还以为被捉奸在床，吓死我了……"

凤凰一下脸色青了半边。

狐狸仙吓得一下松开我的手臂，连道："我们是清白的，比蛋清还要白！真的，凤娃，你要相信我！"

顿时，凤凰的另一半脸也青了。

我和狐狸仙二人战战兢兢看着他深深吸了口气，似乎勉强按捺住什么，最后方缓缓开口："锦觅，我说过，你可以少用四个字的词。"

"可是……"我看着脚尖，嗫嚅，"可是，我觉得……我觉得多用四个字的词才可以……才可以显得比较儒雅，比较有内涵，叫别人都佩服我尊重我……"

凤凰伸手捏了捏额角，镇定道："我不以为'捉奸在床'能体现儒雅。"

"那'红杏出墙'你觉得怎么样？或者'拈花惹草'？"我觉得既然我已和他做了夫妻，自然凡事皆应有商有量，方显得和睦融洽，遂温言款语谦虚与他探讨。

岂料，听得他额头青筋"嚓"的一声崩裂，冷冷道："以后但凡四字成语你都不要说了。什么时候把意思弄明白了什么时候再说。"

啧啧，男人心，海底针，实在费解。我幽怨地看了他一眼，他被我一看，忽地面色又放缓了些，咳了一声，道："你若想说也未必不可，只是，有外人时稍稍忍耐一下，可好？"说完，他似乎又为自己的妥协深感懊恼，轻轻蹙了蹙眉。

"外人？"狐狸仙脸色哐啷啷跌了下来，"旭凤，你是说我是外人吗？"泫然欲泣道，"男大不中留啊！想当年，你还是只绒毛未褪的小鸟儿时，最爱的便是在我府中的红线团里打滚。现如今，竟如此生分，老夫怅然得很，怅然得很哪！"

我一时觉着此番话十分耳熟。

凤凰却只当充耳未闻一般，打断道："叔父方才欲带锦觅去何处？"

狐狸仙一下收了声，戛然而止，收放自如得叫人叹为观止。

凤凰睐了睐眼，轻轻拉了长音"嗯"了一声，狐狸仙立刻流利老实地答道："太上老君近日里又炼了一炉新丹，今日开炉，我带小觅儿去看看。"

"没错。"我接道，"太上老君和月下仙人今日正是邀请我去试丹。"

"试丹？"凤凰眼尾一挑，"试的什么丹？"

我一转念，立刻缄默不语。

不想，狐狸仙却喜气洋洋道："绝情丹啊。"不顾凤凰顷刻之间飞流直下三千尺的面色，继续热火朝天地填柴火，"你知道，老君是个丹丸控，成日里痴迷炼药，自诩六界之中无一丹药他不知晓，无一丹药他不能解。不想，竟不晓得还有陨丹此药可使人灭情绝爱，一时觉得颜面荡然无存，誓言便是头悬梁锥刺股也要炼出一颗功效类似的绝情丹。这不，今日炼出一炉，不晓得可有功效，遂请觅儿前去一试。"

"你应了？"凤凰看着我，低沉地看，凛冽地看，冰天雪地地看。

"嗯。"我小小声应道，声如蚊蚋，再看看凤凰的面色，我赶忙亡羊补牢道，"你知道，我比较有经验，我吃过的……"不想凤凰面色越发骇人，看得我一个字再不敢往下说，彻底缄口。

此刻，我真恨不得自己是只蚊子，"嗡"一下便飞跑了。

"回屋去。"抛出三个字后，他转身抬脚便向内走去，回身见我愣在原处，眼一睐，冷冷道，"怎么？莫非要我抱你回去？"

吓人哪！我立刻提步灰溜溜跟了上去。

"别走！都别走啊！"狐狸仙在身后叫道，"旭凤，你不要着急，老君此番炼得许多枚，富余得很，不如你一道去，我保证人手一颗！见者有份！"

"不必了。"凤凰关上房门前，淡淡道。

继而，但见他一个凌厉转身，我吓得赶忙往床上缩去，掀开被角，便往里面一点一点挪。

"那个……旭凤……今日天气……天气很好……很好……不如……不如我们双修吧……"我只知道,每次双修完以后他都会心情很好,很耐心,对我有求必应,不管求多少灵力他都会答应我,不晓得今日还能不能奏效……

"锦觅,我有时候真想一把捏死你!"眼见着他一寸一寸将我逼到床角,就在我以为他一怒之下要收回过去被我骗来的所有灵力时,不料他却只是吐出一声轻轻的叹息,最后,将我搂进怀中,"你真是……唉,朽木不可雕……"

我不免愤慨,我就是块朽木又如何?我便是块朽木,也偏偏有他这么只不挑食的蛀虫,赖着缠着要啃我。

当然,最后,我们还是就双修的真谛进行了深入的切磋。不过,好像只有我一个人被修炼了……

可怜我被他报仇雪恨一般,从长的炼成圆的,从圆的炼成扁的,又从扁的炼成卷的……几番轮回之后,方放过我,将再不能动弹的我揽在怀里。

我懒懒地在他胸膛上趴了一会儿,方记起一件顶顶重要之事,如果刚才说了,是不是就不会落得这般下场,真真悔不当初!

"其实,太上老君那炉绝情丹是和解药一并炼好的。一颗丹丸配一颗解药,不必担心吃了会解不开的。"

他却蓦地睁开半寐的眼,将我在怀中狠狠一捏:"便是他炼了一炉解药也不准你再沾染半分!"

我觉得此刻有四个字形容他十分贴切,却想起他方才警告过我不许再说四字成语,遂作罢。

只能在心中默念了一番。

"草木皆兵。"

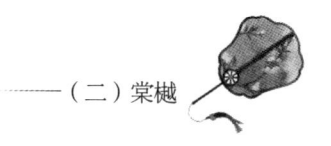

——(二)棠棣

自从上次试丹未遂之后,凤凰对我彻底禁足了,到今日已半月,不!应该说已经十五日了,整整十五日,真真霸道得惨不忍睹,见者伤心闻者流泪。

我正在书房里帮他研墨研到差点犯困得一脸跌进砚台里，便闻门外有小妖禀报道："月下仙人求见尊上夫人，请尊上示下。"

一句话便将我惹怒了，为什么狐狸仙找的是"尊上夫人"，那小妖却说请"尊上"示下，这分明是活生生的无视！当然，我只是在心里怒一怒，怒完便算了，"习惯"是多么可怕的一只猛兽。

"不见。"凤凰利落地抛出两个字，头也不抬地继续写字。

"是。"小妖退散而去，不消一会儿却又去而复返，"禀尊上，月下仙人说……说……说是不见亦要有个不见的缘由……"

凤凰淡定地顿了顿笔，仍未抬头，只道："夫人怀喜在身，需静养。"

门外小妖领命而去。

我顿时一兜子瞌睡虫皆丢了，吃惊地站起身："我什么时候怀上娃娃了？"

凤凰抬头，淡淡看了我一眼，淡淡道："就快了。"

我突然觉得有些印堂发黑。

未几，凤凰终于把那字写好了，又亲自详细地将它裱糊好，亲手将它悬挂在厢房之中，正对床头。

我看了看，龙飞凤舞地书了四个大字——天道酬勤！

于是，我不但印堂发黑，连脸也一并黑了。

果然，此后我们修炼的次数越发频繁起来。我不晓得双修的真谛是什么，但是，我晓得双修的后果一定是一个红彤彤的奶娃娃。

可是，我愁啊，日愁夜愁，修炼时愁，不修炼时亦愁。

之后，凤凰不知因着什么事情，也开始日益忧愁，最后竟显得忧伤落寞起来，饭也吃得少了，觉也睡不实了。见他也愁，于是，我越发愁起来，真真是愁上加愁何时了，唉——

终于有一日，他没有修炼我，却坐在床头肃穆地看我，看了许久，看得我后背汗毛一根一根立起来时，他才开口："锦觅，我问你一件事，你老实回答我。"

我立刻乖乖巧巧地答应了，恨不能指天誓日道只要你不要老这么喜怒无常，我肯定知无不言言无不尽。

岂料，半天却未见他开口……从未见他如此犹豫不决忐忑不安过，我一时有些讶异，不晓得他是不是酝酿着要休了我或者是准备纳一房妾室，这念头一闪而过生生吓了我一跳。这时,他却开口了:"锦觅,你是不是不想和我生孩子?"

哎?

原来不是纳妾之事,我如释重负道:"不是啊。"

凤凰闻言面色一下好转许多,紧绷的身体也稍稍松弛,紧追不舍问道:"那为何自那日我说你就快怀喜之后,便闷闷不乐郁郁寡欢?"

原来为的是这事,我便实话实说:"我孕前忧郁。"

这下,轮到凤凰脸色黑了黑:"你一颗果子有甚好忧郁的?"

凭什么果子就不能忧郁了?我又愤愤然。

待这习惯的"愤愤君"在我心里溜达一圈依依惜别后,方道:"我实在很愁啊。我不晓得我会生出个什么东西来。"

待"东西"二字蹦出后,我仿佛看见一团红莲业火自凤凰的头顶"砰"一声腾了起来,赶忙道:"你看,我爹爹是水,我娘是花,生出我来是一朵霜花。前天帝是龙,天后是凤,生出你是一只凤凰。小鱼仙倌娘亲是锦鲤,生出小鱼仙倌却是一尾龙。而月下仙人和天帝为同父所出,却是一只狐狸……是以,我十分吃不准,我是片霜花,你是只凤凰,最后究竟会结出个什么果子来。委实叫我忧愁,忧愁得很!"

凤凰一个失笑,嘴角笑窝时隐时现,伸手便弹了弹我的额头:"杞人忧天!到时自然便知。"

至此,凤凰彻底拨云见日,烦忧尽散。

于是,我的苦日子又回来了,我可怜的腰……

天道果然是酬勤的,半月后,我果然怀喜了。于是,我便从孕前忧郁转为产前忧郁,日日提心吊胆,唯恐生出个什么奇奇怪怪的东西,譬如狐狸仙之流,譬如扑哧君之流,这些皆是奇怪之中的个中翘楚。

五年之后,我终于从产前忧郁转成产后忧郁,不为别的,就为我竟然产下了一个真身是一只白鹭的奶娃娃。

白鹭,一只白鹭哎。

白鹭是什么,白鹭是水鸟的一种,水鸟!

多么没有气魄的一种鸟儿,要是苍鹰、飞隼这类气势非凡的鸟儿该有多好!便是只凤凰也好过一只水鸟啊!我恨不能将他塞进去再生一遍。

凤凰却很欢喜,从没见他如此笑逐颜开过,便是成亲那日也只是含蓄地欢喜,

哪里有这般喜形于色。

他向来晓得我的心思，便揽着我宽慰道："儿孙自有儿孙福。"

儿孙？一个儿子我便愁不过来，哪里还敢想孙子！

可是，每每看见这个小人儿糯米糍一样粉团团的小脸，每每被他用整只小手勉力地圈住我的一根食指，每每听见他天真无忧地咯咯笑着，我便释然了，觉得其实白鹭是这世上最美最纯的一种鸟儿，纵是千只万只老鹰也抵不过他雪白翅膀上的一根羽毛尖。

况且，在这黑漆漆血淋淋的幽冥界，能生出一只这样雪白圣洁的白鹭，也算得是出淤泥而不染吧！

凤凰给他取名"棠樾"，我听着有些耳熟，后来才恍然想起是我轮回作凡人时投胎人家的名号。

至此，我才发现，原来凤凰比我还懒。

（三）垂钓

如今，凤凰虽然还是偶尔有些喜怒无常，但对我越发顺从，不管我如何狮子大开口要多少灵力，他皆二话不说便给我。有时我拿了这许多灵力，不免会想，我真的这么喜欢灵力吗？我要这许多灵力做什么用呢？我一不杀敌，二不掌权，得了这满身灵力确实浪费。

后来一日，我睡至半夜，却突然福至心灵，想通了。

其实，我只是想通过这些狮子大开口的灵力证明，凤凰是爱我的，爱到可以像这些灵力一样多一样无边无际。

其后，却有一事颠覆了我这个论断。

那日，我带着我和凤凰的小娃娃在忘川边上钓鱼，呃……权且算作钓鱼吧。我曾听魔界的大阎罗说，忘川底下有许多美女的魂魄，我想，如果能钓到一条美人鱼送给我的儿子做个童养媳其实也不错，遂领了他去钓鱼。

不想，守了半日，美人鱼没钓到半尾，却瞧见了另外一尾鱼。

我先是闻到一阵很浓很浓的仙气，抬头一瞧，便看见一群大罗神仙腾云驾雾浩浩荡荡从忘川渡口上飞过，为首一人白衣飘飘，出尘脱世，不是天帝却是哪个。

我正在犹豫要不要假装什么都没瞧见，却不防见他一低头，正对上我的双眼。他似乎一怔，继而见他转头对身后的太巳仙人交代了句什么，便降下云头，飞到了我们母子身旁。

他看了看我，我看了看他，似乎都不晓得如何开口，有些尴尬。

最后，还是他先开的口，不过不是对我说的，他弯下腰身用指腹轻轻摩挲了一下棠樾肉嘟嘟的脸蛋，和煦一笑，问道："你在这里做什么呢？"

棠樾眨了眨亮晶晶的眼，看了看他再看了看我，奶声奶气道："钓媳妇儿。"

天帝一顿，旋即失笑："是你娘亲想的主意吧？"继而又问，"你叫什么名字呢？"

棠樾有时颇有其父之风，小小年纪便有些淡淡的清傲，常常不屑回答人的问题。只是，比他爹爹好的一点是他不会明摆着视人于无物，叫人下不来台，他会转移开来，譬如现下，他便垂下长长的眼睫，用小手拨了拨鱼钩，道："不如你也一起钓吧。"

我怕他的手被钩子给戳了，赶忙将鱼竿拿开，对他道："叫伯伯。"

"卜卜？"棠樾张了张粉嫩的小嘴，抬头皱着鼻子看天帝，显然十分置疑。

我这才反应过来，过去老胡来看他时，他还很小，说话不是很利落，我怕他叫"老胡"不便当，老胡是根胡萝卜，便索性教棠樾叫他"卜卜"。显然，现下他将此"伯伯"和彼"卜卜"弄混了。

天帝大概还不知晓棠樾将他在心里和老胡做了番比对，只是温和地伸手摸了摸棠樾的发顶心，抬头看着我淡淡开口："你幸福吗？"继而又笑了笑，仿佛自嘲，半垂下眼睫，自问自答道，"你当然是幸福的。"

我张了张口，不知该说什么。

最后，我们默默在忘川边站了一会儿，看云看水……看云，云很远，看水，水很清。

临别时，我对他说："你也一定要幸福！"

他笑了笑并不答言，腾云而去。

我想，他也是幸福的，他一直追求的便是至高无上的天帝之位，如今帝位在握，两界永不再战更是加固他的天帝之位，再无后顾之忧。

我收了鱼竿，牵起棠樾的手："小鹭，回家咯！"

棠樾嘟着嘴，疑惑道："可是，可是没有钓到媳妇儿啊。"

我捏了捏他的脸，道："我们是姜太公钓鱼，讲究愿者上钩。"

棠梨似懂非懂地看着我。

我俯身在他耳边告诉了他一个我深藏多年的秘密："你爹爹当年便是自己非要咬着直钩爬上来的。"

还未走上两步，便遥遥见着凤凰驾着乌云赶来，似乎有几分匆忙和慌乱，唯恐晚一步便有什么变故要发生一般，看见我牵着棠梨映入他眼帘时，竟是生生一顿。

那瞬间的脆弱叫我心下暖暖一酸。

夜里，他似乎睡得并不安稳，我听着他翻了两次身后似乎坐起了身，一睁眼却对上他怔怔看我的眼。

片刻后，他别开眼，掩饰地一咳，问道："锦觅，你有没有什么话要对我说？"

我揉了揉惺忪的眼，费解道："没有啊。"

凤凰一时长眉一挑，我立刻坚定不移地将瞌睡虫赶跑，顶真地想了想，回道："真的没有。"

他一下着恼了，穷凶极恶地俯身问我："你为什么不问我要灵力？"

我一时愕然，不想他一个晚上睡不好竟是因为我没有问他拿灵力，可是我过去也没有日日问他要灵力啊！

可是，看他这番凶神恶煞的模样，莫要触他逆鳞方为上策，我掂酌了一下，问他要了五百年灵力，他抿着嘴角闹别扭般给我以后方躺下就寝。

我躺了半晌，突然顿悟，其实，我们两个都有些缺心眼儿。我向他索灵力是为了证明他爱我，他盼着我勒索灵力是为了试探我爱他。一个是揣着满兜银两去打劫，一个是自愿敞开荷包任打劫。

情爱有时原来可以这么简单。凡人一句俗话便可尽现玄机——

一个愿打，一个愿挨。

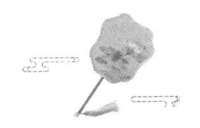

番外二·流年

（但凡故事皆有因果。这篇番外写的是当年水神洛霖、花神梓芬以及天帝之间的初遇。）

已是三月末梢的夜，一抹下弦月儿纵是再清亮，投在那沉黑的夜空中便也成了画笔上恰巧坠落的一滴钛白，堪堪便要淹没在那墨色的笔洗中，静谧而沉香。一林盛放的海棠亦抵不过这浓浓的暗，早已沉沉睡去。

夜风拂过，遥见一朵融融的光渐行渐近，似深海上飘过的一瓣菊。待那朵光分花拂柳近前而来，却原来只是一盏丝帛缚面的灯笼，蒙昧的橘黄将提灯的人儿笼在光晕正中。看其人头上总发，竟是个垂髫小童，抬眸望月，唇红齿白，清辉满目，竟遥遥将那天上人间独有的月也比了下去。

那小童弯腰在一株垂丝海棠边蹲了下来，放下灯笼，一手扶起不知何时被压折的枝丫，一手从怀中掏出一条银白丝绦将那残枝圈圈缠绕固定，又打了个如意结方放心地放手。转身看那一地落英，蹙了蹙秀气的眉，几许不忍。待要提灯离去，却见一角缃色自那满地淡粉嫣红的花瓣中隐约透出，似有一团隆起之物，月晦灯疏，远看并不真切。

小童心下几分奇异，倒也无惧，提了丝盏上前便要看个仔细。待拂去层层落蕾，却竟是一个凌乱包裹的襁褓，适才隐约所见的缃色便是这襁褓所用织锦颜色。襁褓之中一个婴孩双目垂闭，若非嘴角上一丝触目蜿蜒的血迹，那安详寂静之态竟要让人误以为是跌入了香甜梦境之中。

小童大惊，伸手便探向婴孩鼻下，那气息弱得竟是有出无入了。小童急得顾不得自己身量尚未足，抱起婴孩舍了灯笼拔足便向林外白墙黛瓦处踉跄奔去。

身后，惊醒了丛丛海棠。夜风如太息，无人知晓早春的第一朵海棠何时绽放，恰似无人发觉命运的谱线何时张网。

"师父！师父！"声声疾唤伴着廊外慌乱的脚步频传入内，屋内挑灯之人却恍

若未闻，专注于手中页牍，眼光未曾移过半厘。待小童破门而入跪于身前约莫一炷香后，方抬了抬眉，放下典籍，露出一张道骨仙风之面，鹤发童颜，难辨年龄。

"何事慌张？"声似醇酒，涓涓潺潺。

"弟子于屋外林中发现了这小娃娃，恳请师父救她性命。"小童见那婴孩气息渐弱，感同身受般唇色发青，面上泛起一层揪心之苦。

老神仙手中一串珠，平心静气粒粒捻过："这却不是什么小娃娃，乃佛祖座前一瓣莲，误入了因果转世轮盘，接引灯灭，由是，方从光的间隙里错落在我三岛十洲上。其元神本该冥灭，若挽其魂魄……洛霖，你慈悲世间万物，须知万物皆有其自然之法，机缘乃天定，逆之必起孽。"

"师父，若能留得她一缕元魂，弟子愿担这反噬之果。"小童清水目蔫蔫，磐石不可转。

老神仙闭眼叹息。

碎瓣流光似折坠，散落万年犹未觉。

万年，女孩儿长成了亭亭少女，小童变作了毓秀少年郎。

江南生梓木，灼灼孕芳华。他唤她——梓芬。

天元八万六千年，三岛十洲玄灵斗姆元君圆寂，遗座下两弟子，大弟子司水，末弟子掌花。水神洛霖君，翩跹惊鸿貌，悯然天下心，六界皆知。花神梓芬，外界有传其天人容颜，然避世清冷，性情寡淡，无人有缘得见。

世上万般故事，无非生、离、死、别。世人诸多牵扯，无非爱、恨、情、仇。

缘何爱？因何恨？

人皆道：最是怕情深缘浅、有缘无分。

殊不知，情浅缘深、纠缠折磨方为魔魇。

天元十一万八千四百年，天界太子一日梦入太虚境，见缥缈莲池畔，一女子行路杳香，步摇生花，回眸一瞬，天地失色，惊为天人，遂陡生爱慕之情意，誓言上天入地定要觅得此女。

一日天界太子偶入俗世凡尘中，正是二十四节气立春时分，途经一方小园，闻有丝竹悠然传来，虽是春寒料峭时，然此园中百花已有复苏之意，当下生出些兴致，停步入园。

园中桃树下，三两乐人丝竹伴奏，一生一旦两个伶人水袖翻飞，唱腔气无烟火，泼泼洒洒得满园春情荡漾，正是"不到园林，怎知春色如许"。

然，纵是桃艳曲绵，也比不过这戏园一隅里默默伫立的一个袅袅身姿。此人不是别人，正是下凡布花的花神梓芬，为那戏文所引，停下脚步在此仔细聆听。

小生唱道："恰好在花园内，折取垂柳半枝。小姐，你既淹通诗书，何不作诗一首以赏此柳枝乎？"

花旦菱花半掩面："那生素昧平生，何因到此？"

一生一旦眼光胶着缠绵。

正是踏破铁鞋无觅处，太子乍见梦中人，喜悲交加，喜的是佳人非子虚乌有，且是神仙一族，悲的是佳人竟是六界素传的冷清寡欢之花神，若想摘得芳心，恐是不易。

戏园中昆曲缱绻，唱词涟涟仍在续，一众唱戏的凡人却不知晓一段呖呖莺歌声竟成全了一桩神仙的缱绻姻缘。

第二日，天界设席宴诸仙，天上地下所有神仙均被邀在列，花神自然也不例外。

席间，竟搭了戏台子，仿那凡人唱起了戏，众神甚觉新奇，均停了高谈阔论，屏气聆听。音起曲开，台下花神略觉些许耳熟，细细一品，竟是昨日在凡间听到的曲子，不免有些好奇，抬头一看，正对上台上人一双吊梢含情目。

正是彩衣娱佳人，天界太子见花神喜欢听那凡间的昆曲，便连夜学了来，盼得曲词传情得佳人垂顾。

曲调婉转间，有道："原来姹紫嫣红开遍，似这般都付与断井颓垣。良辰美景奈何天，赏心乐事谁家院！朝飞暮卷，云霞翠轩；雨丝风片，烟波画船——锦屏人忒看的这韶光贱！"

其后，天界太子以戏文相邀，隔三岔五将花神请上天界听戏，戏中俪人成双，情意潺潺。昆曲本缱绻，专擅于情，本是"事情"经这一唱便也成了"情事"，再加平日里太子有礼相待，深情款款，花神本涉世不深，心思单纯，天长日久，怎不沦陷。

莫知晓这天下戏文皆是男子写给女子的美丽童话，开始的浪漫，结束的美满，哄得天下女子信了爱情信了命。

她本居佛心，凡尘不扰，世事于她皆无知。他本王侯傲，风流多情，天长日久怎可信。

一朝入红尘，一切缘是错、错、错！

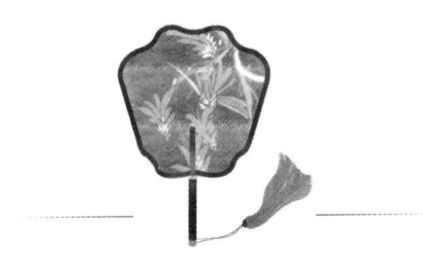

番外三·书童

（这篇番外发生时间为葡萄初上天界给凤凰做书童那一百年内。）

"那是什么？"

"哎？"我正研墨研到欲睡死过去，冷不丁一旁凤凰蓦地冒出一句问，我立刻睁大了眼，做精神抖擞状抬头看了看他，但见他微微蹙了眉正看着右下方。顺着他的目光瞧去，但见一小摞蓝底白皮儿的小书正被压在书案桌脚下，单薄脆弱的模样颇有几分辛酸，当然，亦有几分眼熟。

一时想起，是我早上练幻形术时，拿这书案小试牛刀，本想将其变作一只王八，却不想音起咒落，这书案非但没变，却呼啦啦一倾身子给瘸了一条腿。所幸，瘸得并不厉害，我摸了几本书册权且垫在桌脚处，便又立刻恢复了往日的四平八稳。不想凤凰眼睛这般毒辣，一下便瞧见了……

做贼未必心虚，心虚必定是贼，是以，我坦然应道："自然是书了。垫着稳当些。"

凤凰挑眉看我，手指一抬，蓦地那摞书挣脱束缚，一飞而起便落入他手中，眼见着满桌笔墨纸砚一时因着这桌案的长短腿噼里啪啦便要往下落，幸得我手疾眼快一下伸手托住桌腹方稳住。

眼见着沉水乌木书案将将要将我的腕骨折断，凤凰这歹毒的鸟儿却不管不顾，径自捏了其中一册书一扫封皮，念道："满园春色关不住？"面色一沉，抬头睨了我一眼，伸手就着那书册又翻了几页，面色越发沉下来，最后，将书往案上一掷站起身来，"你竟用这种书垫在我桌下？"

哎？这书怎么了？我抬头看了看被他弃在案上正摊开的一页，嗯，不过是本画册罢了。不晓得这厮生的什么气，莫非……是嫌弃这春宫图画得不够精致？遂顺了他道："二殿下若不喜欢这本，我房中还有许多，任君挑选。"

"锦觅！"凤凰挑眼看我。挑眼便挑眼，他竟然还伸手一拍案台，不啻雪上加霜，我腕上一疼，终是没能托住那桌腹，听得乒里乓啷一阵响，我亦被带累得身子一歪，竟是直愣愣扑入凤凰怀中。

我动了动，想要爬起来，却不想袍带被这厮身上的什么物件给挂住了，一使力，但闻一声撕心裂肺的布帛开裂声，衣裳在腰际被扯开了一个口子。

"呃……"身后有人出声，我狠狠回头，但见了听领着个花白胡子老神仙立在殿门处，二人皆木愣愣看着我和凤凰，又看了看摊了一地的狼藉，一副欲语还休的模样抬着一只正欲迈入门槛的脚定于半空。

"别动。"凤凰在我耳边斥道，伸手托住我的腰将我压入他怀中。

老神仙的胡子一抖，再一抖，最后，脸红了。抬头看看天，低头看看地上七零八落的春宫册，道："春天来了……来了……"语无伦次地拽了了听转头便走。

春风中，只余几页龙阳秘戏之图瑟瑟翻飞。

我和凤凰大眼对小眼看了小片刻，所谓敌不动，我不动。风带起他颈侧垂落的一丝发扫过我鼻尖，突地，我生出一种不好的预感。

但见凤凰阴霾的脸庞离我越来越近，生生骇得我动弹不得……岂料，最后他却只是伸手捏了捏我的发髻，冷冷道："你预备在我身上趴到何时？"

惊出我一背汗毛，立刻手上胡乱一撑，站了起来。站直身子后，却见凤凰眉头一蹙，脸色竟是一瞬有些白。

"你！"

我？我又怎么了？我莫名看他，却见他阴了脸看着我的手，一字一字磨道："你——出——去！"

诚然，我不指望他这样一只鸟儿能像我们做果子的这般心胸开阔与人为善，却不想他竟睚眦必报到这般田地……

第二日，他将我变作一双筷子，整整一天夹得到菜却吃不到菜，欲哭无泪。

第三日，月宫的嫦娥抱着玉兔来访，他指尖一抬将我变成了一株水汪汪的大白菜，那玉兔看着我雯时眼露精光便要扑上来，亏得嫦娥仙子抱得紧，否则我铁定命丧兔口。与那玉兔对峙了一个时辰，我方知晓为何老胡怕兔子——兔子，果然是这世上顶顶恐怖凶猛的野兽！

第四日，这天杀的凤凰又将我变作一面鼓，拿在手中近乎要将我敲晕了才放过我。

第五日、第六日、第七日、第八日……到第八日方放过我，实是令人发指的举止，我决定再不搭理这鸟儿了。

之后一日偶然路过天街，听得一个仙侍窃窃对另一个仙侍道："听闻前些日子二殿下与那小书童在省事殿的书案上……双修……竟将那书案的一只脚都弄断了……"

另一仙侍瞠目结舌，啧啧惊叹："生猛如斯，剧烈如斯啊！"

我仰头望了望天色，烈日当头，生猛如斯。

我们做果子的也是有骨气的，自从凤凰罔顾我的意愿将我折腾变幻了八日之后，我便决定再不搭理他了。不给凤凰磨墨的日子，天也清了，水也蓝了，连看飞絮也觉着可爱活泼了许多。闲时陪着狐狸仙看看戏，听他品评品评春宫孤本，时间倒也过得嗖嗖快。

唯有一处不好，虽说不看凤凰脸色的日子春光明媚鸟语花香，可没他授我仙诀咒语，本就不高的灵力现下更是踯躅不前，遂琢磨着弃暗投明改投狐狸仙门下，让他教授我些许提高灵力的秘诀，狐狸仙欣然应允。

是日，狐狸仙便郑重其事摆了一桌子明晃晃粗细不同长短各异的绣花针，对我道："穿针乃修习的根本之道。试想，若连根牛毛绣花针都舞不好，又如何耍得好那些千百斤重的神铁利器？故而，老夫以为，一根好的绣花针乃一个成功仙人随身必备之上品。"接着，狐狸仙便兴致高昂地逐一向我说了遍他典藏的绣花针，慷慨地让我挑一根，说是当夜便教我如何穿红线。

我十分不解，狐狸仙本就眼神不好，不晓得为何每每穿红线要挑得乌漆墨黑的深夜，点一盏黄豆子一般小的灯，在灯下穿针。

疑惑问他，狐狸仙却眼睛弯弯一笑，道："老夫觉着夜里比较有灵感。黑夜给了我黑色的眼睛，而我注定要用它来寻找奸情。"

然而，灵力这个东西，它注定和绣花针以及奸情没多大关联。我跟着狐狸仙学了足有十日穿红线，那灵力非但没见着半分提高，倒是眼睛越发花了，见着有孔的地方便走火入魔想找一根红线穿进去。

正踌躇着要不要继续随狐狸仙学下去，却听闻后天也就是五月初五栖梧宫要凑兴办个什么凡人的端午节热闹热闹，说是为祭奠颂扬一位人间勇于投河的先驱。这先驱新近飞升做了神仙，凤凰赞他文采，请他来栖梧宫做幕宾，遂随俗叫栖梧宫的一干仙侍们按那凡人端午节规矩置办置办。

这其实并没有什么，但是，飞絮对我说，这端午节是要包粽子的。这凡人的粽子是用芭蕉叶包了糯米和香肉抑或豆沙裹成三角状便成，天界自然不能与一干凡人一般小家子气，凤凰广袖一挥，道："便包灵力吧。"

灵力哎，亮闪闪的灵力！

凡人的粽子馅料尚且不同，有咸肉有蛋黄有板栗有杏仁……天界的粽子自然更是要分出个三六九等。飞絮说最寒碜的粽子只包了一年的灵力，且数量最多，随着灵力年份递增，那粽子数目便依次递减，最后，这所有的粽子里头只有只大王粽。

里面竟然包了五百年灵力！

五百年啊！

那可是齐天大圣当年被佛祖爷爷压在五指山下的年份，若我得了这只大王粽，可不得免去多少苦修。

于是，我当机立断决定后日回栖梧宫去参加这端午节，抢夺这大王粽。

五月初五一早栖梧宫一开门，我便混了进去。大殿案几上果然摆了许多传闻中的绿粽子，只是，这个个皆得一样，却如何辨别其中灵力的多与少？

虽然我没有孙大圣的一双火眼金睛，一眼便能透过那些碍眼的粽叶辨别其中奥妙，但是，常言道勤能补拙。我想，挨个吃下去，指不定便叫我吃到那只"五百年"不是？

然而，来来往往的神仙、仙侍、仙姑们实在太多，我只抢到了二十只粽子，不过，比起那些人手一只的仙家还是多了许多，遂心满意足地拿了这串粽子到栖梧宫后园，避开众仙开始挨个吃过去。

第一个粽子里，我吃到了一年灵力，虽然只有一年，但是这粽子的味道我以为尚且不错，软软糯糯，香喷喷，叫人觉着即便是半点灵力没包也还是划算的。

第二只粽子里，我又吃到了一年灵力，这便叫人心里有那么些不舒坦了，不过还有十八次机会不是吗？

第三只、第四只、第五只、第六只……我胀着肚子咬牙切齿吃下最后一只……

天道不公，不公至斯！从第一个到第二十个，每个都是一样的，也就是说我吃到近乎哽噎，只得了二十年灵力！

我心有不甘，揣了满腹辛酸委屈的糯米返回正殿，此时诸仙已散，只余了听、飞絮几个在收拾整饬。我向了听打探今夜是哪个好命的小神仙得了那大王粽，了

听却一脸迷惘道:"倒是没听闻哪位仙家得了,只听说红孩儿吃的那个粽子里包了一百年灵力。"

我一时顾不得嫉妒红孩儿,心下盘算得飞快。据了听这话分析,显然这大王粽还没被人吃到,如此说来我还有机会!当下,便问了听剩下的粽子在哪里。

了听埋头一面拾掇一面不屑道:"哪还能有剩下的,这新鲜玩意儿天界第一次做,一早就散光了,一只没剩。"

我急了,拦住他:"你再好好想想,真的一只都不剩了吗?有没有哪位仙家拿了却没吃的?"

"好东西自然是要尝个鲜,怎么会有拿了却不吃的道理?"了听道。

飞絮却忽然停下手上动作:"说起不吃,我记得好像二殿下当时倒是没吃,只叫我拿了放在他书房中,不晓得现下吃了没。"

天无绝人之路!

我看着凤凰书房里透出的烛火,矜持地叩了叩门。

"进来。"凤凰清清冷冷的声音带着粽子的芬芳从里面传了出来。

我满怀希冀地推门而入,入眼便瞧见案头上端端正正摆了颗完完整整的粽子,心中顿觉升腾起一股澎湃,顺带瞧着一旁的凤凰也不是那么碍眼了。当然,如果他能把这粽子给我,我会觉得他真真是冠绝六界举世无双的美男子,发自肺腑地。

"锦觅见过火神殿下。"我乖乖巧巧福了个身。

蒙昧的光晕中,凤凰稍稍一抬狭长的眼尾,见是我便又低下眼去继续流连在那些黑漆漆的书卷之中,半晌之后,方缓缓开了金口:"听闻你近日里改投叔父门下了?"

"哪里哪里,定是火神殿下听错了,能得火神殿下亲授法术乃锦觅修来的福祉,岂会不识趣改投别个仙家门下?"我连连郑重否认其事。

"哦。"凤凰抬头看了看我,漠然吐出一个字便无下文。

我熟门熟路取了一方碧黛香墨便在砚台里磨了开来,此时不表忠心更待何时。

"今夜我只看书,无须用墨。"凤凰单手持卷侧身闲闲靠在椅背上,不知是否我的错觉,竟觉他薄唇一角轻轻勾了一勾。

我讪讪放下墨块,又听他道:"倒是入夜已深,腹中有些辘辘,你现下便用我教过你的咒术将这粽子热热,我权且垫入腹中。"

我一时惊了,立刻对他道:"这凡人的粽子可难吃了,外头包的芭蕉叶有股味道,里面放的糯米又太软,远不及大米来得好,便是颗米也该做颗有骨气的米,软软糯糯的像什么话。况且，这粽子太大了，夜里吃了要噎食的。"

凤凰眯了眯眼，嘴角笑窝时隐时现："如此说来，我倒真想尝尝看究竟这粽子是何味道，竟然难吃至斯，叫你这般痛斥。"

看他伸手便要来剥粽叶，我想也没想，一着急立刻伸手覆上他的手背制止："火神殿下若是饿了，我现下立刻去膳房亲自做一碟芙蓉酥给你吃，保证比这粽子好吃上百倍，入口即化又不噎食，可好？"

我目光灼灼地瞧着他，不想这鸟儿非但半晌无答言，还一脸晃神心不在焉的模样，不晓得在想些什么。顺着他的目光瞧去，发现他的眼光落处是我的手背。我一时着急，唯恐他不答应，干脆手上一翻，两只手将他那只手牢牢合握在手心，目光澄澈忠心可表地望着他的眼睛，又问了一遍："火神殿下以为可好？"

不知是这烛火晃了晃，还是我穿针穿得眼发花，竟觉凤凰颊上抹过一丝淡淡异色，但见他看了看被我合握在手心的手，错开我灼灼的眼，声音泛过一缕奇怪的不自在，淡淡道："好。"

真真是天籁之音！

我一把撒开他的手，端了那大王粽利落转身出门："这粽子我便撤下去了，火神殿下稍候片刻，芙蓉酥锦觅立刻送来。"

唯恐他反悔，我出门后端着大王粽便一路小跑开去。

苍天不负有心人！我硬拼着已经满到嗓子眼的糯米将这颗粽子吃了下去，里面果然包了五百年的灵力，乐得我晚上连做梦都是甜甜的糯米香。

当然，常言道"乐极生悲"也不是没有道理的，当夜我因得了那五百年灵力一时乐极忘形，便将允诺了凤凰的芙蓉酥抛至脑后全然没记起……

不过一碟小小的芙蓉酥，凤凰这只小心眼的鸟儿居然记仇，之后罚我给他做了整整一年的芙蓉酥，而且他早不吃午不吃，偏挑得半夜三更叫我做给他吃，叫我整整一年没睡上整觉，几番夜半时分在膳房里揉面揉得都要睡死过去。

而凤凰那厮每每吃起芙蓉酥便吃得一脸凝重深沉的表情，生生叫人鄙夷唾弃，那挑眉看我的眼神更是叫我恨得牙痒痒。

凤凰还美其名曰"将功补过"。

诚然，看在那只大王粽的分上，我便权且不与他一只鸟儿一般见识。

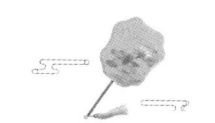

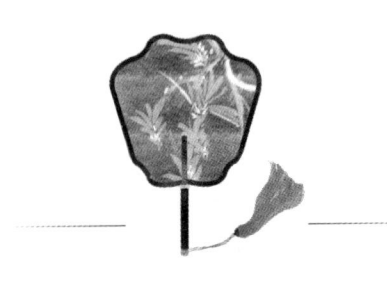

番外四·红尘劫

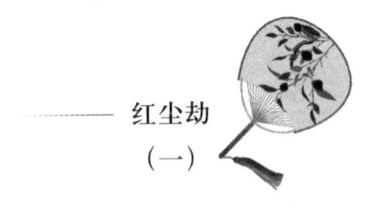

红尘劫
（一）

"美人儿，喏，给你看看我独家新鲜出炉的新版《六界美人赏析宝典》，哈哈哈，带彩图的哦，我亲自绘的，不单有对应的优缺点分析比照，还有排行榜。不过你放心，你的那栏只有优点，没有缺点，且不管从哪个角度比对排行，我都把你排在第一位！你看，我对你够好吧？"扑哧君掸了掸前额那点碎发，扬扬得意地说完一堆废话，末了，还献宝似的俯下身隔着中间放了茶水的方几尽量往我耳边凑道，"另外，我只誊了两本，一本自己珍藏，一本被月下仙人抢了，你手上这本可是原始稿哦，绝对限量，值得珍藏。"

我看了看那本花红柳绿的书，配着扑哧君歪歪扭扭的字迹，那个"赏析"二字还涂改过两次，依稀辨得最早用的是"鉴赏"两字，后来涂了，改成"荐赏"，最后，才改得"赏析"。边上有蝇头小楷一般的批注："吾深感还是'鉴赏'二字最佳，其次为'荐赏'，有美人兮，就该推荐众仙魔一同品鉴赏析，是以'鉴赏'。然，思及魔尊悭吝狭隘之心思，为吾性命虑，'品鉴'怕是不能，只得望梅止渴、画饼充饥，不得不扼腕改之为'赏析'，深以为憾！"颇有些愤世嫉俗之不甘，边上居然还配了草绿色发亮的锦丝做装帧线，看得我不禁感到眼睛被晃得有些重影，遂赶紧别开眼，眨了两下以缓过眼神来。

扑哧君见状，探过身来："怎么？感动吧？感动也别哭啊。"随即递给我一方墨绿色的锦帕，"喏，给你擦擦泪，我编这书也只是举手之劳，不用感动成这样，只要答应我一件小事就好。"

我接过那帕子顺手就盖在那个什么宝典的封面上,运了口气淡淡问他:"什么事?只要你把这堆花花绿绿的纸头,呃,宝典拿回去,我就答应你。"

"你不用害羞,我知道你对自己排在第一位得意得很,又不好意思被人知道自己这么自恋收藏了这本旷世奇书,不过你放心,我不会往外说的……"

"了听,飞絮,送客!"

眼看着就要被了听、飞絮架出厅门去,扑哧君这才停了唠叨,喊道:"别,别,别!我们这就说正题!"

我抬手示意了听和飞絮放了他。

扑哧君一下扑到我身旁案几,不顾茶水浸湿锦袍地压低身子,用手捂着嘴蚊蚋一般神秘小声道:"我有独家第一手内幕,估计凤凰还不晓得……听说你要下凡历劫去,我看着,要么这样,我也跟你一道下凡投胎,替你跑跑龙套,免得你被凡人欺负了去。这个龙套嘛,我看小龙套就可以了,比如相公、情郎什么的,随便哪个,我不挑的,你觉得怎么样?"

不料这事这么快就传了开,我真诚道:"这件事你和我商量真心不顶用。"

"那得和谁商量?难不成还得和那小气巴拉的魔尊商量?"扑哧君顿时炸了毛,"不是我说你啊,美人儿,你是嫁与他没错,可你不是卖了给他,做女仙的也得有自己独立的主张和独树一帜、敢于创新的思想,才能与美貌相得益彰,叫男魔男仙们觉得你独特非凡。若是事事都依着他,怕是还没个万儿八千年,他便厌弃了你。"说毕便目光灼灼地盯着我,想是要得到我的认同与共鸣。

"呵呵呵……"我干干笑得几声,好不容易等他歇口气的间隙赶紧插道,"这件事旭凤也做不得主,你得和掌管凡人命数的北斗七星诸仙说去。我此番去凡间历劫,便是做了凡人,其间命数皆由他们七位仙上拟定,是以,他人皆做不得主。"

扑哧君适才还慷慨激昂的表情蓦地一愣,似被施了定身术般,继而眼珠子转了一圈,眼冒精光地幸灾乐祸惊喜道:"美人是说那鸟儿也做不得主?哈哈,就他那小肚鸡肠,知道了这事指不定是个什么表情,哈哈哈!这可真真是个普天同庆大快人心让六界众仙魔额手称庆的大事啊!等等,容我想象一下那鸟儿的表情,容我想象一下……当然,美人儿,你也赶紧想象一下……"

我颇怜悯地看了看扑哧君语无伦次的样子,不晓得他这是中了什么魔怔,突然就兴奋成这样。

而且我也不用想象凤凰的表情,因为,我昨天就看过了啊。

昨日夜里,北斗七星突然来了魔界说是要拜谒于我,我颇有些吃惊,再看看凤凰,他也是几分意外的神情,显见得他也全无意料。

待将七位星君请于大殿之中看好茶,让于上座,谈了将近半个时辰星象天文奇闻经术,还是丈二和尚摸不着头脑这七位仙上此番是为的什么而来。

眼见得气氛越来越奇怪了,终于,那为首的北斗阳明贪狼星君深运了口气,忽地起身对凤凰作了个揖,道:"小仙几个还有要事要与水神商讨,望魔尊宽宥则个,回避稍许。"

凤凰当下面色就哐啷啷跌得比阴曹地府还要低,当然我们住的这魔尊殿就离阴曹地府挺近的。那立着的阳明贪狼星君微不可察地一抖,其余六位星君略略一颤,怪可怜见的。我晓得凤凰那平素里冷冰冰的模样和能喷火的本领唬坏了六界不少仙魔,如今竟有仙家在他的地盘上给他下逐客令,自然触了他的逆鳞。但,北斗七星几个文仙敢于上门冒大不韪挑衅于他,自是真真有十万火急的要事与我商量。

遂,我拉了拉凤凰的衣袖:"不然,你就去后院……"我得寻思个什么妥帖的说法好全了他的脸面,一来,叫他堂堂魔尊被驱逐后还下得来台;二来,让北斗七星诸位星君可单独与我说话。

我咬唇认真想了一会儿,对凤凰体贴道:"嗯,不然你去后院跑两圈便先就寝了吧。"

言毕,我真诚地看向他。

岂料,凤凰非但不能体谅我让他锻炼好身体顺带早睡早起身体好的良好意愿,反而面色裂了几裂。最终一挑凤目狠狠睨了我一眼,于座上纹丝不动,还兴致颇好地一手反握了我的手,另一只手一扬赤金衣袖,将手肘撑于琉璃扶手上单手支颐,慵懒道:"我与水神不分彼此,七位星君既有要事与水神商量,我自然应于此处旁听,万一有个商讨得不周全之处,也好提些微末不足道的建议。不知诸位说是与不是?"

话虽说得慢悠悠,却是一字一字十分笃定,顺带一句话的工夫里将眼神一一缓缓扫过七位星君,最后一个字落地,眼光刚刚好扫过北斗七星最末一位——北斗天关破军星君。只见北斗天关破军星君险些将茶给翻了。几位星君互相看了一眼,最后还是北斗真人禄存星君咳了一声,摸了摸略显富态的肚子,操着有些哑的嗓子缓缓道："此事也并非说不得与魔尊听，只是事关天命，亦关乎水神仙元根本，万望魔尊体谅，莫要阻挡水神才好。"

这么玄乎一说，我更愣神了，不过我估计凤凰比我也清楚不到哪里去，只不过他装得好而已，但见他挑了嘴角微微一笑道："星君不说怎知我会阻拦，何妨先说来听听。"

禄存星君捋了捋胡须，似是下定决心，最后才郑重道："此番我与几位星君排布天象时，观得人界之东南面有异象，推衍之，恐是有大旱大涝之兆，且此灾非短期，竟可延续近数十年。届时非但人界必将生灵涂炭瘟疫遍布，六界相互依存，此灾重则将灭绝不少精灵修仙一族。"

哎呀，这确实是件大事，这样可不好，想当年我也是个修仙的果子精，深能体会大家的不容易，精灵尚且不易，莫说是凡人了。

"吾等深感忧心与疑惑，进而反复推演星象，方寻出其根本缘由。"禄存星君一顿，将脸转向我，对我一揖道，"此番缘由皆因水神。"

咿！这是说的我吗？我惊了。

"放肆！"凤凰一拍，那扶手登时裂了，"锦觅向来与六界为善，对凡人祈愿更是予给予求，自她做水神来，六界风调雨顺，莫说功劳亦有苦劳，如何到星君口中便成了祸星？"

禄存星君抹了抹额头，接着道："水神本良善，只当初水神本是个元神寂灭的天命之理，此事非乃小仙胡诌，西天诸佛亦是知晓。后来却因着种种缘由重修得仙身，然本身历劫不足，致使仙元尚欠缺，其根本尚不稳固，正是水神神元并未历练纯净，故而致这场祸患。所谓，神官关乎苍生民本，我不杀伯仁，伯仁却因我而死。水神本身虽无患，却是天下苍生要受患。虽有魔尊护体，却终是仙魔有异，并不能固其本源，想来这点，魔尊比小仙等更清楚不过。"

凤凰皱紧眉，极不情愿地缓缓点了点头。

我登时有些郁闷之气，我的仙元不稳，怎的天知地知你知他知，独独我自己不知，而凤凰居然一直瞒着我。

"可有解法？"我急切问那禄存星君，若因着我仙根不稳就导致这么多生灵灭亡，确是个祸星也不为过了。

禄存星君笑了笑："解法自是有，不然也不必登门求见水神，只不知水神应与不应？"一边问着我"应与不应"，一边却将眼神虚虚地瞟向那凤凰所在。

"是何解法？"

"自然是应！"

凤凰和我异口同声。

"善哉善哉，小仙等得水神此诺，心中大安。"禄存星君立时三刻抓住我的话，一把松了口气，"至于解法，说来也甚简单……"一边说着简单一边又瞄向一旁的北斗丹元廉贞星君，显是叫他接话。

那廉贞星君本垂目做入定状，这般被禄存星君连瞪了五六眼，方抬头一脸纯真道："只要历劫历够了，自然就解了。"本想继续垂头入定，岂料凤凰盯着他瞧，只得硬着头皮继续道，"六界之中只凡人最苦，所谓'人'生来便是受苦的，只需水神过几日去投个凡人的胎，在凡间历劫数十载。当然，凡间数十载，于仙魔来说不过数十日，这般走一遭便可。"

"哦，原来这样简单啊。"我转头对凤凰笑道，"这个好说好说。"

岂料凤凰却用朽木不可雕也的眼神瞪了我一眼，转而看向北斗七星，用手指划了划扶手上的裂纹，继而一抬手掌道："此事我已知晓，我会亲自安排此事，诸位星君大可宽心。"这是下逐客令了。

那北斗七星互相用眼神默默交流一番，最后，禄存星君低声道："如此，小仙等便回去排布水神下凡的命理命数了。"

凤凰眉头微微一蹙："我已说了我会亲自安排，就不劳七位星君了。"

"这……这……这却是魔尊不好插手的……从来，凡人命数皆由北斗七星所布。"禄存星君硬着头皮顶着头顶凤凰瞬间大炽的凌厉怒视坚持道。

但听凤凰冷冷笑得一声："从来，凡人轮回皆由十殿阎罗所控，莫不是要我提醒禄存星君如今这十殿阎罗又属谁治下？"言毕，不容分说地一拍掌，门外立刻转入一个罗刹，一个利索抱拳，单膝跪地听命。

"传十殿阎罗前来霜降殿！"

"是！"

不消片刻，十殿阎罗便在殿中聚了个全，乍一见北斗七星难免疑惑，待听得前因后果，却又面色和北斗七星如出一辙了。

"尊上，那凡人轮回确属我等管辖，却是只管那魂魄投胎，以及命数尽时拘回魂魄，只那魂魄为凡人时一生的命数确是属下……"六殿卞城王斟酌了一下，婉转道，"只那凡人命数确是属下等习术不精，迄今尚未涉猎。"

这下好了，原来，十殿阎罗只管发放和回收，却不管那过程，过程却是北斗七星之职。

如此说来，管理凡人也忒是个不容易的事，竟然如此细分，仙界魔界都要涉及。我正心里感慨分工的详细与严谨，凤凰那边却是听得一阵噼里啪啦响动，竟是那扶手被他一掌拍碎，零落了一地齑粉。

底下诸仙魔俱是一颤。

我回头见他面色甚黑，心道凤凰脾性是越来越差了，人家各司其职也没有错啊，他这是气的什么劲儿？

"不知北斗七星此番给锦觅却是布的什么命理？历的哪些劫难？受的什么身份？父母如何？家境如何？可有兄弟姐妹叔嫂伯侄？平日里接触的每个凡人都是什么来头？具体历劫时间长短？诸如此类，可有个具体陈案详表？"凤凰一口气连问，我都晕乎了，那北斗七星眼瞅着也是迷瞪了，十殿阎罗怕也是没有一次听凤凰说过这么多话，亦是有些瞠目结舌。凤凰却还嫌不够，手心捏紧了袖口，蹙紧了眉头，戾气颇重地沉声追加道，"所谓凡人有七苦，生、老、病、死、怨憎会、求不得……爱别离！"本就说得慢，一字一字往外蹦，最后三个字简直咬牙切齿，"锦觅若去要受哪几样？"

禄存星君一脸豁出去的模样道："万望尊上体谅，既是历劫，水神此番自然七苦皆……"见着凤凰表情，又委婉转口道，"哦，尽量多受几苦，若能七苦受全……"

"那便免谈了。"凤凰怒极反笑，广袖一挥给了个死扣。

禄存星君急了，我亦急了，阿弥陀佛，若是不去可不知要枉死多少性命，而且……而且，下凡多好玩哪！遂赶紧扯了凤凰的袖口巴巴道："不打紧不打紧，不就才七苦吗？不多不多，这些什么'生老病死爱别离'，可比八十一难少多了。"

凤凰霍然起身，面色已不是超出轮回不在六界可形容的了："你这是要去和哪个爱别离？"

"哎？"我愣了愣，"这我哪里晓得是哪个。"

那边卞城王眼皮不知是不是被蚊子给叮了，可劲儿看着我眨眼，最后一抹额头劝道："不如这样，仙君和尊上一起商量着拟定水神命数，折中一下诸位看可好？"

那边北斗七星本是已有些绝望，听得此话自然点头应允。而那丹元廉贞星君更是大脑门上亮光一闪，两眼晶璨似是有了什么主意般，谨慎上前一步对凤凰道："水神若入凡尘，不若此番便安排个天煞孤星的命格，呃，身份嘛……便是看破红尘的出家人。尊上以为如何？"

"不行！"凤凰这会儿竟似个赌气的孩子般，"弥勒佛过去便曾游说锦觅入空门，此番若是日日庙里念经，回头真悟出什么来，你们哪个性命来赌？况，凡人对出家女子颇有偏见，你这是让我堂堂魔尊夫人去被区区凡人看低？"

"这……"

接着，不单北斗七星，连带十殿阎罗也一起想了诸多身份命格，皆被凤凰一一否定，眼看便要黔驴技穷了，我灵犀忽通，插话道："当个男的不就成了嘛，多简单！"

凤凰恨铁不成钢地瞪了我一眼："你倒想得出！"接着，便把我撂在一边，继续与众人讨论。

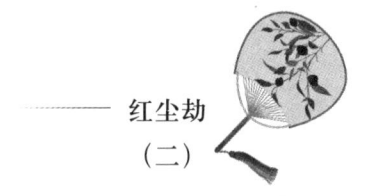

红尘劫（二）

我便也不操那心。不晓得他们讨论了多久，眼看着北斗七星被凤凰折中都快给折没了，最后匪夷所思地寻出凡世里一个什么国的地方，竟然有个只有女子组成的有近百年历史的"圣医族"。里面非但没有一个男子，而且族中女子个个皆为处子，为的是用圣洁的灵魂给她们国家的大皇帝祈福延寿，而平时主要做的事情也是为大皇帝研究各种药物，最紧要的是研究出个长生不老药来。这"圣医族"为了保持神秘性，常年窝在不知哪个犄角旮旯的深山老林里，平日里莫说是个外人，便是只不认识的鸟儿虫儿恐怕都见不着。当然也有外出的时候，就是族里要是有圣医故去，她们便得外出寻觅些被人遗弃的女婴带回族中抚育，进而使得此族长年延续。而此族对族长的规定更是严苛，一辈子不可与男子打照面和说话，出门还得戴个面纱，当然，大皇帝是个例外。但即便是那大皇帝若寻医问药，说话也得隔着个布帘子，而皇帝宫里又有不少太医，所以圣医族基本只管制药，和历代大皇帝近百年也无打交道的记录。

这满殿仙君阎罗讨论的最终结果,便是让我下凡给她们当这个族长。

但听得凤凰思忖半晌,别扭勉强应道:"就这个吧,暂且这般定下。"

我心中却叫苦,这哪里是去历劫嘛,分明和当初二十四芳主把我关水镜里一般。不与男子照面倒是不打紧,只这地处偏远地避世居住便真真叫我吃不消。历劫嘛,就该波澜壮阔跌宕起伏,比如当个女将军战死沙场什么的,多么刺激,便是上山当个女土匪也不错啊,哪似这般和蹲牢似的。

我转头和凤凰一抱怨,他却气得连连弹了我两下额头:"女将军、女土匪?刀枪无眼,你叫我怎么放心得下。"

我捂着脑门回后殿休息,隐约之中听得他跟在后面低声絮絮:"况且这两个行当,哪个不是在臭……堆里打滚。"我困乏得很,也听不真切他抱怨些什么。

凤凰夜里折腾了北斗七星和十殿阎罗到夜半还嫌不够,竟然精力旺盛得很,待就寝了还在床上翻来覆去,似是一夜没睡,以至于我也被吵得睡不踏实。

本以为这般就算告一段落,哪里晓得天刚拂晓,外面就通报说彦佑真君来访。我揉着眼出来见扑哧君,困得眼皮都要粘在一块儿了,确实没什么精力与他胡侃。

这边扑哧君还在兀自兴奋,那边却又报说月下仙人来访。

我还未来得及起身出门相迎,狐狸仙已一团火红衣裳开开心心扑进殿来:"觅儿,听说你要下凡啦!"

又是一个知道的。

狐狸仙扯了我的手欢欣雀跃道:"近日无聊得紧,可算有件好玩儿的事让我掺和掺和。"继而又丢了我的手,自己双手一拍,不知从哪儿腾地变出一根绣花针,举起来左右端详,那表情竟似人间娃娃过大年般满面憧憬,"老夫一展身手的时候终于到了!"

"叔父这是要一展什么身手?"凤凰黑着脸从殿外踏入,语调瘆人。

狐狸仙喜滋滋举了绣花针献宝道:"自然是给下凡的觅儿穿红线啊!觅儿,快和我说说你喜欢哪个类型的,才华横溢型?风流倜傥型?活泼可爱型?老成持重型?甜言蜜语型?铁汉柔情型?不管什么型老夫总能给你寻个来,总有一款叫你满意。你挑一挑。"

我观凤凰面色,赶紧嗫嚅道:"不用挑,旭凤这款就很好。"

果然,凤凰面色登时和缓了许多,脸颊竟还微微泛起红澜,握了我的手,一仰

下巴倨傲道:"锦觅怎么可能看得上那些凡夫俗子!"

"哦,凤娃这一款,那就是清高孤傲、喜怒无常、闷骚独裁、刚愎嗜武、善妒护犊型、觅儿,你口味这么重,不考虑换一款吗?"月下仙人语重心长劝道,"当然,如果非要坚持,这一款也是有的哦。"转而不管凤凰飞流直下三千尺的表情,对他道,"你也莫要小瞧了凡夫俗子,凡俗男子的魅力很是神奇,不然怎么白娘子修仙修了一半命也不要非要跟那落魄书生许仙,七仙女放着好好的仙女不做非要跟个一穷二白的青年农民董永?说不定锦觅山珍海味吃惯了,换一换清粥小菜也不错。"

"月下仙人多虑了,锦觅此番哪一款都不需要。"凤凰青了半边面孔,磨着后槽牙打断了狐狸仙,"她不用历情劫。"

"什么?"狐狸仙一脸震惊晴天霹雳道,"没我同意怎么可能!"继而竟冒出一句不知道从哪个凡人那里学来的粗俗俚语,"格老子的!定是那北斗七星擅自做主了。哼!越俎代庖!他们只管凡人命数,只这命数里的姻缘却是他们管不了的,这事是我管的!"

"就是就是。"一边扑哧君连连附和,"必须是月下仙人管的,说起来,月下仙人我们挺熟的,可以顺便给我开个方便门庭吗?"

我一脑门子糨糊,这凡人忒复杂了,分管牵扯的部门恁多。

那边凤凰冷笑了一声,但听得扑哧君和月下仙人头顶正殿大梁"咔嚓"一下开裂声,登时四下寂寂无人再敢言语。

"北斗七星掌凡人命数?十殿阎罗掌生死轮回?月下仙人掌姻缘红尘?彦佑真君想当情郎?"凤凰冷笑连连,叫人不禁后颈泛凉,"这是个个都要来挖我墙脚?看来我得好好和你们说清楚,锦觅你们哪个也休想管。能掌她命数的只有我一个!"

那顶上大梁应声而落,扑哧君和狐狸仙一下抱头往两侧蹿开。

"锦觅,你哪儿也不用去。"凤凰拉了我的手,不容置喙道,"我替你去历劫,你且等着为夫,不日便归。"说完也不待我答言,转身便走。

那边扑哧君和狐狸仙皆愣了。

我抖了抖,弱声拦他:"哎……你能不能不要……"

还没说完便被凤凰打断,但见他脚步一顿回转了身执起我的手,合拢握在手心,款款一笑:"我自然不会要那些什么'爱别离'的情劫,你放宽心等着我便好。"

啊嘞，他这是说的什么，我明明要说的是："你能不能不要说'为夫'二字，我觉得听着有些别扭。"结果被他给生生截断了。唉，罢了罢了，眨眼间他已转出殿外，眼见着驾着金边绛紫乌云飞远了。

这边，扑哧君和狐狸仙却连连拍了胸脯道："还好还好。"显是劫后余生的样子。

我却忽然瞥到飞絮面色几分难看，怪异地蹭着墙角万分勉强地往里走，慢慢挪腾到我面前："启禀夫人，那娑姝罗刹求见夫人。"

娑姝罗刹？这又是哪个？真真是个多事之秋。不过不管哪个，总归这两日这么多仙魔拜访我，也不差这一个，顺便一道见了也罢。遂道："宣。"

进来的却是一个袅娜身姿的女罗刹，长相甚为姝丽，一身烟霞色霓裳随着脚步款摆浮动，惹人遐思，倒无愧于"娑姝"二字。那罗刹见了我，不盈一握的腰身款款一拜："奴下见过夫人。"

继而抬起头来，这一抬头瞬间的眼波却叫我莫名觉着有些眼熟，却又一时想不起在哪里见过。

我正搜肠刮肚回忆着，那娑姝罗刹却已自行开口："其实，这不是奴下第一回与夫人见面，只是，夫人未必记得奴下区区一罗刹，奴下却甚是记得夫人当时欢喜扮作白玉兔子的模样出入魔界……"

这么一说，我竟一下醍醐灌顶记了起来，我从不知晓自己的记性什么时候这样好了……是了，这罗刹我见过三回。一次，是我夜半至魔界，恰逢她和另外一个妖娘扶着凤凰入寝殿，至夜半衣衫不整满面春情而出；二次，凤凰为穗禾庆生将她送走后留下陪伴左右，更说要将我驯养做妖宠的便是她；三次，凤凰醉酒，我随夜风潜入见他，恐被发现变幻成一颗葡萄藏于果盘之中，有个妖娘说凤凰最讨厌葡萄这种果子，亦是她！

冥冥之中有一根细小得再细小不过的倒刺在心中轻轻钩了一下，让我一时不知如何言语。我看向她久久，终是开口："我记得你。"

那娑姝罗刹不知为何微不可察地一颤："奴下此番是来向夫人请罪的。"说完不知是不是等我接着问她何罪之有，便停在那里，见我半晌不语，才道，"奴下明日便要投胎凡世，此世姻缘……此世姻缘……"好好的不知怎的竟说不下去，我又没凤凰那么凶，况她对着凤凰这凶神尚能言辞妩媚流畅，对着我这么和气的人怎么就结巴了？

一旁月下仙人却是拊掌一笑道："我晓得，你合该命里和旭凤有段姻缘。旭凤前是火神现为魔尊，便是下凡也断不可能做个一般凡人，普通人的肉身镇不住他的戾气，只有凡间的九五至尊勉强可承他魂魄一小段时日。做皇帝自然免不了三宫六院佳丽三千。"同时掐指一算，"你这是要投胎给他做后妃去吧？"

我心中一凉，抬头就对狐狸仙辩驳道："他适才说过不会有情劫的。"

"哎呀呀，凤娃也就当神做魔八面威风，一会儿投了肉身做凡人哪里由得他，天理不可改，凡人命数与姻缘自然还是北斗七星和我排布。"狐狸仙扬扬得意地随手揪着一把红线，"且看我怎么折腾他。"

不容我开口，那罗刹又道："水神却怨不得魔尊和月下仙人。六界之中但凡男子，皆无专一。要么心里守着一个女子，身边却近身数个女子；要么身边只守一个女子，心中却遐思数个女子。"

我心中却辩道：不是的，水神爹爹便不是这样！凤凰亦不是这样！转念一想，水神爹爹却也被迫娶过风神临秀，凤凰……

"若要论先来后到，水神其实也并非尊上原配。"那罗刹竟然忽地抬头坚定道，"鸟族先首领穗禾在水神之前便与尊上正式礼聘过，请柬婚期均定下了。水神嘛……水神……若按凡人尘世有个俗说法叫'小三'，说的便是后来居上插足于原配间之人。而且男子朝秦暮楚者多，故而凡人还有一说，'有三便有四'。若是自己为三，便怨不得别人为四。"

"这'小三'在凡间市井里是个骂人的词。"耳边蓦然回荡起上次入凡尘在早点小铺子里小鱼仙倌跟我说过的话。

原来是这么个意思。

我前后连着想了想，不禁有些好奇，遂虚心诚恳地讨教道："我与天帝也曾正式礼聘过，婚期请柬亦已定过，双方长辈亦同意。如此说来，那凤凰也是凡人说的'小三'对吗？"原来，我们二人果真半斤对八两，我恍然大悟。

底下那娑姝罗刹脸色却是莫名其妙地白了，眼见着她脸色白了青，青了白，刚才还伶牙俐齿，不知这会儿怎么突然答不上话来。

"凡人说过'有三便有四'？嗯……"我便只有虚心向一旁的扑哧君讨教。

扑哧君捧了胸口，一脸虔诚道："我愿意。"

我不免深深莫名，还未问他愿意个什么，但听扑哧君接道："为了美人儿你，我愿意做那个'四',不委屈,真的,一点都不委屈。"语气颇有几分跃跃欲试。

我晕了晕,转头看向那娑姝罗刹,正预备着再请教她一下凡人的事,岂料她瞠目结舌听着我和扑哧君说的话,脸色既青且紫。不晓得为什么,突地,见她跪于地上,对我连叩了三下头,战兢道:"奴下随口一说,魔尊对夫人……若是夫人因着奴下一番话……与彦佑真君……魔尊……魔尊……"最后竟是有些语无伦次地颠倒了,"奴下告退,奴下这就告退。"

但见她步履凌乱地快速退了出去,全无来时风姿翩翩,怪道人总说"赶着去投胎"。

这边扑哧君和月下仙人却是满面佩服神色地望着我,虽说我从未被人这般崇拜过,不免有些受宠若惊,但终究不明白是怎么回事。

但听扑哧君道:"真人不露相,原来美人儿对付情敌的手段竟这般娴熟高端,佩服佩服。那风流鸟儿想必这辈子也扑腾不到哪里去。"

月下仙人赞道:"真真是个退敌于无形,士别三日当刮目相待,觅儿此番可是有大长进。"

呃……

"不过,那罗刹刚才那番话并非全无道理。"扑哧君沉吟,"我听闻近日里天帝在霓虹尽头大兴土木建造宫殿,天界不少仙子传闻说不定天帝要娶亲了,这奢华新起的天宫便是给将来天后所居。试想想,天帝当年对美人儿你这般痴情,如今都琵琶别抱了,莫说凤凰这等风流鸟儿,不得不防。"语气中净是对凤凰的不满与瞧不上。

月下仙人在边上揪着红线低头玩儿,瞅着竟硬是要将一根面条粗细的红线强硬往那牛毛针眼里塞。

我想了想适才娑姝罗刹前面的话,又想了想过往,再往前想起当年在天界时,凤凰对诸多仙姑虽不亲近,却也礼数颇周全体贴,不晓得心头怎么蹿上些火苗气性儿,亦顾不得扑哧君和月下仙人还在殿中,辞了他二人便去北斗七星处。

我才不稀罕凤凰替我历劫呢,我亦不是没有历过劫,此番,我自食其力去凡间走一遭亦不是难事,好比凡间男子到一定岁数便要服次兵役一般。

北斗七星郑而又重地替我上了封印,暂时忘却前尘投入凡尘,我神志渐渐有些昏迷前,迷迷瞪瞪想起件不大不小的事——那适才凤凰是去没去下凡呢?

且不论这些,我却不知我这边将将投入人间,那边扑哧君、月下仙人、北斗七星、十殿阎罗等诸位仙魔竟立于云头上额手称庆:"可算是分别把这二位都给骗下凡去

了。"

　　北斗北极武曲星君疑惑道："兜了这么大一个圈子，为何不一开始就和他们说他二人皆需下凡历劫呢？"

　　月下仙人摇头道："如若这样说了，旭凤必定要求此生命格与锦觅互为恩爱夫妻，这还如何历劫？如今可是按着他的要求，入了凡尘，他自己要求下凡历劫时终身不娶，之前讨论水神入凡尘的身份亦是他亲自给定的，此番他二人若历了什么戳心戳肺的情劫，回头可怨不得我们大家。你说是与不是？"

　　"可不正是。"禄存星君坦然道，"我们可是清白的，并未诳他二位。"

　　其余诸仙魔频频点头称是。

　　娑姝罗刹却是只差涕泪纵横了："奴下可是按着仙上和六殿下的嘱托诳了水神，回头魔尊若要定我的罪过，还望各位替我向魔尊与水神一并说明，不然奴下这性命眼看着便要被魔尊灭了。"

　　六殿下城王和善笑道："好说，好说。"

　　那边，扑哧君亦忧伤地捧了心口："其实，我也骗了美人……我跟她说新版《六界美人赏析宝典》里她那一栏只有优点没有缺点，其实不然！她最大的硬伤就是——已经下嫁给凤凰这个大魔尊！"

红尘劫（三）

　　族里的老医姑们说我今朝不用炼药，可以去罗耶山上采药，我心中雀跃，却低头假装敛了敛眉，矜持道："如此，最近炼药便劳烦姑姑们了。"

　　一旁的贴身侍女羌活想是听到这话晓得能和我一起出去采药，捺不住性子，缺心眼地满面兴奋，频频朝我傻笑。

　　"羌活，族长年幼，你比族长虚长两岁，本应有个表率辅助的样子，如今这样，我瞧着，却是族长比你沉稳许多。族长既点了你跟着她，有族长言传身教，你也该长进些了。"你看你看，我就知道荆芥姑姑要说话了。

这边羌活好不容易收住脸上的兴奋，荆芥姑姑又道："你这样坐不住的性子，我看还是不要出去了，我今日炼药，你便来给我打下手吧。"

羌活一下苦了脸："荆芥姑姑，可是族长出去采药怎可无人陪伴左右，羌活还要帮族长背药篓子，顺带跟着族长认些生僻草药呢。"

我唯恐她这般一被禁足便带累了我不得出门，心中着急，却是端着身姿，徐徐道："羌活，能给荆芥姑姑炼药打下手是族里其他少医姑求不来的机缘，你此番若静下心来学习，待我半月后采药归来，自有长足进步。日后，你对我的辅弼自然远大于眼前帮我背药篓子。"

"族长眼光深远，所言正是。"老医姑们听了我的话，由衷地点头称是，"只是族长出去采药，亦少不得要婢女陪伴。"

我做老成状笑道："我在这群山中长大，自幼穿梭其间，条条小径熟记于心，姑姑们岂会不知？若是让她们这些小姑娘跟着，我倒是不免担心个把贪玩走失了路，该怎么找寻她们。"

一边便不待她们答话，郑重将面纱谨慎地戴好，背上药篓子，一边拍了拍荆芥姑姑的手背，调整表情，托孤一般慎重道："这几日便劳烦姑姑看管好族里大小事宜。我去去便回。"

临出门前，望了望天，虔诚壮烈地喊了一句每日例行公事的口号："愿皇帝陛下万寿无疆。"

身后医姑们纷纷跪了一地，跟着我坚定不移地喊道："愿皇帝陛下万寿无疆！"

没错！我们就是专门给皇帝老儿配药的圣医族，当然，听说，现下的大皇帝不是个"老儿"，是个"小儿"。不过不管是个什么东西，总归他平日里吃的小到一碗药膳，大到延年益寿的长生不老药，皆是我们圣医族研制。当然，长生不老药尚在不断开发完善之中……

不过，我一握拳，一定要尽早炼成这长生不老药！不然……唉……

我在罗耶山里招猫逗狗游玩了两日，呃，错了，是勤恳采药采了两日，正准备认真采几棵养肾壮阳的草药好回去复命，却意外瞧见一尾通体碧绿的长蛇于小径花蔓深处"刺溜"一声窜入其间。

呃，得来全不费工夫，这蛇入了药，养肾效果比一般草药可要好许多，且待我

去将它擒来。

捏了一柄蛇叉钳，我蹑手蹑脚分开花草，屏息循着那蛇的踪迹不远不近跟着，待寻得好时机就将它拿下。

奇怪的是，寻常山间虫蛇皆警惕凶猛得很，轻易便会发现人的踪迹，要么回头攻击要么迅速逃命，这蛇却是不紧不慢，款摆蛇尾向前腹行游移，待到花丛深处却是一顿，"咻"一声半立起身子。我以为它预备回头攻击我，正全身紧绷做好准备在它回头一瞬将它拿下，却不想下一刻便见它猛地又俯下身去，竟是张大了口一口咬在什么物件上，但听得轻微的"噗"一声响，像是蛇牙入肉的声音。

我这才定睛一看，野花层叠处竟露出一截绛红衣裳，显是有个姑娘，那蛇便是奔着这姑娘而来。而这蛇咬了人后却并未大快朵颐将此人啖之之意，意外地毫不恋战，咬了一口便滑溜利索地跑了。想来……嗯，想来这姑娘的肉太老了，不好吃。

确定那蛇跑远了，我才用适才预备来捕蛇的蛇叉钳分花拂叶，将那不知是死是活的姑娘拨弄了出来。

但见那无知无觉的少女被我拨弄得软软翻过身来，入目的，竟是一身血迹，衣裳亦划破不少处，衣摆更有轻微烧焦痕迹，头发散乱，面目不辨。

我一惊，这显然是打斗伤痕，瞧她这年纪不大的身量，不想，于昏迷中尚且手握利剑不松开，虎口都已开裂。那剑柄乌黑，剑尖犹带血渍，闪烁着嗜血的寒芒。

乖乖，这架势……难道是个亡命的女土匪？

不过，土匪也是人，幸得她碰见我这医中圣手，不然今日必定是她上阎王那儿报到的好日子。

我先就近取材，将她手腕处被蛇咬伤处给敷了草药，又顺手将她的虎口和手臂处伤口给上了止血消炎的药，待要解开她的衣襟进一步给她检查伤口，却发现她的衣襟造型颇为奇异，与我平日所穿和族里医姑们所穿的衣襟开法全然不同。我笨手笨脚弄了半响方将她的外裳给除了下来，这才发现，里面内裳竟然毫无破损划伤，显然那些刀剑之伤竟未伤她身上分毫，仅手臂处两处伤痕，不晓得是不是箭划过擦伤的。我估摸着她浑身的血迹不是她自己的，显是她对手受伤溅到她身上的。

我摸了摸下巴，啧啧，没想到是个武力值彪悍到巅峰的少女土匪英豪。

估摸着这会儿昏迷，一是体力耗尽虚脱而致，二是那蛇雪上加霜来了一口，身体应是无大碍。不过，任她是个女土匪，想来也怕脸上受伤毁容，我遂体贴用贴身葫芦里的溪水将她的脸勉强抹了一把，左右瞧了瞧，倒没什么太重的伤痕，只是这长相和我想象相去颇远。我本以为应是个粗黑蛮横的样貌，不想，竟是张妖娆到近乎奢华的面孔。书上怎么说来着？哦，唇不点而朱，眉不画而黛，肤色灿若桃李，大概就是这样吧。

不过，比我还是差一点点的，呵呵，因为比起土匪，我肯定更有内涵更有文化。

既然她无碍，我便将她一把丢在一边，拍了拍手上污渍草屑起身继续去采药了。却没想我半天后采了一篓子药回来，那女土匪还昏迷在原地。

不应该啊，再体力不支这会儿也该转醒了。我疑惑地给她把了把脉，摸了她手腕半天，才突然想起一件事——我不会把脉。

这怨不得我，所谓术业有专攻，我们圣医一族只管炼药，于望闻问切这些与病人直接接触的事确实不精通，这种肤浅的工作有太医院那帮老头子做便可以。

无法，把脉我摸不到脉，问症状又不能问个昏迷的人，只得趴下身去听听她的心肺勉强揣摩一下，听了半响。

"扑通、扑通、扑通……"

本以为听也听不出个所以然来，不想，突然不扑通了，我一喜，正待看看她是不是气绝了，正好给我试试我最近研究的新项目——起死回生九转还魂大乾坤金丹。

下一刻，我脖颈的大脉便被一个狠辣的力道给制掣住，一阵短暂眩晕过去后却是那女土匪擒了我的喉头翻身将我压在身下，目光狠戾似剑，待一对上我眩晕后睁开的眼睛，竟是生生一顿愣怔在那里，手上力道不由得松了些。不过须臾，却又马上回神警惕凶残地瞪着我，张嘴便道："……"

这下好，她愣了，我亦愣了，她再张嘴，又是"……"，但见她嘴巴反复开合，却只是有形无声，原来是个哑巴。而她自己似乎也才刚刚发现这个问题，满目震惊，下一刻，却是一转头盯牢我，眼中杀意磅礴腾起。

我赶忙拼了全身气力在她的压制下连连喊道："不是我干的……咳咳……不是我干的……"

我这一喊，她又愣了，手下力道也卸下不少，我趁着这工夫赶紧将头别向一边狠狠喘气，一边激烈地咳一通。那女土匪一边看着我猛咳，一边难以置信地拍了拍自己的耳朵，这下我又悟出件事来，她不但不能说话，连耳朵也听不见。

我赶忙向她连连摆手示意不是我干的，不晓得她明白没有，只见她已全然卸下对我的制掣，两眼茫然地看着远处，紧接着浑身又散发出暴起的戾气。

当然，瞧她那样子，显是也刚刚发现自己既聋且哑，可见之前还是好的，免不了心理巨创。不过巨创归巨创，她还居高临下坐在我腰上压着我呢，天可怜见，我的腰可要断了。我挣扎着要爬出来，她却立时三刻回过神来，又将我擒住，唉，真真是个未开化的粗鲁姑娘。

不得已我只得勉力用手指在一旁地上划字，但愿这女土匪能认得这个字，我一笔一画在土上写了个歪歪扭扭的"医"字。她看了看那个字，复满目狐疑看向我，瞧她那打量我的眼神，我也不晓得到底是看懂还是没看懂，赶紧指了指她的胳膊让她看我给她敷的草药。她低头看了看手臂上被我用纱布打得醒目漂亮的蝴蝶结，微不可察地蹙了蹙眉，终于起身将我给放开。

天可怜见，阿弥陀佛，善哉善哉，皇帝陛下万寿无疆，这女土匪可算是明白过来了。

我将这姑娘领回罗耶山上的茅草屋里安顿下，这茅草屋本是为了方便我采药暂时搭建的，今日却意外派上用场。

幸得这女土匪是个识字的，我与她二人拿了树枝在地上写了半晌，我方明白她的症结所在。说来她该好好谢谢清早咬了她一口的那条蛇，不然此刻她早登极乐。我原来以为她是被人下毒所致聋哑，但她坚定地否认这条，待询问她日常饮食偏好后，我才发现，她每日早餐晚餐皆有一道固定菜式，是相克的，日日食之，差不多一年便会毙命。只适才那蛇毒多少进了她的血中一些，不想竟有抑制这两种相克食物产生毒性的作用，所谓以毒攻毒。但她性命捡回，现下却多少有些后遗症。

"可能医治？"但见她在地上写道。

"易如反掌！"我笃定地写了回她，欺她听不见，嘴里却念叨道，"哎呀，死马当活马医，其实我也不太确定，反正多试几种药，总归有一款。呵呵，好不容易捡个可以试药的人，可比平日里用老鼠兔子什么的准多了。"

那女土匪上下打量了我一眼，狐疑地写道："不知医者年龄几许？"

我淡定地看着她高深莫测一笑，写道："山中岁月容易过，世上繁华已千年。或许你该问我'高寿'？"

果然，女土匪看着我有些肃然起敬的意思。

"哧，让你欺我面嫩小瞧我，况且我还戴着面纱呢，除了鼻梁以上露在外，鼻梁以下可都遮着，我就骗你我一千岁我驻颜有方又怎么样。而且我装高深也不是一年两年了,自打我记事起便学会讲这些玄乎奥妙模棱两可的话,不然怎么唬得族里上至七老八十下至牙牙学语的医姑们个个皆崇拜我。我才不告诉你我只有十二岁嘞,看你的模样顶多大我两三岁,若论道行,嘁,你差我岂止一两百年。"我面上装着缥缈出尘状,嘴里却嘀嘀咕咕藐视她,反正她听不见。

显然我世外高人的模样镇住了这女土匪,接下来几日她果然相信我乖乖让我下药了,呃,是医治。

我心情甚好地弄了很多药一一给她试了,偶尔与她"手谈"两句,别人手谈是下棋,我们可真真只有靠手写才能谈话。这女土匪脾气不大好,白瞎了那细皮嫩肉的长相,动不动脸色一放便黑得跟乌鸦一般。譬如我好心要替她更换我的干净衣裳,譬如我给她吃烧煳了的饭菜,高深地骗她说是药引子,譬如我诳她给我洗那些带刺的草药,美其名曰:将药效从双手毛孔中渗入内腹,内外兼治药效更佳⋯⋯总之,她经常黑脸,我便给她取了个名字"鸦鸦",呵呵,乌鸦的昵称。

莫瞧着这姑娘是个土匪,举手投足却时不时露出些矜贵气质,提笔写字的模样颇有风骨,偶尔瞥我一眼,明明我俩坐着面对面平视,不知为何,那眼神却让我觉得有些犀利的居高临下之感。想来她在土匪寨子里也是个响当当的大人物。

只是,我甚奇怪,想来我虽不善诊脉看病,这对症下药还是十分在行的,按常理,有我出马,不出三日她便该痊愈,这都十日了,她怎么还是一副我见犹怜的聋哑模样,不见丝毫好转?我有些着急,开始怀疑自己的制药技术,甚至开始怀疑人生。她却是越来越舒畅的样子,全无半分急于恢复的样子。

"鸦鸦姑娘。"这日我采药回来,进门便唤她。她背对着我,肩膀几不可察地微微一颤,却未回过头来,她听不见自然不会回头。是了,跟她在一起我却觉得前所未有的自由,因为她听不见,我便可随心所欲地自言自语畅所欲言,不用像在族里那般不但面上要端着一族之长的模样,言语还得老气横秋思量再三才能开口。这姑娘是个再好不过的"倾听者",我经常满面奥妙圣洁地与她絮絮说着发自肺腑的抱怨和大实话,她却以为我在和她讲述她的病情医理,"听"得甚是安静乖巧。

思及此,我觉得多和她处几日也不错,我心情甚好地放下药篓子:"鸦鸦姑娘,我今天挖到一只野山鼠和一条一尺长的蜈蚣,等等晒干了,过几天给你入药,药效指定错不了,不过,我是不会跟你说让你吃老鼠蜈蚣的,哈哈!"

我轻轻拍了拍她的肩膀示意她我回来了,但见她转过身来,又是乌鸦一般的黑

面孔，过了好久才和缓过来。我已经习以为常，自不管她好端端的又怎么了，想来说不定是这女土匪练的什么武功也未可知。我径自坐下来，拿笔蘸了墨写道："今日觉得如何？"

"同昨日一般。"她提笔回我。

不应该啊。

我走到她身后不许她回头，用瓷勺子狠狠刮了一下碗底，然后又提笔问道："可听到什么响动？"

但见她捏了捏眉头，写道："没有。"

唉，看来要换个新药方了。她却似乎并不大关心，反而还颇有兴致聊一些题外话，但见她写道："医者为何终日佩戴面纱？"

我一愣，继而云淡风轻写下："医仙一族，虽驻颜有方，面容千年如一，然，一揭面纱示于凡人，面容便会迅速凋零。"嘴里却道："我这么漂亮，拿开面纱让你看见，你岂不是要自惭形秽郁悒而死？做医者的不但要医人的身，心情更是要照顾到。我这是照顾你的心情。当然，你长得也还凑合，在你们土匪寨子里应该算是匪中一枝花吧？"

鸦鸦姑娘青了青脸，想是被我的神秘驻颜说给震撼了，提笔又问："医者从何处来？可常居此处？"

我颇有几分禅意地回写道："从来处来，到去处去，行踪不定。"嘴里嘀咕："我才不告诉你我是圣医族族长嘞，我可是只给大皇帝开药的，你此番十分荣幸，现在享受的可是和那皇帝小子一般无二的待遇，而且，你是我第一个实际操作的病人哦，呵呵。话说那皇帝小子好像年纪和你差不多大，不过，我已经未雨绸缪帮他把三十岁前的药膳方子都准备好了，当然，其中壮阳补肾首当其冲为紧要之事。根据太医院递交过来的报告看，那皇帝小子是个弱柳扶风的主儿，身子骨不壮实，是以到现在摄政王也没敢给他立妃子，怕他太虚了，受不住……"

鸦鸦姑娘看着我纸上缥缈的字迹，面上却是青了黑、黑了青，最后竟是莫名其妙地笑了一下。想来是想到能和我这样的医仙打交道感到很荣幸惶恐，又颇有兴致地继续写道："不知医者名讳？"

"无名无姓，不过凡尘走一遭。"我手上写道，嘴里絮絮："名讳名讳，既然是'讳'，自然要避讳的，鸦鸦姑娘果然是个不通礼仪的土匪。不过，反正你听不到，我就告诉你，我叫锦觅哦，好听吧？"

但见她伸手静静摩挲着宣纸一角，面色柔和沉静，口中嗫嚅好像想说两个什么字，却终是没能发出声响来。

我看了看她从不离身的宝剑，不知为何突然生出些莫名惺惺相惜的感慨来，放缓了声音自言自语道："你们土匪是提着脑袋过刀口舔血的日子，我虽不用打打杀杀，其实与你殊途同归，能过一日便算一日。你不晓得，我这辈子生来只为一件事，那就是给大皇帝研制长生不老药，若是研制不成，大皇帝两眼一闭升天之时便是我给他殉葬之日。我是先族长从路边捡来养大的，然，我自六岁被立为新任族长后却再没见过她。我问族里的姑娘们，姑姑们只说先族长做神仙去了，后来我年岁渐长才晓得，原来，根本没什么成仙之说。自百余年前立国以来便有我圣医一族，而有个规矩更是一早便定下的，每一任大皇帝驾崩时，圣医族族长便需即日被赐死，一道同帝王灵柩被葬入帝陵作为殉葬品，以一生圣洁之魂灵为帝王超生。"

我咬了咬唇，义愤填膺道："凭什么大皇帝的皇后妃子、儿子女儿不用给他殉葬，我们这种一生行善积德的医者作为外人却要莫名陪他一起死！偏生当今天子身子孱弱，估摸着是个短命鬼，想来我也时日无多……"

一转头，却见鸦鸦姑娘正脉脉看着我，说不清是个什么神奇表情，肯定是听不见自己在那里瞎琢磨呢。

我一握拳，坚定道："嗯，一定要加紧长生不老药这个项目进程！当然补肾壮阳也不能耽搁，两手都要抓，两手都要硬，齐头并进才是正道！皇帝陛下万寿无疆！"

上一刻鸦鸦姑娘尚且脉脉的神情不知为何现又突然黑成锅底了。

待过了一会儿，我待起身配药之时，她却又提笔写道："医者独来独往于山间，无人陪伴，不惧恶人猛兽毒虫？"

她今日问题忒多了些。

"桃李不言，下自成蹊。万物皆有灵性，感我良善高洁，自然不会恶意以对。"我回她，嘴里却说："哎呀，我会使毒，对付这些轻巧得很，它们怕我还来不及呢。不然这罗耶山山脉一带占地广袤怎么人迹罕至，就是怕被毒死呗，也就你命大，本族长那日心情好顺手救你。"

鸦鸦姑娘看了，兀自心情甚好地笑了笑，想来是认同我的高洁品质。但见她沉吟片刻，孜孜不倦又问："医者可感寂寞？"

"白驹过隙，千年弹指，万物皆浮云，何为寂寞？"写罢，连我自己都觉得自己这伪装高深的境界真真已达到一个炉火纯青已臻化境的高度。而且，我确实不寂寞："天天那么多药理要背诵，那么多草药要分辨，还要炼药试药，还要糊弄族里那些医姑，哪里有空寂寞？只有那些文人骚客成天闲着没事干的才喜欢无病呻吟为赋新词强说愁，不想鸦鸦姑娘你一个土匪竟会问这个，看来是个颇有文艺情怀天真烂漫的少女土匪。"

　　过了几日，鸦鸦与我"手谈"时，有些郑重地沉吟写道："医者若将我治愈，来日必达成医者一心愿。"

　　呃，你一个土匪头子能完成我什么心愿？不过看她态度诚恳，便慷慨回她："姑娘好意心领，只我之心愿姑娘未必能达成，姑娘他日若有什么心愿，说不定我能为你达成也未可知。"

　　"一言为定。"她竟还不跟我客气，就这样得了我个许诺。不过，日后山高水长，我们肯定这辈子都见不着。

　　第二日清晨，草间夜露尚在，这女土匪却是比夜露散得还早，凭空就蒸发了。想来，是昨日夜里突然痊愈，今日便没甚良心地遁匿了。既然她好了，我这几日光阴也不算白费，可是功德圆满了。遂，当日便回了族里。

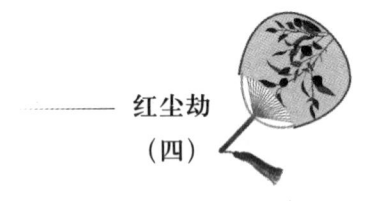

―――― 红尘劫
（四）

　　乌飞兔走，瞬息光阴又两年。

　　才刚听闻大皇帝的母舅摄政王被斩首示众了，京城里的大皇帝便十万里加急宣了份圣旨到罗耶山，宣圣医一族族长进京。

　　我心里"咯噔"一下，这么着急找我去，一目了然，这大皇帝怕是不好，时日无多了。我摸了摸脖颈，可得把命给保住了。圣医族上下也同我一般了然，不免惶惶然备了二十来车各种药材给我送行。

我登车前颇壮怀激烈地回头对荆芥姑姑嘱托道:"此去归期不知,下一任族长我还未来得及去捡一个回来,届时若有万一便由姑姑定吧。"

荆芥姑姑默默含泪点了点头,目送我远去,身后,跪了满满一族的医姑。

我本以为一到皇宫,那大皇帝便会火急火燎地宣我寻医问药,不料却是遣了一群宫女,有条不紊地将我安置在一处幽静的宫殿里,就此闲置。

显见得目前为止还未病入膏肓,或是太医院的那些老头子妙手回春了,我不免松了口气,谢天谢地,皇帝陛下万寿无疆!

陪我一道进京的贴身婢女羌活也一道松了口气,她一松气,便立时三刻活络起来。她本来是个蹦跶的性子,这下进了京没有族中姑姑们管制,变本加厉,过没几日便和宫里的不少宫女自来熟起来,每日里东游西逛,打听得不少八卦回来说与我听。

我自然不会拘束她,因为我也想听些宫闱秘闻打发时间,可是我碍于这么个庄重的身份和族里的规矩却是不好随便走动,有羌活给我做个小耳朵确实不错。

"族长,你知道吗?大皇帝到现在还没有一个妃子呢!"羌活一边嗑着瓜子一边小声在我耳朵边叨叨,"真真奇怪,不是皇帝都该三宫六院吗,怎么这大皇帝的皇宫里一个都没有?族长,你说这是为什么呢?"

呵呵,这下我明白宣我进京的原因了。我内心活动十分剧烈,心思跟着跃跃欲试地活络着,身子却依旧坐得端正,面色淡然道:"羌活,你可知你名为何意?"

她被我问得一愣:"不是药材名吗?族里除了族长,医姑婢女们的名字不都是以草药为名吗?"

"那羌活有何功效?"我提点她。

她以为我考校她的术业,立刻将瓜子一丢,板正了身子,认真背道:"辛温,气雄而散,发表力强,主散太阳经风邪及寒湿之邪,有散寒祛风、胜湿止痛之功,故外感风寒、头痛无汗、阴寒湿痹、风水浮肿、疮疡肿毒皆可用之。"

我以眼神问她:"没了?"

羌活纯洁地点了点头:"没了。"

真是个读书不会抓重点,习术不精的姑娘!难怪这些年无丁点长进。

羌活这味药的主要功效在于——温肾助阳,纳气,止泻,用于阳痿遗精,遗尿尿频,腰膝冷痛,肾虚作喘,五更泄泻。

当然，我不会这么直白地告诉她，正待进一步提点提点她，那边底下却有宫女一声接一声，层层叠叠从外头一路唱报入内："圣上驾到！"

羌活赶紧将我赶到正中的位子上坐下，将上面轮轨一扯，面前便"唰"一声垂下一层厚厚的纱帘。是了，我不可与任何男子见面，便是皇帝与我问药都需隔着帘子。

那纱帘虽密实，却也能透过光瞧个影子大概，只是影影绰绰并不真切。

我本以为大皇帝所到之处必定前呼后拥围着一大帮子人，不想却只身前来。

但见他一身赤金龙袍迈入殿中，宫女立时三刻抬了把黑沉沉的乌木龙椅在离我两丈开外处放下，将大皇帝供于座上。

羌活和一殿宫女皆跪于地上山呼万岁，我身为圣医族长按着规矩不但不必下跪还可坐着与大皇帝说话，遂，我隔着帘子向他颔了颔首，请安问好道："臣见过陛下，吾皇万岁万岁万万岁！"

但听得那皇帝轻轻一笑，看来是个随和的皇帝。

"你们都下去吧，朕有事请教圣医族族长。"大皇帝发话了，一殿宫女立刻散开。只羌活还在我身边直挺挺戳着，倒是忠心。

那大皇帝却似乎不满，但听他道："这位医姑也请回避。"

羌活看了看我。

我冲她点了点头，小声道："去吧，仔细领悟你名字的内涵。"

羌活平时虽有些迷糊，此刻却突然开窍，一脸恍然大悟地看了看孤身前来的皇帝，再震惊地看了看我，我点头，羌活立刻满面同情地低下头，毫不犹豫地退了出去。

可不正是，这大皇帝此番前来定是要向我讨教些不足为外人道的隐疾，自然要将大家都遣散与我单独谈话。我不免有些摩拳擦掌跃跃欲试，要知道，这些秘方我可是研制了这么多年啊，如今可算可以得见天日派上用场了。

想来那大皇帝也是有些羞于启口，在那里悄无声息坐了一炷香的工夫竟未出声，无法，只得我来开这个头了。

我咳了咳："陛下此番来意臣已勉强揣测得，陛下无须挂虑忌惮，臣虽身为女子，却首先是个医者，其次是个女子，而古来便有'医者无性别'之说，陛下有何沉疴皆可诉诸臣。且，觍颜说句大不惭的话，臣于此方面建树颇丰，精于钻研，恐现今世上无出其右者。"其实古来那一说完整版是"医者无性别，医者眼中，患者亦无性别"，当然，我很妥帖地考虑了帝王的颜面，只捡了前半句说。

那大皇帝却仍旧不响，不知是不是酝酿着该如何具体说，又过了一炷香时间，却问我个风马牛不相及的问题："适才族长婢女叫何名字？"

"羌活。"我坦然应道。不想这皇帝耳朵倒挺好用，刚才我提点羌活退出去的话竟让他听见了。

"羌活？"那皇帝重复了一遍，沉吟道，"主散太阳经风邪及寒湿之邪，有散寒祛风、胜湿止痛之功，温肾助阳，纳气，止泻，用于腰膝冷痛，肾虚作喘，五更泄泻，阳……"猛地一顿，但听"噼啪"一声脆响，我隔着帘子朦胧瞧见竟是那椅子扶手给拍断了，"哐当"一声掉在地上。

我不免一惊，这大皇帝竟认得这味药，可见太医院的老头子们亦推荐过。只是这大皇帝也不用被人戳了软肋便拍凳子啊，碍于颜面不能和医者诚实沟通病情，讳疾忌医乃大忌。

"锦觅，也亏你想得出！"听得大皇帝的声音竟是冷得不能再冷地咬牙切齿道，"还建树颇丰？精于钻研？这是你一个姑娘家该说的话吗？"

呃，我不是说了医者无性别吗？他这是恼羞成怒了。只是我与他毕竟初次见面，怎的听他这语气这般奇怪？竟然还事先问过我的名字。

不过，我还是宽慰他道："陛下无须多虑，圣医一族本来就是为陛下身体安康而存在，能为陛下献上绵薄之力便是臣殚精竭虑也无不可。陛下大可不必忌讳。"

"好个殚精竭虑！"大皇帝凉丝丝地再次开口，我后颈似乎跟着起白毛，那语调怪瘆人的。随着他话音落地，空气似乎也凝固成一殿浮冰，无形之中却有他似乎要将我生啖之的怒意沿着冰面似裂缝般蔓延开来。

诡异地静谧良久后，他终于打破浮冰，口吻颇是嘲讽地道："你多想了！怕是你此番英雄无用武之地！"继而，斩钉截铁道，"朕，好得很！"

真的吗？我心里疑惑。

"真的！"大皇帝却似能读懂我的心思一般咬牙应道。接着，似乎费了很大的劲平复情绪，又道，"你可知朕为何而来？"

哎呀呀，此地无银，还是过不了心理这一关，先族长也就是我师父说过男人皆好面子，尤其这一方面，我猜他定没几天想通了，指定还来找我探讨此事。我心里颇为鄙夷他这讳疾忌医的性子，一面又端着假装你说真的便是真的的样子，镇定自若不再提那事，只谦逊又不失圣医族长神秘高深身份地徐徐道："井蛙不可以语于海者，

拘于虚也；夏虫不可以语于冰者，笃于时也；曲士不可以语于道者，束于教也。臣驽钝不如陛下眼界心胸，自然揣测不得陛下来意。"

但听得他用指节叩了叩椅子残存的另一边扶手，道："收起你心里那些瞎琢磨和腹诽，不用跟朕装这不着调的高深模样，说这些模棱两可的道士话。"

啊嘞，这大皇帝竟然有读心术不成？竟然晓得我腹诽他！想我道行深厚装了这些年，可从未被人识破啊！我满面震惊，生平头一次失态地张了张嘴，不知如何应对。

那大皇帝却又似乎恢复了心情，似笑非笑一嗤道："给你看个东西。"

语音刚落，便见他一扬手，未看清动作，一个竹筒便箭一般擦着纱帘的间隙射入，下一刻，便落在我脚边，恰恰碎成两半。

我弯身疑惑将那竹筒里的东西捡起来细细端详。

展开竟是几页薄薄的宣纸，再定睛一看其上内容字迹，呃，十分眼熟。我仔细地回想了一番，竟是两年前我和那女土匪"手谈"的内容。不止这些，边上额外多了些内容，密密麻麻的小字一字不漏地附注了我当时欺那女匪听不见，自言自语腹诽抱怨的大实话。

这……这……这是被跟踪窃听了啊！

只是这些怎么会落入皇帝手中呢？为什么有人跟踪窃听而我竟然未察觉呢？是跟踪我还是跟踪那女土匪？

诸多疑惑在我心中一一冒出，让人抓不住头绪。突然，我灵犀忽至，前后一连贯，啊，晓得了。原来那女土匪竟是这大皇帝心仪之人，长期隐匿民间，被人……嗯，可能是其他觊觎皇帝的高门大户的女子知晓，然后派出高手又是暗中在饮食里做手脚，又是追杀，不想却意外被我救了。那女土匪病愈后相当感激我的恩德又崇拜我，遂将我们当时"手谈"的纸张皆收纳带走。只是她当时听不见，这边上这些附注小字又是谁听见的呢？

有了，这皇帝这般属意这女土匪，必定一发现女土匪被人追杀就派出大内高手保护跟随，后来这大内高手看着女土匪被我此等医术高超的圣医所救便放下心来，不露痕迹暗中观察，待那女土匪病一好，便将她接回。

嗯，故事梗概大体如此。

只是，这皇帝至今还没有妃嫔……难道是那女土匪又被人劫了？走丢了？当然，还有一种可能，这女土匪又生病了，大皇帝这是要求我给她医病，毕竟是熟手。

天上浮云似白衣，斯须改变如苍狗。真是世事变幻不定，不易揣测啊，孰料当初随便一救，竟救了个倾国红颜。

"你有何想法？"但听得那大皇帝慢悠悠问道。

"咳！"我脑子里机智地想通前后关联蹊跷后，早已定下心来，成竹在胸笃定开口道，"这位姑娘臣确实认得，可算是一位故人，陛下此番将臣召入京中，若是这姑娘旧疾又犯，臣有十成把握可医，若是……如若这姑娘不在京中，陛下想问臣这姑娘的踪迹，臣驽钝，却是不得而知。毕竟臣与这姑娘渊源仅限于臣于罗耶山中救她一命。"

"咳……咳……咳……"这下轮到大皇帝咳嗽了，"你确实驽钝！"

这真是……真是太伤人自尊了，当皇帝的也不能这么说话啊。

"你再仔细看看。"听得那大皇帝语气，似乎勉强按捺性子和我说话。

我也勉强按捺性子仔细翻了翻那几张宣纸，除了添加了我当时的实话，其他无甚特别之处。啊，对了，我的话里可抱怨过给大皇帝殉葬这件事！这是得罪皇帝了。

"臣……臣当时年幼无知只是随便一说。能给陛下这样英明威武的圣君殉葬是臣八辈子修来的福气。当然，臣亦会加紧给陛下研制长生不老药，让陛下千秋万载一统天下！"我坚定不移地表忠心。

那大皇帝非但没有被我的真诚感动，反而重重地"哼"了一声，不死心地继续问："朕宣你进京的圣旨你看了没？是朕亲笔所书。"

啊，圣旨不是有人宣读的吗？读好了，自然就供起来了，谁会想到去看啊。

不过，皇帝既然这么问，还说是他亲笔所写，我晓得了："臣自然认真拜读了陛下的圣旨，仔细欣赏了上面的书法，只觉那字迹笔走龙蛇、力透纸背、铁画银钩、遒劲霸气，原来是陛下亲笔所书，自然笔力非凡，非凡夫俗子力所能及。"

"真是对牛弹琴！"这下好了，皇帝干脆一拍凳子站了起来，呃，这是大步向我走了过来？

但见他将我面前的帘子"哗"一声粗鲁揭开，我一惊，赶忙低下头去，幸得我时时戴着面纱半遮脸。

我垂头看着龙靴一角，沉静道："陛下，礼数不可废。这道帘子去不得。"

"抬起头来。你且看看我是谁？"头顶，大皇帝居高临下地倨傲命令。

是皇帝呗，还能是谁。如果不是皇帝，你是男子，我哪能跟你说话啊。心中这么想，面上却遵旨地抬起头来，做虔诚状扫了他一眼，但见他唇不点而朱，眉不画而黛，肤色灿若桃李，哦，原来是个小白脸。当然，我不能这么说，只道："陛下面相龙威燕颔、有赫斯之威，岩岩若孤松之独立，巍峨如玉山之将崩。有让臣不能直视之威武凌厉光芒。"

　　这大皇帝忒自恋了，前面让我夸他的书法，现在又要我夸他的长相。

　　"朽木不可雕也！"这皇帝还是不满意，看来马屁拍到马腿上了。难道作为皇帝不喜欢我夸他长得威严有气势，反而想让我实话实说夸他郎艳独绝世无其二，长得像大姑娘一般俊俏？

　　我正待开口，却被他恨声截断。

　　"收起你那些自以为是的小聪明！什么'医者无性别'，你当朕不知你心里想着的却是下半句'患者亦无性别'？你不将自己当作女子，也犯不着将全天下人都当作女子！"

　　啊，这是又被他读心术给看出来了，这大皇帝忒邪门了。

　　我这边正克制自己什么都别想，否则都被他读出来可就糟了。那边，半晌后，他却俯下身来，不待我侧身闪开，他便在我耳边咬牙切齿却又甚是别扭不甘地低声开口道："我是鸦鸦。"之后，广袖一甩，便大步出殿。

　　鸦鸦？鸦鸦！

　　我惊了。他是说他是那个女土匪鸦鸦姑娘？我骇然捂上嘴。

　　费力仔细一回想，果然长得是一式一样！

　　我凌乱地重拾那些宣纸，比对了一下那些标注的小字和鸦鸦的字迹，显然如出一辙，再哆哆嗦嗦从厢房的不知道哪个箱笼犄角旮旯里挖出那道圣旨，一看，字迹也是一模一样！

　　啊！原来是这样！我就说我的药肯定包管三日内复原，显见得他早便能听见，竟还假装听不见，忒不厚道了。忽然，我又想起鸦鸦姑娘临走前一日曾写过可以帮我实现一个心愿的话来，他此番宣我进京，想来是要兑现诺言报恩了。

红尘劫
（五）

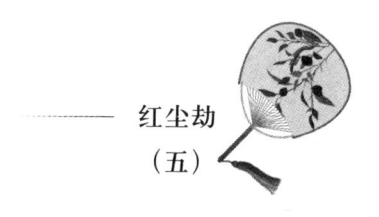

继那日之后，大皇帝便隔三岔五到我处坐上一坐，与我隔着帘子说上一两句话，听那嗓音，显然我的药很灵验，将他医治得十分完美。但是往往他跟我说不到小半个时辰便会拂袖而去，很是皇帝架子地喜怒无常，让我生出伴君如伴虎的感觉，不晓得哪句话又得罪到他。

只是，怎么从未听他提起报恩的事情呢？

我都已经在这皇宫待了近半年了呢。

大皇帝虽与我说话常常黑脸，一言不合便拂袖而去，但我觉着他还是极敬重我的，平时有臣下或番邦上贡的好吃好玩的皆先往我这里送，偶尔心情极好的时候还会与我聊些古今奇谈与民间趣事。后来，竟慢慢不称"朕"，甚是随和地称"我"了，当然，他一旦称"朕"，那便是他要生气的前兆了。

前些日子我偶感风寒，他亲自乘夜来伴，就差亲手熬药煎汤了，那日夜里，我风寒退去几分，瞌睡间听得皇帝在帘子外轻柔道："过几日便是上元灯节，你喜欢什么样的花灯？"

"凤凰灯吧……"迷糊之中，我似乎有应他，似乎又没有。

这日，外面通报说皇帝陛下驾到。

羌活用病入膏肓的同情眼神偷偷瞟了一眼大皇帝，很自觉地退下，她只当皇帝又来寻我探讨壮阳方子。当然，听说宫廷内外亦有些说法，大臣宫女们都有议论。分为两派，一派是怀疑大皇帝得了什么顽疾，要我独家秘方亲自调理；一派是认定大皇帝年纪轻轻就成天惦记着长生不老，生怕和他先帝老子一般还不到四十就崩了，所以经常来监督敦促我加紧炼丹制药。

大皇帝今日照旧没让人伴随左右，独自来我处，刚至门外，我便晓得他这是喝过酒来的。不是我自夸，乃常年积累训练而得，隔着老远闻个大概，我便能说出炉子上炖的药是治什么的方子，里面大概都有具体哪几味药材。是以，这酒味我轻而易举便辨别出是桂花酒。

大皇帝今日却不坐在离我两丈开外的乌木椅上，而是随意靠在了离我最近的一张圈椅上，将一个什么长长的物什放在一旁桌上，我隔着纱帘看不真切，只觉着红彤

彤一片。

"今日，傅相又联合百官写了个一万字的折子给我，这已经是今年的第三道了，催我选秀纳妃。"他不无嘲讽地轻轻哼笑了一下，"你信吗？明天就有山一样的肖像画卷送进宫来，还配着她们祖宗十八代的族谱说明。"

"呵呵，这是好事。"我赶紧附和。

"好事？当我不知道这些'国之栋梁'个个皆惦记着做我的岳丈大舅子？"他甚是不屑地"嗤"了一声，"想当初，俞炳岭做摄政王掌着朝政的时候，说我年纪还小身子骨不好，应以学业治国为主，待及冠之年方可纳妃，底下一片附和之声。现如今，知道变天了，便个个想要往我这儿塞女人。这是怕我记恨当年他们附庸俞炳岭的事进而血洗朝堂。我本来还没打算动他们，毕竟目前留着还有些用处，但如若他们再这么迫不及待，我倒是很想洗一洗了。"

他这边说血洗朝堂轻松得和洗菜一样，虽然什么傅相、俞炳岭之流是个什么东西我全然搞不清，但身为医者慈悲心肠，自然要劝一劝："洗一洗倒不是很着急，不过纳妃确实关乎国祚，可以考虑起来。陛下不喜欢傅相什么的，那不要挑他们家的女儿就可以了，天下女子众多，陛下不愁挑不到一堆自己可心的。"

"哦？"大皇帝颇有兴致地突然问道，"那你说我可心什么样的？"

这我哪里知道，不过，能生养应该是关键，是以，我接道："身体好的吧。"

他却慵懒地摆了摆手，带着几分醉意道："你这是又想什么呢？朕生不生儿子不用你操心。"好吧，自从我当年被这鸦鸦大皇帝装聋作哑骗得说了不少大实话后，他现在便全然能读懂我的心思，让我觉着自己原先的威仪神秘感全无。但是左右也没旁人，被他读心便读心。

他却还嫌不够，继续打击我："而且，你连男女都辨识不清，做庸医到你这份上也算天下独一份了。"

庸医？晴天霹雳！

这是我一生受到的最大羞辱，让我登时起了药死他的心思。当年好心救他，果然是我职业生涯的最大污点！谁是东郭先生？说的便是我这样的。

我冷哼："臣自然是天下独一份的。"且看我以后怎么折腾你！君子报仇十年不晚。

"不过，你操一操心也未必不可。"突然，大皇帝话锋一转又推翻之前说的话，言语间竟有些狡诈的意味。

听他这么一说，我登时火气消散了些。你看，最后还是要求到我头上吧，我不单擅长怎么补肾壮阳，我还研究出一些包生儿子的奇效药。当然，给不给他用，全看我的心情了。

那边皇帝却不知低头琢磨什么，不离开也不说话，沉吟半晌后站起身来徐徐走到我面前，伸手抚了抚那纱帘，竟是几分循循善诱的口气款款缓缓道："锦觅，当年我诺你一愿，今日，我便兑现与你，你……可有何心愿？"

这个，我早就想好大半年了，张口便郑重其事道："臣想要一颗心。"

那纱帘下一刻便被大皇帝紧紧抓在手中，呼吸竟瞬间停滞了。

但见他慢慢拂开那纱帘，半俯下身来，倾身向我，注视着我的双眼，语气和一片飘落的鹅毛一般，悠悠柔和刷过我周遭："如你所愿。"

我一时喜形于色。

大皇帝却面色越发灿若桃李般云霞蒸腾："其实，你愿亦我所愿。"

这是当然！

"本来，我今日并不抱指望而来，我原以为你会与我要一道不必殉葬的赦令，届时我再与你说这件事，若是你应了，自然不必殉葬。不想……"大皇帝面上又是一片云蒸霞蔚，眼波竟黑得盈盈欲滴，"不想你却与我想到一处。其实，那年初见你双眼，我便觉得熟悉非常，那片刻竟是心悸以至于眩晕不可移开双眼。"

哦，那是毒素发作所致。我心中暗忖道。

"其后日日起居与你相对……我越发起了这心思，痊愈了也不想离开，只不知你那没心没肺的性子什么时候能开窍。其后，暗卫寻到我，我才急急赶回宫中。其实令俞炳岭落网我早有筹谋，却从没想过这么快动手，因为，我等不得了，只愿速速将他拿下，匡正我位，方可将你名正言顺接到我身边徐徐图谋。两年了，别人只道我部署杀伐之快，却不知我却嫌太长。待你重回我身边胡言乱语，其间万般险恶皆变得不足挂齿……"

他目光灼灼地盯牢我，道："今日，我既诺你，来年，你便是我的皇后！"

皇后？

等等，我有些糊涂了，这话怎么越说我越觉得奇怪了？

"臣……臣现今手上药方只差一味至火至纯之物，有上古医书载道：越过极东

之地，极高之山，极炎之焰，有梧桐葳蕤，清水濯濯，比邻上古堕神火神居处外，有赤鸟名朱雀，性至火至纯。臣想，陛下疆土广阔，手下能人奇士众多，若能允诺我派遣一二前往，摘得一颗这朱雀之心，想来神丹定成，届时，陛下与我皆大欢喜。"

"皆大欢喜？"

看着大皇帝脸色由脉脉含情到认真倾听到云霞消退到额际青筋浮起到磅礴杀气四溢，我不由得干干咽了下喉头，往后退了退，怯怯道："只是，陛下感念臣所予之长生不老之术，想允臣殊荣，也不用立臣为皇后。陛下难道忘了圣医一族终身不嫁方能保持圣洁魂灵，与神明沟通为陛下祝祷？当然，天下所有女子除了圣医一族，能得到的最大殊荣便是做陛下的皇后，但是，臣能得到的最大殊荣便是让陛下千秋万载，好让臣的功绩亦传为美谈彪炳史册，作为后世行医制药之圣祖典范……"

随着大皇帝面色越来越骇人泛青气，我的声音越来越小越来越小，直到最后再也说不下去。

"朱雀之心？"但见他慢慢站直了身姿，似乎有怒气累积到极点却又化作寒凉点点散开，"我对你掏心掏肺，你就跟我说这些混不着边的胡话？什么通仙通仙，你长这么大可曾见过神明一个衣角？这些时日，你我相处点滴，你竟没有一丝感悟？"

"感悟什么？"我抖着胆子问了一句，有一种很不好的预兆。

他闭了闭眼，又睁开蹙眉盯着我道："你对我可有半分男女情谊？"

我心中第一反应便是——没有！但看他那模样，这二字已到我嘴边却不知为何吐不出来，只应："人各有天命。臣活着，是陛下的活人；死了，是陛下的死人。生死相托，乃大义，高于男女情谊。"

"可是，怎么办……"他甚是悲凉地望着我，竟有几分脆弱无助之感，"我却对你生了男女情谊。"

我大惊！怎么会这样？怎么可以这样！我自忖从无轻浮举止叫大皇帝迷惑。

"什么生死相托！我不要你为我殉葬，我只要你为我而活。我不要你做我的什么活人死人，我只要你做我的人。"

他今日肯定醉得不轻，我自我宽慰，赶忙跪下身庄重道："此乃大忌，陛下一时糊涂看上臣蒲柳之姿，但若被有心人听去，不必殉葬，臣怕是明日便活不过了。"

"成日里不是说死就是说活！我晓得你看重自己的性命。"他孤注一掷低下头来，

"我自然有法子保你，将你脱去这什么劳什子圣医族族长的身份。"

我瞠目结舌地望着他，我一旦做了这圣医族族长，便需一直做到死为止，如今尚可过得一日算一日，一旦卸去这身份，按着圣医族规矩，首先必须就地秘密处死，绝不能放我生还，便是皇帝也不能破例。他有一百种一千种方法保我，圣医族就有一百零一种一千零一种方法将我处死。

他那边却甚是认真道："这法子我想了也不是一日两日了，可寻个死遁的方式，你只需装病些时日，我叫太医们诊断药石罔效，随后将你称死，再将你秘密藏于民间，过些时日，以达官贵人之女身份将你接入宫中……"

"臣誓死不能从！"我赶紧打断他，"臣自记事起便寄情医术药理，无暇他顾，过去如此，将来亦是如此。况，陛下从未见过臣的真正容貌，自然不知臣面纱下其实粗鄙非常，长得人厌鬼弃，只一双眼睛勉强过得去。臣过去说自己长得貌美，实是自欺欺人之语。"

"容貌粗鄙？"他一个趔趄，"我在你心里就如此肤浅不值得托付？"

"臣无须托付于人，自食其力便很好。"我斩钉截铁道。

"很好！你便继续自食其力吧。我们总归有一辈子可以耗着！朕且瞧你下场如何！"他盛怒之下一把推翻一旁案几，有片火红自案几上狠狠跌落在地。

我跪着看他迈步远去，身姿笔直若枪，帝王威仪重回到他身上，宽阔似罗耶山都压不倒的肩头却有道不明的落寞，终于，渐渐远去消失在夜雾之中再也看不见。

我才重新低下头来收拾被他推倒的案几，地上，是一盏破碎的红色绸灯笼，已划破不复本来面貌，猜不出原来是个什么模样。

第二日，羌活对我八卦道："昨日夜里大皇帝不是来请教族长秘方吗？我得空去宫中闲逛，听得有小宫女八卦说那大皇帝竟然私下里跟老嬷嬷讨教怎么做灯笼，听说糊了好几个奇形怪状的红灯笼，其中仅一个勉强成形，后来竟还莫名不见了，不晓得大皇帝此番是着了什么癔症。族长可有诊断出一二来？"

我淡然地摇了摇头。

红尘劫
（六）

大皇帝终于再不来我处，听说大臣内侍们皆很是欢喜，只当我妙手回春将皇帝陛下的沉疴给治愈了。

我揣摩着，应该过不了几日，大皇帝便会放我回罗耶山和族里姑姑们继续避世炼药。

一日夜半，我正支颐在灯下有一搭没一搭看着药书，琢磨着有什么方子可以替代朱雀心，朦胧之中正待困倦，却见眼前影子一动，书页无风自动，再抬头却是一人，哦，不，应该说是一神负手立于我案台前。

"大神仙，许久不见啊。"我揉了揉眼睛，一时神志皆回，兴高采烈地与他打招呼。

大神仙温暖舒缓一笑："与你说过叫我润玉便好。"

叫那大皇帝小瞧于我，谁说我不能通神？我六岁时便见过神仙，真真是腾云驾雾来的，便是眼前的润玉仙。

彼时，我问他可是药王孙真人感我勤学勉力与圣洁，遂下凡显圣鼓励我？他却笑着摇头。我又好奇问他是哪路神仙，他沉思良久回我："只是个放鹿的散仙。"

我怕他因着在天界位阶不高，在我这样的凡人面前有失颜面，赶紧安慰他道："呵呵，大神仙这职务甚是有前途，话本里说当年齐天大圣孙悟空便是从弼马温这样的畜牧行当中脱颖而出，后来西天取经何其风光，佛祖还封了'斗战胜佛'。嗯，还有八仙张果老儿，好像成仙前也放过驴的，后来不也体面光耀得紧。是以，锦觅料想大神仙前途不可限量！"

他一时愣怔，神思缥缈看着我许久，似是看着我又似穿过我看着某个人，最后，竟莫名神伤地垂下头，低声喟叹一句："一模一样……"

我本以为神仙下凡自然是来授道或教诲于我，不想，他却似乎只是纯为聊天而来，可见真真是个散仙。他当年跟我说他正在造一座大房子，用他所能搜罗到的所有天界奇珍来堆砌装点，历时天界一百余年还未造完。我不免咂舌，天上一日地上一年，如此算来，竟是凡人超逾三万年的时光。若说一寸光阴一寸金，这个宫殿莫说里面的奢华奇珍，便是这光阴已超值得沉重。

是以此番再见，我赶紧关心问他："润玉仙的仙宫可是修葺完毕，故可得空来见我？"

他笑了笑："你算得可准！今日刚刚完工。"

"这宫殿如此奢华之大，想必要住不少仙人吧？"我好奇地问道。

他闻言面上一黯："仅住了一株晚香玉与我，还有一只懵懂小鹿。"

我看他这般模样，觉着自己似乎提了一个不该提的话头，遂转移话题道："这宫殿里都有哪些天家宝贝？润玉仙可能说与我听听？那些太玄妙复杂的我一个凡人恐怕听不明白，你只说些浅显易懂的叫我长长见识。"

他想了一想，淡淡道："我在宫殿外围建了九九八十一座彩虹为桥，道道虹桥尽头皆有殿门入内。"

我一拊掌："彩虹倒是我们凡人能见到的，煞是漂亮，但凡人所见不过昙花一现便没踪影，不想润玉仙竟拿这彩虹来修桥，甚是独特，还修了这么多座，可见神仙亦觉着彩虹好看。我只知平素里是看不见彩虹的，只有雨后才能见彩虹，不晓得润玉仙造这么多虹桥可要用许多的水汽？"

他抬头看着夜色中乌沉沉的宫殿飞檐道："其实虹桥并非因雨而有，在天界是再平凡不过的一件东西，只我与她因彩虹而初识，她掌天下水，故而哪里下雨，哪里便可能有她。但我与她终究参商永离，不得见面，只有偶尔待她走后，我方能架一座虹桥以望。是以，凡间便以为雨后偶现彩虹乃天然现象。"

哦，原来还有这么个典故由来。想来这个"她"能降雨，应是海龙王的女儿。只是，这润玉仙若是个散仙，又怎么能建起如此奢华的宫殿呢？我不免疑惑。

"不说这些。曾有个精灵答应陪我夜赏晚香玉，后来她却失约了，今夜此花会开，不知可否请锦觅陪我共赏此花？"大神仙一扫适才颓唐，手指凭空一划，便有一盆晶莹剔透的植物在我案头出现。但见他小心翼翼地扶了扶盆边，揭开植物顶上盖着的云丝，便见一束显而被精心呵护的穗状花序在夜露中缓缓由下而上次第绽放，花朵小而莹白，看似平淡无奇，却花香浓烈袭人，让人不由得喜爱。

那大神仙看得更是专注非常，待那花朵全部打开，整个居所皆充满馥郁的香气后，但听得他低低一叹："今日，算是我奢求了，总算了了我一桩多年的夙愿。"

言毕，他朝我点了点头，将那株晚香玉珍惜一纳，便腾云消失于夜色中。

我正兀自感慨神仙的行踪缥缈不定，十年一见却又瞬息消失，再抬头却是那月余未见的大皇帝居高临下立于我面前。他这是什么时候来的，我竟丝毫未察觉……

一下又想起他上次醉酒后的浑话，不免有些惶惶，现下又无纱帘遮挡，仅戴面纱，我只得将头垂下低得不能再低："臣见过皇帝陛下。"

　　久久无人回应，若不是我看见他的赤金衣摆尚在，竟要错以为他已走了。

　　再这么低头低下去脖颈可要断了，无法，只得抬起头来坦然看向他。

　　"怎么？终于抬头了？朕就叫你怕成这样？"他冷嘲。

　　"臣是敬重陛下。"我赶紧表忠心。不管他眼里写满不屑与不信，反正我心意表达到就可以。

　　"你适才与何人说话？"他审视看向我，洞若烛火，"朕似乎听到男子之声……族长这是不准备留性命了？"

　　"臣与陛下说过臣可以通神明，陛下不信。方才与臣对答的就是位大神仙。"我向他几分炫耀道。

　　"你不是这世间只能同我一个男子说话吗？便是我，你还常常不忘扯那厚厚的纱帘，如今怎的又不避讳了，显见得你们那族里的劳什子规矩也不是不可破。"显然，大皇帝没能领悟到我吐纳有度的通仙情怀，偏题偏得远了些。

　　我只好与他说明："他是大神仙啊，我只是不能和凡俗男子说话，又没有规定我不能和男神仙说话。故而没有坏规矩。"

　　大皇帝显然不满我这话，拂袖走了。

　　过没多久，便听羌活对我说了个新闻："此番皇帝陛下下了个禁令，从今往后，举国上下禁止种养晚香玉，族长你说是为什么呢？"

　　我认真想了想："应该是大皇帝对这晚香玉花粉过敏吧。"

　　这日之后，大皇帝又恢复了隔日便到我这里与我说两句话的习惯，只从未再提那夜醉酒后的话，显是随口一说，时日一过便忘了。

　　幸得我信念十来年如一日坚定，从未动摇，当夜并未应承他什么不得体的话，不然今日便要贻笑大方了。

　　听说前朝又是百官联名上奏，切切恳求皇帝纳妃立后，更有言官死谏，以头撞柱以头抢地者岂止一二。

　　大皇帝最后回话："赤练狼族、索河茶国、锡叉疆国、霍洛庚族一日不灭，东面、西面、南方、北方一日不平，四海一日不统，朕便一日不娶。"叫百官皆为其坚韧崇高的信念所折服，深深敬仰。

翌日，又有诏书宣出皇宫，将大皇帝的一个侄儿抱入宫中抚育。其意不言自明——若是大皇帝终身不娶或哪日战死沙场，也有个名正言顺的养子即位。彻底堵住那些担心皇帝无所出导致国祚不稳的大臣的悠悠之口。

我亦对大皇帝肃然起敬。暗道自己以前不该以貌取人，他虽面貌妖娆俊美，骨子里却是个铁骨铮铮有大志向的爱国铁腕皇帝。

他见我的眼神，显是读出我的心思，只轻笑道："怎么？只许你粉身碎骨浑不怕、要留清白在人间，做一代圣医，却不许我为国抛头颅洒热血做个开疆辟壤的千古一帝？你不是说过想与我共入史册、流芳百世吗？这便是个好机会。"

只是，我却不想他战死沙场，不晓得为什么却有些难过，我想，应该是潜意识里担心要给他殉葬吧……

在他第一次御驾亲征上战场前，我为他准备了整整十车的丹药，包囊了各种止血化瘀的金疮药、可解各类奇毒的速效药，当然，还有各种可以用在敌方身上的毒药。最后我还将十枚新近炼制的"大难不死关键时刻续命金丹"郑重亲手交给他，切切叮嘱他一定贴身保存，莫要弄丢或被人偷走。

"陛下虽说臣是庸医，只这制药一项，我敢说，当今天下，我若称第二，无人敢称一。陛下一定要信我。"

他伸手轻轻摩挲那药囊上我歪歪扭扭绣的"金丹"二字，前所未有地和煦暖阳笑开，开口却又带几分自嘲："你这是想给你自己保命吧？不过，我却很高兴。我说过……我们有一辈子可以耗着！待到那日，你可愿……"

话未尽，他又一挥手："罢了，还是莫问，问了也是让我自己徒增烦恼，便当我什么也没说吧。"言毕，便一身铠甲大步离开。

遥遥之中似乎一句话随风而来，却又登时被风吹散……

"待到那日，你可愿做我的皇后……"

此后，我再不能隔三岔五见着大皇帝，也不用担心如何端着圣医族族长的身份不堕与他端庄谈话，可是越来越有些草木皆兵地提心吊胆。大皇帝常常一出兵便是半年十月，偶或寄来一份书信，内容皆是轻描淡写地问我长生不老药研制进程，我却每每接到边关信函便心中有种大石落地之感，回信竭尽详细之能事，还附上一些我多年总结的常人亦能掌握的饮食医理，好叫他常保康健。

幸得，大皇帝是个资质颇高的用兵奇才，似战神附体一般，这么多场战役打下来，

竟从未尝败，可谓常胜将军了。

每逢凯旋，他总是战袍未解、铠甲未卸便入我医殿之中，见我蹙眉替他开下各种补药，便会莞尔一笑，还常常半开玩笑问我："怎么？我这么战无不胜攻无不克，做我的皇后可是不辱没了你？"

我晓得他逗我，便应他："自然不辱没，只是臣这庸医怕辱没了战神。"

明明是玩笑话，他却黯然神伤似孩子一般，叫人不忍去看。

红尘劫（七）

转眼，我已在皇宫里住了五年，东面的赤练狼族、西面的索河茶国、南面的锡叉疆国皆被大皇帝降服称臣。那些本来以为我国天子积弱，蠢蠢欲动的敌国将领、边界几欲叛变的异族部落一提大皇帝，莫不是坐卧难安、惶惶不可终日，生怕下一刻目标便是他们。国中上至耄耋下至黄口，提起大皇帝皆是自豪骄傲，为自己作为大皇帝的臣民感到由衷地与有荣焉。

此番，只差最后一个目标——北面的霍洛庚族。

那日，他偶得兴致与我下棋，棋行一半，我试探劝他："如今军中将领极多，人才辈出，陛下何不给他们些机会，让他们也过过主帅调兵遣将的瘾头？何必关键时刻次次以命犯险非要亲征？臣只晓得弄药，不晓得打仗，但还是知道有句话——将军百战死，壮士十年归。这'常胜将军'虽所向披靡、风头无两，但刀剑无眼，世事难料，陛下还是不要做了吧。臣……臣甚是忧心。"

他夹着一枚黑玉棋，静静看向我，久久不落子，身姿竟似被施了咒语般定在那里，眼睛都不眨一下，似乎唯恐一眨眼，那魔幻便消逝了。

但见他喉头上下一动："这么多年了，我终于听你由衷说一句担心我。可见……我也不是全然未入你心……是不是？"

看着他满面希冀，我却不忍答言，只垂下头。

"如若此番我不御驾亲征,你可能应我一事?"他伸手缓缓地包住我隔着棋盘刚刚落子的右手,我一惊,直觉挣扎,却如何能敌他舞刀弄剑的气力,"锦觅,答应我,做我的皇后!可好?"

"臣不能应!"我决然道,"臣可为陛下赴汤蹈火在所不辞,可随陛下殉葬帝陵,只此一事,断不能应。望陛下体谅。"

半晌,他似全身气力皆被抽空,徒然放开我的手,颓唐站起身来,衣袖带过处,一盘棋局狼藉一片:"呵呵……我就知道……终究还是我傻了……体谅?我体谅你,却有哪个来体谅我?我倒是想立时三刻战死沙场,让你一遂心愿给我殉葬。只是,我在你这里屡战屡败,却又不死心地屡败屡战,终究是输得精光。刀剑虽无眼,天地却有眼,情场失意至此,战场自然得意。你想殉葬,怕是却没这个机会……"

我望着散棋,心中凌乱一片,竟是凄凉……

后来,他终于还是走了,出征前再没见过我。

两月后,我吐出一口鲜血,晕厥过去。

醒来时,天色昏暗,似有春雨淅淅沥沥。我觉得胸口有些闷,呼吸不畅,想伸手揭开面纱,不想,手竟被人紧紧握住。我眩晕地转过头,但见两月未见的大皇帝坐在床边,甲胄未解,犹带干涸的污泥血渍,面上脏污横一道竖一道。

"陛下……你……怎么回来了……咳咳咳……"

他止住我:"快别说话!"沉声道,"我怎么回来?你这都昏睡了小半月,我便是在天边也赶回来了。"

我一愣,半个月,我这次竟睡了这么久?

"太医们悬丝诊脉与我说你只是上火,我却不信,你整天研究些奇奇怪怪的药,是不是制药的时候染毒了?还是别的什么?你自己的症状自己心里肯定清楚,你老实与我说,这是怎么回事?"他的言辞十分着紧,眼中似有化不开的忧虑。

我努力做轻松模样笑了笑:"不打紧,太医们的诊断确实没错,是上火了。"

他非但未轻松,反而更加焦虑:"上火?哪个上火会这般模样晕厥?我虽不精通医理,你也莫要想诳我。"

"臣不敢瞒骗陛下,是上火。"我努力平复气息,不紧不慢道,"好比有些人对鱼虾过敏,轻则全身起疹红肿,状若水痘;中则非但起疹子,还会晕厥过去;更有重者还会呼吸不畅,若非及时给药便会性命堪忧。臣自幼便是个容易上火的体质,吃

个荔枝便会晕过去，但臣善用药，近日里研制了一种可根治这毛病的药方，为了试此药效，故而吃了一串龙眼，想待起反应后便将那药拿来吃下，不想竟晕厥半月，叫陛下见笑了。"

"荒唐！"闻言，他勃然大怒，"明知自己是个什么体质，吃个荔枝尚且会晕厥，莫说龙眼这么上火的东西，竟然还这样玩笑一般乱吃，还拿自己试药！你这是不要命了！"

"药在哪里？"他一面怒斥一面又赶紧问道。

我告诉他放药的位置，但见他取了药丸来，亲自按着我原来在药单上标注的用法，用水兑开细细研磨，举手投足皆是谨慎认真，之后满面严肃地一勺一勺将药喂我咽下。末了，还认真刮了刮碗底，确认无遗漏后，将碗在桌上一顿，恨声道："你成日将给我殉葬挂在嘴边，再这般乱试药，不拿自己身子当回事，死在我前面了，却怎么给我殉葬法？"

"臣若先去，圣医族自然会再立新的一任族长，届时，便由她接替我给陛下殉葬。"我给他解惑。

"你……好，很好！"他胸口起伏不定，"你总知怎么拿捏我软肋，三言两语将我打败！我若是有哪天死了，定是被你给气死的！"说完头也不回地走了。

他走后，羌活来照顾我，我方知晓，他本已神鬼不觉地带着一千精兵深入霍洛庚族，正待发起进攻，孰料，不知是谁，竟将我这吐血昏厥的消息八百里加急传给了他，当下，他便放弃所有作战计划。然而深入内部容易，若要再出去，却是难如登天。因报信人的到来，打草惊蛇，霍洛庚族当下便发现他的踪迹，怎能放过这样将他围困生擒的机会。谁也想不到，他竟是奇迹般带着人马杀出一条血路，生生浴血闯了出来，马不停蹄赶回京城，甫一回宫便漏夜前来。

我听了，不知是个什么滋味，似乎有许许多多心绪念头奔涌澎湃而过，却又似乎什么都没想。羌活什么时候离开的我都不知。

夜深，我吃了药好转些许，却怎么也睡不着，便起身燃灯翻看医书。

不想，那行踪不定的大神仙却来了。

他蹙眉道："我明知此番你便是为着历劫而来，却终究看不下你这般受罪，即便你不是你。"接着，他伸手轻轻簇起一道光，慢慢将那光覆于我额头，待那光线渐渐消融,我竟觉虽未痊愈,但也缓和许多。

我自然听不懂他这打机禅的神仙话语,却还是感激他,与他道谢。他道:"你永远不必与我言谢。"垂下长长的眼睫,他低声问我,"你可是又对他生了情?"

我不知他缘何用个"又"字,但冥冥之中竟不觉得突兀,只觉此字似乎理所应当。

我低头认真想了想,对润玉仙回道:"我不知……我只知道……"低头看着桌边沙漏缓缓流逝,我心中反复,最后终是字字笃定道,"我只知道,给他殉葬,我心甘情愿!若是别人,我却是断然不愿。"

忽听殿外"哐啷啷"一声脆响,我惊诧转头,大神仙闭了闭眼,几不可闻地说了一句我听不明白的话:"罢了,我终是只有旁观的命数……"言毕,便凭空消散了。

但见那边殿门外几乎是跌入一人,慌张欣喜,却又满面惶惶然惴惴不安,患得患失的模样,什么帝王威仪、清傲独断统统不见,手脚似乎都不知该怎么摆放,无措如斯,青涩如斯。

我心中渐渐泛起一片心疼……抬起脚步,慢慢走向他……

他一顿,几步上前,伸手似乎想握住我的手,却又硬生生收回,唯恐唐突一般,全无之前的强硬。

"我……我只是不放心,想来站在门口陪着你便好,却不想……听你与那神仙言语,我只听到最后一句……"他小心翼翼不甚确定地看向我,"你说的可是我?你说的可是真的?"以前我或看不明白,或许不愿看明白,现下,我既已这般,便任自己认真看向他的眼睛,那满心满眼都是虔诚捧出的一片琉璃剔透心思,满溢的都是深沉若海的情意,叫我如何忍心……

我踮起脚,伸手替他拢了拢鬓角被夜风吹开的几缕发丝:"是真的。我一直想对你说,却一直说不出。不知会不会太晚……"

下一刻,我便被一个大力拢入他温暖坚定的怀抱:"永远不会晚!我说过,我们有一辈子可以耗。任凭你怎么打击我,叫我灰心丧气,然而,只要隔日一看到你,我便又会生出无穷尽的念头和恬不知耻的勇气。我只当最后,或许七老八十了,你能放下你那些坚持,勉强迁就与我,或者,连七老八十还是这般执拗决绝,但是,你说过我们生死相托,我想我们这般耗一辈子,最后,你还是会与我比肩躺于帝陵之中,那时,也许便是我这辈子最幸福的时刻。"

他将我的耳朵贴在他的胸口,我听见里面潮汐一样激荡涨落:"然而,我从不

敢这般奢求，这么快……竟然这么快，我就得到了我本以为此生无望的奢侈。锦觅，锦觅，锦觅……告诉我，这是真的吗？"

原来竟叫他这般低入尘埃，这般心酸卑微，我回抱紧他，心中苦涩一片，隐隐作痛。

"旭凤……"我念出不知何时潜入我心辗转反复的两个字，从未说出，不想一朝开口竟是自然而然，似乎唤过千遍万遍。

"哎！"他欣喜若孩童般赶忙应声。

"旭凤，旭凤，旭凤，旭凤……"我一迭声叫他。

"哎！哎！哎！哎！"他一迭声应我。

他低头温暖地吻着我的发顶："锦觅，和我永远在一起好不好？没有任何其他人，只我们两个好不好？做我的皇后好不好？"

我伸手抚着他的胸膛，闭上眼睛，放任自己的情绪肆意激荡："好！"

他一下更加紧地揽着我："明日，不，今晚，不，现在，我就要昭告全天下——我的皇后来了！我等的皇后，她终于来了！"

我心中大恸，却埋首在他襟前闷声道："你答应世人的话呢？你不是说要一统四海方娶亲吗？不可以不算数！我还等着做千古一帝的皇后呢。只差霍洛庚族，你筹谋了这么久，我犹豫了这么久，不差这一刻，我晓得你的能力！你可放心前去，我总会在这里等着你。"

"可是我等不及了，什么千古一帝皆是我的借口，我也好面子，若非你罩了这么久，若非要堵群臣的口，我才不会有这傻气的想法。我只想立刻，夜长梦多，万一你变卦了呢？"他孩子气地坚持。

我点了点他的胸口："傻瓜！什么夜长梦多，皇帝不可以说话不算话。你只要知道，我永远在这里等着你，此生再不回圣医族！"

强自按捺下胸腹中一阵火烧火燎，我对他笑道："我给你做妻可是你的大福气，今后你可莫想要纳妾，连多看别的女子一眼也是不可以的。"

他款款看入我的双眼："自然是我泼天的福气，哪里还舍得将眼睛移开你呢？吾妻，吾爱，吾命！"

我打断他："什么命不命的，不要说这样的话，我不爱听，况且，你还从未见过我的真面目！万一我长得很难看，你后悔了呢？你现下可要看上一眼？"说罢作势要揭脸上面纱。

他却伸手制止我："你便是再难看,也别想逃出我的手去,因为你已入了我的心。"他舒心一笑,灿若旭日,"莫要摘面纱,且等我大婚之夜用秤杆将你的红盖头挑去,那时你已是我的丑婆娘,想逃也逃不掉了。"

"嗯！"我再次埋首入他胸膛,点头应他,我知他定不让我摘面纱,幸得他如我所料。若摘下,怕是一眼便能看见我虽勉力克制,却仍透过唇瓣缓缓溢出的丝丝血痕,那,便如何也藏不住了……

红尘劫（八）

他终是被我劝上了战场,临行前他拉着我的手殷殷嘱咐我切莫再吃上火的东西,连苋菜也是不可以的,那一本正经的模样倒似比我更懂药理属性一般。

我皆笑着点头。

慢慢,他也不再言语,只静静与我执手相望,脉脉无语,我却从他的眼里读到了千言万语,有满怀的憧憬与灼灼的迫切,有不渝的珍视和微微的忐忑,更有如山如海的情铺天盖地将我包拢。我看着他,唯愿时光就此止步、岁月就此安好地与他地老天荒。

光阴点点,终是化作飞花随水流。

我亲手替他将战袍披上,将头盔与他戴上,用目光细细描画了一遍他深邃的五官眉目,牢牢刻于心间,刻于魂魄之中。

末了,我冒天下大不韪地踮起脚,隔着面纱轻轻地吻过他的双唇。

霎时,他瞪大了双目,接着,腮上一片云蒸霞蔚,他无声地笑了,我仿佛听见罗耶山顶峰经年不化的霜雪刹那融如春水,潺潺淙淙。他俯下身隔着面纱再次贴住我的双唇,轻轻含了一下,温温热热的触感透过纱摩挲着我的唇。

"等我！"他以唇贴唇低声言道。

"等你！"我以唇贴唇坚定回他……

我站在朱雀楼顶端遥遥望向铠甲森然的泱泱大军，听见出征号角肃穆响起，为首一人回身，目光越过浩瀚人海，越过重重楼宇，只一眼便看向我所在。他高举玄铁长剑振臂向我一挥，我勉力抬手向他挥了挥。他朝我颔首，双腿一夹马腹，千军万马便随他奔腾而去。

朱雀，书载：飞朱鸟使先驱兮，又有一名，谓之"长离"。

朱雀楼，朱雀楼，有谁又知可称"长离楼"？

隆隆马蹄铮铮甲胄掀起皇城里的风，吹过我薄薄的衣衫，我紧了紧双臂……

怕上层楼，十日九风雨，是他春带愁来，春归何处？却不解，带将愁去……

回到医殿内一闭门，我便大口大口呕出乌血来，我垂首闭了闭眼，慢慢靠在榻上，问道："羌活，可是'清玥'？"

我许多年前便猜到族里派了个人监视于我，若我一朝行差踏错，此人便会奉命果断将我于无形之中除去，好叫圣医族百年的清誉得以完璧保存，不遭世人指点辱没。而羌活看似莽撞粗心，却是个再好不过的不二人选。

羌活闻言一下在我面前笔直跪下。

我缓缓道："除了'清玥'，我想不出其他无色无味能不被我第一时间察觉，却又能让人脉象无异，缓缓无痛楚致命的毒草。"

"羌活万死！"她跪在地上对着我用力磕了十个响头，再抬头，额角已破，满面泪痕，"正是'清玥'，只是，羌活不知……"

我淡淡笑了笑："只是，你不知我的身体会对'清玥'有如此剧烈异于常人的痛楚反应是吧？其实，荆芥姑姑应该也不知道，为了制药，我长年瞒着你们所有人亲自试药，是药三分毒，我五脏六腑间流淌的早已非血，而是毒。只是，万物相生相克，我体内的毒素早已可达平衡，所谓以毒攻毒，这些毒与我来说，早已无害……这'清玥'性火，过量却寒，一朝爆发，却是生生破了平衡，那些毒便再也压制不住了，咳……咳……咳……"我一口气说了这许多，一下又剧烈咳喘起来。

羌活赶忙膝行至我身边，连连给我拍背。

待我渐渐平复后，抬手替她擦去眼角夺眶而出的一串泪珠："我不怪你，人人皆有自己的使命，你有你的，荆芥姑姑有荆芥姑姑的，我亦有我的。你们都坚持得很好，只我，却半途而废了……其实，我还想对你说声谢谢，若非你暗中想办法使人报信给他，想是最后一面，我也不能得见，那些埋了许久，我以为最后终将随我埋入地底的话也不可能有机会得见天日对他说出……"我远远看向殿外，看向北方，"只是，我终将食言了……"

"那大皇帝有什么好？族长明知会如此，却还失心于他！羌活知道，族长并非那些轻易会为皮相或甜言蜜语所迷惑的女子。"羌活攥紧我的衣摆恨声哽咽。

我想了想，其实，我也真说不出他有哪里好，但是又觉得他处处都好，思及此，我竟觉得心中一片温暖。

"咳……咳……咳……"我深喘了一下，想起一件无关紧要的事，"羌活，我想知道你是何时对我下的药？"

她应道："族长进宫后第一次与皇帝独处谈话后，羌活便觉族长神思有异，不若平常，后来，皇帝来得越发频繁，族长常常若有所思，羌活便知不好。入宫半个月后，羌活……羌活便开始慢慢将'清玥'添加于族长饮食中……"

我一愣，入宫半个月？那便是五年前？竟然这么早……我还以为是三个月前他首次出征北面霍洛庚族之时，原来，我早便将他放在心间，自己却无觉察。他也是个傻的，连羌活都看出我的端倪来，他却兀自愁苦了五年有余。

不知为何，我心中忽然生出些顽皮的庆幸心思，如此，我也不算辱没了他的一腔赤诚，我虽时时次次拒绝于他，却于无形无声中早已给他回应……

怀揣着这样的小小心思，不知不觉中，我又沉沉睡去。

再次醒来，却见羌活一双哭得红肿的眼，她将我扶起，急匆匆塞给我一个包裹："属下已经将盘缠和随身简便衣物都准备好了，族长，你走吧！再也不要回这皇宫，不要回圣医族！羌活知道族长的制药之术天下第一无人能及，族长既知是'清玥'之毒，天下奇珍异草何其之多，族长定能找到一种可解这毒性！"

"我不走。"我推开她递来的包裹，断然拒绝她，"我答应了等他，再不离开此地！"

"咳咳咳……而且，此番之毒确实不可解，若可解，便是为了他，我亦要拼尽全力解了毒，多陪他些时日……"

"族长，你这是何苦？"羌活泪流满面。

我虚弱一抬手制止她："莫要说这些不中听的，我好不容易醒来一次，你与我

说些最近宫里宫外的趣事奇闻让我乐一乐……咳……咳……"

可是，羌活最后说了些什么，甚至说是没说，我却没能听清，原是不知不觉中又陷入了一场无边的梦境里。

本以为就此便一梦入忘川，不想，一日，却似生出些气力醒转过来。

我费力眨了眨眼，羌活应我要求，扶着我坐起来，左右背后皆堆满了软靠，我却仍是有些力不从心地歪歪斜斜。

羌活劝我躺下，我却示意她噤声。

"你听！是不是有脚步声？"我着紧问她。

羌活满面愕然："没有啊……"

我却听见一迭声的脚步携着浓浓的喜悦急切向我奔来，或许是宫殿外，或许是京城外，或许远在北方的霍洛庚族，我听见了，我的心听见了。

紧接着，有钟鼓声在皇宫上方赫然响起，和着那疾疾奔来的脚步声，悦耳非常，那是昭告天下的凯旋！

撑了这许多日子，终于等到了他的归来！

只是，这软软的身子怎么也坐不住，只能眼睁睁任由它缓缓躺倒，但听羌活迸出一声溃破大哭，我却开颜而笑，切切叮嘱她："你……你……记得……记得和他说……我，并未食言……"

红尘劫（九）

只觉得浑身一阵不能承受的支离破碎之痛，下一刻，我已立于云头上，左右朗朗乾坤，鸟语花香，须臾，所有神志皆重回我身。

是了，我此番是去凡间历劫，现下能这般站在云头，自是凡人的肉身已死，劫难已毕。那，旭凤……

我赶紧拨开云雾向下看。

但见旭凤雀跃穿过宫殿的重重门廊直奔医殿而去，眼见便要打开医殿之门。我立时三刻要降下云头制止他，不想，却是刚刚受劫归来，灵力还未归位，只能眼睁睁看他满怀憧憬推开医殿大门，下一刻却愣愣地看着那羌活跪在我的凡人尸身前恸哭失声。

"哐啷"一声脆响，却是他一个趔趄，佩剑落地。

但见他凌乱了脚步踉踉跄跄行至我床前，一把推开羌活，揭开我的面纱，颤颤巍巍将手探至我的鼻下，下一刻，便见他将我的尸身紧搂在胸前，仰天发出一声凄厉绝望的长啸。

"啊！"

刹那，天崩地裂，六界色变，方圆千里内河水逆流，海水倒灌，群山倾倒，草木成灰，数不清的妖魔罗刹魑魅魍魉从四面八方涌入皇宫，集于医殿外，但听魔尊一声号令，便要集体行动。

他却只是双目失焦，呆呆愣愣抱着我跪坐在地上，这一坐便是凡间三日三夜。

我怎忍看他如此失意，拼了全力，也只将脚下浮云降下一尺。

旭凤却在三日后的一个清晨突然恢复了眼中神采，对着底下惶惶然跪着的文武百官笑道："朕说过，四海一日不统，朕便一日不娶。今日四海一统，朕，要立皇后！"

底下文武百官想是察觉不好，皆伏在地上不敢接话。

旭凤却兀自笑得畅怀："圣医族族长锦觅貌端德馨，便是朕的皇后！是朕独一无二的妻子！今日，朕便要正式娶妻！"

下面官员闻言皆是重重一震，我亦是一震。

"礼部侍郎。"但听他沉声道。

"臣在……"一个老儿颤颤巍巍低头应道。

"你还愣着干什么？朕说了，朕今日便要立后娶妻！你还趴在这里，这是要等朕亲自抬你出去？"

那老儿闻言，赶紧起身连连应道："谨……谨遵圣旨，臣……臣……臣……立刻……立刻……便……便去……办！"一面打着摆子便出殿外。

旭凤看他认真听命马不停蹄地前去操办，方转过脸来，轻柔地将我的纱巾重又

戴好，满面温柔地将我抱起身来："锦觅，我们也该前去准备准备。"

底下有几个官员动了动，嘴张了张，想是要劝。他却一个凌厉眼风扫去，似宝剑出鞘一般寒芒四射："怎么？你们哪个有异议？嗯？"

但见那几个大臣赶紧闭了嘴，俯下身去一动不动，显是面对这样一个常胜沙场，一统四海的皇帝甚是畏惧，即便听到他要操办这么一个旷古未见的冥婚，也不敢再有二言。

旭凤抱着我，走得很稳，一步一步踏出医殿，一直走入他的寝殿之中。

他亲自拧了帕子将我嘴角的血污细细擦去，又从柜中取出一件火红镶金的凤袍给我换上，一面笨拙地给我描眉上妆，一面低声柔和道："锦觅，你知道吗？这件凤袍五年前我便遣人缝制好，每隔一段时间便依我目测你的身形改过一次，至今，已是改过八十一次。我本还怕不够合身，不想，竟是这般合体，你看，我目测得挺准的吧。"

眼见他这般，我心中剧痛，却又举动不能。

他又道："只是，我从未给女子上过妆，给你化得不好，你不要怪我……本来，你在我心中不上妆便是最好，但，今日是你我的大日子，你且忍一忍，好不好？"言语之间纵容非常。

待妆毕，又取出盖头亲自给我盖上，孩子气般商量："接下来，该为夫换装了，你先莫看，可好？待我们今日大婚后……"他却再说不下去。

我于云头上，已是涕泪滂沱。

其后，在文武百官全城百姓的见证下，他抱着我坐于帝后十六辇上，身后箱笼无数，其中各色奇珍异宝满溢而出，随从近千，浩浩荡荡奔赴凤凰台。从宣诏到礼成整整四十九道程序，礼制繁复隆重，他皆抱着我一丝不苟地完成，郑重得再郑重不过。

礼成后，却不上辇车，在万千人目瞪口呆之中将我放于身前，独自打马离去。后面有官员亦牵了马急急唤他，欲紧随其后，他却冷冷掏出箭来，挨个将跟着的人射落马下，直到最后无人敢追。

夕阳西下，凉风习习，吹动我的大红嫁衣，吹翻他的大红衣摆，我与他二人衣裳火红迤逦，共乘一骑划过天际，竟似晚霞瞬息灿烂，最后，终是没入帝陵之中。

他将我抱着一路深入，于身后随手一挥落下道道机关重重锁，最后，到达帝陵腹心深处，那本该庄重停放帝王灵柩的正殿之中竟是四处红绸锦帐悬挂，双喜红烛无风自摇曳，案几上铺着朱赤缎面，上面菜温酒烫，正是刚好。

一个帝陵正殿，却俨然一派新房布置，只在殿中央处，放了一具火红朱漆的巨大棺椁。

他抱着我自然而然地走向那棺椁，将我温存放入其中，随后，自案几上取来秤杆将我头上的盖头挑开，继而看着我缱绻笑开："这下，你终于是我的丑婆娘了！"

"只是，我从未见过如此美的丑婆娘……"他黯然独自坐于棺椁旁，身边摆了一壶酒，两只白玉杯，"你骗我，你一直骗我，诳得我好苦……好涩……好痛……"一边，见他将酒缓缓注入两只杯中。

"然而，我终究不能放开你，你不守诺，我却不能食言。我应承你的，一样一样皆会为你做到。我盼今夜洞房花烛盼了这许多年……"他举起酒杯一饮而尽，"终是盼到了……"

"这交杯酒你不能喝，为夫替你喝，可好？"他望着我紧紧阖上的双目，缱绻非常，手上端起另一杯酒仰头又是一饮而尽。

接着，胸口闷闷一哼，便有血渍自嘴角溢出，他却笑得灿若旭日："反正被你欺负了这许多年，也不差这一生、这一命。"

随即，跨入棺椁之中，与我比肩躺下，一手握牢我的手，另一只手不容置喙地揽过我，将我的头枕于他的肩头。

棺木在隆隆声中自动合上，那一瞬间，但听他惬怀笑道："不想，最终，却是我给你殉葬。我，竟很满足……"

我在云端捂着嘴，言语不能，泪水在脸上阡陌纵横……云下，电闪雷鸣，大雨划破天际雷霆而下，敲击在苍茫的大地上，似鼓声擂擂。

下一刻，旭凤已立于云端另一头。

我扑过去将他抱紧，一脸泪水皆泡于他的胸口，恨恨谴他："做一个给殉葬品殉葬的皇帝，天下独一份，你可是得意得很？"

他却一动不动任由我抱着，不言不语。我惶惶然，生怕他吃了凡间的毒酒可是起了什么危害，正待从他胸口抬起头仔细看他，他却不容分说一把将我压在他的心窝处反抱住我。

"不许你看！"

接着，有温热的液体一滴一滴一串一串落在我的脖颈，浸湿我的云领，最后汇成淙淙溪水流入我心。

但听他鼻音甚重地闷声道："还好你还在……幸得只是凡间红尘一场劫……"说罢又狠狠道，"你可敢再这般吓唬我？你可敢留我独自一人？这回你看到了，你若离开，我绝不独活！"

我一下一下轻抚他被怒气鼓胀得一起一伏的胸膛，心中一片静谧前所未有地乖觉柔顺应他："夫君既言，夫人如何敢不相从？自是夫唱妇随。"

他笑开，清潋绝伦凤眼含情，一时，六界皆开阔。

他伸手假意弹我额际，重重抬起，轻轻落下，柔柔拂过："可算记得我是你的夫君，你是我的夫人！"

云端下，暴雨止，一道朝阳镶着赤色金边冉冉初升。

天际，有鹣鹣比翼起舞，水中，有鲽鲽比目相偎，远处，天光云影共徘徊。

你与我，不入红尘，亦互为劫难，你不避，我不躲，方有这经年惊鸿情。

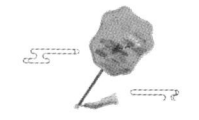

后记

每个人一辈子皆会遇见两个人，
最后，
一个在心上，一个在远方。
愿每个读此书的人都圆圆满满！

——电线上

香蜜沉沉烬如霜

上架建议：古言 / 畅销
ISBN 978-7-5411-6617-4
定价：52.80 元